U0503801

国家社科基金青年项目“苗族史诗《亚鲁王》社会功能研究”（项目编号：15CMZ017）成果

苗族史诗《亚鲁王》社会功能研究

杨兰　刘洋　著

中国社会科学出版社

图书在版编目（CIP）数据

苗族史诗《亚鲁王》社会功能研究/杨兰，刘洋著．—北京：中国社会科学出版社，2022．7

ISBN 978－7－5227－0213－1

Ⅰ．①苗…　Ⅱ．①杨…　②刘…　Ⅲ．①苗族—英雄史诗—诗歌研究—中国　Ⅳ．①I207．22

中国版本图书馆 CIP 数据核字(2022)第 080442 号

出 版 人　赵剑英
责任编辑　吴丽平
责任校对　王　龙
责任印制　李寡寡

出　　版　中国社会科学出版社
社　　址　北京鼓楼西大街甲 158 号
邮　　编　100720
网　　址　http://www.csspw.cn
发 行 部　010－84083685
门 市 部　010－84029450
经　　销　新华书店及其他书店

印　　刷　北京明恒达印务有限公司
装　　订　廊坊市广阳区广增装订厂
版　　次　2022 年 7 月第 1 版
印　　次　2022 年 7 月第 1 次印刷

开　　本　710×1000　1/16
印　　张　18．75
插　　页　2
字　　数　300 千字
定　　价　98．00 元

序　一

《亚鲁王》唱述西部苗人亚鲁王国十七代王创世、立国、创业及其发展的历史，描述亚鲁王国二百余个王族后裔的谱系及其迁徙征战的故事，作为活态传承的苗族英雄史诗在苗乡深处口口相传上千年。2009 年，《亚鲁王》在贵州省非物质文化遗产普查中被发现，同年，被原文化部评为“中国十大文化发现”之一，还被列入中国民间文化遗产抢救工程重点项目；2011 年，列入国家级非物质文化遗产代表性项目名录，2012 年第一部成果出版发布会在北京人民大会堂举行。《亚鲁王》是我国唯一一部 21 世纪才发现的超过万行的民族史诗作品，它的发现改写了中国少数民族文学史，更为口头传统领域的研究提供了鲜活的个案。在《亚鲁王》研究的十余年间，学界已普遍认可《亚鲁王》嵌合地域文化持有人的生产生活，指涉社会生活、文化观念、民俗仪式等诸多领域，不仅是历史脉络中地域文化持有人祖先生活轨迹与流变轨辙的反映，也是横纵时空中连接传统与现代的媒介，其社会功能彰明较著。

由于《亚鲁王》的流布范围较小，地域性特征明显，对其研究只有充分扎实的田野调查作业，才有可能对其文化价值和内涵进行深入系统的探讨。出于“亚鲁王”文化的吸引，杨兰、刘洋在 2011 年首次去到紫云调研，接触了当地风土人情，也在那里结下了终身情缘，之后定期与不定期的田野调查始终伴随着两人的学习生活。2015 年是杨兰毕业后工作的第二年，这年她获得了国家社科基金青年项目“苗族史诗《亚鲁王》社会功能研究”，并在 2018 年合著出版《苗族史诗〈亚鲁王〉形象与母题研究》。他们认为，与众民族史诗一样，《亚鲁王》是活形态的，但其“活”显然更具代表性，这个观点我是赞同的。一方面，《亚鲁王》史诗内容在葬礼仪式上的不断丰富，彰显了其创新的活力；另一方面，《亚鲁王》的展演不限于丧葬仪式，而在婚礼、祈福、禳灾等仪式中广泛存在着，这亦展现了其传承的活力。通过长此以往的坚持与努力，杨兰和刘洋两人在《亚鲁王》研究上获得了更多新的认识，先后获批国家社科青年基金项目“苗族史诗《亚鲁王》文化叙事研究”，中国博士后科学基金面上项目“苗族史诗《亚鲁王》文化诗学研究”，贵州省理论创新课题“苗族史诗《亚鲁王》文化记忆与文化反思研究”等。十余年的时间里，他们几进几出《亚鲁王》传播的核心地区麻山，从初期的他者眼光转向当下的自我审视，杨兰本就是民间文学专业出身，刘洋则是从社会学转为民间文学，两人不同专业的理念碰撞，激发出了学科交叉的活力。

虽然《亚鲁王》的问世在学界掀起了一股热潮，但形成专研团队的不多，系统性研究成果较少。对史诗的研究，不应该局限于已经整理出版的文本，更要重视史诗的异文文本及其文化生境。杨兰、刘洋以民间文学、民俗文化学、文化社会学的视域对史诗进行阐释，认为以传统视域研读史诗，或理解史诗，即便是活形态史诗依旧是在讲述过去的事情，与现代社会事实上是“一种完全隔离的状态”，但反思史诗文化持有人的文化模式和心态演变，可见史诗文化持有人的行动逻辑自然地抑或不自然地受到了史诗文化的影响，且影响巨大。因此，他们围绕核心功能、知识派生功能、实践派生功能，以及绑定和维系真实的功能、拓展和实现跨界的功能、建构和表达认同的功能延展出的九种社会功能以及四种“过去”的理论建构，其研究的深入性是值得充分肯定的。

史诗虽然与现代社会相隔甚远，但实践表明，日常生活中的地域文化持有人受史诗的影响较深，在漫长的发展过程中，史诗形成了潜隐其间的独有功能体系，并影响着地域社会，成为当代价值的重要组成部分。而史诗当中存在颇多神话叙述也有诸多历史文化掩存其间，让人畅游其中而难辨真假，要对其进行研究就必须理性对待，辩证探讨。目前来看，麻山苗族人民在史诗面世之后已经开始反思，重新审视史诗与社会生活之间的联系。

该书比较系统地论述了“亚鲁王”文化，是具有一定理论水平的学术著作，对南方史诗研究的深入推进具有较大理论和现实意义。书稿的研究范围还可继续拓展，当然一部著作不可能将史诗研究透彻，还需要更多的人共同努力，也希望能够读到更多更好的学术作品。传统成于赓续，活力源于创新。传统文化是中华民族的根脉，是我们可以汲取的宝贵精神财富、丰赡的思想资源，在传统文化中淬炼思想锋芒，让我们以文化自信的姿态去彰显中华民族文化之美。

黄永林

2022 年 5 月于桂子山

序　二

乾恒动，自强不息之精神；坤包容，厚德载物之气量。中华民族在浩浩荡荡的历史长河中，历经五千余年沧桑，书写了中华民族的壮美史诗，孕养了中华民族的伟大力量，形成了中华民族的力量底色。中华优秀传统文化在内化为中华民族思维方式、行为规范、价值观念的同时，在年复一年的述说中实现了对后世的训诫，也实现了生活经验的累积与文化复刻的传递。

中华各民族在历史进程中，创造并形成了属于自己独特的文化遗产，这些文化遗产蕴含着深刻的文化特质与精神追求，是构成中华民族多元一体的重要组成，为铸牢中华民族共同体意识供给了最广泛、最彻底、最深刻的历史记忆与文化底色。史诗是中华优秀传统文化的重要组成，它将最丰富的生活世界转化为最经典的文化符号，将人类社会的早期经验营造成开阔的叙事话语，篇幅和容量是其他叙事体裁无法相比的，几乎所有学科可以从史诗中找到自己的源泉。

当我收到这本《苗族史诗〈亚鲁王〉社会功能研究》时，思绪一下回到十年前。那时杨兰刚入学不久，而《亚鲁王》史诗也刚在人民大会堂举行发布会，说来也是缘分，当时我就萌生了一个想法——让她去了解这部史诗。当年暑假，他们一起到紫云县开展调研工作，开启了“亚鲁王”文化之旅。次年暑假，紫云县亚鲁王研究中心邀请杨兰去帮助整理历年调研材料，一个多月的时间里她整理了约 3000 多 GB 的各类素材，梳理了“亚鲁王”团队从 2009 年以来的所有工作脉络，并在搜集整理者杨正江的帮助下，进行了一次完整的“穿越麻山”的调研之旅。2013 年紫云县举办的“祖先亚鲁王葬礼与全民族祭祀大典”，她作为志愿者完整观瞻了最为传统的丧葬仪式，并第一次看到了相较于以往丧葬仪式不同的唢呐踩场。之后，定期不定期地去到紫云对传承人进行追踪访谈，补充完善了前期的调研资料。十年的时间，他们已经从对“亚鲁王”的外部研究转向了内部的思考，形成了系列的研究成果，这是值得高兴的事。

通观全书，作者跳出了对文本的研究，将眼光投入到史诗的生境及所辐射的区域内去观察“亚鲁王”，以及“亚鲁王”文化对地域内群体所发挥的效能。认为，《亚鲁王》史诗的社会功能所涉及的领域包括了教育、生态、社会、文化、经济等，将“亚鲁王”文化指涉地域文化持有人麻山苗族的日常生产生活，指导着他们的行为模式，塑造着他们的思想观念，同时，《亚鲁王》也是维护地域社会秩序稳定的重要支撑，是中华民族的重要文化符号，对建构中华民族共同体意识有着重要意义。

文化关乎一个国家的兴盛，文明关乎一个民族的涵养。中华优秀传统文化植根于各族人民，中华民族要实现伟大复兴，亦需依靠各族人民。因此，增强中华文化认同不仅要增强各族人民在文化全球化浪潮中对文化的自觉意识、危机意识与责任意识，还要向外展示我国西南地区经济社会发展成就、各族人民和睦相处与和衷共济的真实情况。本书让我看到了青年学者的努力，“立志欲坚不欲锐，成功在久不在速”，希望他们继续踏实努力，终将青山着意化为桥。

肖远平

2022 年 5 月于思雅河畔

目　录

CONTENTS

绪　论

中华史诗是中国优秀传统文化的重要组成部分，自古在华夏大地上根脉延绵。尽管在时代的洪流中，史诗的传统形式逐渐消退，但生长于民间，赓续于时间，承继于空间的史诗文化精神仍在这片土地上传承，并流淌于人民血脉，这缘于史诗文化精神有巨大的包容性，它将民族历史、道德观念和价值取向融为一体，成为中华民族多元一体格局的重要组成部分。① 以时空脉络溯源，可见史诗研究见证了中国学人从“中国为什么没有史诗”的文化弱势心态到“建构中国哲学社会科学话语体系”的文化自信历程。中华史诗七十余年的研究轨辙伴随本土文化遗产话语体系和理论建构始终，历经“资料取向”到“资料取向与学科取向并重”的范式转换，实现“为国证明”的文化自省到“文化建构”的文化自觉，成为在辩论中生长出来的中国学问。②

《亚鲁王》（King Yax lus）是苗族史诗，是南方史诗群的范型，集亚鲁（Yax lus）及其先祖的创世史、征战史及迁徙史于一体，嵌合婚丧嫁娶、祛病禳灾、祈福祭祀等民俗礼仪，神秘而小众、雄厚而悲壮、禁忌而肃穆、完整而活态。史诗篇幅宏大，使用五言仄韵格律诵唱，辐射勒咚世界、天上世界、世俗世界，讲述了宇宙起源、人类起源、传承谱系、英雄诞生、射日月、英雄婚恋、盐铁制作技艺、经商贸易活动、族群迁

① 刘洋、肖远平：《南方史诗的文化精神》，《中国社会科学报》2021 年 4 月 27 日第 6 版。

② 刘洋：《西南史诗文化研究》，博士学位论文，华中师范大学，2020 年。

徙、七次战争等，阐释了生地变熟地、祖地眷恋、血脉意识等，是苗族古代社会的大百科全书。[①] 完整的史诗见于丧葬仪式，族人凭着东郎（苗语，"歌师"）展演的远古立体图式唤醒记忆，亡者沿着东郎唱诵的先祖迁徙路线返回祖地，史诗内容围绕丧葬仪式不断补充，始终延展，实现赓续。[②]《亚鲁王》的活态性特征，使得它与所"生存"的环境联系紧密，它不仅承载着祖先们的历史，还是连接传统与现代的桥梁，并以此为优秀传统文化创造性转化和创新性发展提供精神指引。

2012 年 2 月 21 日下午，由中国民间文艺家协会主办、中国文学艺术基金会协办的"中国英雄史诗的重大发现——苗族英雄史诗《亚鲁王》出版成果发布会"在北京人民大会堂举行，刘云山致贺信："苗族英雄史诗《亚鲁王》的翻译、整理和出版是民间文化遗产抢救工程的一个重要成果，必将对我国优秀民族民间文化传承和发展产生重大而深远的影响。"[③] 冯骥才强调，"开篇宏大，具有创世意味。通篇结构流畅大气，程式规范庄重，节奏张弛分明，远古气息浓烈，历史信息密集。细细读来，便会进入远古苗人神奇浪漫又艰苦卓绝的生活氛围中；大量有待破解的文化信号如同由时光隧道飞来的电波繁渺而至"[④]。刘锡诚认为，"这部目前还在口传的英雄史诗具有不可替代的重要文化史价值和科学研究价值"[⑤]。Mark Bender 认为，《亚鲁王》的出版为国际学术界在苗族史诗研究方面提供了珍贵的资料，它是当代少数民族史诗抢救保护工作中的一个重要成果。刘守华认为，"有关学者对苗族史诗《亚鲁王》的南方史诗群的研究近年来也在急起直追……它们对中国史诗学的新开拓和对

---

① 肖远平、杨兰、刘洋：《苗族史诗〈亚鲁王〉形象与母题研究》，中国社会科学出版社 2017 年版，第 1—2 页。

② 杨兰：《苗族英雄史诗〈亚鲁王〉的社会功能与当代价值》，《中国民族报》2019 年 1 月 11 日第 11 版。

③ 《苗族英雄史诗〈亚鲁王〉出版成果发布会举行　刘云山发来贺电》，《贵州日报》2012 年 2 月 27 日。

④ 冯骥才：《发现〈亚鲁王〉》，《贵州日报》2012 年 2 月 24 日第 13 版。

⑤ 陈兴华唱诵记录，吴晓东仪式记录：《亚鲁王（五言体）》，重庆出版社 2018 年版，第 1 页。

中华文化之增光添彩，我们将拭目以待”[①]。朝戈金认为，“因为《亚鲁王》具有类似‘指路经’的社会文化功能，由此决定了史诗演述的主要功用不在于娱乐民众，而在于为亡者唱诵，成为苗民生死转换不可或缺的一个‘关捩点’”[②]。余未人认为，“在麻山苗人中自古传诵的长篇英雄史诗《亚鲁王》，不是纯文艺作品，而是信仰的结晶。可以说，《亚鲁王》的唱诵是民间信仰的集大成”[③]。麻勇斌认为，“麻山苗族巫者在葬礼上唱诵的英雄史诗《亚鲁王》及其所展演的相关仪式，与苗族历史尤其是一些刻骨铭心的重大历史事件存在映射关系”[④]。黄永林认为，“《亚鲁王》的流布范围比较狭小，其地域性特征明显，对其研究首先应当是进行扎实的田野作业，才能对其文化生境有充分的了解”[⑤]。肖远平认为，“《亚鲁王》是麻山苗族历史与文化的载体，是被集体遵从的，反复演示的，不断演进的，具有增强民族认同、强化民族精神、塑造民族品格的功能”[⑥]。

第一节　研究缘起与意义

史诗是特殊的知识总汇，亦是珍贵的文化遗产。史诗将最丰富的生活世界转化为最经典的文化符号，将人类社会的早期经验营造成开阔的叙事话语，篇幅和容量是其他叙事体裁无可比拟的，几乎所有学科都可以从史诗中找到自己的源泉。以传统视域审视史诗文本，可以发现即便

① 刘守华：《序一》，载肖远平《彝族“支嘎阿鲁”史诗研究》，人民出版社2016年版，第1—4页。

② 朝戈金：《〈亚鲁王〉：“复合型史诗”的鲜活案例》，《中国社会科学报》2012年3月23日第A05版。

③ 余未人：《〈亚鲁王〉的民间信仰特色》，《民间文化论坛》2012年第4期。

④ 麻勇斌：《〈亚鲁王〉唱颂仪式蕴含的苗族古代部族国家礼制信息解析》，《贵州社会科学》2014年第2期。

⑤ 肖远平、杨兰、刘洋：《苗族史诗〈亚鲁王〉形象与母题研究》，中国社会科学出版社2017年版，第340页。

⑥ 肖远平、杨兰：《文化调适与民俗变迁——基于麻山苗族民俗转型的实证研究》，《贵州社会科学》2015年第7期。

是活形态的史诗，依旧是在讲述过去，似乎与现代社会形成完全隔离的状态；但实践表明，日常生产生活中的地域文化持有人抑或自然地，抑或不自然地受到史诗影响，且影响巨大。以动态眼光审视史诗，发现史诗在漫长的发展过程中，形成了潜隐其间的独有功能体系，并影响着地域社会，成为当代价值的重要组成部分。这缘于史诗有外层结构和内层结构。外层结构是史诗赖以生存的环境，包括一个民族的地理环境、经济状况、社会形态、语言和各种民间文化传统，这是史诗透露出来的外层知识信息。内层结构指史诗文本本身的结构，史诗文本容量巨大，从创世到人类起源，从早期生活到定居发展，从迁徙到民族形成等人类社会最基本的历史尽在其中。

《亚鲁王》嵌合地域文化持有人麻山苗族的日常生产生活，指导着他们的行为模式，塑造着他们的思想观念，是中华民族的重要文化符号。麻山地区属云贵高原，喀斯特地貌特征明显，是典型的石山区、高山区，自然地理条件相对恶劣，地域文化持有人以坚韧不拔的毅力克服重重困难，立足于这片山石之地，由于与外界联系较少，在较长时间内经济发展滞后①，《亚鲁王》在几千年的时空演进中得以完整保存。史诗诵唱了麻山苗族从先祖故地西迁麻山的故事，囊括了苗族先民的生活习惯、风俗信仰、伦理禁忌等，是一部不可多得的研究苗族古代社会的历史书。

《亚鲁王》具有多重社会功能。一方面，史诗中的战争场景、贸易活动、婚恋经历、农业生产、炼铁制盐、祭祀祈福等是反映古代苗族军事活动、经济理念、人生礼仪、生产劳动、民间观念、日常生活的重要资料，是麻山苗族探寻祖源的根据；另一方面，时空演进中的亚鲁王文化沿着“互动—调适—整合”的行动逻辑，历经“拒斥冲突—理性选择—吸收更迭—重构再建”的过程，建构了一套适应现代化发展的文化模式，并以此推动地域文化群体价值行为和价值取向的调整。换言之，

① 由于国家出台了一系列惠民政策，麻山实现了道路村村通、组组通、户户通，且路面硬化也已经基本完成，从根本上改变了麻山人民的生产生活条件。

麻山苗族生产生活的实践逻辑中史诗仍系标尺规束。《亚鲁王》社会功能的研究不仅能把握史诗稳定传承的核心规律，还将揭示史诗所隐喻的和谐观念以及当代社会价值，拓宽史诗研究视域，同时民俗学（中国民间文学）、人类学、民族学、社会学方法的交叉运用能够探索学科联动的新模式，更为深入地了解麻山苗族地区的社会良性运行机制，并以此作用于地域发展和和谐社会建构，为其他民族地区提供有益借鉴。同时，国家市场化改革已历四十余年，经济社会生活日益复杂化，不仅需要更高要求的社会治理能力，也需要更为有效和更具弹性的社会治理模式，以《亚鲁王》为文化基础的基层治理模式有助于理解社会运转规律，是推进国家治理体系和治理能力现代化的重要文化资源。此外，麻山苗族的精神品格与《亚鲁王》史诗存在着悠远而深邃的内在联系，他们世世代代学唱《亚鲁王》，以歌唱、祭祀的形式教育后代，要有除恶布善、捍卫正义，以及为大众追求幸福、和平、美好的生活而不怕艰险、勇于拼搏的精神和品德，这种文化精神有助于文化自信和文化自觉的建立和发扬。

具体来讲，亚鲁王文化重视多元调和、兼顾多元利益、注重多元互动的文化治理模式和价值整合体系理应成为创新驱动未来导向下社会治理的重要参考与理论概括。政府职能部门、地方文化精英、地域文化持有人、学术共同体、其他民众之间的交流互动加剧了地方文化的变迁，地方文化因此实现了时间和空间上的再阐释，从而促进了文化的再生产。而享有信息的不均衡，导致了各主体之间的零和博弈，但是零和博弈下的发展并不能持久。亚鲁王文化空间伴随经济社会的发展发生了较大变化，甚至实现了更新。地域文化持有人在日常生活中不能适应主流文化和其他亚文化带来的冲击，原有的治理模式已然不能适应时代的发展，转变思想观念的漫长过程就成为有效治理和有序社会建设面临的阻碍。中华人民共和国成立以来，现代化进程的加速、土地利用的高效，与文化持有人固守的“归返”意识冲突。不论是史诗文本还是节日民俗，抑或日常生活中，文化持有人的归返意识都十分强烈。而返回祖先故地不能离开世代生长的文化空间。以亚鲁王文化为基础开展的亚鲁王城建设要求文化持有人脱离原有文化空间，显然背离了亚鲁王文化的价值理性。在实践过程中，紫云县政府主要依靠亚鲁王文化研究中心。亚鲁王文化研究中心由王城建设范围内的文化持有人组建而成，他们以亚鲁王文化作为王城建设的价值理性，以经济补偿满足文化持有人生存发展的物质需求。作为王城建设范围内文化持有人，他们维护了地域文化，推动了文化的传承与发展。作为政府职能部门的一员，他们贯彻了政府的经济方略，推动了地域经济的发展。其关键做法在于，通过重构再建亚鲁王文化空间，满足文化持有人的"归返"诉求，将地域文化整合到主流文化的发展中，实现多元利益主体与非零和博弈。

习近平总书记提出，要正确把握中华文化和各民族文化的关系，各民族优秀传统文化都是中华文化的组成部分，中华文化是主干，各民族文化是枝叶，根深干壮才能枝繁叶茂。① 亚鲁王文化重视文化认同和民族认同，强调在多元文化互动过程中文化的创造性转化和创新性发展是保持文化永续生命力的内源动力。文化认同和民族认同均是个体归属感的体现，文化认同与民族认同之间并不相互独立。从文化认同而言，个体从中获得身份的确认，传承共同的文化，形成共同的理念，是这一文化共同体的黏合剂。个体的认同表现为内在的心理认同和外在的行为认同，麻山苗族通过亚鲁王仪式传承亚鲁王文化，因仪式的小众和严肃，使得文化传承的范围小但影响深，东郎在唱诵的过程中阐释"我们从哪里来，要到哪里去"②，为"亚鲁王"的文化认同提供了依据。从民族认同而言，民族的归属感是个体对民族群体的一种依恋感，个体将自身命运与民族命运联系在一起，增强民族团结力和民族凝聚力。传统文化的创造性转化和创新性发展，要求文化立足传统，着眼未来，伴随多重话语体系进入麻山，带去新的学术思维、新的发展理念和新的民族自信依据的

---

① 习近平：《以铸牢中华民族共同体意识为主线 推动新时代党的民族工作高质量发展》，《人民日报》2021 年 8 月 29 日第 1 版。

② 刘洋、杨兰：《苗族史诗〈亚鲁王〉仪式视域下的归根情结研究》，载肖远平《中国少数民族非物质文化遗产发展报告（2015）》，社会科学文献出版社 2015 年版，第 131—144 页。

同时，演化出多中心的文化碰撞与互动，文化持有人一改被动状态，主动适应、融入现代化进程，将地域文化资源转化为文化资本，打造极具地域文化特征的亚鲁王城，实现了人文资源与自然资源的有效衔接，努力摆脱后发劣势。

亚鲁王文化重视和谐共生，认可万物同源的思想，在构建人类命运共同体背景下，要求史诗最终回归实践传统。作为民族知识的总汇，史诗成为一个民族认同的重要标准，“有了史诗，这个民族就觉得他在文化上能形成很强的文化自我认同感”①。《亚鲁王》中存在着对很多生活现象的解释，例如鸡以小（碎）米为食，是亚鲁造出太阳后，与鸡祖协商，用小（碎）米作为鸡打鸣呼喊太阳的报酬；砍马仪式砍马，是因为马祖啃食亚鲁的生命树，亚鲁与马祖约定亚鲁的后世子孙在去世之时，可以砍马祖的后代来作为惩罚。这些认知伴随史诗世代唱诵，潜移默化根植于麻山苗族的记忆中，形成了他们的行为依据和道德规范。必须关注的是，构建人类命运共同体的全球化思维和地方性作为要求史诗学科回归实践传统。一方面，全球化凸显带来了地方性文化的非地方化，多文化之文化协同意义成为中国史诗为全球治理贡献的中国智慧和中国价值；另一方面，人类命运共同体是人类历史经验与生存智慧的结晶，史诗则是人类历史经验与生存智慧结晶的重要组成部分，史诗的创造性转化和创新性发展可以为提升哲学社会科学的国际话语能力贡献实践经验和创新思维。自19世纪后期传教士带入西方史诗，研究者们从马克思主义文艺观、美学观，苏联理论，主题，类型，母题的结构特征和文化历史意蕴对史诗进行研究。20世纪随着口头程式理论的引入，研究者们更加关注史诗的口承性，研究从宏观走向微观，但是随着微观研究的深入，其必然要归结到当下社会的现实意义中，因此史诗社会功能的研究对人类命运共同体的构建具有重要意义。②

---

① 引自2017年5月31日CCTV－10《大家》之“朝戈金　史诗的生命之歌”。

② 杨兰：《苗族英雄史诗〈亚鲁王〉的社会功能与当代价值》，《中国民族报》2019年1月11日第11版。

第二节　研究现状及文献述评

自2011年《亚鲁王》进入大众视野，研究者的目光纷然投向了这部被埋藏了多年的史诗，作为民间文学，它得到了研究者们文本意义上的阐释与解读；作为口头传统，它得到了研究者们对展演场域的关注和探索。然而，作为麻山苗族的百科全书，对它的探究已然不止于单纯的文学层面或单纯的文化层面。以《亚鲁王》研究和文化诗学研究作为检索标志，将史诗研究、口头传统研究、民间文学研究、民族文化研究共同纳入文献主题链，发现《亚鲁王》史诗的研究成果较少，因此基于时间序列采用地毯式和类型化处置相结合的文献梳理方法。

《亚鲁王》研究已历三个阶段。一是开始阶段（2009—2010年），2009年5月，余未人受邀考察《亚鲁王》，意识到其重要性后，向中国民协冯骥才等汇报有关情况，后经杨培德等学者考证，《亚鲁王》史诗身份得以确立；同年10月，史诗列入贵州省非物质文化遗产名录。二是起步阶段（2011—2012年），2011年5月，史诗列入国家级非物质文化遗产名录；同年11月，中华书局出版史诗文本；2012年2月，《亚鲁王》成果发布会在人民大会堂举行，时任中共中央政治局委员、中央书记处书记、中宣部部长刘云山同志发来贺信，充分肯定了《亚鲁王》的研究价值和社会意义。三是广泛研究阶段（2013年至今），2012年12月完成的东郎普查工作为后续研究提供了可靠支撑，贵州民族大学、华中师范大学、中央民族大学等一批研究者走“进”麻山，走“近”亚鲁王，一些研究机构如国家民委人文社会科学重点研究基地——南方少数民族非物质文化遗产研究中心专设亚鲁王研究所开展专项研究。至2020年12月，《亚鲁王》研究已历十年，公开发表相关文章和报道二百余篇，分别涉及史诗类型的讨论、史诗翻译的路径、史诗词汇的追根、历史和文学视域的深描、保护及传承的策略、文化生态的探索、仪式的记录研究等，研究视阈呈多元态势，树状研究网络已初步形成。

一 《亚鲁王》史诗类型的探讨

《亚鲁王》被发现伊始，被认为属苗族古歌，在冯骥才先生组织工作组赴麻山之时，也是以活态口承史诗称谓的。截至2009年首篇学术论文发布①，至余未人先生2010年定义《亚鲁王》是口传英雄史诗②，再到刘锡诚先生在国家非遗名录评审会上将《亚鲁王》定位为英雄史诗，认为它与已知的许多游牧民族的英雄史诗不同，是一部原始农耕文明时代的文化佳构③，作为英雄史诗的《亚鲁王》被学界认同。值得关注的是，《亚鲁王》的史诗类型划分仍有商榷之声，这源于南方史诗的研究中，创世史诗、迁徙史诗和英雄史诗往往并非遵循线性的历史轨辙，而是错综复杂的交织状态，与北方英雄史诗和国外英雄史诗叙述英雄武功的单一表现形式不同，具有其独特性。尽管南方史诗研究的多重理论尝试较多，但术语范畴内的非典型性仍然存在④。同时，目前赞同以叙事主题和口头程式为划分范畴的史诗分类方法⑤被广泛认同，朝戈金⑥先生便有专文论证，《亚鲁王》兼具创世、征战、迁徙三种史诗类型，认为其当属于复合型史诗，并定论为中国唯一一部活形态的复合型史诗⑦。伴随田野调查的深入、东郎普查的完成及翻译规范的完善，多向度考察其学术价值和总结出的学理终将超越史诗类型的探讨。

二 《亚鲁王》史诗翻译的研究

史诗翻译整理的研究涵括“苗汉互译”“苗汉英互译”等，由于史诗采录仍在继续，且口头传承本身具有变异性，翻译理论和方法的研讨

---

① 唐娜：《贵州麻山苗族英雄史诗〈亚鲁王〉考察报告》，《民间文化论坛》2010年第2期。

② 余未人：《读品苗族英雄史诗〈亚鲁王〉》，《民间文化论坛》2011年第2期。

③ 刘锡诚：《序言》，载陈兴华《亚鲁王（五言体）》，重庆出版社2018年版，第2页。

④ 吴晓东：《史诗范畴与南方史诗的非典型性》，《民间文化论坛》2014年第6期。

⑤ 朝戈金：《朝向21世纪的中国史诗学》，《国际博物馆（中文版）》2010第1期。

⑥ 朝戈金：《〈亚鲁王〉：“复合型史诗”的鲜活案例》，《中国社会科学报》2012年3月23日第A05版。

⑦ 紫云县融媒体中心：《著名苗学专家杨培德到紫云指导〈亚鲁王经典〉翻译工作》，http://www.gzzy.gov.cn/zjzy_27328/cyzy/cyzy2/ylwwh/xmdl/201606/t20160630_850121.html，2016年6月30日。

贯穿始终。余未人先生[①]是《亚鲁王》翻译整理的指导者，对史诗翻译整理有最为真切的体会，她认为苗汉互译中发现诸多难以对应的词汇，导致书面语和现代词汇的进入，这种现象被先生称为捉虫，史诗文本出版前便捉出140余只虫[②]。较早开展苗汉互译研究的是吴正彪先生，他是亚鲁王搜集整理的重要学人，他和时任亚鲁王史诗工作室专职翻译人员杨光应对史诗的记译与整理问题进行了梳理和探讨，提出了收集整理中的苗语规范性使用问题。他们认为，翻译过程中科学严谨的态度[③]是首要考量，同时强调苗语母语的原样保留应当是史诗的价值所在。此后，吴正彪的研究也多强调在苗语语境中考察文化意蕴。张忠兰、曹维琼[④]等人是书系三部曲《亚鲁王书系·苗疆解码》《亚鲁王书系·歌师密档》《亚鲁王书系·史诗诵译》的主要编辑人员，他们的编辑工作有重要实践意义，他们提出了民族史诗整理、保护与研究的视角应当转换的观点，认为史诗文本研究、史诗文化研究和史诗传承人研究是重要视角。杨杰宏[⑤]反思《亚鲁王》翻译整理中的不足之处，认为主要体现在文本的不完整性，史诗唱诵场域的不真实性，面世文本译注的不准确性等，他强调尽可能完整地保留异文版本，突出演述语境的真实性，采用四行对译法与影像、录音、图片、民族志相结合的文本整理方法来达成译注文本的准确性；同时，杨杰宏[⑥]提出在整理和研究史诗时自觉实践文本的完整性、翻译的准确性、语境的真实性，不仅可以最大限度地避免整理工作中的诸多失误，而且会有力地推动民族口头传统和典籍文献翻译整理范式的可持续发展。贵州省人类学会常务副会长、《贵州日

① 余未人：《〈亚鲁王〉的搜集、翻译和整理》，《当代贵州》2015年第40期。

② 余未人：《〈亚鲁王〉的搜集、翻译和整理》，《当代贵州》2015年第40期。

③ 吴正彪：《苗族英雄史诗〈亚鲁王〉翻译整理问题的思考》，《民族翻译》2012年第3期。

④ 张忠兰、曹维琼：《论民族史诗整理研究的视角转换——以〈亚鲁王书系〉为典型案例》，《贵州民族研究》2014年第6期。

⑤ 杨杰宏：《苗族史诗〈亚鲁王〉翻译整理述评》，《贵州师范大学学报》（社会科学版）2015年第4期。

⑥ 杨杰宏：《口头传统文本翻译整理的三个维度——以〈亚鲁王〉为研究个案》，《民族翻译》2015年第3期。

报》高级记者王小梅[①]亦曾对史诗搜集、整理及其翻译过程进行讨论。值得一提的是，《亚鲁王》中英文翻译已受到学界重视，国家哲学社会科学规划办公室批复的《苗族英雄史诗〈亚鲁王〉英译及研究》已开始探索性地研究，其阶段性成果认为应采用异化为主、归化为辅的翻译策略，尽可能将苗族特色文化词的一致性内容传达到译入语中[②]。《亚鲁王》的跨文化比较研究中，多语言的转译仍将是重点难点。

此外，《亚鲁王》史诗词汇的研究也颇受重视。马国君、吴正彪[③]从《亚鲁王》中找到与金筑土司历史文献典籍中地名、人名相互对应的名称，这对当前开展土司文化研究、建构国际土司学都将有着重要的积极意义。袁伊玲[④]则通过苗族史诗中的母语词研究同源词，对语言学学科理论建构与学科空间建设具有十分重要的意义。此类研究成果虽少，但其价值不可忽略，史诗语言所蕴含的信息，还需深度发掘和广泛研究。

三　《亚鲁王》史诗历史及文学视域的研究

源于史诗的展演场域，《亚鲁王》被认为具有“送魂歌”和“指路经”的功能[⑤]，以文本中的事件或人名为研究基础，以文学人类学的多重证据法为研究手段[⑥]，研讨史诗形成时间的断代问题、盐井问题、经商贸易的特点[⑦]，可发现《亚鲁王》承载着苗族古代部族国家的礼制，可能产

---

① 王小梅：《地方叙事、文化变迁和文本研究——人类学视野下的〈亚鲁王〉搜集整理和保护传承》，《原生态民族文化学刊》2014 年第 2 期。

② 李敏杰、朱薇：《模因论视阈下的苗族史诗〈亚鲁王〉英译策略》，《中南民族大学学报》（人文社会科学版）2017 年第 6 期。

③ 马国君、吴正彪：《金筑土司历史文献典籍梳理概述——兼谈所载的地名人名与〈亚鲁王〉史诗中的名称对应问题》，《三峡论坛（三峡文学・理论版）》2016 年第 3 期。

④ 袁伊玲：《史诗〈亚鲁王〉中的苗语同源词举隅》，《三峡论坛（三峡文学・理论版）》2013 年第 5 期。

⑤ 徐新建：《生死两界“送魂歌”——〈亚鲁王〉研究的几个问题》，《民族文学研究》2014 年第 1 期。

⑥ 吴正彪、杨龙娇：《民间口头文学叙事中的“历史真实”——关于苗族英雄史诗〈亚鲁王〉中几个“史事”问题的探讨》，《百色学院学报》2012 年第 5 期。

⑦ 吴晓东：《〈亚鲁王〉名称与形成时间考》，《民间文化论坛》2012 年第 4 期。

生于原始农耕文明[①]，或产生上限当在唐宋时[②]，是苗族历史中重大事件的映射，这些礼制蕴含了苗族古代的社会信息，对解答历史谜团有着重要意义[③]。事实上，从神话学视角探讨《砍马经》与砍马仪式可以获得对史诗的整体认识[④]，《亚鲁王》的仪式化展演为史诗传承创设了环境，加深“他者”对麻山苗族及该族群文化的了解和认识[⑤]，这源于麻山苗族在生命践行中赋予《亚鲁王》的情感因素、责任意识和养育实践。伴随文本的挖掘和展演场域中符号的推演，亚鲁王仪式上的文化符号被认为是“人人皆可为亚鲁王”的佐证[⑥]，史诗文本中社会秩序的建构是麻山苗族人民朴素生态思想的来源，其中的文化与生态实则是一组辩证关系，文化是生态的一部分，但是文化对生态系统的影响以及对人类生态观念的塑造具有积极作用[⑦]。如钟敬文先生所言，任何民俗都是处在发展变化之中的，《亚鲁王》亦是如此，通过厘清其纵、横向的变迁历程，探索其如何在社会变迁中实现调试与重构，是发现史诗稳定流传核心要素的重要手段[⑧]。

同时，文学视域的研究也颇受重视，主要关注点抑或以仪式为主，抑或以文本为主，抑或文本与仪式融合。丁筑兰[⑨]通过观察史诗仪式，认为仪式中的寻根观念是苗族保持万物一体的原始信仰的体现。此外，母

① 刘锡诚：《〈亚鲁王〉：原始农耕文明时代的英雄史诗》，《西北民族研究》2012 年第 3 期。

② 吴晓东：《〈亚鲁王〉名称与形成时间考》，《民间文化论坛》2012 年第 4 期。

③ 麻勇斌：《〈亚鲁王〉唱颂仪式蕴含的苗族古代部族国家礼制信息解析》，《贵州社会科学》2014 年第 2 期。

④ 叶舒宪：《〈亚鲁王·砍马经〉与马祭仪式的比较神话学研究》，《民族艺术》2013 年第 2 期。

⑤ 路芳：《生产性保护下的仪式化展演——以国家级非物质文化遗产〈亚鲁王〉为例》，《贵州社会科学》2013 年第 11 期。

⑥ 顺真、刘锋、杨正江：《苗族度亡史诗〈亚鲁王〉文化意蕴的深度阐释》，《贵州师范大学学报》（社会科学版）2017 年第 6 期。

⑦ 马静、纳日碧力戈：《创世史诗中苗族社会秩序构建与地域生态文化——以〈亚鲁王〉文本分析为例》，《中南民族大学学报》（人文社会科学版）2016 年第 2 期。

⑧ 肖远平、杨兰：《文化调适与民俗变迁——基于麻山苗族民俗转型的实证研究》，《贵州社会科学》2015 年第 7 期。

⑨ 丁筑兰：《从〈亚鲁王〉看苗族寻根意识及其生态意义》，《贵州师范学院学报》2014 年第 11 期。

题作为民间文学研究的重要方法之一，受到了研究者们的关注，研究成果颇丰①，多认为《亚鲁王》母题是按自然时序串联出现在史诗之中的，不仅是撑起英雄人物的框架骨骼，更是史诗发展的脉络主线，并以历时性轨辙和共时性流布探讨史诗女性被骗母题、征战母题、禁忌母题、英雄对手母题、造日月母题、万物来源母题等，认为母题是史诗流传过程中稳定不变的核心要素，对其研究可深入了解史诗的文化内涵②。郑迦文③则从叙事学角度出发，认为史诗叙事杂糅了创世、征战以及迁徙的程式，史诗英雄因人格特征鲜明而更倾向于“人的英雄”，史诗通过叙事的回环往复，强调了苦难主题，以此构建民族想象。徐新建④从文学功能的角度出发，认为史诗是为亡者唱诵的。杨春艳⑤从史诗的仪式出发，提出麻山苗族对祖先故地的坚守是《亚鲁王》中情感、责任意识的重要依据，是史诗家园遗产的重要特征。杨柳⑥则对《亚鲁王》的诗性内蕴试作探讨，认为《亚鲁王》寄托了该民族的深情记忆与美好愿景，表现出对个体生命极为细致的体恤与关怀。吴正彪⑦结合田野调查资料，对麻山次方

① 刘洋、杨兰：《苗族史诗〈亚鲁王〉心脾禁忌母题探析》，《原生态民族文化学刊》2015年第1期；刘洋、杨兰：《〈亚鲁王〉英雄征战母题探析》，《遵义师范学院学报》2014年第5期；刘洋、杨兰：《苗族史诗〈亚鲁王〉英雄对手母题探析》，《凯里学院学报》2014年第5期；高森远、杨兰：《论〈亚鲁王〉射日射月母题——基于历史记忆的研究》，《贵州民族研究》2014年第8期；杨兰：《论〈亚鲁王〉中的女性悲剧命运——基于被骗母题的研究》，《贵州民族大学学报》2014年第2期；杨兰：《苗族史诗〈亚鲁王〉英雄母题研究》，硕士学位论文，贵州民族大学，2014年。

② 肖远平、杨兰、刘洋：《苗族史诗〈亚鲁王〉形象与母题研究》，中国社会科学出版社2017年版。

③ 郑迦文：《民间故事与史诗建构——从叙事模式看〈亚鲁王〉的民族、民间构成》，《贵州社会科学》2014年第6期。

④ 徐新建：《生死两界“送魂歌”——〈亚鲁王〉研究的几个问题》，《民族文学研究》2014年第1期。

⑤ 杨春艳：《从唱述到仪式：论麻山苗族“亚鲁王”的家园遗产特征》，《百色学院学报》2015年第4期。

⑥ 杨柳：《生命的吟唱：〈亚鲁王〉诗性意蕴浅析》，载北京民俗博物馆《北京民俗论丛第四辑》，中国社会科学出版社2016年版，第143—150页。

⑦ 吴正彪：《田野中的苗学语境：〈亚鲁王〉史诗中的苗语古经研究》，《贵州大学学报》（社会科学版）2015年第6期。

言区苗族古经在史诗中传承的形态进行了初步的概括和分析。王宪昭①从神话母题出发，认为史诗保留了大量具有鲜明文化特征的神话情节和母题，具有十分重要的文化价值。还有学者认为史诗折射出苗族人民的客居生命观②，呈现出男女有别、分工互补的性别观念。③

此外，作为文学作品中的灵魂，史诗的人物形象不仅牵引叙事脉络，还能够丰富文本内容，亦是史诗磅礴气势的重要缘由。尽管史诗人物形象的研究成果较少，但颇有启发意义。专著《苗族史诗〈亚鲁王〉形象与母题研究》专论史诗人物形象，讨论幼年亚鲁、青年亚鲁、中年亚鲁、女性形象与英雄对手形象④，较为系统地对整部史诗的出场人物进行了类型化处置和文化阐释。

四 《亚鲁王》史诗保护及传承研究

2004年，原文化部和财政部出台了《中国民族民间文化保护工程实施方案》，将民族民间传统文化保护分为三个阶段。第一阶段为先行试点和抢救濒危阶段（2004—2008年）；第二阶段为全面展开和重点保护阶段（2009—2013年），2009年将《中华人民共和国民族民间传统文化保护法（草案）》改为《中华人民共和国非物质文化遗产法》，去掉了“保护”二字，并在2011年正式出台实施；第三阶段为补充完善和健全机制阶段（2014—2020年）。应该说，国家的非遗保护传承体系在十余年的实践中不断完善，但实践中，由于诸多口头传统类非遗嵌合独特的文化生境，它们的传承普遍面临巨大挑战，跨学科的交叉研究受到普遍重视。余未人⑤先生针对史诗的唱诵进行了较为细致的阐述，陆

① 王宪昭：《神话视域下的苗族史诗〈亚鲁王〉》，《贵州民族大学学报》（哲学社会科学版）2014年第2期。

② 龙仙艳：《江山是主人是客——以〈亚鲁王〉为例探讨苗族丧葬古歌的生命观》，《宗教学研究》2015年第4期。

③ 陶淑琴：《从中华文化的整体视角看苗族史诗〈亚鲁王〉的文化内涵》，《贵州民族研究》2015年第6期。

④ 蔡熙：《〈亚鲁王〉的女性形象初探》，《湖南工业大学学报》（社会科学版）2014年第3期。

⑤ 余未人：《〈亚鲁王〉的传承和唱诵》，《当代贵州》2015年第32期。

续发表了多篇文章论述史诗保护与传承问题，认为在史诗传承中如果一直强调“不变”，则会束缚东郎的创造力。[①] 也有学人发现史诗的传承方式由最初较为松散的方式逐渐趋向于严苛，对史诗的传承有一定的影响，要对东郎进行保护就必须确立东郎的社会身份[②]，处理好政府与民间，守“旧”与创“新”的问题是关键；同时，还须关注东郎的生存与传承途径的创新[③]。此外，考虑到东郎数量减少导致的史诗活态传承困境[④]，应及时开展《亚鲁王》数字化保护。[⑤] 余未人先生在接受采访时便呼吁，必须加强文化教育，只有培养人才，才能更好地保护非遗，否则繁荣少数民族地区文化就是空谈。这一观点得到了回应，并衍伸至民族文化进校园、进课堂的重要性。不过，国家政策的变化也可能带来传承人群体的内部竞争。[⑥] 必须指出的是，受限于研究深度，史诗保护及传承研究成果同质性强，创新观点不多，但其中两种观点有较大争论。一是如何处理国家主导的非遗传承与社区自发的非遗传承，在田野调查中便发现，国家话语体系中的传承人制度可能导致传承人群体自然成为地域文化精英及传承人群体分化的问题，社区传承体系可能遭受破坏等。二是东郎在历史上是否始终是文化精英的问题，东郎口述中的生存困境与其现实生活中的生存状况是否一致，东郎是否在本民族中一如既往地享有较高社会地位。

此外，学界亦关注到《亚鲁王》史诗的文化生态，大多认为史诗中的生态伦理观念是麻山人民在脆弱生态环境下长足发展的关键，史诗中

---

① 余未人：《读品苗族英雄史诗〈亚鲁王〉》，《民间文化论坛》2011 年第 2 期；余未人：《〈亚鲁王〉的民间信仰特色》，《民间文化论坛》2012 年第4 期。

② 唐娜：《谈〈亚鲁王〉演述人东郎的传承机制与生态》，《民间文化论坛》2012 年第 4 期。

③ 龙立峰：《文化生态视域下〈亚鲁王〉的传承措施》，《安顺学院学报》2013 年第 1 期。

④ 高森远：《麻山苗族英雄史诗〈亚鲁王〉东郎（传承人）研究》，博士学位论文，华中师范大学，2014 年。

⑤ 孙向阳：《数字化技术视野下非物质文化遗产的传承与保护——以苗族史诗〈亚鲁王〉为中心》，《贵州民族研究》2016 年第 3 期。

⑥ 郑向春：《奖励制度与非遗传承研究——以苗族〈亚鲁王〉传承为例》，《文化遗产》2014 年第 3 期。

“万物和谐”的观念有利于促进民族文学中的生态批评实践[①]，活态史诗的保护必须重视文化生态环境的保护[②]，强调文化生态的保护有利于史诗的传承与发展。[③]

五 《亚鲁王》史诗仪式与文化研究

《亚鲁王》史诗文化生境的田野调查报告为研究者们提供了重要的研究素材。相关成果主要有吴正彪的《仪式、神话与社会记忆——紫云自治县四大寨乡关口寨苗族丧葬文化调查》[④]《民族身份认同与文化遗产保护——苗族史诗〈亚鲁王〉田野调查札记》[⑤] 及唐娜的《贵州麻山苗族英雄史诗〈亚鲁王〉考察报告》[⑥]《西部苗族史诗〈亚鲁王〉传承人陈兴华口述史》[⑦] 等，这类报告均是在研究初期研究者们对《亚鲁王》的生存环境进行实地调研后经过梳理形成的成果，对《亚鲁王》的研究具有一定的参考价值。

此外，文化研究大多通过史诗的唱诵仪式来解析其文化内涵，与《亚鲁王》文学人类学的研究有交叉之处。诸如从神话学研究视角出发，认为《砍马经》具有古老的民间信仰的活化石特征，对其解读可获得对天马神话社会功能的整体认识。[⑧] 又如以亚鲁王仪式为研究对象，厘清其纵、横向的变迁历程，探索其如何在社会变迁中实现调试与重构[⑨]，或关

---

① 张希媛：《苗族史诗〈亚鲁王〉叙事的生态内蕴》，《大众文艺》2014 年第 10 期。

② 何圣伦：《文化生态环境的建构与苗族史诗的当代传承——以〈亚鲁王〉为例》，《贵州社会科学》2015 年第 8 期。

③ 马静、纳日碧力戈：《创世史诗中苗族社会秩序构建与地域生态文化——以〈亚鲁王〉文本分析为例》，《中南民族大学学报》（人文社会科学版）2016 年第 2 期。

④ 吴正彪、班由科：《仪式、神话与社会记忆——紫云自治县四大寨乡关口寨苗族丧葬文化调查》，《贵州民族研究》2010 年第 6 期。

⑤ 吴正彪：《民族身份认同与文化遗产保护——苗族史诗〈亚鲁王〉田野调查札记》，《黔南民族师范学院学报》2015 年第 2 期。

⑥ 唐娜：《贵州麻山苗族英雄史诗〈亚鲁王〉考察报告》，《民间文化论坛》2010 年第 2 期。

⑦ 唐娜、马知遥：《西部苗族史诗〈亚鲁王〉传承人陈兴华口述史》，《民族艺术》2015 年第 3 期。

⑧ 叶舒宪：《〈亚鲁王·砍马经〉与马祭仪式的比较神话学研究》，《民族艺术》2013 年第 2 期。

⑨ 肖远平、杨兰：《文化调适与民俗变迁——基于麻山苗族民俗转型的实证研究》，《贵州社会科学》2015 年第 7 期。

注作为亡者身份证明的“芒就”①，类型化处置展演场域②等。

如前，《亚鲁王》史诗研究的树状研究网络已初步形成，已有研究成果事实上无法绕开文本或文化，研究文本不能脱离文化，研究文化亦不能脱离文本，研究者们无意识或者有意识地将文化与文本联结起来，甚至强调文化与文本不可脱离，但文化与文本仍被作为两个割裂开来的个体，这就可能导致研究成果无限向前端延伸或无限向后端延伸，明显存在后继乏力的问题。一是脱离《亚鲁王》文本且“无限向后端延伸”的研究成果较多。特别是在跨边界作业的交叉学科研究上，史诗常被简化为研究者臆想中的某种并不全面的文化符号，从而导致后续的讨论难以落地。二是关注《亚鲁王》文本且“无限向前端延伸”的研究成果无意识地忽视掉了史诗译本的多样性。诸如没有关注史诗尚未正式出版的《亚鲁与动物的故事》《亚鲁子孙的故事》等译本，没有关注国家级传承人陈兴华翻译整理的译本，这就导致脱离文化的文本研究在面对新的文本时难以自圆其说。在与东郎、翻译整理者、研究者及地方政府的交流互动中，可以发现活形态史诗的特殊性。一是《亚鲁王》的“活形态”体现为与仪式共生。《亚鲁王》仅在葬礼上完整唱诵，并在葬礼上得到传承和延续，在其他仪式中得到补充和完善。二是《亚鲁王》的“活形态”体现为文本变异的常态。史诗内容除内核部分（“亚鲁王的事迹”“爬坡路”等）不能随意删减外，东郎可根据自身的知识掌握情况对枝叶部分（史诗其他环节）进行发挥。三是《亚鲁王》的“活形态”体现为文本的生长。鉴于史诗与仪式的共生，东郎根据亡者家族谱系及亡者生平事迹增补唱诵内容。鉴于此，研究沿着“立足文本—超越文本—回归文本”的研究思路，尝试讨论史诗的社会功能，或可为《亚鲁王》树状知识网络提供有益补充。基于《亚鲁王》原生态形式在本土文化中与仪式和吟唱一体的展演实践，单纯的文学抑或单纯的文化研究无法帮助我们把握

① 单菲菲、韦凤珍：《苗族英雄史诗〈亚鲁王〉文化的简析——以贵州紫云麻山地区苗族的丧葬仪式为例》，《凯里学院学报》2015 年第 5 期。

② 路芳：《生产性保护下的仪式化展演——以国家级非物质文化遗产〈亚鲁王〉为例》，《贵州社会科学》2013 年第 11 期。

《亚鲁王》中的文化现象，社会功能的讨论无疑是对口头传统的存在与传承价值和意义的再认识，亦可更新既有文学观，扩展对本土文化遗产独特性的认识。

第三节　概念界定

一　《亚鲁王》

本书认为“亚鲁王”有狭义和广义之分。狭义的指已经出版、即将出版和计划出版的《亚鲁王》史诗文本，目前已有中华书局2011版、贵州省文化厅内部版、国家级非遗传承人陈兴华版文本，《亚鲁王》（第二部）已完成前期采录，正在安顺市亚鲁王文化研究中心校对排版。广义的“亚鲁王”不止于文本，不限于仪式，而是文本、仪式、礼俗、符号的总和。《亚鲁王》内容丰富，涵盖面广，2011年出版的《苗族英雄史诗〈亚鲁王〉》仅是史诗内容的一部分，更多的史诗内容仍在搜集、补充和整理。根据田野调查资料，《亚鲁王》涵括了五个部分的内容，一是创世纪，二是亚鲁王，三是亚鲁王与自然万物，四是亚鲁子辈业绩，五是亚鲁孙辈业绩。梳理史诗五部分，发现史诗涉及麻山苗族社会生活各方面，已然成为麻山苗族社会生活的一部分。

一是麻山苗族的道德标准、伦理规范。该部分依存于创世纪部分，是麻山苗族日常生活的总纲领，是社会秩序的维护者。这部分内容主要涉及伦理道德方面，也是最贴近人民日常生活的，是人民生活中不可分割的一部分。田野调查资料表明，创世纪内容碎片化程度极高，且种类繁多，要进行整理、归纳、翻译难度极大。

二是亚鲁王部分，亚鲁是史诗的精神和骨干，亦是史诗的核心部分。在调查中，东郎们反复强调该部分内容绝不可随意增加或删减，已正式出版的史诗便是该部分内容，主要讲述了亚鲁王带领族人征战迁徙的英雄业绩，蕴含了古代苗族礼仪制度、风俗习惯、经商贸易等史料。

三是亚鲁儿子部分。此部分作为亚鲁王英雄业绩的传承载体，亚鲁王精神的延续，是我们研究《亚鲁王》的重点之一。这部分主要讲述了亚鲁儿子对亚鲁事业的继承，将亚鲁精神发扬光大的各种事迹，也为麻山后世苗族提供了精神支柱和文化支撑。

四是亚鲁孙子部分。这部分内容是《亚鲁王》的扩散，是对亚鲁及其儿子的继承和发扬，是历经三代人之后的成熟与稳定。这一部分主要讲述了亚鲁后辈为坚守亚鲁信念所付出的努力，在此过程中亚鲁文化得以稳定和固化，成为研究和探索史诗的重要素材。

五是亚鲁王与自然万物。此部分着重于对自然万物的认知，体现了古代苗族的世界观，对客观事物的认知，对社会的朴素阐释，是研究《亚鲁王》文化内涵的关键点。对其研究可发现麻山苗族“天下同源”的价值观与史诗不谋而合，虽然在其异文中有着不同的唱诵，但其内核不变，正如苗族人对金银的崇拜、对龙神的崇拜等。

同时，《亚鲁王》内嵌于麻山苗族各类仪式之中，尤其以丧葬仪式最为重要，在丧葬仪式中《亚鲁王》呈现得最为完整，也最具活态性。整个仪式程序、符号具有多元意义，是我们深入探索《亚鲁王》文化的最为直观的呈现。

首先，亚鲁王仪式是麻山苗族沟通神人的重要场域。在麻山苗族的观念里，死亡具有特殊的意义，并不是生命终结的意思。史诗讲述了麻山苗族从东方迁徙而来，麻山脆弱的生态环境与极为不便的交通使得人们对祖地的向往意识强烈。他们希望通过丧葬仪式的举行，亡者能够沿着祖先迁徙而来的路途返回祖地与祖先团聚，过富足的生活。因此，丧葬仪式被赋予了神圣的使命，极为严肃和庄重。

其次，亚鲁王仪式是维护麻山苗族内聚力的重要保障。任何一部史诗都与该民族的历史文化生活相关联，《亚鲁王》也不例外，它承载着麻山苗族的历史。在亚鲁王仪式中，史诗的唱诵是不可或缺的，丧葬仪式上的人们认真聆听东郎的唱诵，对民族历史不断记忆，因而亚鲁王仪式是增强民族认同感，维护内聚力的重要保障。

最后，“亚鲁王”仪式是《亚鲁王》得以完整流传至今的重要载体。在整个丧葬仪式中，东郎必须唱诵整部《亚鲁王》史诗，保证亡者能够顺利沿着迁徙路线回归，且史诗与仪式相辅相成，缺一不可。因为麻山苗族的信仰，丧葬仪式中内嵌的《亚鲁王》史诗才能完整流传至今。考虑到麻山区域目前仍然保存着完整的丧葬仪式，所以本书的部分研究将以仪式作为切入点来进行研究。

二　社会功能与四种过去

本书认为，多重社会功能将史诗从传统中剥离出来，呈现出“非本我”的“本我”。具体来说，文本之“外”的系列因素建构了史诗可变动的外层结构，此种外层结构联结日常生活，回应时代变迁；文本之“内”的社会历史信息建构了史诗不可变动的内层结构，此种内层结构排挤日常生活，回应历史真实。“内”“外”结构并非同心圆般的规范，也不限制彼此对事物影响的大小，而是借助政治经济、文化整合、历史记忆、传承谱系等系列实践不断调适，在价值理性和工具理性之间来回摇摆的同时始终面向价值理性，这缘于“外层的可变动结构 + 内层的不可变动结构”确保《亚鲁王》及其文化持有人在“非本我”的“本我”之上，挤压出“真我”。亦即，外层的可变动结构成为不是过去的现在，内层的不可变动结构拉扯“不是过去的现在”回到“过去”，“过去”也因此不是“过去”。具体而言，史诗的多重社会功能围绕“四种过去”建构出一个动态的、开放的、持续的变异系统。

作为一种历史真实，《亚鲁王》表达的是“过去”的状态。史诗的形成和发展是东郎个体记忆与麻山族群记忆的互动共生，因其活态性，史诗建构的“过去”不仅源于史诗文本，亦源于仪式展演中史诗唱诵者与文化持有人建构的远古立体图式。具体而言，多场域唱诵史诗的习惯具备凝聚文化的特质，东郎通过语言的形式，行为的表达，仪式的展演，将族群记忆呈现于每一场唱诵中，族群个体通过此种社会活动建构对过去的记忆，并在不断重复的回忆和识别中，获得对族群的认识，塑造族群记忆，同时，东郎与族人记忆的互动实现了族群记忆的权威性。观照史诗文本，能够窥见苗族的历史风貌，挖掘深藏其中的历史事件。以此而言，史诗承载的不仅是东郎对历史的建构，亦是麻山苗族共同对历史的建构。展演场域中，史诗建构历史的同时也被历史建构，个体与族群在共享“过去”的实践中，不断强化文化认同，并以此实现自我认同、族群认同及国家认同的行动逻辑。

作为一种文化传统，《亚鲁王》呈现的是“不是过去的过去”的状态。文化持有人认为他们所建构的历史、唱诵的文本和展演的仪式，是对过去的一种复制，但受限于社会环境、人文素养、人生经历以及口承文学本身的变异性，文化持有人所认为的对过去的复制实质上已然成为不是“过去”的“过去”。东郎在传承过程中通过记忆、选择、吸收，形成源于过去又嵌合现在的思维观念和行为模式，并在仪式展演过程中，呈现个体所认为的“过去”的场景，以此贯穿对亡者的评价权，对生者的教育权，对谱系的书写权，对文化的传承权。换言之，作为传承主体的东郎承担史诗传递与继承责任的同时，也因此成为回应史诗“不是过去的过去”的主体。

作为一种地域文化，《亚鲁王》展演的是“不是过去的现在”的状态。外来文化被地方化的同时，地方性文化也因此非地方化，因此，以文化再生产的时空维度考察地域文化，文化整合尤显重要。文化整合强调的不仅是一种结果，更是一种过程。史诗文本向人们传达的是一种以本体文化为主的包容，这种包容不在于对外来文化的简单接受，更在于作为主体文化的选择和重构的过程。史诗文化历经“被动接受—选择吸收—主动改变—重构再建”的系列整合过程，成为“不是过去的现在”，且这一过程不断延续。麻山苗族体悟东郎展演，冲击原有认知，发生重组和更新，实现认知重构，回应“不是过去的现在”的“亚鲁王”。史诗强调在生活实践中体悟，关注个体内部的活动，注重实践、环境与个体间的互动过程，在这个过程中，史诗以“人化”“化人”，作用于人们的精神领域，发挥有效调控社会秩序的功能，对社会的运行起到良好的维护作用。史诗中人与自然的和谐思想、亲族之间的和谐思想、困境中的坚韧品质，都随着东郎的吟唱深深植入麻山苗族的血脉中，成为他们的民族品格和精神动力。

作为一种不可变的内层结构，《亚鲁王》追寻的是“过去还是过去”

的状态。史诗文本所蕴含的信息中，不管是军事活动还是农业生产，无论是生产贸易抑或是生命繁衍，都传达出和谐共生、天下大同的生态观念，这就要求人类的一切活动的最终目的都将归结到最原始的关系中。从军事活动而言，亚鲁的不好战、不血战，强调部族的发展当从内部突破，重视团队协作，倡导以智取胜，而非强制性地向外扩张；从农业生产而言，史诗尊重生态规律，重视自然时序，所以麻山苗族从不阻挠鹰在春秋两季捕捉他们饲养的鸡为食；从生产贸易而言，史诗强调经济的发展不以侵占为手段，更加关注技艺的磨炼和经营的诚信，更加重视多元利益主体的合作共赢；从生命的繁衍而言，史诗强调生命与自然的深切关联，麻山苗族认为生命的断续必然能在自然中找到相关性，诸如树木植被与人是生命共同体，不能随意砍伐破坏，只有人逝去之时才能将生命树砍伐，供仪式使用，因此，他们更加关注善因善果的生态循环，更加强调传统文化的生命力。

第四节　研究思路、内容、目标及方法

一　研究思路与内容

由于《亚鲁王》研究成果不多，资料欠缺，本书组多次深入麻山开展田野调查，足迹遍及紫云苗族布依族自治县猴场镇、大营乡、水塘镇、四大寨乡、宗地乡五个乡镇，涉及歪寨、芭茅、妹场、打郎、打哈、打饶、竹林、摆通、德昭、格崩、大地坝、火石关、久远塘、巴陇、星进、偏岩、牛月、卡坪、下六斤、葫芦寨、打联、马寨、猴场、四合、冗瓦、缴托、西道、中寨、摆里、冗盖、湾塘、坝寨、大河等几十个村寨。深度访谈和追踪调查有影响力的东郎 90 名，获取了百余万字的访谈资料，65GB 的音视频，调查了在地域范围生活或外出务工的文化持有人 100 余名，政府行政职能部门人员 30 余名。注重调查的真实性和有效性，掌握了丰富的基础资料，特别是追访了一些年龄较大、威望较高、影响较广的东郎，如东郎韦老王、韦老五、黄老华、黄老扭、杨光学、杨光详、杨通学、杨昌华、王凤书等，人均年龄为 60 岁以上。调查内容不仅涉及

东郎的家庭结构、人生经历，还观照了东郎的师承谱系和学艺经历，保证了研究的系统性和全面性。

本书设绪论、本论和余论。绪论涵括研究缘起与意义，研究现状与综述，研究目的与重难点，研究思路与方法，研究创新与不足。余论除了对全书进行概略式的总结，还强调史诗《亚鲁王》功能研究方法论与分析模式的优势与不足，以及未来有待改进和更迭之处。

本论共置九章，按章节顺序布设为“一、二、三”“四、五、六”“七、八、九”的块状脉络和“一、四、七”“二、五、八”“三、六、九”的条状脉络。具体内容如下。

一是传承创新功能。以传承创新功能为核心功能的载体，立足田野调查，认为传统的传承方式因环境的改变而发生变化，传承的内容亦会根据所处时期的文化不同，而产生不同的解释。史诗的赓续方式与内容随时代的变化不断调适，是促进民族凝聚和文化寻根的重要手段与重要介质。

二是文化治理功能。以文化治理功能为核心功能的链接，立足于文化的价值内涵，发现亚鲁王文化与地域内、外他文化互动的秩序与差异，认为社会治理的意义源于文化价值的差异和互动，提出多元文化共存事实上是一种生存策略和制衡模式。

三是族群认同功能。以族群认同功能为核心功能的总领，以满足认知需求、心理需求、社会需求、适应需求为族群认同的内生动力，在族际互动和多元文化的冲击下，制度和机构的适应、行为模式的适应、社会角色的适应成为亚鲁王文化实现族群认同的主要表现形式，求同存异的文化互动与主动适应的功能转换使亚鲁王文化获得了新的价值。

四是历史记忆功能。以历史记忆功能为知识派生功能的载体，沿着东郎传习史诗的历史轨辙和文化持有人接受史诗的动态过程，发现史诗的历史记忆由听觉记忆、形象记忆、概念记忆、联想记忆、实践记忆和交互记忆共同建构，且认为记忆的历史事件是历史，历史事件的记忆亦是历史。

五是文化记忆功能。以文化记忆功能为知识派生功能的链接，沿着记忆生产与生产技艺的逻辑脉络，发现史诗中的生存文化记忆、生活文化记忆、军事文化记忆和消费文化记忆呈交织态势。仪式过程中，仪式符号与仪式程序共同构建了记忆的场，成为族群缅怀先祖、回忆过去、铭记教诲的重要场所。

六是族群教化功能。以族群教化功能为知识派生的统领，以史诗所体现的约束话语的内容与史诗仪式所展现的约束行为作为研究对象，认为源于文化持有人接受程度与社会认知趋于一致，麻山苗族的族群教化兼具文化软控制与制度硬控制，是最有力的深层控制。麻山苗族传统的祭祀仪式承载着伦理道德观念，通过东郎在仪式活动中诵唱，让民众接受洗礼，潜移默化进行行为和道德约束。

七是经济导向功能。以经济聚合功能为实践派生功能的载体，从史诗对地域经济活动的影响出发，认为经济和文化的双重驱动力是史诗实现文化再生产的核心驱动力。

八是文化生态功能。以文化生态功能为实践派生功能的链接，从人与自然的关系、迁徙征战的发生、生产生活的行为等史诗生态意识来看，麻山族群的行为模式是人类自然选择的结果，也是史诗万物平等与和谐思想的体现。

九是价值整合功能。以价值整合功能为实践派生功能的总领，从以文化活动促进价值整合，到以新的文化活动完整融入价值整合的体系，再到价值整合体系对文化活动的吸收与排斥，完成完整的文化更新程序，提出文化振兴必然历经价值整合，价值整合是实现史诗永续生命力的重要方式。

在研究过程中，发现以下两点是重点，也是难点。

第一，界定和明晰知识派生功能、核心功能和实践派生功能的适用边界是本书的重点和难点；爬梳、廓清绑定和维系真实的功能、建构和表达认同的功能、拓宽和实现跨界的功能也是本书的重点和难点。具体来讲，如何科学合理地处置九种功能的类型化是本书要解决的核心问题。本书采取的解决方法是制定技术路线图和研究框架图，以横截面的知识派生功能、核心功能和实践派生功能与纵截面的绑定和维系真实的功能、建构和表达认同的功能、拓宽和实现跨界的功能交织并进。换言之，纵截面的史诗功能涵括但不全面涵括横截面的史诗功能，横截面的史诗功能包括但不全面包括纵截面的史诗功能。

第二，特殊时空田野调查可能导致资料不准确。由于本书写作时期和田野调查时间，是中华民族伟大复兴征程的关键节点，是中国共产党领导中国人民实现全面小康的关键时期，政策变化颇多，社会变动复杂，那么，全面建成小康社会之后的社会环境与史诗功能如何互动，如何避免田野调查材料的可用性和可行性打折扣，成为研究的又一重点和难点。本书采取的解决方法是，全面回顾自2011年首次前往麻山地区进行田野调查以来的所有资料，将新的田野调查资料置于8年时间线中，确保田野调查资料的连贯性；同时，全面同步建成小康社会绝不是否认历史阶段的分割，反而更加强调历史研究的连续性，换言之，社会环境的变化可以为《亚鲁王》史诗功能体系的建构提供更好的实践检验。

二 研究目标与方法

史诗“活”形态决定了史诗研究依靠文本又不限于文本，文化持有人与传承人、仪式及其过程、符号及其文化等均须纳入研究视野，意在立体、生动、活态地还原史诗本真。本书采用半结构访谈、参与观察及追踪调查的方法与史诗传承者及地域文化持有人展开互动，尽可能从仪式场域中获取详尽的第一手资料，并通过类型化处置调研材料与文献资料，实现《亚鲁王》史诗功能研究的整体性与系统性。具体而言，采用规范研究与实证研究相结合，比较研究与整体研究相结合的方法。

第一，规范研究与实证研究相结合。规范研究强调文献调查法与文本研究法，由于《亚鲁王》没有书面文献，虽然广泛开展搜集整理工作，但资料的不闭合和不全面仍是普遍现象，唯有遵照真实性、可行性和可用性的三条原则，以“苗族”“史诗”“功能”的多重组合为关键词，检索文献群，梳理文献脉络，尽可能获取《亚鲁王》史诗相关资料。同时，在搜集和梳理前人的研究成果基础上，以实证调查为重要手段，地毯式调查史诗文化区域，采用访谈、问卷、参与观察的形式分别对东郎和文化持有人进行采访，对史诗的个体记忆与集体记忆进行第一手资料的搜集，结合人们的历史记忆与史诗叙事的相关性，强调史诗的现实性，揭示史诗中的现实意蕴。其中，实证研究强调田野资料的连续性与一致性，一方面归纳整理以往调研资料，另一方面采用试调查、正式调查、追踪调查和补充调查的方法获取新资料，并进行一致性判断，避免调查结果的同质与无序。

第二，比较研究与整体研究相结合。比较研究不仅强调纵向的历史比较，亦强调横向的空间比较，同时关注以地域文化为中心的内外部比较。在思路上，将九种功能打散研究，使各部分的研究成果构成一个相互契合的研究整体，同时又对各个专题问题进行专题研究。整体研究与比较研究是紧密嵌合的，比较并不强调隔离，而是交织并进的。具体来讲，将苗族史诗《亚鲁王》社会功能研究所关联的经济、文化、历史、法律、政策、地理等环境进行整体研究，并揭示其互动关系。

第五节　研究创新处与不足

一　研究创新处

关于苗族史诗《亚鲁王》的研究始于 2011 年，在过去 8 年的调研中，特别是 2015 年至今进行的 10 余次调研，搜集到了更为翔实的专门性的第一手资料；同时，参著《亚鲁王》首部系统性著作的学术实践和参与草拟《安顺市亚鲁王非物质文化遗产保护条例》的社会实践，为本书报告的创新奠定了基础。

第一，学术思想的特色和创新。《亚鲁王》史诗因口承性与活态性特征，与史诗文化生境及辐射范围发生千丝万缕的联系，它既是历史脉络中祖先生活轨迹与流变轨辙的反映，亦是横纵时空中连接传统与现代的媒介，并成为优秀传统文化创造性转化和创新性发展的重要源泉。

换言之，《亚鲁王》史诗社会功能并非一成不变的，也不是随意更迭的，而是随社会发展进行持续性的演进发展。本书尝试以九种功能和四种过去建构史诗社会功能系统，并强调该系统是互动的、开放的和动态的。

第二，学术观点的特色和创新。以传统视域研读史诗，或理解史诗，即便是活形态史诗依旧是在讲述过去的事情，与现代社会事实上是“一种完全隔离的状态”。但反思史诗文化持有人的文化模式与心态演变，可见史诗文化持有人的行动逻辑自然地抑或不自然地受到了史诗文化的影响，且影响巨大。通过横纵时空下东郎口述的比较，认为亡者的评价权、生者的教育权、谱系的书写权和文化的传承权是东郎传承的核心动力，满足认知的需求、满足心理的需求、满足社会的需求、满足适应的需求是文化持有人传承的核心动力，共商的文化选择、主动的文化创新是文化持有人、学术话语体系和公共话语体系三者博弈视角下亚鲁王文化价值更新的表现形式，历时性的价值整合、共时性的价值整合、现时性的价值整合是亚鲁王文化价值更新的三维准则。

第三，研究方法的特色和创新。一是考据资料的创新，在较长时间的文献调查中，搜集17部《亚鲁王》相关异文，应是迄今为止最为全面的史诗文献群。二是调研资料的创新，在较长时间的田野调查中，重视对文化持有人、学术共同体和行政职能部门的调查，追踪百余名有代表性意义的东郎前后长达10年，这些东郎的口述史应是极具学术价值的。此外，尝试“源自文本—反思文本—超越文本”的研究思路，探索史诗经济功能、生态功能等研究，对当下如何合理利用文化资源的学术思辨和实践探索有启发意义。

二 创新与不足

本书发现，纳入国家话语体系的《亚鲁王》及其赓续场域经济社会急剧变迁，不同时空下同一被访者在相同问题上的态度呈现显著差异，但同一时空下不同被访者在相同问题上的态度却趋于某种一致，假使这种差异源自口头传统及其传承人的自主性调适，那么社会功能的核心功能、知识派生功能和实践派生功能便可成为国家话语体系下地域文化活态传承与发展的理论概括和重要参考，但时空本身的不可逆仍妨碍了对田野调查资料的理性思考和准确理解。同时，围绕核心功能、知识派生功能、实践派生功能，以及绑定和维系真实的功能、拓展和实现跨界的功能、建构和表达认同的功能延展出的九种社会功能以及四种“过去”的理论建构，仍有深度论证和继续延展的空间。

第一章　核心功能：传承创新功能

古典进化论的主要代表人物爱德华·伯内特·泰勒（Edward Burnett Tylor）将文化定义为知识、信仰、道德、法律、艺术、风俗等作为社会成员的人所掌握和接受的任何才能和习惯的复合体。[①] 文化传承则是指将某一群体的这些“复合体”通过“一定的方式”传授给后代，使文化逐步保留与累积，形成民族凝聚力，增强民族认同感。而这种“一定的方式”是通过“某一载体”或者“某种方式”来进行传递的，是文化保存和延续的关键，是文化赓续和文化再生产的重要过程，是具有时代特征的表达形式。

第一节　史诗传承的意义

文化是构成人类社会的重要因素，社会发展伴随代表时代特征的文化要素的承继。一个区域、一个民族正是由于对本区域、本民族文化的世代传承，才形成了独具区域、民族特色的传统文化。技术变革带来人类物质财富急剧增长的同时，也引发了社会结构、人口素质、文化环境等方面的系统性变革，并对社会生活产生深刻影响。作为优秀传统文化的民族史诗，《亚鲁王》的时代价值与优秀传统文化的创造性转化高度契合，这是因为对史诗的认识和理解是动态发展的，对史诗文化的认识和

① ［英］泰勒：《原始文化》，蔡江浓译，浙江人民出版社1988年版，第1页。

利用也需要动态调整，当史诗的承继迈出封闭式传承的狭隘天地，与国家经济社会发展相适应，便回到了生生不息的土壤里，并为后人存留多样化的生活经验与知识财富，这便是传承的深刻含义。

一 史诗传承的必要性

史诗是世界文化多样性的体现。“文化多样性是交流、革新和创作的源泉”①，其重要性得到世界范围内的普遍认可。非物质文化遗产作为各民族世代传承的，与群众生活密切相关的各种传统文化表现形式与文化空间，是连接民族情感的纽带，具有十分重要的文化价值。“从文化的民族性与世界性的角度来看，一个国家或民族的文化可分为两部分，民族性文化和世界性文化。”② 文化的世界性缘于文化的开放性，文化的创新不仅受内部变革影响，还受文化扩散、文化冲撞、文化迁移等影响。《亚鲁王》被发掘以来，在保护与传承非物质文化遗产和弘扬文化多样性的框架中，获得了具有民族文化活力因素的新内涵，其活形态的社区传承具有独特的价值，是口头传承研究不可多得的宝贵资源，其蕴含的“天下一家”“勤劳朴实”等文化要素也是中华民族共同体共享的文化符号。③

史诗是人类创造力的表征。非物质文化遗产是指被各社区、群体，有时是个人，视为其文化遗产组成部分的各种社会实践、观念表述、表现形式、知识、技能以及相关的工具、实物、手工艺品和文化场所。这种非物质文化遗产世代相传，在各社区和群体适应周围环境以及与自然和历史的互动中，被不断地再创造，为这些社区和群体提供认同感和持续感，从而增强对文化多样性和人类创造力的尊重。④ 史诗这一概念更加侧重于某种群体性的文化遗产观念和集体性的社会建构活动，主要呈现

---

① 范俊军编译：《联合国教科文组织关于保护语言与文化多样性文件汇编》，民族出版社2006年版，第98页。

② 何星亮：《文化的多样性和世界性》，载中国都市人类学第三次会员代表大会《庆祝阮西湖教授从事学术研究50年暨都市人类学研讨会论文集》2002年版。

③ 刘洋、肖远平：《乡村文化建设的四维建构与振兴策略——基于贵州的典型经验》，《湖北民族学院学报》（哲学社会科学版）2019年第2期。

④ United Nations Educational, Scientific and Cultural Organization, Convention for the Safeguarding of the Intangible Cultural Heritage, Paris, October 17, 2003.

出两个方面的创新意识，一是文化多样性、人类创造力的文化认同和历史传统意识，二是互相尊重的文化差异和社会阶段的可持续发展观念。从《亚鲁王》的历史情境与文化精神来看，不仅在既定的表征模式中定义了各种美学的可能性，也将这种模式联系到建构麻山苗族文化整体，形成由机制、实践和信仰共构的复杂网络体系。从非物质文化遗产的视角来看，作为非物质文化遗产的《亚鲁王》与作为文学艺术作品的《亚鲁王》具有相似的文化生产实践，关注的仍是群体性的文化遗产观念和集体性的社会建构。从社会属性来说，史诗如同一个试验场地，将各式的思想借由试验形塑，构成诸项文化节点的视觉和想象途径。就文化生产的过程来说，作为文学艺术的《亚鲁王》可以被视为各种观点和价值的综合体，被视为文化的建构根基，以及被积极创造、建构和流动的场域。从文化生产的外在表现来说，个体的文学艺术是作者的个性化创作成果，而《亚鲁王》作为非物质文化遗产，则是文化传统的某种群体性历史传播的产物。但统观文化生产和文化消费全过程，两者均作为社会化的试验场地，并借此发生各种主体创作活动或者群体传播活动，在本质上都是某种群体性和社会化的文化生产和历史传播的实践过程。不管是作为非物质文化遗产，还是作为艺术作品，《亚鲁王》在文化社会活动中，都必须依靠社会群体对历史传统和文化习俗的继承和传播。对于当下的研究主体而言，关注这些文化生产活动的社会关系和历史情境成为必要。如果说各种历史主体的时空对话是文艺作品与文化遗产的文化属性和社会潜能，那么这种交流就成为现代审美实践的核心，且在群体性的社会建构层面和集体性的文化传播层面最终呈现群体意识和文化认同，以及人性完善和理性复归的理论追求。

史诗是人类文化可持续发展的重要保证。文化具有时代性和超时代性相统一的特性，文化越是具有生命力就越能保持其相对长期的稳定性。中华文化的强大生命力，在于它的强适应力，在外界的不断变化中，它能够不断适应，且不断吸收和衍生出新的文化元素，虽然缓慢但是每个时代的特征都能得到展示，也就是说文化是时代叠加和文化延续的结果。文化从两个方面影响社会的发展，一方面是维护社会稳定，推动社会前进；另一方面则是破坏社会稳定，阻碍社会进步。文化是一定的社会生产与生活的产物，适应着特定时代社会生产和生活的发展要求。文化虽然属于精神产物，但是它可以通过语言文字或者其他载体，将个人意识变成社会意识，将主观精神变为客观精神，从而形成一种特定的社会文化环境。可持续所涉及的可以是经济问题，也可以是文化问题，仅依靠经济利益来实现可持续发展显然是不够的，文化机制的制动可以发挥重要作用。这里的文化主要指道德观与价值观，依靠文化中的道德观与价值观可实现可持续发展中的自律。史诗中描述亚鲁部族艰难迁徙，寻地居住的语句，“亚鲁王说，孩子哩孩子，这里不是我们久留的地方，我们不习惯住在这片疆域。天气炎热，阳光发烫。坐在家里大汗长淌，上坡干活顶着水桶。亚鲁王说，孩子哩孩子，这里不是我们久留地，我们在这地方住不惯。滚烫的岩石吱吱作响，火热的大地火烧火燎。亚鲁王说，孩子哩孩子，地里的庄稼长不熟，坡上的小米不饱粒”①，将亚鲁部族对生产生活条件的需求呈现出来，温度过高、气候过热的地方都不适宜作物的生长，虽然只是对历史信息的陈述，但同时也是对子孙的教诲。在史诗中还存有对待动物的平等观念，以及平等交换的理论原则，交换是主体间的一种自愿行为，交换过程应遵循合理程序和公平原则。于是在公鸡旺几吾应允亚鲁王喊日月的要求时，提出了自己的交换条件，“我心里知晓时辰，我自己会去啼鸣。一定把太阳喊出来，定能将月亮换起来。让十二个太阳清早出来，请十二个月亮在梦中升起。你拿什么答谢我的嗓子？你用哪样酬谢我的功劳”②。亚鲁没有物品给旺几吾作为交换条件，于是将自己占领的土地作为交换物许给旺几吾。但是因旺几吾自身的原因，没有要土地，而是选择米粒作为交换物，“你簸米我吃掉下的，你筛米我捡落地的。你拿三把小米碎粒给我吃，你用三把稻谷细粒让我捡”③。虽然史诗中亚鲁王与公鸡旺几

① 陈兴华唱诵记录，吴晓东仪式记录：《亚鲁王（五言体）》，重庆出版社 2018 年版，第 312 页。

② 陈兴华唱诵记录，吴晓东仪式记录：《亚鲁王（五言体）》，重庆出版社 2018 年版，第 387 页。

③ 陈兴华唱诵记录，吴晓东仪式记录：《亚鲁王（五言体）》，重庆出版社 2018 年版，第 388 页。

吾的交换，存在着主体地位的不平等，以及交换物价值的不平等，但是双方实现交换的过程中，并非机械地等价交换，而是因亚鲁毫无交换的资本，“我战败才来这里，家园丢失才逃亡。我穷得像无鱼的鱼篓，我穷得如没米的鼎罐”①，且米粒对于旺几吾来说，是生存必需品，所以，即便旺几吾没有收下土地，而是选择米粒作为交换物，也可以认为此次交换是等价的。

史诗是密切人际交流的重要渠道。史诗的产生基于族际交往和交流，从生发的角度来看，《亚鲁王》是战争引发文化交流的结果，史诗文本中关于战争的叙述占据了很多篇幅，如卢呙王与亚鲁的第一场战役在亚鲁的心中埋下了回征的念头，以至于在亚鲁称王后，首先回征故土，正是在这种残酷无情和血雨腥风的战场上，文化从这破碎不堪、尸骸遍野的土地上静静萌芽。② 着眼于当下的社会交往，麻山苗族的婚丧嫁娶习俗以及驱病禳灾仪式是由一整套相互衔接、相互配合的仪式、习俗、观念、信仰构成的体系，与以血缘为基础的家族社会结构是分不开的。麻山苗族依山居住，有的村寨住户集中，而有的则显稀疏，这主要是由于受了地形地貌的限制。人们平日劳作繁忙，交流不多，一般只在重大节庆场合才偶有往来，于是婚丧嫁娶仪式就成为人们交往交流的重要场合。而史诗《亚鲁王》则贯穿在这些仪式中，成为各仪式间的纽带和文化的依托。民俗礼仪活动通过特定的时间和空间聚合起一定范围的社群，仪式的参与者按血缘、亲缘、地缘等关系都会出现在这样的社会公共空间里。仪式使个体与个体、个体与群体、群体与群体之间发生互动，以此建构社会关系网络，将人们连在一起，成为社会聚合、人际交往的重要场所，同时也是史诗演述及口头传承的重要文化生态。

二　史诗传承的重要性

20 世纪以来，多次社会思潮后，史诗研究作为西学研究的滥觞，成

---

① 陈兴华唱诵记录，吴晓东仪式记录：《亚鲁王（五言体）》，重庆出版社 2018 年版，第 388 页。

② 杨善民、韩锋：《文化哲学》，山东大学出版社 2002 年版，第 221 页。

为语言文字学、现当代文学、民俗学、民间文学、文献学、考古学、人类学等多学科难以回避的议题。中国学界不再讨论史诗的历史事实问题，而关注史诗的历史真实与当代价值。同时，西方文学批评家也并未停止对史诗的反思，抑或以全知视角下的宏大叙事框定史诗[①]，将叙述的诗等同于史诗[②]，这样史诗的边界就扩大了；抑或将诗人置身物外的“客观的诗”划分为“叙述类”和“戏剧类”，“叙述类”的则成为“有音节的故事”和“史诗”[③]（这里的“客观”并非绝对意义的“价值中立”，而是充满作者情感的，这种考量显然偏重文人书面史诗）；抑或统合史诗边界的讨论，但做更为细致的处理，将史诗逐项分解为民间口传史诗、文人书面史诗、“准书面”史诗[④]；抑或反思传统古典学的史诗视阈[⑤]，应打破传统的史诗边界[⑥]，认为荷马样板是明显束缚，不能再以希腊史诗为史诗的唯一标准，活态的少数传统应纳入学界视野。西方视阈与中国观念交织互动，中国观念的树状知识网络亦在不断分化，不同的声音源于中国现代民俗学和民间文艺学是舶来品，学科体系受欧美学说启迪和影响，在早期研究，甚至是当前的一些研究中，多有借西方理论解读中国文化的研究成果，这些成果有启发意义，但事实上忽略了中国本土文化特质，与将论文写在中国大地上的学术导向不符[⑦]，与客观公正看待中华传统文化不符[⑧]，从这个意义上讲，《亚鲁王》传承具有重要性。

史诗传承是麻山苗族文化传承的需要。文化传承代表着一个区域的

---

① 杨鸿烈在诗学研究的流变轨辙中引用了文奇斯德的论述，“诗人要是置身事外，把他己身以外的那经验的世界都表现出来，就是普通所谓的客观的方法，其结果就成为‘叙事的诗’或称‘史诗’”。

② 杨鸿烈：《中国诗学大纲》，台湾商务印书馆 1970 年版，第 82 页。

③ 贺学君：《中国民间叙事诗史》，河北教育出版社 2016 年版，第 1—4 页。

④ 朝戈金：《朝向 21 世纪的中国史诗学》，《国际博物馆（中文版）》2010 年第 1 期。

⑤ 刘守华先生在讨论《黑暗传》时，引用劳里·航柯的论述，“我希望希腊史诗刻板的模式，一种在现实行为里再也看不到的僵死的传统，不该继续统治学者的思想”。

⑥ 刘守华：《〈黑暗传〉：汉民族神话史诗》，《广西民族学院学报》2003 年第 3 期。

⑦ 刘守华先生认为，中国现代民俗学和民间文艺学是在欧美学说的启迪下建构起来的，其不足之处便是常以国外理论框架削足适履地来诠释中国文化事相，从而将一些真正具有中华文化特质的对象列入不屑一顾的另类，形成文化误读。

⑧ 刘守华：《再论〈黑暗传〉——〈黑暗传〉与敦煌写本〈天地开辟已来帝王纪〉》，《民俗研究》2012 年第 4 期。

特色，是对人类创造的一切先进文化成果的选择，这是对文化传承基本内涵的外延，即将其延伸至对人类一切先进文化成果的借鉴和传承。经济全球化告诉人们，在一个开放的社会体系下，人类创造的一切先进文化都应该形成互鉴和共享的机制，文化的传承应该是全人类的共同使命。尤其是在一个自然条件多样、多民族共同生存发展的国家里，城市的建设，在传承地域文化特色的同时，还要结合自然条件和社会多样性的特点，选择吸收不同民族的文化成果，建设满足不同民族文化需求的城市物质文化环境，它是社会进步的重要标志，也是发展文化传承重要思想理念的具体体现。当然，对人类创造的一切先进文化成果的选择，必须坚持民族团结和谐的原则，并能够使其代表社会的发展进步方向。除了自然环境因素外，最能代表地域特色的还有长期积淀的社会文化因素，尤其是对同属一个自然环境下的城市，社会文化因素就成了判断不同城市的标志性因素。正是有了文化的继承和延续，并在长期的历史进程中积淀、推陈出新，才使得这个区域有了与其他区域不同的特质，形成了区域的文化特色。正如提到《格萨尔》就能感受到藏族文化的雄浑力量，提到《江格尔》就能感受到蒙古族驰骋草原的飞扬，提到《玛纳斯》就能感受到柯尔克孜族的豪放爽朗一样，提到《亚鲁王》就能感受到麻山苗族坚忍顽强、勇于拼搏的奋进力量。麻山苗族的一切历史文化都是通过口头传承保存下来的，其语言、历史、风俗习惯、道德伦理等，都蕴藏在其口头传统之中，特别是史诗《亚鲁王》之中。因此，对史诗《亚鲁王》的传承是麻山苗族文化传承的需要，也是中华多元一体文化传承的需要。

史诗传承是麻山苗族文化发展的需要。传承与创新是文化发展的需要，文化的发展是以文化传承和文化生态系统的良性运转为基础的，文化生态系统是一个开放体系，在特定环境内，各文化主体与环境系统之间的交流使得文化生态系统得以运转。而不论是文化的传承还是文化的发展，都具有较强的场域性和时空性，是在长期生产生活实践中创造的精神财富、物质财富和行为习惯的总和。文化的场域性讲的是文化在特定地域范围内的交流、交往和交融，时空性则讲的是文化通过一代代的积累与传承。文化的发展必然是伴随着不同文化之间的交流、交往和交融，文化只有通过交流借鉴才能创新发展，交流与借鉴也是社会发展过程中，不同文化之间必经的过程，这种变化也会通过文化因子体现出来。所以，文化的交流与借鉴体现的不仅是纵向文化的积累与传承，还是横向文化的沟通与交融，两者是文化发展的主要动力。史诗传承这一过程可以使民族文化成为人类共同的精神财富而受到世界人民的尊敬和保护，且其本身就是文化宽容的过程，也是人类共有道德的体现。同时，许多文化遗产一旦列入代表性名录，便成为品牌塑造的重要组成部分，可能带来可观的经济效益。

第二节　史诗传承的方式

《亚鲁王》是麻山苗族文化与传统的组成部分，对该族群文化的认同、民族精神的承续，具有十分重要的作用。作为国家级非物质文化遗产，《亚鲁王》生存特点及发展规律的探讨十分必要，传承作为非物质文化遗产的生存特点，进化作为非物质文化遗产的发展规律，两者交织并进，同样在《亚鲁王》史诗的传承中发挥其功能。美国文化学家爱尔乌德在《文化进化论》中认为，“文化是由传递而普遍遗留下去的，并且渐次连接于语言媒介的团体传说中。因此，文化在团体中，是一种累积的东西，而文化之对于个人则是一种和同伴交互影响后，所获得或学习的思想行动的习惯”①。《亚鲁王》是麻山苗族文化与传统的组成部分，对该族群文化认同和民族精神的承续具有十分重要的作用。

非物质文化遗产的发展和嬗变表现在知识的累积和传递上，在这段过程中其本质一般不会发生颠覆性的变化，并始终保有某种文化精神，即使发生变化甚至被淘汰，也并非因为某一权威力量的插足。民众的选择才是真正的颠覆性力量，这种选择也被称为文化选择。史诗《亚鲁王》因地域的差异导致呈现方式存在细微差异，但史诗的精神特征、演唱内

① ［美］爱尔乌德：《文化进化论》，钟兆麟译，世界书局1932年版，第11页。

容和结构特点都具有高度的一致性，这就成为麻山苗族间感情维系的精神链条。《亚鲁王》因其主要演唱场域的严肃性带有原始信仰色彩，麻山苗族通过仪式上的唱诵追寻往生后的场景，这种对死亡后的想象成为对自我生命的终极关怀，进而形成从道德自律到行为自律的文化生命力。

一　一对一地传承

《亚鲁王》传承的文化生态环境中最关键的因素是文化传承载体的培养。在文化传承过程中，文化的传播者和接受者的二元结构形成了一种生态关系，作为《亚鲁王》传播者的东郎和作为接受者的个体间相互依存的关系激发了史诗的活力。东郎在史诗的唱诵过程中成为历史信息的传达者，逝者的安抚者，生者的教诲者，因而人们对东郎的崇敬实际上就是对自身文化的认可。《亚鲁王》的传承方式中，师徒传承①是习得史诗传唱技艺的重要方式，师徒传承是一种有意识的主动学习过程，与个人兴趣相关，这种传承方式就是师父—学徒，师父就是最好的传道者，而学徒就是学艺人。这种传承方式的特点就是直接获取记忆内容，在实践中习得技艺，由于是一对一的传授，长期与师父交流，在学习的过程中往往会承袭师父的一些演唱风格，所学仅为师父记忆内容。传统的传承方式仪式程序烦琐且严谨，拜师礼物、拜师日期、拜师地点、学艺过程都有讲究②。

民间文学根据传承来源，把民间艺人的师承关系分为师缘关系、地缘关系和亲缘关系三种。但是在麻山，《亚鲁王》的传承并不能单一归为某一种，更多的是这三种的混合形式。以东郎 WLW 的师承关系来说，他的师父 WLP 同时也是他的大伯，他的儿子 WXL 也是自己的徒弟，当然

---

① 这里的师徒主要是家族传承，诸如有血缘关系的师徒，且强调以血缘师徒为主。

② 一是拜师的礼物。如有族人希望学习《亚鲁王》，则要准备黄豆、豆腐、酒、鸡等物品前往东郎家中拜师，以示诚意。二是拜师的地点。为体现《亚鲁王》传承的正统性和严肃性，拜师的地点选择在村口，以便更多的族人观摩。三是学艺的过程。学艺之初东郎对所有徒弟一视同仁，但学习一段时间后，东郎会让几个徒弟抓阄，东郎用鸡的内脏作为阄，这算是一个占卜仪式，充满神秘主义，如，学唱《亚鲁王》学得完整且好的一定是抓住鸡心的学徒，鸡心就意味着学唱者会将所学的牢牢记在心里；而抓住鸡肠的则边学边忘，因为鸡肠是上下互通的，东西从上面装进去，马上就会从下面漏出来。根据这个仪式，东郎就会确定大师兄的人选，倾囊相授。

WLW 并不是只有 WXL 一个徒弟，他收了很多徒弟，但大都学唱得不好，且外出打工后，史诗内容也都忘记。但是，也如 WLW024 所言，“一个家族中必须保证要有东郎来学这个（《亚鲁王》）”①，因为没有东郎，又很难在外家族或者其他寨子请到东郎主持仪式，YXZ028 就是因为这个原因开始学唱史诗的，“我学这个史诗，还有一个原因就是我家一位大伯，他是年纪很大才学史诗的，他告诉我说他家爷爷去世的时候，很心寒，家族里面没有东郎，没有会唱史诗的人，于是就跑去另外的寨子里请，请了一个东郎，这个东郎就说要和另外一个东郎一起，他去这位东郎才来，他不去这个东郎就不来了，就这样绕来绕去的，找到一个还要等另外一个，一个来一个不来的，人都死在家里面了，等得心慌。所以说远处的东郎还是很难请，就喊我们必须学。那些老人都是四五十岁了才学，学了之后就传给我们，然后一代传一代。后来大家都会了，为什么不提钱，就是因为大家都会了，你不唱别人也要唱，所以就没有收钱”②，且东郎的传承传男不传女。伴随政策的变化，传统的传承方式遭到了强烈的冲击，部分东郎选择放弃传承，而另外一部分东郎为保证史诗的延续性，仍隐蔽传承和传唱。这一时期的拜师仪式简化，更加注重授艺过程。受市场经济影响，麻山青年一代涌入城市务工，受外部思想的影响，将生产生活资料带进麻山的同时，也将外界的观念带进了麻山，更因《亚鲁王》禁忌多、仪式复杂、学习时间长、受众小，传承面临极大挑战。

二　一对多地传承

《亚鲁王》的传承不仅体现在史诗内容的完整流传上，也体现在史诗唱诵者与听众间的互动上。东郎在葬礼仪式上唱诵完整的史诗内容，前来吊丧的客人们大多会在唱诵场前驻足听唱，也有学唱者借助东郎在仪式上的唱诵补全和筑牢自己的唱诵，因此每一次的唱诵，都是对历史的回顾，加深了听众对史诗内容的了解。因此，东郎每次唱诵前都得认真

① 访谈人：KTZ001、XTZ003；访谈对象：WLW024；访谈时间：2017 年；访谈地点：贵州省紫云县宗地乡歪寨村。

② 访谈人：KTZ001、XTZ002；访谈对象：YXZ028；访谈时间：2017 年 7 月 16 日；访谈地点：贵州省紫云县宗地乡巴陇村。

准备，避免在唱诵中造成失误，第一次主持仪式的东郎则更需严格要求。东郎 WLW024 学成之后的第一次唱诵仪式，师父十分担忧，对他进行反复训练，并认真交代唱诵过程中需要注意的事项，“学了两年，也就是两个正月，师父教我最后一段的时候，说你今天学完了，你完完整整地唱一遍给我听，我就唱，然后也完整地唱完了。师父说，那好嘛，你都能唱完了，那你算出师了，我过两天要去帮人家开路，你跟着我一起去，你也唱一下嘛。开路的头两天，他又喊我去他家，说要给我交代一些事情。他还是紧张的，怕我会唱不好，所以我去了后他就反复地教我，让我注意一些事情。他说你唱的时候可以闭眼睛，但是一定不要唱错，你要是真的不记得了，我就在旁边，你不记得了你就下来，我接着去唱。然后还告诉我，去了人家要做些什么事情，不开路的时候，在哪个仪式上要唱哪个内容，都反复交代”①。

吊唁的丧客们常在丧葬仪式上听东郎的唱诵，对大概的内容也都有所了解，前来习唱的习唱者对史诗内容也多有熟悉，因而东郎的唱诵并非单一的输出，一轮唱诵下来，东郎与东郎之间，东郎与听众之间都会有交流，在吸纳他人建议的同时，丰富自己的唱诵。也有没有拜师，长期听东郎唱诵而习得史诗内容的，YEM 就是特例。称她为东郎，是因为她会唱诵部分史诗内容，但是实际上她并未参与过仪式的主持，女性习唱史诗和主持仪式也是被禁止的。但因她出生于东郎家庭，父亲教学和主持仪式过程她都在场，长期跟随父亲，耳濡目染习得了部分史诗内容。她对史诗非常喜爱，曾要求学唱但都被拒绝。YEM 的案例也说明，史诗的传承离不开东郎在场域上的唱诵，公开的唱诵不仅是对东郎自身素质和能力的考验，更是大众学习史诗内容和民族历史的重要机会。

三　多对多地传承

在一个文化区（圈）范围内，有的时候则是指在一个族群的范围内，众多的社会成员共同参与传承同一种非物质文化遗产门类或形式；或反

---

① 访谈人：KTZ001、XTZ003；访谈对象：WLW024；访谈时间：2017 年 7 月 25 日；访谈地点：贵州省紫云县宗地乡歪寨村。

过来说，某一种众多社会成员参与其中的非物质文化遗产，显示了这个群体的共同文化心理和信仰。风俗、礼俗的形成主要依靠的是群体的记忆和传承，通过约定俗成或自身无意识地将前面人所遵行的风俗礼仪传承下来。个体在这个过程中虽有倡导作用，但并非作为主力。邓子琴就认为，当一种风俗被领导者所倡导，从而形成一种社会习气后，一般会延续若干时期，并逐渐演变，直到其消失，新的风俗也会逐渐形成和生长，取代旧的习俗，不断循环，直至无穷。意思为一种风俗一旦形成，就会逐渐发展演变为大家必须遵守的社会制度，形成强大的约束力和规范力。麻山苗族从诞生的那刻起，就作为地域内社会成员生活在社会制度和风俗、礼俗的规范下，尽管伴随社会生活的发展，有的习俗已然消逝，但是最为重要的葬礼、祭祀等习俗仍然是必须遵守的礼仪。

《郭躬传》卷四十六载，"顺帝时，廷尉河南吴雄季高，以明法律，断狱平，起自孤宦，致位司徒。雄少时家贫，丧母，营人所不封土者，择葬其中。丧事趣办，不问时日，医巫皆言当族灭，而雄不顾。及子䜣、孙恭，三世廷尉，为法名家。初，肃宗时，司隶校尉下邳赵兴亦不恤讳忌，每入官舍，辄更缮修馆宇，移穿改筑，故犯妖禁，而家人爵禄，益用丰炽，官至颍川太守。子峻，太傅，以才气称。孙安世，鲁相。三叶皆为司隶，时称其盛。桓帝时，汝南有陈伯敬者，行必矩步，坐必端膝，呵斥狗马，终不言死，目有所见，不食其肉，行路闻凶，便解驾留止，还触归忌，则寄宿乡亭。年老寝滞，不过举孝廉。后坐女婿亡吏，太守邵夔怒而杀之。时人罔忌禁者，多谈为证焉"①。可见，礼仪在任何时代都具有群体性，由群体传承、群体认同。一旦超越这种约束，就会遭受群体谴责。虽然礼俗的约束形式为无形，但其约束力巨大，这也是《亚鲁王》史诗得以稳定传承的重要原因之一。

在麻山苗族人的观念中，史诗嵌合于丧葬仪式，其主要目的除了向生者讲述历史就是将亡者灵魂引向祖地，一旦仪式中缺失了史诗的唱诵，亡者无法返回祖地，就会对生者的生活产生影响，扰乱社会秩序。所以，

① 邓子琴：《中国风俗史》，巴蜀书社 1988 年版，第 26—27 页。

史诗的唱诵成为麻山苗族的群体行为，是麻山苗族维护社会秩序的重要方式，其间东郎和民众既是史诗的掌握者，也是史诗的受众，同时亦是传播者。

第三节 史诗传承的场域

文化的传承是要通过一定的方式和途径来实现的。较为完整的传承途径和传承机制是少数民族文化遗产得以保留至今的重要原因，而生活方式的传承、生产方式的传导，以及伦理道德、语言与艺术活动的传承是民族文化遗产传承的几种主要途径。

一 生活中的传承

生活方式作为文化物质与精神的综合体现，具有极大的稳定性。不同时期的生活方式，被文化群体直接传承，并凝聚了各时期的文化内涵。不同环境的人类群体总是以不同的方式维持自身生存，人类的适应过程也被认为是人的需要与环境供给之间的动态平衡。即便是处于同一地理位置，因生活方式、风俗习惯、乡规民约的不同，不同族群的文化特质也会不同。在麻山与苗族杂居的布依族，其风俗习惯也并未产生过多的变化，以丧葬仪式来说，布依族与苗族有着极大差异，布依族葬礼在紫云北部主要是请先生主持仪式，开路念经。传统的祭礼中，有砍牛仪式，俗称“砍嘎”，老摩公在棺旁念咒语，由死者女婿持刀向牛心窝刺去，一刀刺死为吉。如果女婿害怕自己不能完成，则可请人代劳。砍牛时，旁边敲响铜鼓，燃放鞭炮，牛首祭祀死者，牛肉宴请宾客。[①] 苗族仍延续自己的传统丧葬仪式，至今保留有砍马习俗。丧葬仪式是麻山苗族文化的主要特点，也是他们的重要生活方式，还是传承本民族文化的主要途径。

二 生产中的传承

文化也通过生产进行传承，各民族由于文化传统和生存环境的差异，

---

① 陈善坤、紫云苗族布依族自治县县志编纂委员会：《紫云苗族布依族自治县志》，贵州人民出版社1991年版，第163页。

他们在物质生产方式上表现出各不相同的特点，但几乎都有传承自己生产方式的倾向，为适应不同的生存环境采取一整套的谋生手段，以便群体维持生存。作为农业生产大国，劳动人民对自然环境与农业生产的关系，季节变化与作物生长规律的认识，有着数千年的历史，积累了丰富的经验，形成了相关的生产技术，并世代传承。至今，在麻山苗族地区，仍保留着传统的牛耕或刀耕的种植模式。史诗中，“鼠天，成群地鼠渡江而来，大群鼠浮水尾随而到。稻谷种跟随而来，糯谷种尾随而到。红稗种跟随而来，红稗种尾随而到。麻种跟随而来，麻种尾随而到”①，记录了苗族先民以种植红稗、糯米、小米为主，并伴随史诗的传唱，在后世苗族的生产中产生重要影响，即便在麻山不具备种植此类作物的条件下，人们也对先祖种植的作物记忆深刻，并在重要仪式场合以此类作物作为祭祀物品愉悦祖先。

三　习俗中的传承

习俗在各民族文化的传承中发挥了积极作用，它体现的是一个民族对世界的独有认识，是构成民族文化的重要内容。习俗在传承的过程中，可以有效地规范人们的行为，对其进行控制和引导，从而整合人们的文化观念，使人们对某种文化具有认同感和归属感。集市民俗作为麻山苗族生活中的一部分，也在史诗的创世部分有所体现。史诗的创世部分讲述了天地的形成，“火不当扶十二个太阳到十二个集市转动，火不当抬十二个太阳在十二个集市轮回。火不当造出勒咚白茫茫，火不当造成天外空荡荡”②，其中“勒咚”是由九根柱子撑起的空间，深刻体现了麻山苗族对宇宙的认知和对世界的认知。传统习俗彰显着一个民族的民族风格，寄托着种种民族精神，亦是对民族文化传承的重要途径。

此外，禁忌亦是文化的传递者，万建中认为有人类就有禁忌，因为禁忌的观念和民俗是伴随人类一同出现的③。在早期的人类社会，由对自

① 中国民间文艺家协会：《苗族英雄史诗〈亚鲁王〉》，中华书局2011年版，第162—163页。

② 中国民间文艺家协会：《苗族英雄史诗〈亚鲁王〉》，中华书局2011年版，第32页。

③ 万建中：《中国民间禁忌风俗》，中国电影出版社2005年版，第1页。

然的探索产生了自然崇拜，因崇拜而恐惧，因恐惧而害怕祸害，为躲避祸害而产生了各种禁忌。人们希望通过恪守禁忌这样的方式来躲避祸害，或者以此种顺从的形式来将自然界的异己力量化为己用，形成了早期的禁忌形式。禁忌也是人类在面对危险事物时产生的一种本能行为。禁忌普遍存在于各民族的观念习俗中，与早期人类认识事物的方式有关。在麻山，有关于“嘿”的传说，“嘿”是一种体型矮小的人，他们充满智慧，力大无穷，与史诗中所讲述的“嘿”是同一物种。史诗对“嘿”的定义为，“苗语 Heid 的音译，指另一类型的人，嘿的体型要比正常的人小得多，不会生育繁衍，但嘿的智慧无穷、力量无边”①。在麻山腹地，有一个山洞被认为是“嘿”的埋葬地，且被视作禁地而不允许人类进入。有一青年违反禁令，而后因疾病去世，被当地的人们视作与违反禁令有关，于是更加坚定了禁令的有效性，从此再无人敢违背禁令进入山洞。这种对禁令的遵从，彰显着一个民族的民族风格，寄托着种种民族精神，亦是对民族文化传承的重要途径。

四　节日中的传承

节庆活动是传统民族文化传承的重要场所，是各族文化的重要表达方式。不论是原始的崇拜活动还是祭祀活动，或者是一些民俗礼仪活动，均蕴含着十分丰富的文化内涵，从节庆活动往往可透视出一个民族古老而又丰厚的文化传统。定期举行节庆仪式，强化了传统文化的记忆，是民族精神的外在体现，也是社会群体的自我认同，更是社会群体交流的媒介，它对文化的传承起着一种特殊的作用，它使民族古老的文化获得重视，使文化群体对文化的认同感和归属感得到加强。苗族“四月八”是纪念英雄亚鲁的重要节日，因英雄亚鲁在农历四月初八这一天战死在贵阳市喷水池附近，为了纪念他，就在每年的农历四月初八举行纪念活动。在 1912—1949 年间杨森所著的《贵州边胞风俗写真》记录了“铜像台（今贵阳喷水池）一带的情况，那里原为森林茂密之区，称为黑羊大箐。边胞酋长名古鲁悲赞者（苗音）异常英勇，于宋

① 中国民间文艺家协会：《苗族英雄史诗〈亚鲁王〉》，中华书局 2011 年版，第 33 页。

时或宋前，率其徒众来此开垦，死后葬于此。后人为追念前人丰功伟业，乃于四月八日前来祭奠”①，活动范围涉及贵州贵阳、高坡、紫云、松桃、黄平等县市，贵阳市喷水池的祭祀活动延续至今。节日是传承民族精神的重要方式，同时也是苗族文化最集中的体现。四月初八这天，苗族人民要相聚一起，吹奏芦笙，跳芦笙舞，对山歌，等等，人们在节日中积极向上的心理状态，祈求风调雨顺、人民安康的良好愿望，会极大地增强一个民族的凝聚力和向心力，而且这种影响还是潜移默化的、深远的。

五　活动中的传承

文化艺术主要包括语言运用和文体活动的传承。语言是文化的载体，也是《亚鲁王》史诗得以传承的重要途径。以什么符号来表示意义和思想是文化群体约定俗成的，虽然地域的阻隔，使苗族语言分成了不同的方言形式，但是对史诗《亚鲁王》的口头流传仍广泛存在。语言是民族文化的核心要素，具有较强的稳定性和传承性。在文化共同体成员中，语言是在文化的发展中逐渐形成的，并在这一过程中逐渐掌握和理解语言中的所指对象和所指意义。每一个文化共同体的传承都是在语言和符号的构成中进行，在人们对所指对象和意义的理解中获得传承，形成民族特点，构成民族文化传统。当然，语言也会在传承中出现解构和重构，特别是意义的解构和重构。史诗语言在传承过程中，因东郎们在记忆过程中采用死记硬背的方式，部分词语意义已不可知，正如东郎 CXX009 所说，“关于亚鲁王这个人，我没有什么看法，师父教我们唱，我们也就只是唱，他们也没有和我们摆过亚鲁王是什么样的人，也没有摆过相关的故事，所以我们也就没有去想过”②，因此，史诗的传承需要在理解之后进行记忆，才不会丢失所蕴含的文化意义。

文化艺术作为重要的文化现象，具有鲜明的民族特征和文化内涵。

① 杨森：《贵州边胞风俗写真》，贵阳西南印刷局 1947 年版，第 54—55 页。

② 访谈人：KTZ001、XTZ001；访谈对象：CXX009；访谈时间：2017 年 7 月 12 日；访谈地点：贵州省紫云县大营镇芭茅村。

麻山苗族在长期的历史发展过程中创造了具有地方民族特色的艺术样式，如蓝靛蜡染图式、山歌古歌调子、芦笙调子、唢呐调子等。这些艺术形式和艺术活动，既承载着厚重的民族历史文化，又成为各个民族文化中有机的鲜活的组成部分，从而在民众中代代相传。基于此，亚鲁王文化研究中心将各种民族文化元素融入舞台展演，形成了新的文化艺术活动形式，《亚鲁王》《千年亚鲁王》等剧目，均是萃取史诗中亚鲁的故事来进行创作和展演，虽然一台演出剧目不能展现史诗的全貌，但是用这样的方式来宣传民族文化，用这些故事的精神来映射社会诉求，亦可称为一种探索。作为艺术展演，这是当地人民展示自己文化遗产的重要机会，使人们能够认识并且亲自感受到少数民族文化遗产的重要性，扩大对外影响，展示的内容或交易的项目都是具有代表性的。

第四节　史诗传承的转型

一　史诗传承的困境

一是古苗语与当代苗语意指的不一致。通过对东郎的访谈，了解到大部分东郎在无法理解古苗语所表达的意义时，便将这些词语或者这些代表人物与现实生活中具有相似性特征的自然物或者人物对应，曲解了史诗原有的意指，例如在 CXM002 家进行访谈时，他就非常确定地说，史诗中所讲到的“地钉”就是麻山范围内的某一处小山，因形状似地钉而被多数东郎认为是史诗内容在现实生活中的原形。且史诗中亚鲁王在迁徙过程中途经的“贝京”“纳经”因无法翻译，东郎们就想当然地与汉语中的北京、南京视为一地。甚至亚鲁这个名称因苗语 Yax lus 与汉语人名杨六发音相似，亦被东郎们认为与杨六郎是同一人。因为意义的错乱，东郎在阐释过程中已将史诗原本的一些内容与意义丢失。同时，在日常的社会交往活动中，当地汉语方言逐渐成为主要的交流方式，苗语的使用范围逐渐缩小，一般在本民族成员间使用，同时苗文的普及率和使用率低，积极学习的人不多。伴随苗语使用范围的逐渐缩小和东郎数量的逐渐缩减，史诗传承的必要性与东郎传承的非必要性形成矛盾，除国家规定的几名代表性传承人必须履行传承人责任和义务继续招收徒弟教授史诗，其余东郎可自由选择教授或放弃。

二是传承环境的变化。受市场经济影响，麻山苗族的生产生活方式发生了极大的变化，传统的耕种已不再是家庭经济收入的主要来源，外出务工成为维持家庭生计的主要方式。年初打工年末回已经成为麻山青年一代的生存写照。麻山苗族的务工输入地主要是广东、浙江、广西、河南等地，受文化水平限制，务工形式仍集中于农业耕种，以种菜贩卖为主，搞电子生产的少。受年龄的限制，一般到四十岁左右外出务工很难，所以在年龄上限之前，他们将所积攒的钱用来修建新房，改善住宿条件，支持小孩上学，无更多精力去习唱史诗。加之史诗篇幅冗长，对大多数人来说背诵记忆很难，习唱后因一段时间没有坚持学习而忘记和放弃的不在少数。史诗的传承环境正在悄然发生变化，正如 WLW024 所说，“我徒弟学得很多，有一个叫韦某付，快四十岁了，也打工去了。好多人都觉得这个没有意思，都出去打工去了，去广东、广西打工的多了。也有全部学得了的，但是去广东打工几年回来都已经忘得差不多了”①。随着麻山与外界互动的日渐频繁，电子媒介融入当地的日常生活中，快速变换、内容丰富的各类节目成为当地年轻人的精神支撑，愿意认真习唱的人越来越少。

三是教育情况与史诗传承间的关系。在所采访的东郎中，大部分受教育程度较低，因家庭人口多，经济困难，而不能继续上学。再者男性在“大集体”时期，16 岁以上算全劳动力，16 岁以下 12 岁以上的算半劳动力，因此要保证温饱问题，几乎所有的家庭都会让男孩回到家中干农活，“搞生产、挣工分”，在获得生存机会与受教育机会之间，生存机会占据了上风。随着村民生活条件的改善，且意识到受教育程度对于外出择业有重要影响，于是在满足温饱的情况下，开始重视教育。正如东

① 访谈人：KTZ001、XTZ003；访谈对象：WLW024；访谈时间：2017 年 7 月 25 日；访谈地点：贵州省紫云县宗地乡歪寨村。

郎 YXZ028 说，“妻子为了支持我干工作很辛苦，而孩子又不怎么听话，我还是想等有能力的人来担任这个职务，帮助村子里的人看病，然后自己想想办法，不管是出去也好，还是做点别的也好，还是要把这个家撑起来。我以前吃了没上学的亏，现在不想让我的孩子们继续吃这样的亏，没有毕业证书，他想要在外面打工，拿高一点的工资是很难的，为了他们我也应该尽到我这个父亲的责任，他能读个高中、上大学最好，能上个职业技术学校也行，要多少钱我都去借，只要他愿意读书，想过好的生活，让我和他们的妈妈吃多大的苦都行”①。麻山人民对教育的逐渐重视，让年轻一代接受了更多的教育，同时由于学习压力和学习空间的挤占，对史诗的关注度较低，在进入中学和大学之后，在外就业的人数越来越多，返乡人员越来越少，史诗的传承群体也相应越来越少。

二　史诗传承的变化

一是组织形式的变化。由以家族传承为主的核心传承方式转变为以师徒传承为主的传承方式。《亚鲁王》进入国家级非物质文化遗产名录后，大量年轻人意识到了民族传统文化的重要性，他们开始主动拜师学艺，当下的拜师程序也一直延续简化的方式，只要愿意学师父就愿意教，东郎们急切地想将自己所掌握的史诗内容交付给年轻一辈，以保证史诗的传承不至于在自己手中终止，于是传统的徒弟找师父学的情况转变成了师父主动监督徒弟习唱。因国家级非物质文化遗产传承人的身份，CXH034 的徒弟多达几十人，不仅包括家族内的后辈，其他家族的年轻人也会因 CXH034 的名气前来拜师，以族内的徒弟来说，仅在打哈村的徒弟就有伍氏几兄弟。CXH034 的儿子 CSG045 也是一名东郎，曾在紫云县亚鲁王文化研究中心助力史诗的搜集整理工作，后因照顾家庭，返回打哈村居住，并参与合作社工作，发展养殖业。CSG045 并没有教授徒弟，因为传统的观念里面，东郎不能在师父健在时自立门户招收徒弟，这也是对师父的尊重，用东郎们的话来说就是，“师父在一天，我们都要一起主

① 访谈人：KTZ001、XTZ002；访谈对象：YXZ028；访谈时间：2017 年 7 月 16 日；访谈地点：贵州省紫云县宗地乡巴陇村。

持仪式，分得的肉都要师父先拿”①。

二是传承文本形式的变化。2011 年在紫云县宗地乡德昭村采访东郎 CXM002 的时候，就曾见过他用汉字记音的史诗文本，但限于文本的特殊性，无法推广使用，仅为 CXM002 日常回顾史诗内容而用。这样的小本子东郎 CXH034 也有，因害怕被人认为他没有能力唱完史诗，通常躲起来复习。当然，省级传承人 CTL016 也用汉语拼音记音的方式来习唱史诗。从这些个案中可以看到，每名东郎都有自己独特的记忆史诗的方式。小本子的记录是史诗从口头版本到文本的首次实践，后因录音、录像设备的普遍使用，更多的年轻人选择以这样的方式来传承史诗，这种形式也被老一辈东郎广泛接受。东郎 WLW082 现在有四个徒弟，分别是 YYB、WXH、WXQ、WXG（平均年龄为 40 岁），他们基本跟着 WLW082 学两年之后就可以出师了，原因是他们使用手机摄录了 WLW082 唱诵的史诗，有的还上传到私有云，每天可以反复学习，加快了习唱的速度。从口头版本到录音本是史诗文本形式的第二次变化。年轻东郎们为了生计，多在外面打工，过年期间回乡事务繁忙，能学习史诗的时间很少，于是东郎 CXH034 将自己所掌握的内容以苗汉互译的方式形成文本，并将自己的录音制作成二维码附在文本中，想要学习史诗的人，可以随时对照文本和录音进行习唱，极大地缩减了学唱时间，也突破了传统的正月或七月半学唱的规定，在这期间 CXH034 会打电话检查徒弟们对史诗的掌握情况，敦促史诗学唱进度，自此史诗完成了从口头版本到录音本与书面本结合的第三次变化。

三是传承形式的变化。传统的口耳相传的教授形式已然不能满足东郎习唱的需求，同时，追求更为多样的展演方式，已然成为经济社会下体验者与展演者共商的议题。“仪式是最体现人类本质特征的行为表述和符号表述，常被界定为象征性的、表演性的、由文化传统所规定的一整套行为方式。它可以是神圣的也可以是凡俗的活动。这类活动经常被功

① 访谈人：KTZ001、XTZ003；访谈对象：CSG045；访谈时间：2017 年 7 月 22 日；访谈地点：贵州省紫云县猴场镇打哈村。

能性地解释为在特定群体或文化中沟通（人与神之间、人与人之间）、过渡（社会类别的、地域的、生命周期的）、强化秩序及整合社会的方式”①。亚鲁王文化的各种仪式展演是麻山苗族文化元素在生活中的象征性展演，体现着麻山苗族文化的发展过程，同时也是麻山苗族传统文化在现实生活中的实际运用，有维系社会传统秩序和调适民众生活的重要功能。在当下，仪式展演已分离为娱人的与娱神的、世俗的与神圣的，公共场所进行的表演通常是改编过的仪式内容，而地域文化持有人共享的传统仪式则沿用传统的仪式内容，遵循原有的仪式禁忌。

传统文化的传承强调当地民众的积极参与和自我主导，强调文化不能脱离其“母体”，不能抛弃其根本。同时吸收优秀外来文化，承继传统文化是民族文化传承和发展的生命力。史诗的传承方式应当从师徒和家族的传承，延伸到社会传承的形式，东郎们虽然在26个传习所②进行史诗的传授，但是时间和传授群体十分有限，由于手机以及其他录音设备的广泛使用，史诗的传承在悄然发生变化，借助录音版本习唱成为大部分年轻史诗习唱者的传承方式，虽然与传统的传承方式看似没有太大差异，但是打破了时间限制和场域限制，充裕了习唱时间。

小结　承嬗离合：技术发展与传承创新

史诗唱诵不仅是对历史的追忆、对谱系的把脉和对生活的向往，更影响着人们的思想观念和行为导向。史诗的“活”形态决定了史诗文本、

① 胡芳：《土族纳顿节仪式展演的文化象征与功能》，载黄忠彩《学科、学术、学人的薪火相传：第二届中国人类学民族学中青年学者高级研修班文集》，知识产权出版社2016年版，第183页。

② 苗族英雄史诗《亚鲁王》传习所宗地乡盖角基地（YYB、YXQ）、摆通基地（WLW）、德昭基地（CXM）、竹林基地（WJH）、摆弄关基地（YGS）、大地坝基地（CTL）、戈枪基地（LXE）、歪寨基地（WLW）、戈岜基地（LLS、YZH）、打若基地（YGF）、喜往基地（WXB）、四大寨乡水井基地（WJG）、关口基地（LXQ）、冗厂基地（WLB）、卡坪基地（CZP）、猛林基地（WZK）、绞卜基地（WTH）、猴场镇摆里基地（LFX）、打哈基地（CXH、WXW）、四合基地（CZX）、打联基地（CXS）、路马基地（YTW）、大营乡新厂基地（YTX）、芭茅基地（HLH）、格凸河镇大河苗寨基地（WFS）、火花镇达邦基地（YSF）。

传承群体、仪式场域及文化符号等，均能立体、生动、活态地还原史诗本真。史诗展演不仅是祖先生活轨迹的反映，亦是连接传统与现代的媒介。史诗传唱不仅是为了回忆历史，其复杂串联的社会功能实质上是建构和表达认同。史诗在原始社会具有权威的历史话语权，不管是创世史诗还是英雄史诗，都是记录和保存民族历史的重要载体。史诗涵括特定时空下的价值观念，是对彼时社会与政治的反映。史诗演唱者通过讲述辉煌历史，以达到威慑民众和加强认同的效果。无论何种仪式场域，史诗均以规范约束行为和承载历史文化向外传达它内嵌的历史话语信息。作为连接古今的关键，演唱者帮助人们了解民族历史，获得历代先祖的生产生活经验，在回忆过去的同时，找寻自己的社会关系，获得现实与心理意义上的归属。

《亚鲁王》的传承多以家族传承和师徒传承为主，教授模式多为"一对一"和"一对多"的方式。技术变革的背景下，传承方式转变为家族传承、师徒传承、自学等交织并进，年轻一代通过科技手段全程记录年老东郎的唱诵内容，突破了一月、七月的学唱传统，传承方式不再受时空限制。同时，由于传承中仪式过程与展演场域的缺失，也面临一些问题。

一是文字文本与录音文本的形成，在保证传承文本不丢失的前提下，也可能破坏史诗口头传统的诵唱语境。《亚鲁王》是仪式展演中的诵唱，一旦离开了演述传统，也就丧失了最具生命力的展演场域。史诗的传承，并非仅是内容的传承，东郎的仪式把控能力、临场应变能力、知识调动能力都需要学习和掌握；而根据录制或已形成文本的内容进行唱诵，无法进行相应内容的调整，不能掌握史诗的唱诵技巧，不能进行完整仪式的主持，就不能成为一名合格的东郎。

二是打破学唱禁忌。《亚鲁王》口传心授的传承形式在当下发生了变化，手机录音功能的普遍使用让史诗习唱者们发现了传承的新模式。一方面，让外出务工的史诗习唱者能够随时学唱史诗，传统的一月、七月学唱，以及只能在山上学唱的规则被打破，方便了史诗习唱者随时随地习唱；另一方面，依靠东郎的录音文本，部分习唱者不再以"谨慎、畏惧”的心态对待学唱，一月、七月的时候不再会聚在东郎家集中学唱《亚鲁王》，而是选择学习吹奏唢呐或者继续在外务工挣钱，曾经结伴而行、通宵习唱的传承氛围也伴随此种传承方式而消散。

三是改变传统拜师仪式。过去，史诗的传承需要通过一系列的拜师仪式，东郎通过仪式占卜来决定教授习唱者某一部分史诗内容，或者全部史诗内容。而当下的传承，东郎不再举行拜师仪式，而是根据习唱者的需求，东郎将所掌握的内容以录音形式交给习唱者，而习唱者只需给东郎一包烟或者一瓶酒，甚至不给也可。有时，东郎在过年期间主动召集年轻人学习史诗，但未产生良好效果，拜师仪式的神圣性被消解。

四是监督机制的缺失。脱离了师父和师兄弟的监督，习唱者传承的自由程度增加，且有文本为依靠，学习动力明显不足，认为手里有师父唱诵的录音，可以慢慢学。基于此种情况，东郎 CXH034 与徒弟们建立起电话监督机制，徒弟有问题可电话请求 CXH034 进行解答，而 CXH034 可随时检查徒弟的学习情况，尽管还未能实现多方监督，但是师徒一对一的监督可得到有效保障。过年期间，东郎应当以邻近传习所为根据地，改变传习所设立的传唱规定，将传唱活动变为竞赛活动，为外出务工的习唱者们搭建评比平台，由东郎检验徒弟们一年的学习成果。

五是传承形式的拓展。跨家族传承已然成为常态，东郎的选拔一般在家族中完成并实现代际更替，跨家族传承的较少。东郎根据学习兴趣多方拜师掌握完整史诗的案例，成为习唱者们的典范。同时，受传承人制度的影响，传承人的名气成为习唱者争相追求的名片。国家级传承人的徒弟多达几十名，学成者亦有十余名。2015 年千名东郎大赛的举办和亚鲁王系列文化展演活动，强化了东郎的传承力度，WLW024 凭借清亮的嗓音、超强的记忆力以及临场应变能力荣获了大赛第一名，各地年轻的习唱者们纷纷慕名请求 WLW024 教唱史诗。

六是文化自信取代了传统的“眉”“惑”观念。麻山苗族有着非常成熟的生灵系统，“董冬穹”是在中国民间文艺家协会主编出版的《苗族英雄史诗〈亚鲁王〉》中使用，“董动笼”是在陈兴华版本中使用，两者都指同一个人。[①] 造人时代起，就有“喇松”“喇裴”“喇葩”“喇贝”“喇桑”“喇扁”等名称，后至诺育造人时代，又有“卜赛”“卜且”“若桑”“若毕”等名称。在丧葬仪式中，东郎唱诵完史诗内容，以鸡为亡者指引回归路，如果不遵照传统，则亡者无法到达祖先居住地，从而给家人增添麻烦，所以为了让亡者顺利回归，家族中就必须有人承继东郎职责。而东郎在主持仪式中，不能有一丝差错，否则亡者无法回归，东郎亦会重病一场，这也是东郎在传承过程中必须一丝不苟地习唱的重要原因。随着对科学知识的学习，鬼神观念逐渐让位，国家政策的重视与各界的关注，让麻山苗族开始反思亚鲁王文化，认识到了亚鲁王文化的重要性，文化自信成为当下亚鲁王文化传承的动力。

《亚鲁王》与地域内重要社会文化事象和重大历史活动事件紧密相关，亚鲁王文化的稳定性与包容性，来源于长久以来与他文化的交流与碰撞，技术的发展推进了《亚鲁王》传承方式与传承模式的创新，立足麻山现实传承亚鲁王文化，吸纳外来文化将其地方化，与中国传统文化“海纳百川”“百家争鸣”的价值理念不谋而合，是构建人类命运共同体的有力依据。

---

① 董动笼：苗语发音 dangx dangf nblongf。人名，为觥斗曦之子，有称“董冬穹”“董动炯”“董动弄”“董动聋”“尙董拢”等。

第二章　核心功能：文化治理功能

文化治理是多元利益主体价值整合博弈的动态过程。一方面，愈趋常态的多元文化互动要求以价值整合遵循矛盾规律和促进矛盾转化；另一方面，文化榫合社会治理要求文化共享及价值共生的基本支持，以践行文化治理公共事务的耦合。① 得益于活态的展演和特定的场域，再现和重建集体记忆的亚鲁王仪式过程始终如一，《亚鲁王》文本亦未发生重大改变，以此聚合的亚鲁王文化与他文化广泛互动，影响社会治理诸环节，廓清其源流，文化治理的行动逻辑显然必须理解主体文化意识对他文化理性选择、吸收更迭和重构再建的开放体系；文化治理的价值整合应明晰外来文化被地方化的同时，地方性文化也因此非地方化；文化治理的伦理守则应理顺文化再生产的时空维度，重视时空边界模糊下地域文化持有人的文化权益，追寻人类命运共同体建构中秩序和差异的共生。

第一节　调控与分配的博弈：国家治理体系的制度供给与理性调适

一　国家治理体系的历时调适

传统迈入现代是任何民族都无法绕过的发展阶段，社会治理无疑也

① 刘洋：《苗族理词：苗族地区基层社会治理的调适规范》，《贵州社会科学》2018 年第 9 期。

经历了若干转向。近代以来，神本主义、君本主义、官本主义、商本主义、民本主义、人本主义各行其道，影响变动时空下社会治理的行动选择。这些主义在救亡图存、民族复兴的历程中并不是历时出现的，也不是单一存在的，而是一个或几个同时存在，且在不同阶段呈螺旋互动、交织并进态势。

从历时脉络看，社会治理理念经历了家长治理、全能国家、行政引导到多元参与的过程，社会治理的治理理念、治理特征、治理主体、治理客体、治理力量、治理方式和治理结构伴随国家治理体系中社会调控单元和资源分配单元的变化而变化，自治与他治，自发秩序与强制秩序，政府、市场与社会的力量配比与竞合共生始终在不断调适。

从行动逻辑看，单位人与社会人是社会治理研究的核心对象。全能政府中，个体与社会的联系纽带最为牢固。在城乡二元户籍隔离的时空中，政府包揽了近乎所有社会资源，党政群机关、事业单位、公有制企业负责城市居民，人民公社负责农村居民，街道居委会负责社会闲散人员，单位向国家上缴资源再领回部分资源，成为名副其实的小社会——单位社会，由“单位社会”承担了社会治理责任。国家力量退出基层后，在社会治理体系尚不完善时，社会人与社会的联系纽带远没有单位人与社会的联系纽带紧密，社会治理力量呈现多样化态势。

显然，调控与分配的博弈与国家治理体系的历时调适同步进行，当下社会治理实践中，各利益集团的多元诉求正是源于社会人身份上的认同缺失、心态上的普遍焦虑、诉求上的多元无序、行动上的自由松散，诸如曾经普遍认同的“文化程度越高，素质越高”的假设，在实证调查中被证伪，文化程度高仅能代表其知识能力高，其综合素质可能不如受优秀传统文化影响较深的群体，文化的社会治理作用因此更加凸显。

二　治理中史诗的演进逻辑

《亚鲁王》是麻山苗族的长篇史诗，它不仅涉及天地万物的产生、人类社会的由来、苗族的迁徙等苗族古歌的内容，还重点利用各种典型案例反映了苗族社会中的各种道德规范和行为准则，并对违反这些规范准则的处理原则进行叙述，如同苗族的一部行为规范全书，在维护苗族传统社会的正常运转方面起到了积极作用。[①] 史诗一般由东郎唱诵，帮助亡者顺利回归祖地，与祖先团聚生活。在文化传统中，史诗《亚鲁王》作为麻山苗族族群内部的东西，始终承载着始祖观，强调要祭祀祖先，崇拜祖先，相信祖先对后人能有庇佑的力量。这种民俗的原始性具有召唤族群后人认祖归宗、凝聚血脉的作用，亦可成为社会治理的重要关注点。

史诗中关于传统资源的观念，主要体现为在特定的文化空间内，水土资源、粮食作物的生态观，人与人的交际观。从人与自然的生态观来说，虽然现代化对地方的自然环境带来了破坏，造成了资源的过度开发，打破了生态平衡，毁坏了自然环境，但是在麻山地区，社会波动极小。民众只是接受了部分的现代化，在涉及土地和作物、植物等方面，仍保持了原有的节约和自足的习惯，并且反对违背祖训进行经济的开发利用行为，即使是外出务工贴补家用，也较少有通过爆破山体扩增土地的行为出现。例如《亚鲁王救树》一节中，因树的祖先繁衍茂盛，占满了山坡，长满了山林，土地无法承受过多的树木，树的祖先就面临着死亡的危险，“你家老祖先，一辈生一辈。你家老祖爷，一代育一代。你祖生满山，你爷长满坡。树多无土养，木多无水育。你祖枯萎死，你爷枯萎黄。干枝撒满山，枯叶飞满坡。火来火得烧，水来水得淹。你祖干枯死，你爷将灭亡”[②]。于是祈求亚鲁王帮助自己，以便获得继续存活的机会，“现我虽未死，看来也不长。请求大王你，带我到山下。请求老人你，带我到坡脚。山下生儿女，坡脚育后代。山下多开花，坡脚多结果。亚鲁把你祖，拿到平地栽。亚鲁将你爷，拿到平地种。你祖多开花，你爷多结果。你祖来生儿，你爷来育女”[③]。亚鲁帮助树祖到平地去繁衍，实际上是麻山苗族传统生态观的一种体现，保护树木、不随意砍伐树木的思想

---

① 徐晓光：《黔湘桂边区山地民族习惯法的民间文学表达》，广西师范大学出版社 2016 年版，第 20—54 页。

② 陈兴华唱诵记录，吴晓东仪式记录：《亚鲁王（五言体）》，重庆出版社 2018 年版，第 26 页。

③ 陈兴华唱诵记录，吴晓东仪式记录：《亚鲁王（五言体）》，重庆出版社 2018 年版，第 26—27 页。

在麻山苗族社会延续至今。从社会治理的角度来说，民众的这些观念和行为也使政府重视他们的自治管理传统，切实保护民众利益，维护社会的和谐与安定。

史诗《亚鲁王》凝聚了麻山苗族的文化，具有强烈的情感性和号召力，因与麻山苗族的社会生活各方面都相关联，所以对人们的情感取向、价值判断有重要影响。史诗中的价值观由传统的伦理文化发展而来并延续至今，强调尊老爱幼，兄弟和睦，与中华民族优秀传统文化中的“天下家国”具有共同的旨归意趣。“亚鲁把话讲，亚鲁把话说。赛婴哩赛婴，赛庙哩赛庙。你俩是哥哥，你俩是兄长。说话不中听，语言不顺耳。胡作又非为，天理不由人。横行又霸道，天理不容许。你俩已成家，你俩已立业。你俩已养儿，你俩已育女。怎不多积德，积德为子孙。怎不多积善，积善为儿女。天天想争霸，夜夜欺压人。你俩这样做，世人不得利。你俩这样干，家人不得益。我身为小弟，我在我地方。我身是小弟，我住我域。没抢你田地，没占你家产。没抢你柴烧，没占你水源。没抢你饭吃，没占你菜肴。反复攻打我，不记兄弟情。反复来袭击，不记兄弟义。我要和你争，确实不费力。我要与你战，确实不费劲。但因是哥哥，我怎忍下心。只因是长兄，我怎能用劲。为非又作歹，天理就不许。横行又霸道，天理不能容。”① 面对兄长的抢夺和欺凌，亚鲁本可反击自卫，但是考虑到亲人的关系，亚鲁在保护自己部族平安的前提下，仍希望与兄长和平共处。史诗具有一套约定俗成的评价标准，在现代化的语境下，仍坚守不变，成为维护传统道德礼治的内在约束力，也是麻山地区礼治系统的社会诉求。

作为麻山苗族传统社会治理的主要内容和形式，史诗以其艺术形式和文化属性成为苗族社会历史演进中的文化通则，亦成为人类命运共同体构建中多重文化认同与永续发展的创造力源泉。如格拉耐（Granet）认为的，中国歌谣是一种传统的和协同创造力的产物。麦尔（Mayr）也强

① 陈兴华唱诵记录，吴晓东仪式记录：《亚鲁王（五言体）》，重庆出版社 2018 年版，第 184 页。“此处采用东郎陈兴华版本“赛婴”“赛庙”。中华书局版本译为“赛阳”“赛霸”。下同。

调，民间文艺创作的变体，是一种上下层文化双向交互移动的产品，而不是单向移动的产物①。调查显示，包括神话传说、仪式礼俗在内的苗族优秀传统文化对汉文化的排挤、吸收和融合及对本民族文化的传播、弘扬和保持有直接的推动作用。苗族口传文学历来受到重视，并如胡适提出的“滚雪球与箭垛式”的传说演变规律一般，不断地累积，成为全员共享的教育主题，“汉人离不开书，苗族离不开佳”，传统文化也因此传承。清康熙初年至雍正末年改土归流，国家以保甲制度强化社会控制，对苗族原有的血缘公社组织产生了冲击，但散而有序的麻山苗族社会仍依靠东郎等“自然领袖”处理社会冲突，维护社会秩序，治理绩效较高。“苗民风俗与内地百姓迥别，苗众一切自相争讼之事，俱照苗例不必绳以官法”，史诗内容就是苗例执行的核心依据，东郎们运用史诗内容也必须遵循自然规律，符合伦理纲常。中华人民共和国成立后，麻山地区史诗内容与国家法律在各自语境中发挥作用，但其社会治理效能明显弱化，国家行政权力成为基层社会治理的主要力量。改革开放后，外来文化涌入苗族基层社会，并与苗族乡土文化紧密嵌合，在国家权力退出基层且社会治理尚未有效建立时，其治理绩效是较差的；待民间力量自我调适后，传统文化与国家法律自然结合，表现为地方性法规与村规民约、村委会与寨老协会的紧密嵌合，苗族地方政策执行者以权力派出、苗族知识分子以著书立说、民间力量以移用汉族修谱建祠（清改土归流后已有苗族修谱建祠）等方式表达其对主流文化的理解，并以此强化中华民族认同感，这在事实上也体现了苗族人民濡化的周密及连续过程。

诸如麻山苗族地区，过去有人去世，在开路仪式举行完毕后就将遗体装入棺材中并放进岩洞，按照支系进行堆放，形成了现在的悬棺葬。这主要是因为人们迁徙定居麻山后，始终怀念故土，期盼着有一天能回去，所以将去世的老人放置于洞中，待返回祖地时，一起带回，让老人们落叶归根。② 但随着观念的改变、国家制度的管理和时代的变迁，洞葬已经变为

① 黄晓萍：《现代民间文艺学讲演集》，广西师范大学出版社 2008 年版，第 244—245 页。

② 贵州省非物质文化遗产保护中心、黔南布依族苗族自治州苗学会：《黔南苗族民间传说故事》，重庆出版社 2015 年版，第 341 页。

土葬，至今天演变为火葬，纵然埋葬的方式发生了变化，但东郎唱诵史诗，为亡者讲述祖先迁徙之路的各种仪式仍为丧葬仪式核心内容。

第二节　互动：秩序与差异的亚鲁王文化区域

齐格蒙特·鲍曼（Zygmunt Bauman）认为，文化既是秩序的工具，也是失序的原因，所以社会中有一个共有文化，则必然有与其相反的文化，假使某几个文化群体拥有共同愿景并赋予文化非凡身份，那么必然决定了他们将其他文化拒之门外的行为①。文化价值的意义源于跨文化的认同，绝非文化系统内部的某种品质；社会活动和社会治理的意义则源于文化价值的差异和互动，因此文化治理的逻辑起点便在于任何一项社会活动均须考虑不同文化的互动和协商。事实上，“文化回归”和“坚守传统”均难以实现现代化的“自主性适应”，唯有以优秀传统文化创造性转化的“文化自觉”回应“文化主体性”的诉求，并以此构建不同文化和信仰间的平衡体系，达到秩序与差异的共生。

一　与域外他文化互动的秩序与差异

尽管文化区域强调文化因素，但难以与自然地理和族群传统截然分离。亚鲁王文化区域，不限于安顺紫云，不止于黔南长顺、罗甸及贵阳高坡，以麻山向外辐射的中心—边缘体来看，区域外的文化互动更显复杂。

一方面，社会变迁急剧加速，社会流动日益高效，社会互动愈趋频繁，特别是数据思维和智能制造嵌合生产生活方式，时空距离的缩短为社会行为实现跨越时空的再生产提供了必要条件，文化系统因此沿时空边缘扩散。具体来讲，时空距离的缩短，不仅强化了作为地域文化符号的亚鲁王，也强化了地域内文化持有人的文化权利和文化利益，其文化系统也因此伴随空间（节庆仪礼）变化衍生出新的空间秩序（在社会中，

---

①［英］齐格蒙特·鲍曼：《被围困的社会》，郇建立译，江苏人民出版社 2006 年版，第 10、229 页。

亦在自然界中）[①]，诸如黔中黄龙天格文化旅游带以大数据、大扶贫和大旅游的顶层设计引领域内经济社会发展，在事实上形成以地域文化为超级 IP 的文化产业链并引发长尾效应和蜂巢效应，实现了传统商业模式的更迭升级，此种更迭升级实质上就是时空秩序下地域文化的再构。

另一方面，得益于亚鲁王文化的神秘小众、禁忌肃穆、雄厚悲壮和完整活态[②]，学术话语体系、行政话语体系、公共话语体系进入其间，演化出多中心的文化碰撞与互动。多中心话语体系走近亚鲁王文化，必然要走进亚鲁王文化区域，在带去新的学术思维、新的发展理念和新的民族自信依据的同时，多中心话语体系和区域内文化持有人在工具理性与价值理性的不断摇摆中持续互动，并正在努力实现价值理性，诸如区域内文化持有人已然直面现代化进程的竞合共生常态，以独特地域文化打造独特人文景观亚鲁王城，主动融入现代化进程，通过文化符号的具象化实现地域文化跨时空的再生产和人文资源与自然资源的有机衔接，努力摆脱“后发优势”中的劣势。

不可否认，多中心话语体系加剧地域文化变迁和间接推动地域文化跨时空再生产的同时，也带来了信息非均衡下多元利益主体的零和博弈。缘于文化空间的重构再建，地域文化持有人与他文化的矛盾冲突显著加剧，成为有效社会治理和有序社会建设的重要阻碍。诸如现代化进程资本扩张的客观规律、土地利用的高效需求与文化持有人的“归返”意识显著冲突。亚鲁王文化中，无论是史诗文本，抑或文化持有人的日常生活和节庆民俗，均体现出渴望返回祖先故地的强烈诉求，“网锦皮回征故国贝京。网锦皮回征扎营纳卜，网锦皮回国驻扎秘谷。向故土纳经进军，往故国贝京远征。亚鲁王命嘎锦州带兵征战太阳升起的那边，亚鲁王令嘎赛音率将回征太阳落坡的地方”[③]。然而，返回祖先故地不能离开世代

① 景天魁、何健、邓万春等：《时空社会学：理论和方法》，北京师范大学出版社 2012 年版，第 21—37 页。

② 肖远平、杨兰、刘洋：《苗族史诗〈亚鲁王〉形象与母题研究》，中国社会科学出版社 2017 年版，第 1 页。

③ 中国民间文艺家协会：《苗族英雄史诗〈亚鲁王〉》，中华书局 2011 年版，第 259 页。

生长的文化空间，亚鲁王城的建设要求文化持有人脱离原有文化空间，显然背离了亚鲁王文化的价值理性，行政力量对亚鲁王城所在地毛龚的征地拆迁，攻坚一年未能成功，最终由既是行政话语体系，又是学术话语体系和公共话语体系的亚鲁王文化研究中心负责落实，通过亚鲁王文化的再解读，仅用三个月便完成征拆，且未发生矛盾冲突，其关键做法便是通过重构再建文化空间满足文化持有人的“归返”意识，整合亚鲁王文化与域外他文化达到秩序和差异的共生，最终实现信息均衡下多元利益主体的非零和博弈。

二　与域内他文化互动的秩序与差异

赫伯特·布鲁默（Herbert Blumer）强调行动者在互动中调整彼此观点，并不断阐释所处情境，换言之，事物的意义总是在解释者（行动者）的解释中修正。[①] 传统内生秩序生长出的史诗内容源于乡土，与缺乏文化支撑的外来制度文化不同，有其特殊意义，变动时空中史诗文本的再阐释使其成为传统内生秩序和外来制度文化的桥梁，亦成为社会治理绩效的重要变量。

多元文化演进始终是互动交织的。一方面，多元文化互动衍生符合时代潮流的文化价值观；另一方面，冲突的差异化文化模式的动能大小取决于社会系统的整体发展情况。事实上，多元文化互动无须过多考量一元文化的可能，这源于多元文化诞生于具有独特文化因子的族群历史，且此种独特伴随文化交流广度和深度的增加，表现得愈加突出。

以时间维度来看，丧葬仪式上亚鲁王文化与他文化的互动，生动表达了差异化价值观的整合进程。作为亚鲁王文化的重要载体，时间序列中的丧葬仪式伴随域内他文化的交流产生变异，诸如哭丧、烧纸钱、火化、抛撒买路钱等他民族仪式进入其间，有的是因价值观念趋于一致所致，有的则是因为国家政策所致。现代化进程中，文化持有人因亚鲁王文化的被挖掘而觉醒，他们开始反思并努力尝试使丧葬仪式传统回归，

① 侯均生：《西方社会学理论教程》，南开大学出版社2006年版，第251—259页。

此种改变在地域内的影响显然是巨大的，但对他文化秉承尊重和鼓励的态度是值得关注的，这显然是由于文化价值观不仅是已经建构或被建构的，也是主动建构的，这种主动建构的平等互动无疑是秩序与共生的必要基础。

以空间维度来看，社会治理中亚鲁王文化与他文化的互动生动表达了作为矛盾化解安全阀的价值文化。在亚鲁王文化区域内，社会治理多元利益主体为多族群而非单一族群。日常生活中，尽管有亚鲁王文化规范区域内苗族人民的道德伦理，但一旦涉及族际矛盾，村委会就成为处置矛盾冲突的核心力量。事实上，村委会在处置区域内族际矛盾时会充分考量亚鲁王文化与域内他文化对民众的道德约束作用，在协商难以达成一致时，方才送交人民法院予以裁判。一般情况下，采取文化治理的方式占大多数。

在史诗文本中，亚鲁王与荷布朵国王的领地之争，正是通过传统“讲道理”形式解决的，“荷布朵说，亚鲁哩亚鲁，你兵马壮了，你要夺我疆域你就夺去吧。你将领强了，你要抢我王国你就抢去吧。荷布朵说，亚鲁哩亚鲁，我有千种道理，我有百条理由。荷布朵说，亚鲁哩亚鲁，我要和你讲道理，我来和你辩黑白。亚鲁王说，哥哥哩哥哥，你有道理你就讲，你若占理你先说”①。在田野调查中，村民杨某告诉我们，曾经村中农户耕牛丢失，是依靠宝目“掐草”占卜来找寻下落②，宝目还有“茅草掐一掐，不吃鸡就吃鸭”的自嘲俗语。可见，在区域内苗族社会中，秩序和规则的维护以亚鲁王文化为主，并在法律框架下充分发挥传统文化的创造性转换和创新性发展优势。

亨廷顿强调，文化共性促进合作和提升凝聚力，而文化差异却加剧分裂和冲突。③ 亦有中国学者认同亨廷顿的观点，强调文化差异既是导致

---

① 中国民间文艺家协会：《苗族英雄史诗〈亚鲁王〉》，中华书局2011年版，第241页。

② 掐（方言读ka第二声）草是一种占卜仪式，指宝目选取几根茅草，根据规定的长度进行择掐，依据掐剩茅草的长短对事物发展的好坏进行判别。

③ ［美］塞缪尔·亨廷顿：《文明的冲突与世界秩序的重建》，周平等译，新华出版社1998年版，第133页。

文化冲突的内在根据，又内含着文化调适的内在依据[①]。沈湘平认为，一个民族、国家的文化自我中心主义是与生俱来的，人们只能努力超越它，却难以从根本上超越它[②]。显然，文化共性与文化差异绝非单独存在的，而是在交流、交往、交融中交织并进的，以亚鲁王文化在全球化思维和地方性作为的行动逻辑来看，传统文化的边界已然不是恒定参数，而是动态发展的开放系统。

三　传统内生秩序的诉求

亚鲁王文化为社会治理补位，不止于史诗内容作为苗族人民社会化的重要内容，不限于东郎作为苗族社会治理的重要力量，不惑于苗族人民处置纠纷的效率与公正考量。

第一，亚鲁王文化是苗族人民社会化的重要内容。亚鲁王文化内容涵括广泛，在延展族群传统和建构历史记忆的同时，“古老的人们，结群过生活。不分男和女，不分老和少”[③]，也承担着凝聚人民向心力的重要作用。同时，亚鲁王文化的价值观建构有明确导向，在婚姻缔结中，就有苗族长辈指导后辈选择配偶的内容，“现在触门[④]要来发达兴旺，那时有一个神秘的女子叫 Beib Ndongx[⑤]，她闲得无聊，每天跑到触门的住地去干扰。触门问，你是哪门亲，你是哪门戚，天天来干扰我。触门问，你是神还是仙。那 Beib Ndongx 回答，你说我是神我就是神，你说我是仙我就是仙……触门重新去问寿[⑥]，寿说，你去把糍粑放楼上，你把羊毛网安在鸡窝旁，你把黄鳝挂门上。触门回到家，把糍粑放楼上，把羊毛网安在鸡窝旁，把黄鳝挂在了门上。触门跑上楼去偷看，果然就是那个 Beib Ndongx。触门又去问寿，寿说你去和她做夫妻吧，现在触门才发达兴旺”。

---

① 周忠华、向大军：《文化差异·文化冲突·文化调适》，《吉首大学学报》（社会科学版）2011 年第 2 期。

② 沈湘平：《关于文化自信的再思考》，《吉首大学学报》（社会科学版）2018 年第 4 期。

③ 贵州省民族事务委员会、中国民间文艺研究会贵州分会：《民间文学资料·第六十一集·苗族祭鼓词、贾理词》，黔灵印刷厂 1983 年版，第 247 页。

④ 传说为苗族始祖伏羲之父。

⑤ 传说为苗族始祖伏羲之母。

⑥ 爷寿，简称寿，传说是住在竹林里的仙人，后来被演化成为人们在祭祀中使用的竹卦。

寿教给触门的办法，应当是苗族古老的婚姻占卜仪式。占卜辞中爷寿不管是作为神仙，抑或是竹卦，都表示这场婚姻的缔结需要经过第三方的应允，也与传统的“吃鸡酒”仪式有相似的功能。在定亲过程中，“男方家族中长者，媒人等带上诸如糖、一罐酒、一只鸡、一块猪肉，前去女方家。女方家要杀鸡祭祖，并与媒人一起看鸡卦，俗称‘吃鸡酒’。如没有什么不同意见，吃毕鸡酒，女方家族各户要邀媒人上门做客，盛情接待”①。鸡卦显示吉凶就代表着婚姻是否能成功缔结。“做了三年，我就回家来结婚了，我老婆就是我们当地人，老人家做的媒。之前也找了几个，人家担心说我都这么大年纪了，又在外面工作，怎么可能找不到老婆，还说我是不是有什么病或者是什么原因，才没有结婚，所以她们都不同意。后来这个呢，也不知道是怎么就同意了，我想年纪也大了，那么就结嘛”②。麻山苗族家庭，长子婚后就要另立门户，幼子一般留在父母身边。且家庭财产的分割，需舅父和家中老人来帮助分配，一般倾向幼子居多。③ 且史诗内容亦有记载，“亚鲁是幺儿，亚鲁是满崽。是个宝贝儿，是个宝贝子。聪明又智慧，勤劳又苦干。深谋有远虑，一身英雄气。打开新天地，伟绩集一身。先祖有惯例，兄弟大分家。传统有规矩，弟兄大分离。兄长跟父住，幺儿随母行”④。以麻山当地现在的苗族家庭来说，仍存在这样的习惯，东郎 CWX029 家正是典型的例子，CWX029 有两个哥哥，一个姐姐，两个妹妹，分别是“大哥 CDW，五十六岁，在广东打工；二哥 CWH，今年四十八了，在新进村大队当副支书；大姐 CYZ，五十三岁，在家做农活；妹妹 CXH，三十五岁，在广东打工。幺妹 CXQ，三十二岁，也在打工”⑤。CWX029 现在跟着父母在原来的房子里居住，因孩子读书

① 贵州省民族研究学会、贵州省民族研究所编：《贵州民族调查 麻山调查专辑（之十一）》，贵州人民出版社 1993 年版，第 396 页。

② 访谈人：KTZ001、KTZ003；访谈对象：CWX029；访谈时间：2017 年 7 月 17 日；访谈地点：贵州省紫云县大营镇星进村。

③ 罗桂荣：《紫云苗族布依族自治县概况》，民族出版社 2007 年版，第 10 页。

④ 陈兴华唱诵记录，吴晓东仪式记录：《亚鲁王（五言体）》，重庆出版社 2018 年版，第 118 页。

⑤ 访谈人：KTZ001、XTZ003；访谈对象：CWX029；访谈时间：2017 年 7 月 17 日；访谈地点：贵州省紫云县大营镇星进村。

的问题，后在紫云县城租赁一间出租屋，方便照管孩子，只有周末空闲时间，才回老家种地，帮助老人做一些农活。

麻山苗族将家庭的财富分配给家中年龄最小的男孩，主要原因是年龄大的孩子结婚早，老人还需要继续抚养年龄小的孩子，如果跟着前面的孩子生活，幼子就没人看管，于是在抚养幼子成人后，就将家庭财产分配给幼子，并让他承担起养老的责任。这样的规定，发挥了化解矛盾在前端的功用，避免了家庭养老矛盾的激发，正如"隔年腌腊肉，有盐在前边。准前不准后，准后就翻天"。以此案例来看，个体记忆和集体记忆建构历史记忆，不仅维护了社会秩序，也增强了族群内聚力，充分发挥了史诗的教育功用。

在《中华人民共和国婚姻法》中对结婚年龄的规定为"男不得早于二十二周岁，女不得早于二十周岁"，1983 年 3 月 26 日紫云苗族布依族自治县第七届人民代表大会第四次会议通过了《紫云苗族布依族自治县执行〈中华人民共和国婚姻法〉变通规定》，规定曾在第三条中明确指出"结婚年龄，男不得早于二十周岁，女不得早于十八周岁。晚婚晚育应予鼓励"，体现了政府对当地传统自治系统的尊重。经过了二十年的适应，至 2003 年，该规定废止，施行《紫云苗族布依族自治县自治条例》。

第二，东郎是麻山苗族社会治理的重要力量。东郎作为乡村精英，享有传统内生秩序中的人民自愿让渡的治理权，且东郎的治理权绝不是无序的、任意的，其强制效力必须取得民众基础，而取得民众基础又必须通晓本民族文化和具备本民族美德。同时，东郎的知识储备与调解经历显然更易理解国家政策，更能将国家政策落地。这样，行政力量将东郎作为社会治理的配合力量就显而易见了。东郎的社会角色是多变的，而作为曾经公权力的代表，不断变化的社会角色显然备受行政力量和社会力量的双重关注，在社会治理中，东郎可能扮演村委会成员角色，也可能扮演村委会的辅助角色，还有可能独立于村委会之外，这就导致东郎在社会治理中的补位形式出现变化。如果东郎与村委会（社会组织）成员角色重合，那么社会治理中东郎便成为民众与行政力量的直接对话者。这样，东郎就从幕后走向台前，成为国家治理体系认可和社会治理实践的中坚力量；如果东郎并不属于村委会（社会组织）成员，仅作为村委会（社会组织）的辅助力量，并不与行政力量直接对话，那么社会治理中东郎便隐于幕后，但在事实上承担村委会的部分职责，成为社会治理实践中处置前端矛盾的中坚力量；如果东郎独立于村委会（社会组织）之外，并不与社会力量或行政力量直接对话，那么社会治理中东郎不仅隐于幕后，还将作为独立个体分割村委会的部分职责，以此成为社会治理实践的中坚力量。

第三，苗族人民处置纠纷的效率与公正考量。伴随权利意识的不断提高，苗族人民对所有权、使用权、收益权日益重视，各类纠纷也随之增多，诸如婚姻纠纷、继承纠纷、借贷纠纷、干群纠纷、治安纠纷、养老纠纷，但苗族人民普遍不赞同报官或诉诸公堂，而是在村寨中寻求能说会道的文化精英劝和调解，实在无法调解的，就到村民小组直至村委会去调解。诸如较多苗族自然村寨规定，“邻里纠纷，应本着团结友爱的原则平等协商解决，协商不成的可申请村委调解，也可依法向人民法院起诉，树立依法维权意识，不得以牙还牙，以暴制暴”①。在实践中，此种调解方式是得到村民认可的，2017 年 7 月在贵州省紫云苗族布依族自治县大营乡妹场村的调研中，当地东郎亦曾是小学校长的杨某讲述近期村寨牲畜被偷，当事人请其调解，杨某判处偷盗方归还赃物，并提礼物道歉，偷盗方接受处罚，并按照规定进行赔偿和道歉，其调解机制向前端“双方互相协商解决”无限延伸。一般情况下，“双方协商”意味着私了和第三方调处，这不仅源于处置纠纷的文化习惯，也是对外来制度文化的陌生与制度化调处费时费力的考量。这种倾向于前端解决的行为模式无疑出于对效率与公正的双重考量，正如马克斯·韦伯提出的目的导向的工具理性与价值导向的价值理性一般，苗族人民在社会治理上显然倾向于方便快捷和高效可控的形式，这与国家完善社会矛盾纠纷排查预警和调处化解综合机制是步调一致的，不仅能够为政府治理有效补位，

① 某苗族村寨村规民约。

也是传统熟人社会伦理在社会治理实践中的再造，符合苗族人民自治观念与传统文化结合的实用观念。

第三节　调适：共生与创新的亚鲁王文化治理

景军从民族记忆与族群身份的关系出发，认为这些记忆在与外界接触的过程中，一旦触发了关键记忆，就会形成与外部世界抗衡的状态。① 事实上，文化治理是处置文化观念与社会治理秩序构成的不同文化和信仰的诸种状态，正如时空演进的亚鲁王文化在国家治理体系和外部制度文化的挤压和拉扯中主动适应一般，以和谐共生实现了调和创新。

一　外来制度文化的挤压

社会治理绩效是各利益主体的共同诉求，亚鲁王文化成为外来制度文化与传统内生秩序的桥梁，不仅是行政力量好做工作、做好工作的自然选择，也是夯实东郎成为社会力量与行政力量的中坚力量的重要方法。

第一，亚鲁王文化介入社会治理是行政力量好做工作、做好工作的自然选择。如行政力量所认为的，有寨老的村工作好做，没有寨老的村工作难做，该种说法显然是有依据的，理词的治理模式是讲“理”，国家政策的落地也讲“理”，理词的“理”与国家政策的“理”有相通之处。

第二，东郎介入社会治理是夯实东郎作为社会力量与行政力量的中坚力量的重要方法。前文分析了东郎介入社会治理的三种社会角色，并强调了东郎介入社会治理的传统内生秩序，实质上，东郎介入社会治理也是外来制度文化的要求。国家顶层设计重视社会治理实践的背景下，基层行政力量在指导行政村建设中，必须动员村寨精英参与，一般而言，驻村企事业单位和群众组织虽然能够对村庄产生足够影响，但难以成为基层社会治理的牵头人，这也就导致行政力量势必将有限的本村精英纳入社会治理配合力量的视野。那么，根据《村民委员会组织法》等法律，

① 景军：《神堂记忆——一个乡村的历史、权力与道德》，福建教育出版社 2013 年版，第 14 页。

村委会干部仍需从事生产，并非专职干部，一旦上级指派工作过多，无疑会耽误生产工作，以往多是给予补助，以经济利益促进村委工作；近年来，各地陆续出台解决村支书和村主任基本报酬的意见，并制定了相应的考核标准和激励标准，如担任村支书10年以上的享受副科级经济待遇，担任村支书20年以上的享受正科级经济待遇，有的地方还专门设置了村常务副主任，专人专职担任治保主任兼警务助理，大力推进村委会成员职业化。行政力量以利益引导村寨精英参与村寨建设，在事实上将村委会演化为国家政治系统的延伸，而作为基层自治组织的村委会，如果得到传统内生秩序的自然领袖东郎的支持和参与，显然成为帕累托最优。基于此，有能力有威望有经验处置村庄事务的东郎，无疑成为制度推力下的重要人选。东郎是村寨中德高望重、公平正义的代表，东郎的裁判一般以“和谐”为主。

二　和谐共生的亚鲁王文化

文化由人创造，但人的主体思维能力、对客体世界以及对主体世界自身的感知和判断能力又由文化创造。① 从原生文化传统来看，亚鲁王文化强调和谐共生中，和谐是核心意义。亚鲁在找寻部族领地的战役中，智谋的比拼是决胜的关键，“调换祭祀物品，喊祖奶奶和祖爷爷，呼唤画眉鸟，烧茅草祖奶奶，燃芭茅祖爷爷，射白岩，喊山岩，抓虾捕鱼，砍青棡树，喊龙祖宗，等等”②，均未动用兵器武力，未造成人员伤亡。又如丧葬仪式中的“解冤”③ 就明确债务冤仇止于逝者，不应涉及家人后代，后世友好相处，如有违反则有重罚。

从史诗文本层面来看，英雄亚鲁与赛阳、赛霸两位兄长之间的战争，通常以亚鲁的妥协退让为结果，其根源在于亚鲁的价值观中，亲族和谐

① 黄永健：《艺术文化论》，文化艺术出版社2008年版，第175页。

② 肖远平、杨兰、刘洋：《苗族史诗〈亚鲁王〉形象与母题研究》，中国社会科学出版社2017年版，第56—57页。

③ 解冤是麻山苗族丧葬仪式的组成程序，指东郎手持大刀立于砍马场中的桌上，对亡者生前的债务纠纷进行说明，告知当事人，逝者已去，之前的债务纠纷就此了断，后人不要再寻麻烦。

远胜战争带来的权力和地位，“亚鲁王说，赛阳哩赛阳，赛霸哩赛霸，我不愿同族人交战，我不想与兄长决战”①。而在争夺盐井大战中，亚鲁第一次奋力击退赛阳和赛霸，但了解兄长秉性的亚鲁还是带领族人离开了岜炯阴。在第二次战争中，亚鲁虽然占据哈榕泽莱的优势地位，却并未将赛阳、赛霸置于死地，而是发出“不愿与同族人交战，不想与兄长决战”的和谐之声。在解释自然现象时，仍以平衡和谐思想为主，“在十二个地方变成十二簇惑，到十二个地域变为十二簇眉。它们向人请求吃‘丕’是从那时起始，从那时开始它们就向人请求吃‘呐’。别人养鸡它们请求吃鸡蛋，别人养猪它们巴望吃猪崽。它们请求的征兆是狗睡在人的床脚，它们巴望的预兆是猪睡在猪的槽里”②，认为自然界中的任何现象都存在一定的因果关系。

从区域社会生活而言，亚鲁王文化嵌合的麻山地区，长久处于大封闭、小融合的状态，区域内汉族、布依族、苗族等多族群和谐共生，族际经商、族际交往乃至族际联姻是常态。田野作业中，便发现苗族女性嫁给布依族男性，且该苗族女子通晓布依语，布依男子亦通晓苗语，两者在各自文化语境中均能无障碍沟通，且能相互尊重对方族群习俗。史诗文本中，麻山苗族“天下一家”的价值观念更为突出，“董冬穹再娶波尼拉娄瑟做王妃，董冬穹再迎波尼拉娄瑟做王后。当家二十八年白天，住家二十八年黑夜。生了诺唷，生了卓喏，生了赛杜，生了乌利，生了耶炯，生了耶穹，生了丈瑟柔，生了赛扬，生了吒牧，生了鲁土，生了鲁嘎。他们是天神的祖宗，他们为地神的祖先”③。

从文化价值取向而言，麻山苗族恋家顾家，全球化进程将麻山苗族卷入世界范围的竞争浪潮，麻山苗族走出大山的同时并未离开大山，而是引入外界的先进理念，为地区发展带来新的可能。这种观念贯穿史诗始终，从亚鲁称王后收复纳经和贝京，面对盘踞祖辈领地的谷吉和伊莱，

---

① 肖远平、杨兰、刘洋：《苗族史诗〈亚鲁王〉形象与母题研究》，中国社会科学出版社2017年版，第284页。

② 中国民间文艺家协会：《苗族英雄史诗〈亚鲁王〉》，中华书局2011年版，第40页。

③ 中国民间文艺家协会：《苗族英雄史诗〈亚鲁王〉》，中华书局2011年版，第38页。

亚鲁仍然抱有一颗仁慈之心，“你们迁徙离去吧，你们快快上路吧。亚鲁王说，我亚鲁不杀你们，我亚鲁不砍你们”①。定都哈叠后，亚鲁命令族人不忘返回故土，并以身作则保护族人，“亚鲁王说，儿女们哩儿女们，到如今，兵士已开进疆域，将领进入了领地。儿女们迁徙到疆域，族人已安居在领地。我驻扎疆域带兵栽糯谷，我守护领地率将种小米”②。在基础建设较为滞后的麻山腹地，苗族人民与各民族勠力同心共建家园，实现了区域内均衡快速发展，为家乡繁荣永续发展带来了自强不息的文化表达，这显然是亚鲁王文化的和谐之本。

显然，吸收和接纳不仅是中华多元一体文化和谐共生的表达方式，亦是亚鲁王文化从传统走向现代的表达方式，更是麻山苗族人民实现文化自觉到文化自信的现实路径，于中国的大环境如此，于亚鲁王文化区域这样的小环境亦是如此。

三　调和创新的亚鲁王文化

李大钊在继承章士钊、杜亚泉观点的基础上，提出文化调和不是以何种文化为主体，而是强调相互借鉴和“自觉”创新，并认为不调和的生活就是不统一的生活③。李大钊显然将社会看作具有生命力的有机体，文化治理的调和创新动能得以凸显。

不可否认，任何事物从量变到质变的过程，均是调和的结果。调和强调的绝非战斗中“你死我活”的终极结局，而是多方协同留存，单一的存在难以在后续发展中得到补充和修正，生命力会逐渐衰竭甚至消亡。从个体竞争来看，如果个体不存在竞争对手，其生存局面必然单一且适应安逸休闲的生活，惰性成为主导，最终不进则退；如果个体存在一个或多个竞争对手，其生存局面必然呈现多元状态，个体因竞争对手压迫，不断鞭策自身进步，多方以此形成鼎立之势，最终必然开创共赢共荣共生的局面。

---

① 中国民间文艺家协会：《苗族英雄史诗〈亚鲁王〉》，中华书局2011年版，第92页。

② 中国民间文艺家协会：《苗族英雄史诗〈亚鲁王〉》，中华书局2011年版，第258页。

③ 吴汉全：《李大钊早期思想体系与中外思想文化》，吉林人民出版社2014年版，第172—173页。

亚鲁王文化不仅规范行为和价值取向，也是文化持有人指导日常生活的行动指南。当然，亚鲁王文化对人们生活的引导，与其他传统文化一样，在发展的过程中也会调适与创新。行走在麻山，村民们会热情招呼路人，并在饭点邀请路人到家里享食饭菜，亚鲁王文化的“天下一家”观念已经内化为他们的价值取向。经历过基础设施带来的便利体验，麻山苗族在沟壑深山肩挑背扛出一条条连接外界的碎石路，也正缘于主动融入多元文化竞合，亚鲁王文化沿时空边缘不断扩散。

伴随经济社会发展的进一步均衡，多元利益主体已然明确国家法律不能游离在少数民族社会治理之外，而生搬硬套国家法律的社会治理并不顺畅，在反复试错和反思后，多元利益主体不再单纯依赖国家法的强制约束，而是采用亚鲁王文化为主、国家法律为辅的文化治理模式，亚鲁王文化成为国家法与文化持有人之间的润滑剂，此种文化治理模式成为少数民族优秀传统文化嵌合国家法实现有效文化治理的典型案例。诸如亚鲁王文化区域内的某次社会矛盾处置，由于政府职能部门熟悉地域文化，用人民群众普遍认可的方式进行调解，得到群众普遍认可。传统文化在社会治理中起到较大作用，国家法律则以兜底态势存在，更多的是借助传统亚鲁王文化感化人心，换位思考，以人民的利益为首，推动区域发展。

第四节　整合：兼顾多元的亚鲁王文化治理

有学者赞同西方的“完全趋同论”①，认为社会中的多元文化互动必然会导致社会单一性的增强，这种完全趋同的方式不利于社会的永续发展。然而，不同区域的不同文化造就了不同的价值取向，② 多元文化共存事实上成为一种生存策略和一种制衡模式。

---

① 简·丁伯根（Jan Tinbergen）提出“趋同论”，认为随着历史的发展，社会主义与资本主义的差异将逐渐减少。差异减少的原因在于两种制度都向计划与市场相结合的体制发展，在于两种制度都走向“混合所有制”，在于两种制度下的收入分配体制和差异趋向同一。当差异减少到一定程度时，两种制度将完全融合为一种最优的社会制度。

② 司马云杰：《文化社会学》，山西教育出版社 2007 年版，第 155 页。

一 重视多元调和

如人类自身一般，各文化体系均蕴含普遍的和独特的文化价值，有共性也有个性。从文化于人类而言，文化是人类文明的成果，这种特性是具有普遍意义的；从人类于文化而言，任一族群和个体，均因自身、环境等因素的不同，存在不同的文化类型，这就是所谓的文化本土性特质，这一特质正是族群差异的内在区别，通常在文化交流中凸显。

早前，走出麻山的人们带回财富，成为地域内的经济精英，吸引了一大批人迈开步伐。此一阶段，亚鲁王文化遭受着巨大挑战。一是外界文化价值的截然不同，给文化持有人的视觉和心理带来极大冲击，彼时，外界认为亚鲁王文化是封建迷信，均秉持鄙夷的态度，许多青年人不愿意传承亚鲁王文化。外出务工的 WXW038 说，“那个时候外面的人都说我们搞的这个是封建迷信，是搞阴阳搞弥腊，都被人瞧不起。我们读书的时候，老师也是这样说的，而且城市里面那些人也不做这种，我们都不好意思去学了”①。尽管遭受诸多质疑，但东郎们依然坚守，苗族民众的思想和言行也依然受亚鲁王文化影响。在多方压力之下，东郎们变通唱诵方式，选择压缩唱诵时间，在夜晚唱诵四五个小时，“那个时候也唱嘛，但是要偷偷去唱，唱的时候一个人在外面放哨，有情况就朝天上鸣枪，我们就从后门跑，一般就是半夜去唱，唱到鸡叫的时候结束”②。二是亚鲁王文化并不是亚鲁王文化区域的唯一文化主体，杂居在区域内的汉族、布依族也有其自身文化，伴随族际频繁交往，区域内多中心文化格局不断变化。

如今，麻山苗族实现文化自信和文化自觉，亚鲁王文化回归族群视域，传统文化在区域内复兴，且绝不是礼俗仪式等精致的形式主义，而是观念意识上对本民族文化的高度认同。顶层设计的引导、社会力量的支持和文化持有人的认同，不仅增强了苗族人民对自身传统文化的建设

---

① 访谈人：KTZ001、XTZ003；访谈对象：WXW038；访谈时间：2017 年 7 月 12 日；访谈地点：安顺市紫云苗族布依族自治县打哈村。

② 访谈人：KTZ001、XTZ003；访谈对象：CXH034；访谈时间：2017 年 7 月 7 日；访谈地点：安顺市紫云苗族布依族自治县粮食局宿舍。

决心，也带动了多元文化对彼此的尊重和支持，在事实上引领了多元调和的地域文化。

亚鲁王文化从遭受质疑到获得普遍认同，显示出亚鲁王文化与他文化调和共生的原生传统，尽管亚鲁王文化有极强的地域特性，但正是此一特征成为麻山苗族与他民族交往的自信源泉。

二　兼顾多元利益

多元文化的冲突与融合是不可避免的，理性平和地看，走向任何一种极端均会产生极大危害，亚鲁王文化的价值整合模式系辩证地坚守，这源于原生的亚鲁王文化认可海纳百川、有容乃大，强调宇宙同源、人类同祖，面对不同文化，他们认为只要是有利于人类发展的，均可纳为己用。即便如此，亚鲁王文化在千百年来的承继发展中，并未丧失其内核。具体来讲，对于民族文化阵地的坚守，要保持自身文化的独特性，坚持自己的文化价值，在传承中发展，在发展中创新。假设面临外来文化的冲击，只是单一地选择排斥和封闭，文化则会停滞不前，甚至走向衰亡。文化本身就是历时和共时的，只谈历时无法厘清文化的变化，只谈共时无法厘清文化的根源。因此，文化的坚守，在于对自身文化价值的坚守，要辩证地对待外来文化，不盲从，不排斥。唯有如此，文化才能愈发充满活力。

亚鲁王文化区域是多中心的，由多群体与多阶层复杂建构，各利益群体诉求各不一致，但绝不能因此尊重多数、忽视少数，而应尊重多数、平等对待少数，亦即任一文化群体均应参与社会治理，既是多元共治的治理主体，亦是多元共治的治理客体。

事实上，早前亚鲁王文化区域内，因聚居格局，亚鲁王文化是区域内的一元文化。但通过不同形式的社会流动和族际交往，他文化与亚鲁王文化不断嵌合。即便如此，在社会治理过程中，外来文化也没有与亚鲁王文化产生激烈冲突，反而在一定程度上促进了当地的基层社会治理。这主要体现在亚鲁王文化兼顾多元利益的能力上，诸如苗汉联姻的家庭，丧葬仪式会同时采用苗族仪式与汉族仪式。东郎们均认为，采用汉族的仪式主要是看丧家之愿，而采用东郎唱诵主要是回应麻山苗族回归祖地的心愿，两者互不影响。文化持有人通过地域文化品牌化建设，将地域文化纳入国家知识产权保护体系，并以此惠及产业发展，如花猪、红心薯、滚豆鸡、乌糯米、竹编工艺品等纳入文化品牌实现高附加值，不仅惠及地域文化持有人，而且惠及地域内多元利益主体。

小结 正理平治：多元调和与文化协同

文化治理不止于结果，不限于过程，是“过程—结果”连续体。回溯《亚鲁王》演述传统、文化空间及传承机理，时空演进中亚鲁王文化沿着“互动—调适—整合”的行动逻辑，历经“拒斥冲突—理性选择—吸收更迭—重构再建”的流变轨辙，形成了具有一致性的文化系统，具体表现为地域文化融入主流文化，并以此影响文化持有人的价值取向和价值行为。

第一，亚鲁王文化治理特征日益凸显。文化治理不仅是文化与治理的简单相加，更是文化功能与治理理念的深度耦合。作为麻山苗族人民日常生活的依据，亚鲁王文化指导着人们的行为方式，影响着人们的价值观念。对地域内经济、文化、社会和生态等领域出现的各种问题都有对应的解决方式，于麻山苗族个体而言，亚鲁王文化的治理特征主要表现在对个人素质的提升、人文精神的塑造、核心价值观念的认同以及生活方式的转变，与人的发展具有内在同一性。不论是传统的生产生活指导，还是现代的价值观念的调适，亚鲁王文化的治理特征，就是寻求文化的创造性以期实现文化的发展，建构合理的精神秩序，进而规范文化主体的行为方式，解决社会发展过程中出现的各种问题。亚鲁王文化与外来文化不同，因其生长于乡土，对于麻山苗族人民来说具有特殊意义，所以其发挥治理功能的条件，就是根植于一定的文化传统之下。在变动时空中亚鲁王文化的再阐释成为其社会治理绩效的重要变量，通过文化的创造性发展、构建合理的治理体系、形成严密的治理机制、运用何种协调措施，以实现治理目标，让每位成员都能参与和分享文化发展的成果。

第二，亚鲁王文化是麻山苗族传统内生秩序和外来制度文化的桥梁。治理不是一种正式的制度，而是一种持续的互动。① 可以说，社会治理的治理理念、治理主体、治理客体、治理方式等都会随着国家治理体系中各项因素的变化而变化。亚鲁王文化作为苗族传统社会治理的主要内容和形式，不止于亚鲁王文化作为苗族人民社会化的重要内容，不限于东郎作为苗族社会治理的重要力量，不惑于苗族人民处置纠纷的效率与公正考量，是传统内生秩序和外来制度文化的桥梁。作为苗族人民社会化的重要内容，亚鲁王文化内容涵括广泛，在延展族群传统和建构历史记忆的同时，也承担着凝聚族群向心力的重要作用。但传统与现代、人情与法律的冲突显著制约了亚鲁王文化发挥社会治理功用的空间，调整亚鲁王文化与现代国家体系和社会治理原则不相符的方面，作为共识规则、文化通则、调解原则的亚鲁王文化可有效实现各利益主体多元价值整合动态博弈的良性互动。

第三，亚鲁王文化与社会主义核心价值观相契合。文化治理的过程本身就是价值整合的过程，亚鲁王文化作为本土文化与外来文化之间的黏合剂，不仅是行政力量干好工作的主动选择，也是推动文化传承者作为社会力量与行政力量润滑剂的重要途径。亚鲁王文化以文化传统和民族习惯为依据，有其合理性，但其约定的行为规范及其社会治理形式仍存在规范性欠缺、民主性不足、时代性滞后、执行性不强的问题。当下，国家正经历传统社会向现代社会、现代社会向后工业社会的变迁，由此带来的社会结构变化、社会流动频发、公共利益冲突等问题，无疑给社会治理格局带来新的挑战。因此，当下的社会治理既不能延续家族共同体的治理模式，亦不能实行行政命令式的治理模式，更不能硬套城市社区的治理模式。其治理手段要求多元，不仅是乡村生活共同体层面上国家法律的制度性约束，更是乡村精神共同体层面上的血缘、道义、文化

① 徐炜：《农村社会治理的理论与实践——基于法务前沿工程的社会学研究》，武汉大学出版社 2015 年版，第 26—27 页。

的共识规则约束。亚鲁王文化在核心价值观上与国家法是一致的，有利于和谐社会建构，有利于价值理念重塑，有利于民族文化认同，将其适度调整，去掉与国家法相冲突的部分内容，嵌合于基层社会治理，可以有效实现苗族地区传统社会治理模式的现代转型，亦可避免从传统社会向现代社会，现代社会向后工业社会转型时文化冲突所带来的社会动荡。

第四，亚鲁王文化重视多元调和、兼顾多元利益、注重多元互动的治理逻辑和价值整合，理应成为创新驱动未来导向下中国治理的重要参考与理论概括。于治理主体而言，多元利益主体之间的互动博弈可以加速价值整合和矛盾的转化，促进文化的共享和共生。社会治理是在承认个性多元的前提下，通过互动和调和—沟通、对话、协商、谈判、妥协、让步—整合社会各阶层（群体）广泛认同的社会整体利益，最终形成各方都必须遵守的社会契约。社会治理在治理理念上，强调由以物为本转向以人为本，由以官为本转向以民为本；在治理主体上，强调多元主体取代一元主体；在治理结构上，强调由强国家、弱社会转向强国家、渐强社会，再转向强国家、强社会；在治理手段上，强调由条块治理转向多元治理；在治理过程上，强调由行政式治理转向参与式治理；在治理逻辑上，强调由自上而下的治理转向双向互动的治理。亚鲁王文化根植于麻山苗族传统社会，在地域内发挥其治理效用，也伴随国家治理体系的调适而不断调适，成为麻山苗族人民生产生活中矛盾调解的依据，也是麻山苗族人民的精神依托，可成为基层社会治理的参考。

朝戈金认为，“他们随处都能见到一个大型口头叙事，里面有关于创世的推演，关于迁徙的记忆，关于英雄的颂歌，如《亚鲁王》……它们所具有的文化样板意义，是怎样评价都不过分的”①。文化实则指价值资源配置规则，文化治理的价值整合能够集中社会智慧，团结社会力量，激发自身活力，促进社会和谐，实现文化自觉。以时空演变历程来看，亚鲁王文化的价值整合，经历拒斥冲突—理性选择—吸收更迭—重构再建的过程。具体而言，亚鲁王文化的价值整合并不指涉文化接触中的涵

① 朝戈金：《如何看待少数民族文学的价值》，《贵州民族报》2017年8月18日第C03版。

化、同化及融合，而是通过不同文化的整合，建构具有一致性的文化系统或文化模式。以此而言，重视多元调和、兼顾多元利益、注重多元互动的文化治理模式和价值整合体系强调多元之文化应重视文化协同而非地域协同。由于亚鲁王仪式的展演场域较为特殊，其活态性和严肃性使得仪式过程始终遵循传统并未产生较大的变化，《亚鲁王》文本亦未发生重大改变。但是伴随社会发展，外来文化与亚鲁王文化之间互动逐渐频繁，这给本土社会治理带来了诸多影响，从治理的行动逻辑来看，必须明晰文化主体在面对他文化时的选择、吸收和重构再建，主体文化与他文化之间并非是某一方作为选择方，另一方作为被选择方，而是在互动过程中，外来文化受本土文化影响发生了本土化的现象，而本土文化也受他文化影响发生了非地方化的现象。在此过程中，应重视文化再生产的时空维度，重视文化持有人的相关权益，尊重人类命运共同体秩序建构下的差异和共生。

第三章　核心功能：知识更新功能

民俗学家乌丙安先生在2005年倡导要留住全民族民俗佳节的“文化记忆”。尽管在不同时期、不同地域，民俗的功能会发生转换，但正是这些不同的功能意义，构建了一个完整的、多彩的民俗文化，对振奋民族精神具有重大意义。[①] 综观苗族史诗《亚鲁王》核心传承区域麻山向外辐射的“中心—边缘连续体”，民间话语体系（文化持有人麻山苗族、史诗唱诵者东郎）、行政话语体系（地方政府）和学术话语体系（学术共同体）共同阐释的亚鲁王文化已然历经了传统社会的文化继承到现代语境的文化适应。

第一节　亚鲁王文化功能转换的内生动力

功能的表现形式是多样的，如心理层面的、生理层面的，抑或社会层面的，此种多元源自文化现象或文化要素的多元。同时，受文化发展和外部挤压产生的变化，可能导致功能扩展和功能转化。以满足认知的需求、满足心理的需求、满足社会的需求和满足适应的需求共四层级维度观测承载婚丧嫁娶、祛病禳灾、年节祭祖的亚鲁王文化，发现四层级体系是亚鲁王文化在传统与现代语境博弈中的内生动力。

---

① 乌丙安：《文化记忆与文化反思——抢救端午节原文化形态》，《西北民族研究》2005年第3期。

一 满足认知的需求

满足认知的需求是人类对事物的认识和追寻，是人类了解内部与外部世界的动力，也是人类解决问题和探索未知领域的需求。

人类的认知需求分为三个阶段。

第一阶段是对自然的认知。任何人均有对自然现象的认识过程，这一过程中产生的神话及解释自然的科学便是人对自然认知的结果，《亚鲁王》诵唱“火布冷统领仲寞，火布冷统管达寞”[①]，“仲寞”和“达寞”便有宇宙之意。事实上，南方史诗多将宇宙开辟或天地初现之前的状态描述成“混沌”，“混沌”指一切都处于模糊状态，没有分界。尽管不同族群对前宇宙状态有不同的想象和描述，但无论何种形态的“混沌”，均是原始先民对“前宇宙状态”这一宇宙本原问题的一种集体想象和形而上追索。

第二阶段是人类对社会的认知。人生活在社会里，自然就会产生对社会的认知需求，具体表现为在文化协同的框架下，地域内正式组织和非正式组织所属成员的行为逻辑不仅严格遵从组织目标、组织原则和组织规则，亦受地域文化影响，诸如史诗及其嵌合的丧葬仪式表明，先祖故地在东方，在亡者盖棺前，需以“卜就”盖面方能得到祖先认可，接纳其回归祖先故地。东方故地成为不断接纳族群回归的特殊空间，特殊空间不依靠熟悉的面孔和声音界定是否归属族群，而是依靠集体共识的旗帜来进行筛选接收。

第三阶段是人类对自我的认知。这一需求是在基本需求满足后的自我追寻，东郎唱诵《亚鲁王》之时需沐浴更衣，着长衫，戴斗笠，持长标，如遇忘词，则须从头唱诵，唱诵行为并不与经济利益挂钩，而是享受族人认可的荣誉；同时，丧家要模拟祖先迁徙时的着装，骑战马，着战甲，持战刀，此种自我认知无疑可以解释麻山苗族基于“差序格局”的“家庭本位主义”。

---

① 紫云苗族布依族自治县《亚鲁王》工作室：《苗族英雄史诗〈亚鲁王〉》，贵州省文化厅、贵州非物质文化遗产保护中心内部资料 2011 年版，第 1 页。

二　满足心理的需求

满足心理的需求是人类精神文化产生的根本，亦是人与动物的本质区别。动物仅有物质需求，其行为源自本能。人类满足心理需要的信仰习俗，衍生出神话、传说、道德、伦理等。人类在物质需求之外对理想和美的追求，形成了精神文化。

首先是美的感受，目之所及皆美景、闻之所言皆乐音、嗅之所味皆清香，以此为艺术。人类为满足自身的需求而产生表演艺术、音乐艺术、美术艺术等，以调节各器官间的平衡，愉悦心灵。《亚鲁王》唱调悠远回长，又因东郎个体差异，有嘹亮清澈、浑厚有力、磁性沙哑之别，唱诵仪式上，东郎着盛装回归传统，每一场唱诵对听众而言都是一场视听盛宴①。砍马仪式前，东郎须唱诵《砍马经》告知马砍杀它的缘由，唱诵过后，砍马师②会模拟砍马动作预演，待每位砍马师预演完成，就点燃鞭炮惊吓马匹，马开始跑动后，砍马仪式正式开始，如马不处于奔跑状态则不允许砍。在鞭炮声与人们的呼喊声中，烟尘滚滚的场景与史诗中亚鲁王带领族人奋战的断杀场面具有一种跨越时空的错位重合感，人们观看仪式或参与仪式时经历了镜像认同到获得审美快感，消除了平凡生活所带来的倦乏感，在可观可感的场景中回忆历史，激励现在，在肃穆仪式的感召下获得力量。

其次是自尊与自信的需求，此种需求要求个体和社会的认可。从个体而言，个体自信与外部认可紧密联系。能力得到肯定，人格实现独立，文化达到自觉，自我得以实现，是个体理想和能力达成一致的最优效能。从东郎层面来说，承担为族群唱诵史诗的职责是自我价值的实现，东郎在唱诵过程中得到族群的认可，获得族群认同与个体荣誉，并持续尽责主持每次仪式和唱诵每场史诗。由于非理性的情感和信仰需求，族群亦在东郎循环往复的唱诵中得到满足，特别在遭受挫折之际，将希望寄托

---

①　杨兰、刘洋：《记忆与认同：苗族史诗〈亚鲁王〉历史记忆功能研究》，《贵州大学学报》（社会科学版）2018 年第 4 期。

②　砍马师必定是东郎，但东郎并不全是砍马师。

于祖先，通过倾诉和祈求先祖亚鲁获得情感慰藉。值得注意的是，交通尚不便利时，如有人生病，外出求医的可能性很小，宝目[①]承担起治病救人的重要职责，通过看蛋仪式、通灵仪式等与先祖对话，询问病情缘由，为病人驱病禳灾，同时辅以苗族特有草药，以达到心灵慰藉与药物治疗的双重功效。这些企图借助自然界神秘力量的仪式主体神圣，场域肃穆，过程神秘，无疑使人们相信神圣仪式的超现实力量能够祛除病痛。这种毫无保留的信任事实上是仪式行为与文化体系的交织并进，仪式成员主客体通过仪式将日常生活中的人们与先祖联结为一体，与族群联结为一体，集体获得情感慰藉和情绪疏解。

三　满足社会的需求

满足社会的需求主要表现为亚鲁王文化满足地域内群体与社会互动的需求和地域内群体间人际互动的需求。不同文化系统的个体在性格、观念、行为模式方面均存在差异。具体来讲，不同群体受所属文化系统影响形成不同的文化形态，个体则会在所属文化系统的社会化过程中，形成具有不同文化性格的人。事实上，伴随族际交往的频繁，语言、服饰、习惯、风俗、心理等差异让麻山苗族产生自卑、自信、自强等不同心态。诸如《亚鲁王》尚未列入非物质文化遗产名录之时，在社会交往中亚鲁王文化无处不在，是麻山苗族在长期生活实践中的文化选择，这源于亚鲁王文化嵌合的仪式场域是交通尚不便利时族内交往的重要空间；列入非物质文化遗产名录后，学术共同体、国家话语体系的再阐释和信息技术的变革，事实上强化了亚鲁王文化的解释力，亚鲁王文化不再局限于族内交往，而扩展为族际交往的文化符号。

中华传统文化重视集体意识，强调个人价值置于集体价值之下，通过抑制个人私欲来培养自律意识，以典型人物树立规范形象，宣传和强化自律意识，通过道德感化、启蒙教育使每个人产生集体责任感和荣誉感。麻山苗族人民面对任何艰苦的生存环境，都保持乐观的心态和顽强的拼搏精神，这与亚鲁王文化传递的文化精神高度关联，亚鲁部族在迁

① 宝目为当地神职人员，为人办理日常巫事，解除灾病。

徙和征战中通过自身努力提高生活质量；同时，麻山苗族重视互帮互助和无私奉献，亦是在艰苦环境下，团体协作发展的一种生存模式[①]。西方文化强调硬性制度，从外在条件约束和规范人的行为意识，这种行为被称为制度自律[②]；亚鲁王文化强调人与自然和谐相处的生命平等意识，家庭中长幼有序的伦理原则，不仅是保证社会良性运行的一种文化现象[③]，亦是一种以中华传统文化为根基，呈现苗族文化特色的制度自律。

四　满足适应的需求

文化具有强凝聚力，同一文化系统的成员有着相同的生活方式、思维方式、行为规范、伦理道德和价值观念，并在不同场合表现为一种潜意识[④]。文化凝聚力在文化交流的过程中表现在两个方面。一方面是内部的紧密联系，即国家、民族或民族内部的凝聚和发展；另一方面则是与外部世界紧密结合，不同民族的文化凝聚力表现不同。不同文化在接触和互动的过程中，会因文化差异产生不同后果，通常表现为审美趣味不同，不能形成共同的审美意识和文化心理，这源于不同文化价值判断的不一致导致的文化分歧，可能导致文化孤立，也可能实现文化创新。诸如亚鲁王文化与主流文化的互动中，曾被框定为封建迷信；这对文化持有人认知亚鲁王文化产生过重大影响，除部分东郎坚持传承外，其他文化持有人多将亚鲁王文化认定为封建糟粕；但丧葬仪式的特殊传承场域为亚鲁王文化的赓续提供了空间，伴随弘扬优秀传统文化和非物质文化遗产的保护实践，亚鲁王文化得到革命性的阐释，获得强发展动力和新生存空间。

值得关注的是，亚鲁王文化嵌合的麻山地区，长久处于大封闭、小

---

① 肖远平、杨兰、刘洋：《苗族史诗〈亚鲁王〉形象与母题研究》，中国社会科学出版社2017年版，第1—2页。

② 盛洪：《儒学的经济学解释》，中国经济出版社2016年版，第72—73页。

③ 肖远平、杨兰：《文化调适与民俗变迁——基于麻山苗族民俗转型的实证研究》，《贵州社会科学》2015年第4期。

④ ［美］爱德华·希尔斯：《论传统》，傅铿、吕乐译，上海人民出版社2009年版，第50—58页。

融合的状态，区域内汉族、布依族、苗族等多族群和谐共生，族际经商、族际交往乃至族际联姻是常态。田野作业中，便发现苗族女性嫁给布依族男性，且该苗族女子通晓布依语，布依男子亦通晓苗语，两者在各自文化语境中均能无障碍沟通，且能尊重彼此习俗，此种多元文化共存事实上成为一种生存策略和一种制衡模式，也是亚鲁王文化主动调适的最优策略。

第二节　亚鲁王文化功能转换的表现形式

文化适应是动态的过程，是“因接触两种或多种不同文化而产生的文化变迁”。爱德华·伯内特·泰勒（Edward Burnett Tylor）将文化视作包括知识、信仰、艺术、道德、法律、风俗以及作为社会成员所具有的其他一切能力和习惯。[①]。朱利安·斯图尔德（Julian Haynes Steward）探讨特定民族文化与所处自然与生态系统之间，经过长期互动与磨合形成的“实体”，认为文化是人类适应环境的工具[②]。前者将文化视为主体，认为文化决定了人的行为和思想方式；后者则以人为主体，认为文化是人为适应社会环境的变化所需的工具。这两种截然不同的观念，将文化视作两极，但实则存有内在关联。文化适应从一定程度上讲，具有消除冲突和矛盾，消除主客体之间隔阂的功能。社会心理学家帕迪拉（Padilla）将文化适应沿用到了文化意识层面，强调个体对所属群体文化的忠诚度和认同感[③]。而加拿大学者约翰·贝利（John W. Berry）则认为“文化适应”是社会流动与社会交往导致的不同文化背景下的成员之间的互动，对某一方或者多方带来了文化上的影响，甚至是改变了其原有的文化模式的社会心理现象[④]。费孝通先生在讲文化意识的时候，也强调文化在新

① ［英］爱德华·泰勒：《原始文化》，蔡江浓编译，浙江人民出版社1988年版，第1页。

② ［美］朱利安·斯图尔德：《文化变迁论》，谭卫华、罗康隆译，贵州人民出版社2013年版，第32—50页。

③ 陈红：《人格与文化》，安徽教育出版社2009年版，第65页。

④ John W. Berry, Ype H. Poortinga, Marshall H. Segall, Pierre R. Dasen, *Cross－Cultural Psychology Research and Applications*, Cambridge University Press, 2002, pp. 20－21.

环境下的自我适应问题①。以行政话语体系、学术话语体系和民间话语体系观测亚鲁王文化进入大众视野后的功能转换，发现制度和机构的适应、行为模式的适应和社会角色的适应伴随始终。

一 制度和机构的适应

即便是非物质文化遗产资源丰富，传统文化活态传承有序的麻山地区，经济社会的快速变迁和多元文化的强烈冲击，也对地域文化持有人产生了革命性的影响。

不论是政府职能部门，还是文化持有人，顺应文化适应的规律和把握文化功能的演变是机遇，也是挑战。

一方面，制度适应涉及面广，政策难以即刻落实与民众要求立即见效的矛盾在实践中有巨大张力，政府通过快速反应消解这种矛盾，从2009年入选省级非物质文化遗产名录，到2011年成功入选国家级非物质文化遗产名录，再到2015年专设职能部门服务亚鲁王文化传承，直至2019年地方性法规《安顺市亚鲁王非物质文化遗产保护条例》通过省人大审查获准并正式实施，10年间，行政力量和学术共同体始终参与并致力推动。

另一方面，政府通过特事特办处置文化部门与组织机构的适应，文化部门下设独立机构亚鲁王文化研究中心，服务史诗若干事宜，包括组织、管理、宣传、服务、协作等，由于机构为专设，无法解决所有成员编制，多是聘用通晓苗语西部方言和能够进行田野调查的灵活就业人员，尽管待遇有限，工作繁杂，但自我实现的意义确保这些工作人员成为田间地头的多面手。此外，亚鲁王文化活动大多由苗族民众自发举行，亦是由民众组织参与和表演的，但是民间力量有限，政府在亚鲁王文化活动中扮演领导者的角色，村委会在亚鲁王文化活动中扮演组织者的角色，亚鲁王研究中心在亚鲁王文化活动中扮演协调者的角色，三者还同时承担宣传和服务的职责，要对活动进行事前宣传，事后总结展示。同时，

---

① 费孝通：《土地里长出来的文化》，载中国民主同盟中央委员会、中华炎黄文化研究会编《费孝通论文化与文化自觉》，群言出版社2005年版，第41页。

亚鲁王文化研究中心及村委会直接承担为表演群体服务的职责，确保活动有序和圆满完成。值得关注的是，文化持有人参与亚鲁王文化活动的方式分为直接参与和间接参与，即使不是作为表演主体，也会在相关部门的协调下成为活动的观众，参与活动。一般活动前夕，文化持有人便主动投入宣传工作，不管是集体宣传活动，还是知会亲朋，他们都在台前幕后积极参与，完成社会角色扮演。

同时，亚鲁王研究中心在麻山腹地大营镇芭茅村村民 YXH 家设置学术接待站①，在当地基础设施不完善的情况下，解决了学术共同体参与亚鲁王文化研究的田野调查问题。田野调查点设置在村民家，一方面可以为村民补贴经济；另一方面，增加了村民的参与感，让他们加入本民族文化的传承和保护行动，使村民获得了精神上的享受。同时，亚鲁王研究中心在学术共同体与调查对象之间搭建了桥梁，起到了协调关系的作用。

二　行为模式的适应

从个体而言，社会行为必然在社会背景中产生，且必然影响周围人群和社会环境，难以称为纯粹的个人行为，所以具有社会意义。从社会而言，个体的社会行为是在社会中产生的，所以其适应性主要针对社会。个体的价值观与社会主流思想相一致，其行为意义就与社会意义相一致，对个体和社会来说都是有益的。以历时脉络梳理，亚鲁王文化历经“压制—忽略—复苏”，但值得关注的是，尽管支持亚鲁王文化的民众始终如一，但“隐蔽学习—主动学习—消极学习”的行为模式转变仍可视作文化适应的历程。

在特定时期，亚鲁王文化一度遭遇外部力量一刀切的尴尬境地，根据当地东郎回忆，几乎所有的东郎都曾参加过学习改造，一时间在麻山当地坚定传承的亚鲁王文化变得“销声匿迹”，激发了东郎前所未有的危机感，亚鲁王文化如何传承成为东郎们的时代使命。东郎们秘密教授年轻东郎，并受邀暗地里主持亚鲁王仪式，正是东郎们的责任感，将亚鲁

① 2017 年 1 月，亚鲁王研究中心在大营镇芭茅村设立“亚鲁王文化田野调查芭茅学术接待站”，供研究田野调查时使用。此外，还在紫云县 6 个乡镇设置了 26 个非遗传习所。

王文化艰难传承了下来。文化本就具有缓慢形成和缓慢发展的特征，一刀切的文化变革带来的文化阵痛，并不能阻挡文化赓续的内生动力。

进入新时期，资本市场的快速扩张导致生活生产的日益分化，尽管乡村振兴战略为麻山地区注入经济活力，但因较长时间的地理封闭，地域经济社会发展仍然滞后，青壮年进城务工仍是主流，传统文化的呼唤、城市生活的便利、多元文化的冲击集合而成的矛盾在社会流动中凸显，消极学习亚鲁王文化成为普遍现象的同时，亦有许多青年利用各种科技手段主动学习亚鲁王文化，这显然是族群成员在时代变革中的自我选择。从时间脉络梳理，国家关于非物质文化遗产的顶层设计对地方性文化的保护传承起到了较为积极的引导作用，大部分文化持有人已然认识到持有文化的独特价值，但实现持有文化的现代转型和更新发展，必然有较为漫长的过程。事实上，技术革命带来了文化表现形式的改变，但文化表现形式的改变绝非超然的运动，而依赖于生产生活资料的充足、文化更新意愿的统一，只有多重要素的合力才能实现时代变革中的有效调适，否则可能导致文化消逝。

三　社会角色的适应

人既创造文化，也承继文化；既是文化适应的客体，亦是文化适应的主体。东郎作为亚鲁王文化传承主体，成为典型的角色集合，其社会身份经历了社会排斥的神巫人员到社会支持的非遗传承人的转变，曾经的表现性角色为主亦转变为表现性角色与功利性角色并存，这源于亚鲁王文化表现形式的分解。若东郎在娱人的舞台上展演，则可能是功利性角色，以获取报酬为主，亦可能是功能性角色和表现性角色的集合；若东郎在神圣的仪式上展演，则必然是表现性角色，以实现自我满足为唯一诉求。同时，国家话语体系和学术话语体系为非物质文化遗产传承人赋权，传承人成为地域内的文化精英，本身也是角色确定和角色再现。

值得关注的是，社会角色的适应与国家话语体系中传承人的分类分级制度有显著相关性。

一方面，传承人分级分类制度导致传承人群体的内部分化。如将传承人列入各级政府公布的传承人名录，则其社会角色的职能性得以凸显，有义务在非遗讲习所教徒授艺，也有权利获取相应津贴。国家级传承人东郎 CXH034 为了让更多人加入文化传承的行列，有意识、有目的地将自己的唱诵录音制作成二维码附在文本中，方便学习的人对照文字理解和记忆。如仅是登记在册的传承人，则其社会角色的多重性得以凸显，诸如仅在参加相应仪式或活动时，才需要扮演相应角色。针对传承人分类分级制度，除传承人 CXH034 主动积极招收徒弟学唱史诗外，大部分东郎在传承过程中持消极态度，将“国家级传承人”的称号视作对东郎能力的一种评定，认为自己没有被评为传承人，是因为自己的唱诵能力没有得到认可，不具备传承资格，理解的偏差导致了传承状况的不理想。为鼓励东郎传承，亚鲁王研究中心于 2015 年举办紫云・千名东郎唱诵史诗亚鲁王大赛，为东郎们颁发传承人证书。

另一方面，传承人分级分类制度亦导致东郎唱诵禁忌的变化。因被赋予各级传承人的荣誉称号，常有跨家族和跨村寨请求具有传承人身份的东郎主持仪式的现象，这在东郎群体的禁忌规范中是不允许的。东郎 CXX009 在访谈时就讲了东郎习唱或主持仪式的规定，“学唱《亚鲁王》，必须是各个家族学各个家族的，不然别的家族的人来和我们岑家的学，就算是学会了，他也只能给岑家主持仪式，不能给自己家或者别的家族主持仪式”①。偶有招架不住丧家请求前往的东郎，事后常常表示担忧，认为跨家族唱诵违反了约定，自己正在遭受惩罚，“我这段时间，脚痛，痛了有好久了，我觉得是给别个家族的去唱《亚鲁王》着的，因为人家觉得我唱得好，本来他们家族，他们寨子有东郎的，他们不请，就专门来请我去唱，我害怕是不是人家因为这些事情有想法了。我这个腿老是不好，走路都走不得。我看，我还是不能这样了，这样得罪人得很，以后只给韦家开路算了，不惹这么多麻烦事情”②。

① 访谈人：KTZ001、XTZ001；访谈对象：CXX009；访谈时间：2017 年 7 月 12 日；访谈地点：紫云县大营乡芭茅村。

② 访谈人：KTZ001、XTZ003；访谈对象：访谈时间：2017 年 7 月 25 日；WLW024；访谈地点：紫云县宗地镇歪寨村。

第三节　亚鲁王文化功能转换的实践逻辑

伴随历史进程、族际互动与现代化浪潮的冲击，作为核心载体的丧葬仪式，其功能拓展至表达认同与认同表达。而以其为核心的衍生展演形式，功能则完全转向娱人，以适应现代社会发展需要。亚鲁王文化的传承与发展在某种程度上回应了乌丙安先生留住“文化记忆”的呼唤，其功能的转换亦使亚鲁王文化在现代化浪潮的冲击中，获得了新意义，产生了新价值。

一　求同存异的文化互动

各民族间的文化互动，绝非将民族文化全部规整到主流文化当中，而是强调要始终保持中华民族的“一体化为主，多元化为辅”的格局。

一方面，需认识文化积极的一面对事物的发展具有促进作用，而消极的一面对事物的发展非但没有助推作用，甚至还具有不利的作用。在同一区域社会，同一习俗观念对不同群体而言，产生不同的影响，这种影响有时是积极的，有时是消极的。亚鲁王文化承载的丧葬仪式在维系人际关系、提升群体和社区认同上具有积极作用。仪式活动的举办，不仅是一次历史文化的重温和学习，也是促进个体间交往和沟通的重要方式，人们在活动中瞻仰先祖、沟通情感、增强凝聚、强化认同，实际上是对社会秩序的重要维护方式。但是亚鲁王文化仪式程序繁杂、耗时长、花费多，与当下节约型社会的建设不相吻合，可能导致的致贫返贫现象也不容忽视。同时，仪式活动为地域文化持有人提供了情感慰藉的公共场所，可以增强地域文化持有人对社区的归属感，对地域的社会整合意义重大。

另一方面，文化的交流互动在价值取向方面上体现为一体两面，一面强调同质，另一面强调异质。具体来讲，关注点不同衍生出“求同存异”还是“求异存同”的核心议题。从国家实际情况来看，多元文化强调差异性，但是从中华民族多元一体格局的现实需要来看，维护和巩固国家统一需要强调“求同存异”。在增强民族认同感的呼声下，增强中华民族的认同感亦是现实所需。这里的“同”并非指同化，而是指各民族的价值取向相同、目标相同，这对于协调整合民族文化来说，具有根本性意义。“异”也并非片面强调其差异，追求差异，而是尊重各民族间存有的经济文化差异，向世界展示中华文化的多样性。事实上，亚鲁王文化对异同之争便有万物同源的思想意识和天下一家的价值观念，这显然契合人类命运共同体的价值取向。实践中亦是如此，亚鲁文化与其他文化的共生，均指向“求同存异”的现实需求。

二　主动适应的功能转换

功能转换是指原有功能在新的环境中发生了变化。将整个结构看作庞大的系统时，结构要素成为系统中的子系统，子系统中又包含了无数小因素。功能的转换是受外部环境的影响引起的，某一文化因素，当所处环境发生变化时，其功能亦会发生变化，正如人的皮肤在夏季具有散热排汗的功能，在冬季具有保温储热的功能。马林诺夫斯基在谈及功能转换时用马车与汽车的例子进行了说明，他认为当汽车替代了马车成为更快捷的交通工具时，马车与汽车车道不再匹配，因而可以认为是一种旧时残余；而当它为满足人们怀旧的需求而出现的时候，它是作为一种具有观赏价值的物品而存在的，并不是残余，此时其功能发生了变化①。

亚鲁王文化完成了主动适应的功能转换。一方面，传统禁忌肃穆的仪式是人们缅怀过去和祭祀先祖的神圣场域，是亡者归返故土和融于集体的唯一通道，仪式行为、仪式器物和仪式祭品均以缅怀过去和取悦先祖为目的。另一方面，亚鲁王文化进入大众视野的同时，文化功能在滚雪球式的层累中成为家庭感受、集体认同和人们表达集体认同的方式。亚鲁王文化衍生的舞台展演，娱人功能凸显，其目的就是让人们走进麻山，了解苗族，走近亚鲁王文化；同时也希望通过生产、扩散、销售“亚鲁王”象征符号和视觉财产，为外来游客提供差异性的习得体验，获

① 何星亮：《文化功能及其变迁》，《中南民族大学学报》2013 年第 5 期。

取资本和生产生活资料。具体来讲，亚鲁王文化由缅怀过去、祭祀先祖、祈福纳吉、身份认同的神圣场域分解为神圣仪式的展演场域和世俗表演的舞台展演，是亚鲁王文化在现代社会下的适应结果，也是传统文化革新的重要内容。

小结　认同表达：社会适应与功能转换

亚鲁王文化功能在滚雪球式的层累中发生转换。满足认知需求、心理需求、社会需求和适应需求是文化功能转换的内生动力；制度和机构的适应、行为模式的适应和社会角色的适应是文化功能转换的表现形式；求同存异与主动适应是文化功能转换的实践逻辑。从亚鲁王文化衍生的舞台展演来看，娱神功能和娱人功能已自然分离，娱人的舞台展演是亚鲁王文化在现代语境中的适应与整合，娱神的仪式展演仍是集体认同的重要行为模式。文化功能所涉及的领域是多样的，这主要源于文化的多样性以及文化要素的多元性，在文化交流和文化发展的过程中，会因各种因素导致变化从而引发功能的扩展和转化。

一是作为内生动力的四种需求。不论是认知需求、心理需求、社会需求还是适应需求，都是文化发展过程中的二元对立，只有通过发挥文化功能去满足这些需求，利用外部动力激发文化的内生动力，才能使文化得以更好地传承、创新和发展。认知作为人类认识世界和自身的基本需求，是人类发现问题和解决问题以及探索未知的根本动力。人类的心理需求是在物质需求得到满足之后的精神文化上的需求，这是人与动物的本质区别。麦克莱的心理需求观点认为大部分人的需求都可以分为成就需求、亲和需求和权利需求，成就需求是一种习得动机，和其他社会性动机一样，是伴随相应行为产生的回报或惩罚获得的。[①] 马斯洛的需求理论，将人的需求划分为五类，并根据不同阶段进行层次的再次划分。

① 徐礼平、邝宏达：《珠三角地区随迁儿童社会适应现状及影响机制研究》，北京理工大学出版社 2018 年版，第 65 页。

不论是麦克莱还是马斯洛的需求理论，都将需求的产生与人的意愿相关联。从满足社会需求方面来说，就是满足人们的人与社会关系的需求，社会环境对人有很大的影响，会受社会诸多因素的干扰而发生性格的变化，伴随交往，麻山苗族在语言、服饰、风俗等方面与外界的差异使之产生不同心态，因此亚鲁王文化功能的转化正是基于人们的心理需求的变化而产生的文化经济生发的动力，满足需求的过程就是意义生成的过程。

二是作为表现形式的文化适应。文化适应是人类学的研究范畴，其所指是两种不同文化群体在交流互动的过程中，使所属的这两种文化模式发生了变化，其目的是为了维持秩序以及实现文化适应范式的持续性功能。虽然文化适应要求双方都做出改变，但一般来说，弱势方的改变幅度更大。如，就个体与群体、群体与国家的关系来说，做出调适的一方必然是个体或群体，中华传统文化重视集体意识，强调集体利益高于个人利益，即便文化有着较强的凝聚力，也会因为经济社会的发展和外界环境的变化发生改变。所以不论是地域文化持有人，还是政府职能部门，顺应文化适应的规律，在适应和演变中寻求发展是机遇也是挑战。Kellee Tsai 教授的适应性非正式制度强调文化适应不是真正的文化改变（同化、融合或屈从）或者全球化的产物，而是在正式系统中不断出现限制的和机遇的交往调整模式。① 社会行为是在一定的社会背景中产生的，因此具有社会意义，也正是如此，适应性也是针对社会而言的。亚鲁王文化在传统的环境中生长传承，但是随着生长环境的变化，文化自身也历经了“压制—忽略—复苏”多个发展阶段，尽管文化群体始终支持，但是其学习方式的转变也可认为是文化适应的一种过程。

三是作为实践逻辑的知识更新。人既创造文化，也承继文化；既是文化适应的客体，亦是文化适应的主体。东郎作为亚鲁王文化传承主体，成为典型的角色集合，其社会身份经历了社会排斥的神职人员到社会支

---

① ［智利］克劳迪娅·拉瓦尔卡：《全球化时代的智利与中国》，张芯瑜译，五洲传播出版社 2017 年版，第 125 页。

持的非遗传承人的转变，曾经的以表现性角色为主亦转变为表现性角色与功利性角色并存，这源于亚鲁王文化表现形式的分解。若东郎在娱人的舞台上展演，则可能是功利性角色，以获取报酬为主，亦可能是功能性角色和表现性角色的集合；若东郎在娱神的仪式上展演，则必然是表现性角色，以实现自我满足为唯一诉求。伴随文化互动与现代化浪潮的冲击，作为核心载体的丧葬仪式，其功能发生了拓展和转换。从功能的拓展来说，现代的仪式相较于传统仪式其功能增加了表达认同与认同表达。以丧葬仪式为核心所衍生出的展演形式，相较于传统的娱神功能则更倾向于娱人，以适应现代社会的需求。从另一个角度来说，亚鲁王文化功能在当下的转换，使得亚鲁王文化获得了创造性转化与创新性发展，并在此过程中产生了新的价值与意义。

文化功能转换是过程，亦是结果。一方面，文化功能转换倡导正确的价值观、人生观和审美观，并要求多元文化矛盾冲突的解释力和引导力，旨在文化的扬弃，亦在族群向心力的凝聚，是地域文化维护社会稳定与和谐发展的主动适应；另一方面，文化功能转换的过程中，尽管文化形态随时代变化而改变，但满足认知的需求、满足心理的需求、满足社会的需求和满足适应的需求确保转换过程的秩序与规则。值得注意的是，与所处环境不相适应，且对文化功能转换产生阻力的要素，会被改造或重建，这种改造或重建实质上是对原有知识的更新，知识更新的过程促进了文化融合，但绝不排挤既有文化体系，这种消解与重构无疑是中华民族多元一体格局的生命力所在。

第四章　知识派生：历史记忆功能

历史记忆与族群认同的研究已然成为民间文学研究视域的新焦点。一方面，较于文字记载的历史，以个体和集体记忆为中介探寻历史与记忆的关系更为多元和细腻，更能呈现族群发展轨辙中较为细致的脉络；另一方面，历史记忆不止于人们记忆的历史事件，人们的记忆本身亦属历史，且是一个不断传承和延续的过程。

记忆的历史事件是历史，历史事件的记忆亦是历史。作为个体记忆的整合表达，东郎记忆的重叠和补益构筑了完整的苗族史诗《亚鲁王》。作为个体记忆的整合表达，《亚鲁王》涵括东郎（史诗传承人）记忆的重叠和补益，正是此种丰富的个体记忆呈现了完整的《亚鲁王》。事实上，东郎习唱《亚鲁王》的行动逻辑均源于传承者言语、音声、动作及表情的记忆建构。必须承认的是，任一个体的记忆均有无可替代的价值，个体记忆绝不止于个体的自我言说，更是个体的自我认知，如果个体记忆丧失，那么最后所存将仅为躯体。换言之，个体记忆是时空内生活方式和群体内聚力的全部构成，不仅对个体有着十分重要的作用，对整个人类社会而言同样具有重要价值。同时，尽管个体记忆根据体质、年龄、性别的不同而有所区别，其价值和应用各不相同，但其作为比史料更丰富的信息集合，仍然极具研究价值。本书爬梳历史记忆与族群认同研究脉络，以听觉记忆、形象记忆及概念记忆榫合的个体记忆，联想记忆、实践记忆和交互记忆榫合的集体记忆，探寻“亚鲁王”及其象征符号，旨在廓清多元文化视域下的亚鲁王文化结构在历史和群体中如何建构和重构，如何实现自我认同、族群认同及国家认同。

第一节 阐释的转向：历史与记忆

叙述，无论是地方性的还是全球性的，总是处在记忆和遗忘之中。如同历史学家很久以来就已知道的那样，历史具有双重意义：既表示过去发生的事件，也是一种关于选择、解释和说明这些事件的争议性的叙述。[①] 后现代反思与解构的进程中，学者们更重视以个体和群体记忆重拾历史与记忆的关系。爬梳记忆研究，自 20 世纪 30 年代，涂尔干（Durkheim）的弟子哈布瓦赫（Halbwachs）创造了集体记忆的理论，用以研究家庭、宗教群体和社会阶级的过去是如何被记忆的，同时还强调研究个人记忆时要综合考虑家庭、宗教群体以及所生活的社会阶层的影响，其理论旨在厘清记忆与环境之互动关系，强调记忆产生于集体，人们只有参与各种人际交往活动，才能促使记忆的产生。[②] 康纳顿（Connerton）延续了哈布瓦赫的研究，他认为群体记忆绝不是简单的个人记忆的累加，而是群体通过社会仪式共同构建的记忆，这个记忆属于群体，而非个体；同时，他将集体记忆与个人记忆的集合进行了认真区分。[③] 左纳本得（Zonabend）在康纳顿的基础上，将记忆与人们的关系网络联系在一起，认为人与人之间的交际关系网是集体记忆形成的重要基础。[④] 阿斯曼的理论预设更庞杂，他重新定义集体记忆，试图综合哈布瓦赫和康纳顿的理论体系，强调集体记忆是一种沟通记忆，因为人的记忆是在相互沟通中实现的。阿斯曼在此基础上提出了“文化记忆”的概念，文化记忆将文化作为记忆的主体，认为记忆不只停留在语言和文本的这一层面，还可存留于各种形式的文化载体上，比如我们常见的节日、仪式、技艺

---

① ［美］约翰·R. 霍尔、玛丽·乔·尼兹：《文化：社会学的视野》，周晓虹、徐彬译，商务印书馆 2009 年版，第 5—6 页。

② ［法］莫里斯·哈布瓦赫：《论集体记忆》，毕然、郭金华译，上海人民出版社 2002 年版，第 68—69 页。

③ ［美］保罗·康纳顿：《社会如何记忆》，纳日碧力戈译，上海人民出版社 2000 年版，第 8—9 页。

④ ［美］赫兹菲尔德：《冷漠的社会生成：寻找西方官僚制的象征根源》，连煦、黄罗赛、郑睿奕译，连煦校，知识产权出版社 2015 年版，第 142—146 页。

中，具象的如一些文化遗址、文化物件等，这些都是民族文化的保存物，同时也是民族的文化符号。① 通过这些生动可见的行为过程和具体实物，文化随之代代相传，法国学者诺拉追随了阿斯曼的观点，将这些文化的载体称为“记忆的场”。② 霍布斯鲍姆（Hobsbawm）等人的研究与前人不同，他们将关注点从记忆本体移至官方，强调官方通过各种媒介手段操控大众记忆。③ 值得一提的是，斯科特（Scott）在霍布斯鲍姆等学者的研究基础上，发现了新的研究点——大众的记忆抵制（反记忆），通过对反记忆的研究，发现社会记忆中族群身份的认同，以及群体与政治的抗衡所带来的社会变迁。④

事实上，哈布瓦赫的研究成果在当时并未引发关注，直至全球化进程的到来，传统和现代的再反思，对集体记忆的研究才日渐兴盛。历史记忆不仅是集体记忆对过去的建构，更涵括了个体记忆的传承功能。个体记忆通过听觉、形象、概念三种方式记忆，这三种记忆方式不止于递进关系，亦不止于平行关系，而是杂糅并用。与个体记忆不同，集体记忆主要在集体活动或仪式展演场域中产生，其记忆方式主要涵括联想、实践和交互记忆。与个体记忆相同的是，集体记忆的三种记忆方式同样是杂糅并用的。

作为舶来品，历史记忆早先由史学界使用，廓清脉络，可见国内历史记忆研究应系我国台湾地区学者朱元鸿于 1992 年率先开展⑤，此后，南京大学沈卫威在 1996 年将历史记忆的研究范式置于历史人物研究之中⑥。历史记忆研究较为系统的是 1999 年赵世瑜对沿海一带太阳生日传说与习俗的考证，该研究也属民间文学历史记忆研究的

---

① ［德］扬·阿斯曼：《文化记忆：早期高级文化中的文字、回忆和政治身份》，金寿福、黄晓晨译，北京大学出版社 2015 年版，第 87—88 页。

② ［法］皮埃尔·诺拉：《记忆之场：法国国民意识的文化社会史》，黄艳红译，南京大学出版社 2015 年版，第 3—33 页。

③ ［英］艾瑞克·霍布斯鲍姆：《论历史》，黄煜文译，中信出版社 2015 年版，第 8 页。

④ ［美］詹姆斯·C. 斯科特：《弱者的武器：农民反抗的日常形式》，郑广怀、张敏、何江穗译，译林出版社 2007 年版，第 219 页。

⑤ 朱元鸿：《实用封建主义：集体记忆的叙事分析，以一九四九年后中国大陆为参考》，《中国社会学刊》1992 年第 16 期。

⑥ 沈卫威：《五四留给胡适的历史记忆》，《徽州社会科学》1996 年第 1 期。

范畴[①]。历史记忆近年来在民间文学研究领域逐渐产生影响，林继富提出民间文学中包含丰富的历史记忆内容，需采取多种途径和方式去研究，方可深化、修正和补充“历史事实”。[②] 陈金文强调民间文学历史记忆的解读急需独特的视角与方法论。[③] 王丹将历史记忆与民间文学中的传承人和受众联结起来，认为民间文学历史记忆的功能性源于传承人、受众组成的共同体的生活需要。[④] 景军则强调，在仪式中，口耳相传的记忆、基于文本的记忆和积淀在身体中的记忆都在持续地相互作用。[⑤] 祭祀和纪念仪式这种高度情感化的展演场域无疑是研究的重点。得益于展演场域，作为集体记忆再现和重建的重要环境，亚鲁王仪式过程始终如一，《亚鲁王》文本亦未发生重大改变[⑥]，显然，探寻亚鲁王历史记忆功能有典型意义和模板意义。

第二节　联系与构成：集体记忆中的个性魅力

记忆的历史事件是历史，历史事件的记忆亦是历史。一方面，区域内个体基于历史事件的记忆大体是一致的，出入是细微的，个体记忆蕴含的丰富信息资源，不仅是历史信息的供给来源，更是个体情感心理、社会关联、语言特征、记忆方式的信息综合体；另一方面，历史事件的记忆需要经历记忆、遗忘、重构的过程，在面对具有负面影响的历史事件时，或由于统治者的禁止，或由于难以公开，个体务必强迫自我遗忘，但此种遗忘往往并不成功，因为它在遗忘之前，必然是被记忆的。也因此，记忆兼具社会性和传承性。

---

① 赵世瑜、杜正贞：《太阳生日：东南沿海地区对崇祯之死的历史记忆》，《北京师范大学学报》1999 年第 6 期。

② 林继富：《通向历史记忆的民间文学》，《华南师范大学学报》2017 年第 3 期。

③ 陈金文：《民间文学中的历史记忆》，《鲁东大学学报》2013 年第 6 期。

④ 王丹：《民间文学的功能性记忆》，《华南师范大学学报》2017 年第 3 期。

⑤ 景军：《神堂记忆·一个中国乡村的历史、权力与道德》，福建教育出版社 2013 年版，第 14 页。

⑥ 肖远平、杨兰、刘洋：《苗族史诗〈亚鲁王〉形象与母题研究》，中国社会科学出版社 2017 年版，第 1—11 页。

一 习得过程中的听觉记忆

听觉记忆是个体记忆传承和延续的核心识记方法。田野调查显示，东郎们普遍认为《亚鲁王》的习得源于学习期限漫长、学习进度缓慢、学习方式特别、学习效果终身的特殊的口传心授学习模式。传统展演场域中，东郎们的唱诵不为外力所扰，通常持续三天三夜；现代展演场域中，东郎们的唱诵受多重因素影响，时间缩减至一个晚上。但无论何种外力或影响程度，史诗主干是必须坚持唱诵的，史诗枝叶是必须坚持习得的。显然，史诗内容无文字记载且冗长，如果不依靠听觉记忆，东郎们无法习得和长期唱诵《亚鲁王》。

一般而言，听觉记忆常与模仿相伴而行且极易混淆。模仿是以短暂记忆复制已有事物，易遗忘；听觉记忆则不同，能够保持较长时间。如果以为对某首歌曲的死记硬背便是听觉记忆，便是谬误，这只是学习者的模仿，并非听觉记忆，正如合唱的过程中，大部分人并不能完整无误地完成表演，其中少部分能够完整演唱的属于听觉记忆，大部分则是模仿。换言之，模仿会在短暂时间后被遗忘且不会再被记忆，而听觉记忆能被某些关联特征唤醒，如同听某首曾经听过的歌曲时会产生熟悉的感觉。值得注意的是，模仿与听觉记忆并非毫无关联，模仿是听觉记忆的准备和前提，要形成听觉记忆必须先进行模仿，只有通过模仿，在脑海中形成印记，才会形成听觉记忆。

毋庸置疑，东郎习得《亚鲁王》的过程中，必然少不了对传承者的模仿和对史诗的体悟，如此才能在仪式现场将史诗展演得灵活自如。单纯的模仿不能成就一位优秀的东郎，如果东郎仅是单纯模仿，将传承者的展演照搬照抄，记忆自然容易遗忘，史诗也会失去其活力。值得注意的是，得益于没有文字限制，东郎们在记忆《亚鲁王》时必须将史诗代入仪式展演场域中去理解和记忆，通过回忆传承者仪式中的各种特征，抑或回忆自我记忆史诗的各种特征，在保持史诗原貌的情况下，融入自我情感，适当加入些许生动描绘，使得唱诵过程情感丰沛。

事实上，稳定性与变异性本是口头文学最突出的两大特征，而口头文学的稳定性源于其程式化的特质，在保持稳定的前提下，又可根据不同情况进行变异。每一位东郎在唱诵《亚鲁王》时都会有些许不同，同一名东郎在不同时空下的唱诵亦不相同，但是此种不同仅为枝叶，其核心稳定不变，此处的核心便是口头文学中的情节、结构、主题等一系列因素。程式是民间口头传唱者在不断的唱诵实践中积累的成果，是一种由唱诵者自己创建的风格和模式。唱诵者在唱诵过程中选择自己熟悉的句式和段落组成一套程式句法，并通过一组可以任意替换的句子来组建程式中的“大词”。《亚鲁王》中，可以发现一些固定的行为动作、人物称号、时间地点，以及各种排比句式，因此《亚鲁王》的结构表现出相对的稳定性。从文本看，《亚鲁王》也存在大量的程式化语言，例如，“羊天，成群的羊过江而来，大群羊逐浪跟随而到……万物跟随来了，万物尾随到了，万物跟随亚鲁王日夜迁徙来到哈榕麻阳”① 等，在文中反复出现，前面的句子在文本中几乎占据了大半篇幅，不断描绘亚鲁部族迁徙的情景，在东郎的脑海中形成固定的程式，方便唱诵。东郎们之所以选择这些语言程式，是因为这些语言程式能够满足东郎快速记忆的需求，除《亚鲁王》外，《玛纳斯》《格萨尔王》等长篇史诗同样是程式化的，便于史诗唱诵者记忆。不仅如此，东郎对史诗的听觉记忆可以有多个场合，不仅在丧葬仪式上，在与传承者学艺的过程中也能对史诗进行记忆。但对于普通苗族人民而言，对《亚鲁王》的记忆仅源于丧葬仪式上东郎的唱诵，他们在展演场域的语境中与东郎互动，他们以听觉记忆实现了记忆的历史与对历史的记忆的衔接，并以此重温民族历史，聆听祖先教诲。

二　展演场域中的形象记忆

形象感知是记忆的根本，人们通过感知事物的形状、气味、声音等，在脑海中形成记忆内容，具有直观性。人的记忆几乎都是从形象记忆开始的，我们认识一位陌生人，首先观察其容貌和衣着，然后才是其他，所以，形象记忆是由感知到思维的必不可少的环节。

形象记忆是人们联想的基础，它不止于静止或动态事物的反映，亦不限于某一动态瞬间的反映，人们通过自身保存的形象记忆片段，联想

① 紫云苗族布依族自治县《亚鲁王》工作室：《苗族英雄史诗〈亚鲁王〉》，贵州省文化厅、贵州非物质文化遗产保护中心内部资料 2011 年版，第 306—308 页。

乃至虚构，将分散的、不连续的特征整合起来，从而形成连贯性的整体，构成生动完整的画面。正如亚里士多德所言，一切可以想象的东西，本质上都是记忆里的东西。[①] 景军的观点更为激进，“对于农村人来说，对过去的事与物的精确追忆同样重要，那里的当地历史是同家族群体的认同结合在一起的，在这些群体中长大的人们通过各种各样的口述的、文献的和可操作的媒介，了解他们的过去，他们的世界观和行为必然都受这种学习过程的影响。其中一个著名的例子是祖先崇拜——‘中国人的实质性宗教’，祖先崇拜依靠家族叙述、祭献仪式和续修家谱，激发了人们对死者的记忆，使每代人想起自己的身份和义务”[②]。

东郎们习唱《亚鲁王》绝不受史诗文本限制，而是嵌入展演场域，直接反映为徒弟跟随师父赴葬礼观摩学习，由于东郎始终主导丧葬仪式，东郎必须结合仪式程序进行唱诵，仪式程序不同，诵唱内容不同，形象装扮不同，使用道具亦不同。诸如在丧葬仪式上唱诵史诗时，东郎要头戴斗笠，肩扛大刀，倒穿铁鞋，身着蓝布长衫，此种装扮与史诗文本中亚鲁与赛阳、赛霸战败迁徙时的装束一样，体现了麻山苗族对先祖亚鲁的记忆与敬仰。砍马仪式中，东郎需在砍马前完成解冤仪式，东郎站在方桌上，依旧身着蓝布长衫，但不能穿着铁鞋。送葬时，在马背上放置装好饭食的饭篓、水壶、弓箭等，与将士出征时的装扮一致。尽管史诗展演场域中东郎形象伴随仪式进程的变化而变化，但形象的变化始终围绕对祖先亚鲁的记忆与模仿，显示出麻山苗族先民对远古社会生活及先祖亚鲁精细入微的观察和记忆。

从某种程度上说，稳固持久的形象记忆与人们的情感体验呈正相关，情感体验越深刻，则记忆越牢固；情感体验越浅，则记忆就越淡薄。亚鲁是麻山苗族先祖，是带领他们迁徙定居的英雄，因此对亚鲁及其重大历史事件，麻山苗族的情感体验十分深刻，且在丧葬仪式上不断重复，

---

① ［古希腊］亚里士多德：《论记忆与回忆》，中国社会科学院外国文学研究所、外国文学研究资料丛刊编辑委员会《外国理论家、作家论形象思维》，中国社会科学出版社 1979 年版，第 8 页。

② 景军：《神堂记忆·一个中国乡村的历史、权力与道德》，福建教育出版社 2013 年版，第 53 页。

通过重温族群历史，固化族群记忆。

三　语言表达中的概念记忆

概念记忆，是语言学研究的范畴，概念记忆即语义记忆，是较为复杂的记忆系统，它需要将历史事件的所有构成部分逐一记录，储存并形成与具体词汇相关的各种抽象概念，这些概念能够长久维持，难以遗忘。

前述已论及程式化的记忆可以实现听觉上的快速记忆。与其他史诗一样，《亚鲁王》的每一次唱诵都可以说是一次再创作，唱诵中东郎们根据自己所掌握的一些固定的套语来进行创作，并根据自己熟悉的记忆点来进行每段之间的衔接，让自己的唱诵更为顺畅和丰富。这些固定的套语包括对亚鲁服饰、表情、行为的描述等。田野调查中发现，东郎们对史诗的记忆，也是基于对史诗内容的理解，正如东郎 CXH034 所言，“我在学唱史诗的过程中，老师教一段，讲解给我们听，我们再跟着学，理解着学，这样才能记得深刻”[①]。有这样经历的东郎还有 WSC039 等。

语言学家梅耶（Meillet）曾指出，《荷马史诗》中随意抽出一段诗行都可以在史诗中的其他地方找到相同或相近的诗行。[②] 米尔曼·帕里（Milman Parry）在 1929 年曾给程式下了定义，他认为程式是在相同的格律条件下为表达某一特定意义而经常使用的一组词，这是史诗唱诵者们的财富，具有极大的使用价值。[③] 在口头传统中，程式占据极重要的地位，程式的主题、句法、动作、场景，一切都是程式化的，程式是口头史诗所具备的突出本质。在史诗中，如英雄的诞生、战前的准备、战斗时英雄的面部表情等，都已经高度程式化了，特别是年轻的唱诵者，他们在逐渐熟悉这些事件之后，对这些程式化的语句便熟练掌握，特别是史诗中对于亚鲁王在战争前的一系列动作和表情的描写，“亚鲁王愤怒的

---

① 访谈人：KTZ001、XTZ001；访谈对象：CXH034；访谈时间：2017 年 7 月 15 日；访谈地点：贵州省紫云县猴场镇打哈村。

② 傲东白力格：《史诗演唱与史诗理论：从亚里士多德到洛德的史诗学简史》，甘肃人民美术出版社 2012 年版，第 115—116 页。

③ ［美］约翰·迈尔斯·弗里：《口头诗学：帕里－洛德理论》，朝戈金译，社会科学文献出版社 2000 年版，第 64—70 页。

时候满脸通红，亚鲁王激动的时刻青筋暴胀。发怒起来像那样，激动起来像这样。愤怒起来如那般，冲动起来如这般”①，东郎们通过对这一段语言所描绘的人物的表情、动作来把握他的性格特征，在记忆中做下标记，在下一次遇到出征的场景时，东郎就会自然而然将这一段迅速唱诵出来，形成记忆中的固定片段。

第三节 压缩与拉伸：记忆的场与记忆再造

传统社会中，麻山苗族了解自身历史文化的“记忆的场”大体源自丧葬仪式，人们通过东郎唱诵的内容和仪式上的符号去联想、构建和铭记自己的历史，其传统的关键符号往往在具体文化事象的仪式展演中才能呈现其作为意义载体的文化标志性特征②。文化记忆往往诞生于兼具特定事件和特定人物的特殊历史时刻，因其特殊性，时代往往赋予了它重要意义。亚鲁的形象就历经了从人到祖先神的过程，当时的民族迁徙过程艰苦卓绝，在亚鲁的带领下苗族人民在贵州定居发展，亚鲁成为苗族人民的英雄，人们开始崇敬他，并逐渐演变出神性的亚鲁。这样一种文化记忆的再造十分普遍，诸如二战时期在犹太人身上发生的大屠杀，其影响重大，这便是文化记忆的再造。现在人们去回忆二战，必然会与大屠杀事件联系起来，两者之间就有了一个共同的记忆场。后辈东郎在代代传唱中，通过传承和增补，将亚鲁的历史事迹用神话的形式表达出来，营造出共同苦难的文化记忆亦是如此。

一 由此及彼的联想记忆

联想记忆就是通过寻找事物之间的联系来进行记忆的方法，是由一物或一事联想到另一物或另一事，因为事物之间都是相互联系的，因而联想是人类思维的一种形式。联想的方式有多种，或相似物之间的联想，或相反物之间的联想，抑或某种联系物之间的联想，联想的过程能够加

① 紫云苗族布依族自治县《亚鲁王》工作室：《苗族英雄史诗〈亚鲁王〉》，贵州省文化厅、贵州非物质文化遗产保护中心内部资料 2011 年版，第 156 页。

② 吴正彪、杨正兴：《英雄史诗唱诵仪式展演与民间信仰体系的重塑——〈亚鲁王〉史诗田野考察札记》，《中国山地民族研究集刊》2016 年第 2 期。

深人们对事物的记忆。

联想记忆在生活中较为常见，如以物忆事的联想，看见童年照片必然会联想到童年往事；以物忆物的联想，看见老鼠必然会联想到其天敌猫；以事忆物的联想，在过生日时想起去年生日时别人送的礼物，等等。联想记忆贯穿人的生活始终，苗族民间故事中，流传着一种名为“nia nia药”的神奇草药，此种草药生长在河水中，依附在石头上，因其强大的附着力让人产生联想，认为这种草药的力量作用于人类，能够让相爱的男女永不分离，所以当年轻人有心上人时，会使用这种草药以期达成所愿。在古代社会，外出打猎时会举行祈福仪式，希望获得庇护满载而归。祈福仪式中，充满了联想记忆的印记，一部分人扮演野兽，另一部分人扮演猎人，通过模仿打猎场景，期待打猎时能如仪式展演一般，获得丰收。通过可掌控的仪式上的模仿行动，期待在实践中获得同样结果，这便是早期人类关于联想记忆的最直接表现。

麻山苗族丧葬仪式上，吃饭时需要将碗筷倒扣，表明与祖先共同进食，饮酒的顺序也与平时相反。在他们的观念中，亡者所在的世界与现实世界相反，现实世界如果是白天，亡者世界就是晚上，以此类推。因“反”与“返”谐音，人们希望通过这种仪式性行为返回祖先故地。同时，在送葬途中，孝子贤孙们要引领送葬队伍并不停射出弓箭，一方面是模仿先祖迁徙而来时的战斗行为，另一方面是协助亡者清除返途的障碍。人们通过联想，将两个事物联系上，并希望通过一系列行为来达到目的，此种行为和观念在葬礼上不断反复并固化在记忆中，以致在生活中遇到其他事件，人们同样期待使用此方法达到目的。

麻山苗族相信死亡是他们返回物产丰富的东方故地的一个重要节点，而《亚鲁王》是他们打开通往东方故地之门的钥匙，显然，钥匙这一象征性符号成为联想记忆的核心。正如被访者们认为的，“家中怎么都要有一个人学，不去学有人去世了怎么办，自家老人去世也是要用的，所以去求人还不如自己去学”①。正源于这种联想记忆，在历代东郎们的坚持

① 访谈人：KTZ001、XTZ001；访谈对象：CXH034；访谈时间：2017 年 7 月 15 日；访谈地点：贵州省紫云县猴场镇打哈村。

下，《亚鲁王》史诗历久弥新。

二　参与体悟的实践记忆

实践记忆指人们通过自身行为切身感受，或是生活中耳濡目染习得的文化记忆。实践记忆的意义在于，无论是历史记忆，抑或是社会记忆，均是特定时间和特定场域下的具体文化实践活动，并通过此类活动实现记忆的动态性与情境性、历时性与现实性、个体性与集体性。仪式实践中，人们融入仪式氛围，受到仪式的浸染，自然而然地习得仪式规则和程序，从而实现实践记忆。

实践记忆涵盖了行为主体、客体和场域，在实践活动中主体和客体能自由转换，正如康纳顿的体化实践理论所强调的，任何一个在场参加具体活动的人，都是接受或者传达信息的主体，不管他们在实践过程中是接受信息还是传达信息，是有意还是无意，都不可置疑这种实践行为是体化的。[①] 实践记忆是记忆研究发展的必然，从萨特到马克思，都在强调实践构成“人的科学”的基本整体性，因此列维－斯特劳斯才说实践既是经验的又是理智的实体。《亚鲁王》在丧葬仪式上被东郎反复唱诵，在实地调研过程中，“东郎每一次的唱诵都是不尽相同的，他们唱到自己擅长的段落时，会加入自己丰富的联想”[②]。换言之，实践记忆不仅强调经验性记忆，也强调创造性记忆。

仪式是人们以一套程序榫合信仰与愿望，通过这一连接，仪式成为人们的记忆网络。从人类学研究范式而言，仪式是人类的“社会行为”，只有采取社会行动时，人们方能感知影响的存在，同时也只有构成社会的个人聚集起来采取共同行动，社会才能采取一种行动。同一地域、同一阶层的习惯能够产生协调一致的实践活动，而正是这些实践活动为民族文化的实践记忆提供了平台，将实践与记忆联系在一起，显然是考量重复再现的记忆的重要方式，也是记忆效果或记忆行为得以实现的重要手段，也就是说，记忆是反复实践的成果。

---

① ［美］保罗·康纳顿：《社会如何记忆》，纳日碧力戈译，上海人民出版社2000年版，第9—18页。

② 访谈人：KTZ001、XTZ001；访谈对象：CXB008；访谈时间：2017年7月12日；访谈地点：贵州省紫云县大营镇芭茅村。

亚鲁王仪式在麻山地区的葬礼上反复呈现，虽然存在有无砍马仪式的差异，但其仪式程序已然在地域内固化，东郎们也在仪式中将《亚鲁王》牢记于心，并在史诗唱诵时游刃有余地驾驭史诗的内容，在保证核心稳定不变的情况下丰富史诗的枝叶，这些均是麻山苗族与东郎在亚鲁王仪式反复实践的过程中，深深植入的历史记忆。在史诗《亚鲁王》的唱诵过程中，东郎并不是史诗的把控者，在场的人们都是史诗唱诵的参与者，东郎的唱诵只是个人的记忆，但是在场的听众所掌握的史诗内容甚至有可能比东郎所掌握的内容更为丰富，所以一旦东郎唱错或者唱得不全面，听众都心中有数，东郎会根据听众对他的唱诵所作出的反应来进行调节。同时，东郎之间可以进行交流，相互借鉴、相互学习，在史诗的唱诵过程中，不断注入新的活力。

三　沟通对话的交互记忆

对于史诗这样庞大的系统，个体大多不能全数记住，有时候需要多个个体分段记忆，在保证记忆质量的同时，也能促进人与人之间的交流与合作。丹尼尔·魏格纳（Daniel Wegne）最早将这种现象定义为“交易式记忆”，这样的记忆方式能促进更高水平的合作。

交互记忆使得每个人所掌握的信息和知识量极大地增加，这种记忆通常产生于较为亲密的关系中。东郎们还在跟随师父学艺时，师父就会根据每个徒弟的自身情况来教授不同的内容，这样徒弟们即使出师之后也可在每一场仪式中相互合作唱诵史诗，并在相互聆听的基础上完善自己。这种记忆方式不仅能使记忆更为牢固，还能促进东郎之间的合作与交流。

同时，在仪式上不仅有东郎还有来参加仪式的各方宾客，这些宾客也有各自的记忆系统，于东郎而言，宾客为一个群体；而单纯来看，这些宾客又各自为一个个体，他们之间相互影响，即族群认同影响族群之间个体的记忆，进而影响族群的交互记忆系统。记忆是文化的载体，对民族文化而言同样如此，族群记忆成为民族生存和延续的关键，在良好和谐的交互记忆下建构的族群记忆，是族群认同感的强力支撑。

东郎 CXH034 学艺经历比较复杂，他因勤奋好学，跟随不止一位师父学习《亚鲁王》，不断对自己所掌握的史诗内容进行补充和完善，即使现在年老，也会在葬礼上去听其他优秀东郎的唱诵，在吸取别人优秀唱诵经验的同时，对自己所掌握的内容进行整合。他根据自己口述整理的《亚鲁王》译本，虽说是从自己记忆中抽取出来的，但是他的这些记忆是综合了几位师父的记忆的结果，也就是个人记忆与集体记忆之间交互影响的结果。

交互记忆依赖于群体。一方面，个体的沟通对话基于群体记忆，同时又成为群体记忆的细节补充；另一方面，记忆在交互过程中形成认同，这种认同不仅是观念的认同，更是对群体的认同，对民族的认同。亚鲁王仪式本身就是麻山苗族典型的族群记忆，人们通过这样的社会活动获得对过去的记忆，也通过社会活动不断进行重复回忆和识别①。族群仪式是族群对族群社会以往生活历史的不断重演，族群通过这种重演回忆和建构历史记忆，亚鲁王仪式亦是如此，麻山苗族在仪式展演中，获得对过去的认识，建立历史记忆，而交互记忆在其中起到了积极作用，增强了个体之间的沟通与交流。

第四节　记忆与认同：个体记忆与集体记忆互嵌

每个文化体系都有其特定的凝聚机制，文化记忆在此基础上不断进行着结构的复制，葬礼上唱诵《亚鲁王》这种形式，正是具备了凝聚文化的特质，东郎通过语言的形式，行为的表达，仪式的展演，将这段历史浓缩在这一场唱诵之中。历史记忆在与外部世界接触的关键时刻受到激发②，从而为集体记忆的加深奠定了基础。麻山苗族青年随着时代潮流涌入外出务工群体，在与外界的充分接触中，他们的集体意识愈发强烈，逐渐淡化的亚鲁王仪式也随着政府的重视和自身认同感的增强，而得到重生。亚鲁王的丧葬仪式是苗族历史文化的载体，如今这种文化成为具有历史性的艺术成就，是人类社会的文化财富。

---

① ［法］莫里斯·哈布瓦赫：《论集体记忆》，毕然、郭金华译，上海人民出版社 2002 年版，第 40 页。

② 景军：《神堂记忆·一个中国乡村的历史、权力与道德》，福建教育出版社 2013 年版，第 14 页。

一　个体记忆的能动作用

个体记忆在记忆与传承过程中并非完全遵照原有的样式，受环境、经历、认知能力等因素的影响，个体记忆在记忆和传承过程中必然会融入个体特征，形成新的个体记忆。

第一，个体的反思作用。在记忆的过程中，个体的反思作用对记忆有很大的影响，同时个体的记忆受限于集体和社会。记忆不是先验的，而是在个体对集体和社会的不断习得中逐渐构建的。个体记忆包含了经历性记忆和语义性记忆，经历性记忆与记忆主体的生活经验相关，语义性记忆与记忆主体的认识能力相关，特别是对一些抽象符号意义的掌握。

集体记忆对个体记忆的制约主要体现在语义上，而经历性记忆所受到的束缚则要少得多。记忆的主体是个人，集体记忆则是指“某一个群体对过去经验的心理反映形式”①。哈布瓦赫指出，集体记忆以个体记忆为载体。但是如果只强调集体，就会造成记忆的固定化和僵硬化，真正能够保持生命力的是群体成员共同记忆基础上的各种不同的个体记忆。个体记忆组成集体记忆，但是又会在个体的经历和感悟中形成更为丰富的记忆，人们在回忆的过程中，通常感受到的是过去的事物所带来的亲切感，以及回忆过去某一特定事物和场景的特殊意义。

第二，个体的创造作用。个体记忆虽然受制于集体，但是两者并非简单的对应关系，个体记忆因个体的差异性，其记忆也会在各个细节上出现不同处。各种层次的集体记忆都为个体记忆提供了基础，但是个体在接受这些记忆的时候也不是照单全收，而是在使用过程中，将个体自身的东西赋予进去。这就使得个体记忆在集体记忆的大框架中保持了记忆的鲜活。

个体的反思与创造在《亚鲁王》的记忆中起到了很大的作用，在史诗文本层面，主要在于亚鲁本人的神性特质，文本中亚鲁三岁便可知天文晓地理，四岁就可经商贸易，九岁精通舞镖射箭，亚鲁这些异于常人的禀赋，是后世东郎对其功绩记忆的反思和重构；在记忆史诗内容层面，

① 詹小美：《“中国近代史纲要”课基本问题与教学》，中山大学出版社 2019 年版，第 104 页。

东郎在学习史诗的过程中，保证史诗内核不变的情况下，会根据仪式上的演唱状态、观众表情、自身经验对史诗的内容进行适当的增补和删减，以达到自己预期的效果。这样的增补是东郎根据亡者的家族谱系以及家人的口述来完成的，对亡者本人的唱诵，也有根据其他东郎的唱诵内容来对自身唱诵进行润色的情况。

二　集体记忆与个体记忆的互动关联

集体记忆与个体记忆之间并不是互无关联的，集体记忆产生于个体记忆之上，个体记忆之间的沟通需以集体记忆为基础，两者在相互对话和协商下，完成了人类对历史记忆的构建。

第一，集体记忆是个体记忆的前提。个体记忆虽然是集体记忆的重要组成部分，但是从个体角度而言仍然属于个人。每个人记忆的侧重点不同，即使是一项集体活动，部分人会记得参与时自己的体会，部分人会记得活动的内容，部分人会对活动中发生的事情感兴趣。哈布瓦赫认为集体记忆不单是一种精神共享的东西，还可是一种物质的客体，这种物质客体可以是纪念碑、历史遗址、博物馆等，人们基于一些客体实物，因自身记忆点的不同，而产生不同的记忆。王明珂将社会记忆理解为由人们现在的经验与过去的历史、神话、传说等所组成，通过文字、语言、仪式和一些客观实物，例如雕像、画像、自然地貌等，在社会中保存下来。社会中有许多群体，这些群体通常根据职业、社会地位、地理划分、家族血缘等因素区别开来，他们各自创造和保存着属于自己群体的集体记忆，社会记忆因此不断被创造，不断被调整，有的甚至会被逐渐遗忘，而有的则会在某一时刻被唤醒。在今天，传媒影像技术日渐兴盛，跨地域的群体会通过网络或者电视、视频共享一段被重新制作或者是被重新建构的记忆。

第二，个体记忆的沟通需以集体记忆为基础。个体记忆产生于个体自身的生命历程，是此历程中的事件在个体身上产生记忆的结果。正如史诗中所讲述的内容，作为麻山苗族的集体记忆而存在，东郎的个体记忆却是基于集体记忆而存在的。通过观察部分个人自传本，发现其中的创作者均认为他们自身对周边和社会产生了一些影响，这些关于个人生活的记忆值得记忆，这与钱穆在《师友杂忆》中所言有惊人的相似，他认为既然是到老都还未曾忘却的事或人，必然就是生命中最为重要的组成部分。个体记忆与集体记忆之间是一种互动关系，个体将自己置身于集体之中，通过与他人或者集体之间的活动来进行记忆活动，实际上可以说明群体记忆需要通过个体记忆来实现，而个体记忆需要在集体记忆中来体现，所以个体记忆是集体记忆的组成部分，也是集体记忆的性格体现。

记忆绝不是一成不变的，而是一种多元易变的综合体，伴随生产力、物质水平、社会交往情况、个体认知能力的变化而变化。历史记忆涵盖范围极广，从时空序列而言，它是传统和现代、中心和边缘交糅的结晶；从物质和精神而言，它涵盖了某一特定人群的文化及其传承。同时，历史记忆亦是群体性的，是群体行为的总和，具有保存性和流传性。从史诗文本内容，可以窥见过去苗族的历史风貌，挖掘深藏在史诗中的各项历史事件；而根据史诗唱诵内容的删减，可以了解到史诗在保存和流传过程中所历经的事件，第一次缩减是因为20世纪70年代的历史原因，第二次缩减是为了配合现代丧葬礼俗。记忆是保存、传播和重构文化信息的载体，集体记忆不是用以保存过去的手段，而是借助过去留下的物品，或是遗迹，或是仪式，或是其他，用现在的认知和材料对过去进行认识，并加以理解，也就是重构了过去。《亚鲁王》是集体记忆与个体记忆的综合体，东郎基于过去的历史事件，通过个体演述，传播给其他人，其他人通过参与丧葬仪式这样的传统集体活动来重构过去，建构属于自己的个体记忆，在《亚鲁王》中集体记忆与个体记忆是共生关系，它所承载的不仅是麻山苗族共同的历史，也是每位东郎对过去历史的建构。

小结　历史建构：结构复制与文化凝聚

记忆是历史研究、心理研究领域的核心概念，而伴随民间文学、民俗学研究的探索，历史记忆与族群认同研究、民间口述等已然成为该学科研究的新领域。有研究者认为记忆与历史之间有区别也有联系，记忆是人类证明自己存在的一种能力，也是精神生活的重要载体，记忆必须依托人类自身而存在。人们常常运用自己熟悉的日常的能力去了解过去，这种能力就被认为是能调动记忆的能力，而历史则被认为是人们经过一定的思维训练后，才会去了解的过去。而对于传统的麻山苗族人民而言，其文化基本上为口头形式，为了传递历史文化信息，个体记忆的数据保存功能也是一项必须的需求。所以，对于亚鲁王文化而言，个体和集体的记忆可以作为探寻族群发展轨辙的重要媒介，更能呈现出多元细致的发展脉络。历史记忆所涵括的不仅是人们记忆中的历史事件，人的记忆本身也是历史的组成部分，且不断更新和延续。作为亚鲁王文化的核心载体，东郎们的记忆共同构筑了完整的苗族史诗《亚鲁王》，集体记忆构筑了《亚鲁王》的骨架，个体记忆则凝结成《亚鲁王》的血肉，两者为共生关系，比如我们的回忆大部分都是与其他人在一起进行的，或者是为了他人而进行的，所以回忆的这个过程事实上是一个交流的过程，并且会受他人影响。东郎们的记忆所承载的不仅是展演场域中的仪式与文本，更是他们自身对历史的共同建构。而在建构中，自我认同不断强化、群体认同不断凝聚、国家认同不断升华，以此实现了自我认同、群体认同及国家认同的行动逻辑。

一是个体记忆与集体记忆的交互关系。后现代反思与解构的进程中，学者们更重视以个体和群体记忆重拾历史与意义的关系。哈布瓦赫认为，记忆是一种社会的集体现象，个人的记忆只能依托集体记忆，且须借助集体记忆来被理解。个体通过听觉、形象、概念三种方式进行记忆，且这三种记忆方式并非是单线排列，而是杂糅并进的。集体记忆则与个体记忆的方式不同，它需要在集体活动或者是仪式场域中进行，记忆方式包括了实践、联想和交互，与个体记忆一样三种记忆方式之间是杂糅并进的。从个体记忆与集体记忆的补益来说，在同一区域内发生的历史事件，个体记忆大体上相一致，其差异是细微的。个体记忆不仅包含有丰富的信息数据，还是情感、心理、社会关联等集体记忆中不具备的综合记忆体。历史事件的记忆需要经历记忆—遗忘—重构的过程，在重大事件发生时，如遇具有负面影响的，可能会遭到禁止公开，因此个体会进行自我遗忘，但是事件的内容已经在个体的脑海中进行了记忆，所以即便遗忘，其首先也是被记忆的。

二是仪式场域与历史记忆的承载关系。在习得的实践过程中，必然少不了语言、动作的模仿，东郎在学习“亚鲁王”（这里指的不仅是文本内容，还包括了东郎在仪式场域上的仪式行为）时，会对仪式中的东郎进行模仿和学习。一方面，因为史诗的口传特征，必须跟随东郎进行语言上的模仿和记忆；另一方面，因为史诗的核心展演场域是丧葬仪式，每一部分的唱诵会对应相应的仪式环节，所以对史诗的体悟须在仪式过程中去理解和记忆，通过对仪式中各程序、各符号进行复刻记忆，使得自己主持仪式时，能完整呈现出丧葬仪式中的亚鲁王文化。而东郎群体之外的其他人要了解亚鲁王文化，必然要通过丧葬仪式中东郎的唱诵和仪式中的符号去构建和记忆族群历史，且这些关键性符号只有在特定场域和仪式展演中才能呈现其文化标志性特征。历史记忆通常与特定、典型、深刻等词汇相关联，因其特殊性，它往往被赋予重要意义。

任何一种文化模式都有其特定的凝聚机制，亚鲁王文化的凝聚机制正是通过丧葬仪式运行的，它作为麻山苗族人民世界观、价值观和人生观的集中体现，在地域范围内发挥着主导作用，被地域范围内的多数人接受，并成为人们规范自身行为的观念体系，而记忆也在此基础上不断地进行着复制程序。丧葬仪式上，东郎的每一次唱诵都是一次文化的凝聚，人们通过聆听史诗内容、观看仪式展演，重温历史，族群的历史史实被浓缩在仪式中与记忆紧密相连。记忆是认同的关键，如果认同发生了偏差，那么记忆就会成为人们重拾认同的关键，这是人们在生存发展过程中经过不断实践和检验形成的。随着外出务工浪潮的涌入，麻山苗族青年群体在与他文化的接触中，激发了对自身历史文化的重新审视，随着政府的重视和非遗项目的入选，亚鲁王文化焕发了新的生命力，自我认同、族群认同、国家认同的维系和绑定实现了亚鲁王文化历史记忆的升华。

第五章　知识派生：文化记忆功能

文化记忆与历史记忆有显著差异，历史记忆强调过去发生的事以及对这件事的描写，而文化记忆则与族群回忆的处境和需求相关。沿着记忆生产与生产技艺的演进轨辙，可见苗族史诗《亚鲁王》的生存文化记忆、生活文化记忆、军事文化记忆和消费文化记忆呈交织并进态势。廓清丧葬仪式的不断重复与增补删减，发现丧葬仪式成为一种筛选模式，这种筛选模式通过代际传承成为一种群体标志，人们凭借此种标志维系群体关系，弱化生死观念，将死亡看作一种回归。

第一节　文化记忆：一种与族群回忆处境和需求相关的记忆

学界普遍认为记忆并非仅存于个体，集体记忆、国家记忆、文化记忆、公共记忆等亦属记忆范畴，尝试以集体记忆和社会记忆窥知个体记忆的诸种研究便见端倪。锕拜·瓦尔堡（AbyWarburg）以艺术领域中的符号和图像为出发点，追溯人类记忆，认为艺术创作中一些重复的艺术形式是具有记忆功能的符号，这些记忆符号能够穿越时空获得重生[①]。涂尔干（Durkheim）的弟子哈布瓦赫（Halbwachs）强调记忆与社会环境的互动关系，反对当时记忆研究普遍偏重个体心理和认知的倾向，创设了

① ［法］乔治·迪迪·于贝尔曼：《记忆的灼痛》，何倩、曹姗姗、钱文逸等译，中国民族摄影艺术出版社2015年版，第10—16页。

集体记忆的概念，通过对家庭、宗教和阶层的记忆探索，认为个体记忆生成于社会互动，产生于人际交往，承载于集体框架，个体记忆的提取取决于记忆的社会框架。[①] 保罗·康纳顿（Paul Connerton）沿着哈布瓦赫的思路继续开展研究[②]，他更加关注记忆是如何传播和保持的，进而将研究的眼光投向了仪式，发现了权力在记忆过程中的重要作用，与哈布瓦赫认为集体记忆是被建构的不同，康纳顿认为社会记忆是对过去的保存和重现。

扬·阿斯曼（Jan Assmann）和阿莱达·阿斯曼（Aleida Assmann）创设的文化记忆[③]将记忆研究延展至社会和文化，强调记忆、群体与文化的互动关系，文化记忆更加强调文化，强调记忆的文化功能，以及记忆形成过程中受到的复杂多重要素的影响，这些影响涵括广泛，如政治的、经济的。从历时性层面来说，文化记忆与日常生活中的琐事并无相关，它强调任意时间的任意群体的共同点，即是记忆的核心，这一核心最终指向认同。具体来讲，不同时空下的人们对过去事物的认知，通过交流达成共识，并达成一致，进而产生认同。从共时性层面来说，文化记忆强调族群内部的交流与传承，是建构在对传统和过去的指涉以及认同之上的概念。值得注意的是，阿斯曼夫妇在文化记忆研究的延展上有不同之处，阿莱达·阿斯曼探索文化和文学的关键点，拓展了文化记忆理论的解释范围，她将文化记忆划分为功能记忆和储存记忆，认为储存记忆是输出与输入等值的信息存储，作为记忆技术可以后天习得，亦可辅以科技手段；而功能记忆是建构认同的回忆，作为重构的感知行为发生在当下，这就将记忆生成过程中的选择展现出来了，廓清了记忆的具体生成机制。阿莱达·阿斯曼将记忆如何储存、记忆怎样展演、记忆嵌合伦理等问题纳入研究视野，使文化记忆的解释力得以延展。

舶来的文化记忆译介到国内后，引发了学界广泛兴趣。21 世纪伊始，

---

① ［法］莫里斯·哈布瓦赫：《论集体记忆》，毕然、郭金华译，上海人民出版社 2002 年版，第 68—69 页。

② ［美］保罗·康纳顿：《社会如何记忆》，纳日碧力戈译，上海人民出版社 2000 年版，第 8 页。

③ ［德］扬·阿斯曼：《文化记忆：早期高级文化中的文字、回忆和政治身份》，金寿福、黄晓晨译，北京大学出版社 2015 年版，第 370 页。

王霄冰等人以文化记忆讨论文字与仪式，认为文化记忆是跨学科研究的新方向①。陶东风等人拓宽了文化记忆的本土解释范围，记忆的发展、记忆与文字、记忆与认同、记忆与象征的关系等均成为涉猎对象②。值得关注的是，多次学术研讨会的召开，特别是阿斯曼夫妇在国内的巡回讲座，引导学界将视野延展到历史、文化、媒介等层面，学者们基于文化记忆本身富有的巨大张力，将焦点拓展到与之相关的仪式、机制、认同等。显而易见，得益于展演场域和传承赓续的活态，亚鲁王文化在急剧变迁的经济社会发展中呈现出引人瞩目的巨大张力，探索此种文化记忆的流变轨辙无疑有理论参考和概括意义。

第二节　生存文化记忆与生产文化记忆

文化是社会累积的遗产，每一次改革和进步所带来的成果均依靠新的制度进行巩固，而文化则在这一过程中发挥协调作用，以便维持秩序的稳定。史诗中水稻种植技艺和食盐制作技艺，亦是亚鲁部族生存和生产的记忆，这些记忆是历史演进中的技艺生成和文化凝练，亦是联结传统现代和指导生产生活的生存描写与文化蓄养。

一　生存文化记忆：水稻种植技艺

根植于血脉的生存记忆至今仍延续在麻山丧葬仪式上，仪式上的饭食以大米、糯米为主，配菜以鱼虾、豆腐为主，特别强调不得与玉米、土豆等混淆。祭祀祖先的物品也以糯米粑、糯米饭团、糯米酒、小鱼、小虾为主。前来吊唁的客人，亦需挑两箩筐煮熟的糯米饭团为亡者送行。即便丧家经济困难或是居住于偏僻之地，也要想方设法找一点小鱼小虾以告慰祖先。一方面，这些食物被视作孝敬祖先的最好贡饭，因为祖先从东方祖地来到麻山，被麻山人民视作珍贵食物的糯米、黄豆、鱼、虾是祖先的日常饮食和家乡味道；另一方面，麻山土地贫瘠，水资源匮乏，

---

① 王霄冰、迪木拉提·奥迈尔：《文字、仪式与文化记忆》，民族出版社2007年版，第21页。

② 陶东风：《记忆是一种文化建构——哈布瓦赫〈论集体记忆〉》，《中国图书评论》2010年第9期。

好的食物弥足珍贵，日常食用玉米是为了生存，使用口感更好，营养更佳的贡饭祭祀无疑更显敬畏与诚意。

史诗反复告诫，耕种是麻山苗族得以生存和发展的根本。“下田穿麻布，种粮得吃穿。农耕养老人，粮食育少年。农耕养儿女，粮食育后人”①。亚鲁的英雄特征便是重视耕种，他不仅告诫族人要耕种作物和守护粮食，更在闲时亲自耕种看守，“他到清水江，小米砍七坡。他到浑水河，米地砍七岭。天天他去看，夜夜他去守。时节二三月，风和日暖季。亚鲁种小米，绿像龙窝草。亚鲁种粟米，出苔似芭茅”②。甚至在迁徙时亚鲁也不忘带走稻谷种和糯谷种，“亥时猪自来，到时猪自到。成群猪王来，渡江跟随来。结队猪崽来，浮水尾随到。稻谷跟随来，糯谷尾随到。红稗跟随来，毛稗尾随到。小米跟随来，细米尾随到。川谷跟随来，高粱尾随到。麻种跟随来，棉花尾随到”③。值得关注的是，战败迁徙中，他们的饮食均是大米和糯米，“我们停一停，煮饭吃再走。我们歇一歇，煮饭吃再行。嚼点糯米饭，我们再上路。啃点糯米粑，我们再前行”④。亚鲁将种植技艺作为发展之根，强调任何时候都不能丢掉立足之基，实质上便是史诗赓续的生存记忆。事实上，史诗记述的刀耕火种作为较早的旱地种植方式，佐证了苗族是较早进入农耕生活的民族之一。这种种植方式主要依靠铲除杂草和山林，再晒干、火烧成灰，直接将谷种撒在上面，待其自发生长成熟后收获，因此方式主要依靠燃烧杂草产生的灰木和土地表层的有限肥力获取营养，一般栽种一两年就需要更换土地，甚至需要族群迁徙，这都是早期苗族社会生活的反映。

苗族歌谣《年历歌》亦可佐证苗族人民的稻作技艺和生存记忆，其中有对糯谷（Nongd dangt）和稻谷（Aok dangt）的专门记录，“Nongd

---

① 陈兴华唱诵记录，吴晓东仪式记录：《亚鲁王（五言体）》，重庆出版社 2018 年版，第 168 页。

② 陈兴华唱诵记录，吴晓东仪式记录：《亚鲁王（五言体）》，重庆出版社 2018 年版，第 168 页。

③ 陈兴华唱诵记录，吴晓东仪式记录：《亚鲁王（五言体）》，重庆出版社 2018 年版，第 205 页。

④ 陈兴华唱诵记录，吴晓东仪式记录：《亚鲁王（五言体）》，重庆出版社 2018 年版，第 209 页。

dangt fangb sangx nangl，Aok dangt fangb sangx nangl，Yuf leit Fangb zangx gual，Fangb ghab liangb dax bil，Bas kab hvib lox dangl，Yuf diot fangb nangl liangl，Yangf Dangx Diongb lol bil，Mais bad dot lox dangl，Ghangt nax hniangb mongl nongl"[①]。据李国栋教授所考，苗族稻作文化可追溯至12000年前，湖南和江西的玉蟾岩遗址、仙人洞遗址以及吊桶环遗址是我国最古老的稻作遗址，且围绕这三处遗址的河流均以苗语命名；借湖南道县"沱水"，沿其流向追溯，发现其连接湘江、洞庭湖、澧水，可以认为湖南西北部苗族稻作文化源自湖南南部古苗人。江西两处遗址地处婺水流域，婺水紧挨鄱阳湖且婺水连接衢江、金华江，指向长江下游最古老的上山古稻遗址。亦可认为，长江下游的稻作文化传自仙人洞遗址和吊桶环遗址。[②]《战国策·魏策》云："昔者三苗之居，左彭蠡之波，右有洞庭之水，汶山在其南而衡山在其北。"[③] 苗族与"三苗"关系密切，在《炎徼纪闻》中有记"苗人，古三苗之裔也"[④]，说明苗族为"三苗"之后裔，而彭蠡乃鄱阳湖，可证实古代苗族发自长江中下游，其稻作文化可追溯至此。

二　生产文化记忆：食盐制作技艺

基于东郎口述文本，发现史诗中的战争主要是为了抢夺资源，食盐制作技艺则始终是战争导火索，历经"技艺生成—战争守护—生产记忆"的过程。

亚鲁获取盐井的过程有神话色彩，"亚鲁煮来吃，亚鲁熬汤喝。越吃盐越重，越吃盐越咸……耶偌又再讲，耶宛重复说。亚鲁哩亚鲁，我来给你说。是你运气好，是你好运到。珠宝你已得，财宝又得到。这次得

① 吴正彪：《苗族"年历歌"与"年节歌"的文化解读》，中国文史出版社2006年版，第187页。

② 李国栋：《苗族对歌起源考》，黄忠彩《中国人类学民族学研究会优秀论文集第1辑》，知识产权出版社2016年版，第417—423页。

③ （汉）刘向集录，（南宋）姚宏、鲍彪注：《战国策（下）》，上海古籍出版社2015年版，第468页。

④ （明）田汝成：《炎徼纪闻》，文物出版社1982年版，第129页。

涮井，盐井你得到”[①]，“你是在哪里，打得这怪兽。怪兽弹哪里，你去找哪里。你是在哪堂，打得这怪物。怪物飙哪堂，你去找哪堂。涮井会出现，盐井自现身……揭开龙窝草，涮井波浪翻。掀开龙窝草，盐井闪金光。黑色像牛眼，紫色似羊目”[②]，从发现破坏庄稼的怪兽，到射杀怪兽；从怪兽肉咸，再到询问祖先获得盐井，亚鲁因祸得福。从史诗描述看，怪兽“身上花三路，胸口三路花。全身毛茸茸，像只小松鼠”[③]，身上有条状花纹的松鼠称花鼠，在民间被称为金花松鼠，“体背面灰黄色或棕黄色，具9条黑、白相间的纵纹”“下体从下颌至胸白色，腹部和鼠鼷部浅黄色或灰白色”[④]，与史诗记录几乎一致，金花松鼠的生长区域较广，主要集中在我国东北部，南方仅四川有此种松鼠。赤腹松鼠、花白竹鼠则主要集中在我国西南地区，湖南、四川、贵州、云南均有踪迹。赤腹松鼠无花纹，而花白竹鼠亦无花纹且多夜间活动，与史诗描述较为吻合的则属金花松鼠。

亚鲁获取的是井盐，文本中“亚鲁勾腰吸，亚鲁弯腰喝。吸起第一口，又喝第二口。吸到第二口，又喝第三口。越吸涮越重，越喝味越咸”[⑤]，表明所得之盐并非岩盐而为井盐，且“凿井汲卤煎制井盐是一个古老而独特的制盐行业”[⑥]。获得盐井后，亚鲁派人挑水砍柴，架锅煮盐，“七个七挑水，挑完七口井。七个七扛柴，扛完七面坡。我们来熬涮，我们来熬盐”[⑦]。在制盐技艺上，亚鲁部族以熬煮为主，与古老的制盐技术一致。明代宋应星将盐分为海、池、井、土、崖、砂石六种，而常说的井盐藏于滇、蜀两省。“凡滇、蜀两省远离海滨，舟车艰通，形势高上，

① 陈兴华唱诵记录，吴晓东仪式记录：《亚鲁王（五言体）》，重庆出版社2018年版，第172页。

② 陈兴华唱诵记录，吴晓东仪式记录：《亚鲁王（五言体）》，重庆出版社2018年版，第172页。

③ 陈兴华唱诵记录，吴晓东仪式记录：《亚鲁王（五言体）》，重庆出版社2018年版，第170页。

④ 黎跃成：《中国药用动物原色图鉴》，上海科学技术出版社2010年版，第436页。

⑤ 陈兴华唱诵记录，吴晓东仪式记录：《亚鲁王（五言体）》，重庆出版社2018年版，第172—173页。

⑥ 张婷婷：《中国历史百科（第2卷）》，民主与建设出版社2014年版，第459页。

⑦ 陈兴华唱诵记录，吴晓东仪式记录：《亚鲁王（五言体）》，重庆出版社2018年版，第173页。

其咸脉即蕴藏地中。凡蜀中石山去河不远者，多可造井取盐"[①]。花鼠与井盐的双重证据表明，亚鲁获盐井之地当在巴蜀，其制作技艺亦被东郎世代传唱留存。

典籍有载，为争盐泉，秦楚开战，"为争夺盐泉之利，秦楚进行了数十年之久的战争。史谓'楚得枳而国亡'，前人多不解。其实，即指楚占巴东盐泉，犯秦所必争，故遭秦所灭"[②]。古代楚国因从巴蜀夺得盐泉与土地而国势逐渐强盛，引起秦人注意，三国间因争夺盐泉与土地而战争不断，说明盐是当时极为重要的资源。事实上，史诗中亚鲁获得盐井后，遭兄长觊觎，亦发动了抢夺盐井之战。"赛婴与赛庙，摆涮在上方。亚鲁命士兵，摆盐在下方。赛婴与赛庙，摆涮在下方。亚鲁命士兵，摆盐在中间……赛婴与赛庙，一斤卖九分。亚鲁令将领，一斤卖六分。赛婴与赛庙，一斤卖六分。亚鲁令将领，一斤卖三分。赛婴与赛庙，一斤卖三分。亚鲁令将领，一斤卖一分。赛婴与赛庙，一场卖几斤。亚鲁命士兵，一场卖几百"[③]。在不断压价竞争的过程中，亚鲁两位兄长生意越做越差，无利亏本，于是对亚鲁怀恨在心，战争一触即发，"怀恨亚鲁王，害他亏盐本。仇视亚鲁王，占领他市场。如今他亏损，要拿亚鲁命。方解心头恨，才能把心甘"[④]。生活在黔东南地区的苗族获盐同样艰难，因而他们多食酸辣，甚至还有"天下盐最贵，斗米半斤盐"[⑤] 的歌谣流传，盐资源的匮乏，成为亚鲁与兄长争战的导火索。

第三节　军事文化记忆与消费文化记忆

作为资源创造和信息供给的统一体，个体记忆始于大脑存储，是记

① （明）宋应星：《天工开物》，蓝天出版社 1999 年版，第 44 页。

② 刘德林、周志征、刘瑛：《中国古代井盐及油气钻采工程技术史》，山西教育出版社 2010 年版，第 71 页。

③ 陈兴华唱诵记录，吴晓东仪式记录：《亚鲁王（五言体）》，重庆出版社 2018 年版，第 178 页。

④ 陈兴华唱诵记录，吴晓东仪式记录：《亚鲁王（五言体）》，重庆出版社 2018 年版，第 178 页。

⑤ 董一、姚福祥编：《中国歌谣集成·贵州省黔南自治州·三都县卷》，三都水族自治县十大文艺集成志书办公室 1990 年编发，第 418 页。

忆资源的创造源泉和历史信息的供给来源，也是个体情感、社会关联、语言特征及记忆方式的综合体系。《亚鲁王》中的铁器制作技艺和经商贸易技艺，亦是亚鲁部族战争和互动的记忆，这些技艺与地域内重要社会文化事项和重大历史活动事件紧密相关，不仅可以解释麻山苗族人民数千年如一日坚持“差序格局”的“家庭本位主义”，亦可揭示麻山传承谱系的点面分布。

一　军事文化记忆：铁器制作技艺

亚鲁统领国家之时，便已开始带领士兵打铁炼钢，“招兵来炼钢，集将来炼铁。率兵来制弓，领将来制剑。炼钢嗨哩嗨，打铁嘀哩嘀。造剑叮当响，制弓响叮当”[①]，无坚不摧的铁器显然是收复疆土的重要依仗。较为特殊的是，亚鲁部族中军事与生产紧密嵌合，在获得盐井熬煮制盐的过程中，亚鲁的制铁技艺发挥了重要作用。“亚鲁来招兵，亚鲁来集将。招兵来打钢，集将来打铁。招兵铸钢锅，集将铸鼎罐。招兵打斧头，集将打柴刀。招兵打锄头，集将打镰刀。招兵打水桶，集将砍扁担”[②]，亚鲁制作柴刀、镰刀用以砍木材和竹子，将木材与竹子制成水桶和扁担，把盐井中的“卤水”取出以锅熬煮。亚鲁将兵器制作的技艺沿用到生产中，提高了生产效率，技艺亦得到进一步提升。

亚鲁战败迁往嘿布刀[③]疆域后，继续练习打铁技艺，并依靠此技艺获得嘿布刀的信任暂留嘿布刀疆域。在五言体文本中，亚鲁询问嘿布刀的打铁技艺，发现嘿布刀制铁不仅耗费材料，而且速度极慢。掌握情况后，亚鲁趁机在嘿布刀儿子面前展现精湛的打铁技艺，顺势占领嘿布刀铁厂，“布刀他儿讲，布刀他崽说。我在守厂房，我在守铁厂。亚鲁问他说，父子来打铁？亚鲁问他讲，父子来打钢？一晨打几样，一天打几把？布刀儿子讲，布刀崽儿说。父子来打钢，耗去一早晨。方竹七十七，才把挖锄打。父子来打铁，耗完一早晨。刺竹七十七，打成一把锄。亚鲁急忙

---

① 陈兴华唱诵记录，吴晓东仪式记录：《亚鲁王（五言体）》，重庆出版社 2018 年版，第 141 页。

② 陈兴华唱诵记录，吴晓东仪式记录：《亚鲁王（五言体）》，重庆出版社 2018 年版，第 173 页。

③ 该处采用东郎陈兴华版本。中华书局版本译为“荷布朵”。下同。

拿，一把螃蟹钳。亚鲁急忙要，钢蹬老蛇眼。亚鲁手握住，一把好钢锤。来打叮叮叮，来打当当当。不大一会儿，打成一把锄。不大一会儿，打成好挖锄。亚鲁又说道，这位小哥哥。铁厂是我厂，钢厂归我用"①，也就是说，亚鲁的制铁水平要远胜于嘿布刀。

嘿布刀知晓亚鲁的制铁技艺后，原想通过亚鲁获得打铁技巧，但是狡黠的亚鲁以此为由要求暂住，并只愿为其提供成品铁具，不愿交付技艺。嘿布刀想得到更为精良的工具，便让亚鲁在领地内打铁暂住。"帮我来打铁，为我制兵器。亚鲁率领兵，亚鲁率领将。士兵列队进，布刀领地上。将领列队入，布刀疆域里。亚鲁率领兵，日夜来打铁。亚鲁率领将，日夜打铁忙"②，亚鲁部族的铁器制作技艺成为部族安居乐业的硬实力。

苗族制铁技艺的片段广泛存在于民间故事、传说中，是对早期苗族掌握炼铁技艺的记忆。苗族歌谣《爷亚射日月》讲述了苗族的打铁制铜手艺在天地形成时期就已具备，"从苍天形成那时起，从大地形成那时起；六个铜匠从六个地方来，七个铁匠从七个地方来。匠人拿啥来炼铜，匠人拿石头来炼铜；炉火熊熊炼出铜，匠人用铜造成撑天柱。匠人拿啥来炼铁，匠人用石头来炼铁；炉火旺盛炼成铁；匠人用铁铸成立地柱"③。民间故事《苗族佩刀》更是提出"保命刀"④ 的说法，认为刀具有防身的作用，故事亦记录了铁刀的制作过程，即用火炼铁，涂防锈油，埋入土中，次年依此程序再炼，直至小孩成年，将铁砣锤打成刀随身佩戴。覃东平亦通过对《苗族史诗》的研读，认为苗族很早就掌握了以色、味、植物寻矿的本领，以及水火采矿、木炭冶炼和金属除锈的技艺⑤。

---

① 陈兴华唱诵记录，吴晓东仪式记录：《亚鲁王（五言体）》，重庆出版社 2018 年版，第 246 页。

② 中国民间文艺家协会：《苗族英雄史诗〈亚鲁王〉》，中华书局 2011 年版，第 248 页。

③ 邱义远、陈长友主编：《中国民间文学歌谣集成 · 贵州省毕节地区地直卷 · 叙事诗》，毕节地区民间文学集成编委会 1988 年版，第 239 页。

④ 黔东南苗族侗族自治州民族事务委员会、黔东南苗族侗族自治州艺术研究室：《苗族民间故事集 · 第 1 集》，贵州民族出版社 1982 年版，第 265—267 页。

⑤ 覃东平：《试述苗族古代的冶金技术——以〈苗族史诗〉为线索》，《贵州民族研究》2000 年第 2 期。

传统社会依赖于农耕经济，军事生活亦是如此，人类敬畏自然且依赖自然，依据自然规律进行周而复始的活动，生产生活的实践具有高度连续性，长期的实践积累凝练成为生产生活经验，亦是对过去的记忆。在人类进程中，人们习惯从过去找寻支撑，传统以此成为社会运行的重要力量，《紫云县志》记录当地苗族在新中国成立前，生产生活工具仍延续传统，主要表现为“犁、挖锄、镰刀、柴刀、斧头、薅锄等”[①]，史诗中军事制铁技艺与农耕铁器制作技艺实质上一脉相承，铁器制作技艺的传承和军事文化记忆的赓续也是从过去到当下的传承，它将过去的文化实践和价值观念通过史诗的传承延续至今。

二　消费文化记忆：经商贸易技艺

史诗文本中经商贸易的描述比重较大，仅以史诗文本（中华书局，2012 年版）为例，便有 330 行涉及具体经济事项，占全部文本的 2.8%，且集中于战败迁徙之前。早期的记忆是苗族对集市的建造，亚鲁先祖火布当在宇宙空间建造集市，分别以十二生肖命名布设，这与苗族十二生肖计时历法相一致，苗族将时间历法运用到社会体系中，实现了时间与社会秩序的统一。[②]“火布当来造十二个集市，火布当在天外的中央建龙集市，火布当到十二集市中间造蛇集市，火布当在大路上的卜朵建马集市，火布当到鸿琼造羊集市，火布当在鸿建猴集市，火布当到榦列造鸡集市，火布当在榕瓤建狗集市，火布当到榕咯造猪集市，火布当在艾芭建鼠集市，火布当到天外的中央造牛集市。火布当在盎哝建虎集市，火布当到榕盎造兔集市。火布当扶十二个太阳到十二个集市转动，火布当抬十二个太阳在十二个集市轮回”[③]。虽然十二个地名均不可考，但赶集顺序依照历法进行，猪天赶猪集市榕咯、鼠天赶鼠集市艾芭、猴天赶猴集市鸿建，十二为一个赶集轮回。由此，苗族祖先很早就有经商贸易的

---

① 紫云苗族布依族自治县县志编纂委员会：《紫云苗族布依族自治县志》，贵州人民出版社 1991 年版，第 153—154 页。

② 曹端波、曾雪飞：《苗族古歌演唱传统与地域社会研究》，贵州大学出版社 2017 年版，第 383 页。

③ 陈兴华唱诵记录，吴晓东仪式记录：《亚鲁王（五言体）》，重庆出版社 2018 年版，第 3—4 页。

萌芽。

亚鲁时期，亚鲁外出求学归来跟随母亲建造集市。“龙轮回到龙，亚鲁骑马去开龙集市嵩当。蛇轮回到蛇，亚鲁骑马来建造蛇集市赋珰。马轮回到马，亚鲁骑马去开辟马集市埠庆。羊轮回到羊，亚鲁骑马来建造羊集市章哲。猴轮回到猴，亚鲁骑马去开辟猴集市哈琼。鸡轮回到鸡，亚鲁骑马来建造鸡集市布鲁儿。狗轮回到狗，亚鲁骑马去开辟狗集市里朔。猪轮回到猪，亚鲁骑马来建造猪集市果依。鼠轮回到鼠，亚鲁骑马去开辟鼠集市悠哝。牛轮回到牛，亚鲁骑马来建造牛集市沙讼。虎轮回到虎，亚鲁骑马去开辟虎集市整盎。兔轮回到兔，亚鲁骑马来建造兔集市丐若”①，并规定赶集时间，与现代乡镇集市赶场习俗一致，如民间俗语中“一、三、五赶金沙，二、四、六赶禹谟”等，“子是鼠场天，跟妈赶排拢。丑是牛场天，随娘赶啥诵。寅是猫场天，跟妈赶排盎。卯是兔场天，随娘赶丐若。辰是龙场天，跟妈赶诵亮。巳是蛇场天，随娘赶底档。午是马场天，跟妈赶布秦。未是羊场天，随娘赶章哲。申是猴场天，跟妈赶哈琼。酉是鸡场天，随娘赶噜计。戌是狗场天，跟妈赶果笑。亥是猪场天，随娘赶果依。十二集市转，十二地支轮。天天去经商，日日做生意。经商是高手，买卖是能人。挑抬不费劲，搬卸不吃力。母亲心欢喜，为娘心高兴”②，亚鲁从小就在母亲的安排下进行经商训练，显示出非凡的经商能力。

除建造集市，贩卖生盐、交换牲畜也是早期苗族经商贸易的原始形态。到火布冷时期，还曾制作钱币用于交易，“火布冷造十二种钱币，火布冷造十二种钍。”在婚姻嫁娶上，采用物资作为彩礼，其中“砂绕”“砂绒”“白牛”“白马”在火布碟时期、董冬穹时期、耶仲时期广泛使用，到翰玺鹜时期则用“砂绕”“砂绒”迎娶亚鲁母亲博布能荡赛姑。亚鲁时期，集市仍然是主要的交易场所，不管是少年的亚鲁售卖黄狗，还是成年后的亚鲁贩卖生盐，均在集市上完成。“明天清早，明早天亮，你

---

① 紫云苗族布依族自治县《亚鲁王》工作室：《苗族英雄史诗〈亚鲁王〉》，贵州省文化厅、贵州非物质文化遗产保护中心内部资料 2011 年版，第 81 页。

② 陈兴华唱诵记录，吴晓东仪式记录：《亚鲁王（五言体）》，重庆出版社 2018 年版，第 130 页。

带那头黄驹去赶场，你牵这头驹牛来赶集。亚鲁卖黄驹得到十二两钱，亚鲁卖驹牛得了十二两银”①，后遇见了一匹骏马，亚鲁用卖黄驹的钱买了这匹马，开始他的征战生涯。获得盐井后，亚鲁制盐贩卖补给部族所需，“龙轮回到龙，玛搬运玛的生盐去集市，务运送务的盐巴到集市。亚鲁王搬运生盐去集市，亚鲁王运送盐巴到集市。务到街上方卖盐巴，亚鲁王在街下方摆盐摊。务卖了几斤，亚鲁王卖出去几十斤”②。史诗片段中，砂绕、砂绒、牛、马、盐的出现表明了苗族先祖已经从原始的采集、狩猎阶段进入了农耕阶段。农耕是区域社会经济的重要构成，在古代更是作为主要甚至是唯一的生产方式，主导着区域经济社会的发展。

麻山苗族聚居地当前最大的集市有宗地、四大寨、猫场和白花。如追溯史诗十二生肖命名十二集市的规则，结合麻山命名的特点，认为在紫云县域内，集市的排布主要辐射北部猫营镇③，东北部板当镇、坝羊镇，南部四大寨乡、猴场镇、格凸河镇，东南部宗地镇、大营镇。具体命名为，四大寨乡牛场村，坝羊镇新羊村，宗地镇鼠场村、牛角村，大营镇龙屯村、龙洞村，板当镇鸡场坡村、摆羊村，猫营镇猫营村、龙场村、牛场坡村、狗场村，猴场镇马寨村、猫场村、猴场村、猫寨村，格凸河镇羊场村、猫场村。至于西面的白石岩乡和火花乡，除白石岩乡新驰村多苗族外，其余地区则多布依族和汉族。可见，在麻山苗族聚居区域，仍沿用传统的历法命名规则，以此回应过去，与史诗形成传统与现代的时空连接。

有学者认为苗族是一个不擅长经商的民族，因他们将“经商”单纯解释为“卖东西”，这在苗族伦理思维中是一种背反常理的行为，认为通过经商满足物欲不道德。④ 但在芭茅的调研中发现，尽管麻山苗族聚居区村寨内极少有小商店贩卖物品，但是在村寨内部仍有以物易物的原始经贸意识存在，比如在寻求寨邻帮助的时候带上一点自种小菜；比如通过

① 紫云苗族布依族自治县《亚鲁王》工作室：《苗族英雄史诗〈亚鲁王〉》，贵州省文化厅、贵州非物质文化遗产保护中心内部资料2011年版，第79—80页。

② 紫云苗族布依族自治县《亚鲁王》工作室：《苗族英雄史诗〈亚鲁王〉》，贵州省文化厅、贵州非物质文化遗产保护中心内部资料2011年版，第183—184页。

③ 麻山苗族因禁忌，避讳直接以虎命名，将属相中的虎说为猫，对地方的命名亦是如此。

④ 石朝江：《中国苗学》，贵州大学出版社2014年版，第268页。

日常帮助别人，在自己有困难的时候便于寻求别人的帮助，等等。

第四节　文化记忆与历史记忆的交织：史诗仪式的再阐释

亚鲁文化的稳定性与包容性，来源于长久以来族际文化的交流与碰撞，立足族内亚鲁文化传承实践，在吸纳外来文化的同时，实现外来文化的地方化，这与中国传统文化“海纳百川”“百家争鸣”的价值理念不谋而合，是构建人类命运共同体的有力依据，也是廓清历史记忆，重视历史真实和文化记忆强调族群回忆的关键点。

一　“卜就”与社会关系结构

“卜就”（nboh njux）是在麻山苗族丧葬仪式中用于覆盖亡者面部的一块绣有特殊图案的布帕。“卜就”上的图案由蝴蝶、鱼、鸡、太阳、稻穗、枫树等组成，以太阳图案为中心，周边围绕着一圈稻谷、枫树图案，第二层由蝴蝶、鱼和鸡等动物组成，最外层由稻谷、枫树和土地组成。从其排布来看，与史诗中描述的宇宙空间和人类空间具有一致性，第一层的太阳图案及周边的枫树和稻谷图案象征着宇宙层级，是为天；第二层的蝴蝶、鱼、鸡图案象征着人类社会层级；最外层的稻谷、枫树和土地图案象征着自然层级，是为地。由宇宙层级、人类社会、自然层级组成的这幅刺绣图代表了麻山苗族最原始的宇宙观。对东郎 CXM002 的访谈中，发现在他们的观念里面，人类社会之上，还存在一个空间，这个空间被称为“祖奶奶的地方”，有宇宙之意①。“布冷长成人，他来为大官。统领仲寞地，管理达寞方”② 中的“仲寞”和“达寞”意为宇宙，有其运转秩序。“布冷命开市，他又令开场。天中建牛市，天内筑马

① 访谈人：KTZ001、KTZ002；访谈对象：CXM002；访谈时间：2013 年 7 月 13 日；访谈地点：贵州省紫云苗族布依族自治县水塘镇坝寨村亚鲁王工作站。

② 陈兴华唱诵记录，吴晓东仪式记录：《亚鲁王（五言体）》，重庆出版社 2018 年版，第 77 页。

场。统管牛马市，管理牛马场。时过无期年，越过无期岁”[①]，亚鲁的祖先火布冷管理宇宙，开设集市，带领部族在宇宙层生活，这一观念在铜鼓花纹和仪式中的器物摆设上亦有体现[②]。“卜就”以自然物为最外层，将人类社会及宇宙层包裹其中，象征万物由自然孕育滋养，是麻山苗族“天生万物”自然观的体现。鱼、蝴蝶、稻谷都是多籽之物，多籽意多子，历经战乱的苗族人民期望人丁兴旺，族群强大，由此衍生的生殖崇拜，寓意族群繁盛，子孙兴旺。同时，蝴蝶在苗族古歌中被称作“蝴蝶妈妈”，是人类始祖，而在史诗中，蝴蝶亦肩负寻找谷种帮助人类生存的重任，“派谁寻粮种，叫谁找粮源。乌利来安排，粮种蝴蝶找。乌利来命令，粮源蝴蝶寻……取得稻谷种，找得红稗来。养族有粮来，育群有粮食”[③]，蝴蝶寻得谷种后，人类获得温饱，生命得以延续。

史诗及其嵌合的丧葬仪式均表明，祖先故地在东方。在亡者盖棺前，需以“卜就”作为标志方能得到祖先认可，接纳其回归祖先故地。也就是说，祖先居住的地方并不是仅以一个区位就能概括的，它不是我们所谓的一个村落、一个集镇，人与人之间的关系凭血缘亲疏就可以厘清，以“卜就”为通行证是这个群体的标志。随着麻山苗族人年老而去，东方祖地成为不断接纳族群回归的特殊空间，特殊空间不依靠熟悉的面孔和声音界定是否归属族群，而是依靠集体共识的旗帜来进行筛选接收。

当下麻山苗族社会，“卜就”成为一个家庭群体归属的标志。拥有“卜就”就意味着成为群体一员，象征群体身份，被群体认可，亦被社会认可。所以，在麻山当地，许多苗族家庭会自己制作“卜就”。甚至在重大祭祀场合，以“卜就”为旗帜，凡属群体成员均可参与祭祀。从行为上说，“卜就”作为一种通行证，让麻山苗族获得集体归属感，且通过丧葬仪式世代强化，一旦缺少“卜就”，亡者没有通行证，就无法回归祖先

① 陈兴华唱诵记录，吴晓东仪式记录：《亚鲁王（五言体）》，重庆出版社 2018 年版，第 78 页。

② 丧葬仪式中，布置贡桌有专门仪礼，需按照下置簸箕，中置方桌，上置雨伞的空间布设，其中雨伞所在之处被称作祖奶奶生活的地方。

③ 陈兴华唱诵记录，吴晓东仪式记录：《亚鲁王（五言体）》，重庆出版社 2018 年版，第 105 页。

故地。为避免这样的情况发生，麻山苗族家庭都会提前准备。从精神上说，行为的不断重复加深了人们的这种观念，“卜就”代表着群体标志，人们凭借这样的标志维系群体关系，弱化生死观念，将死亡看作一种回归。这在一定程度上强化了群体观念，维护了群体血缘，增强了群体认同感。

二　丧葬仪式程序与出征礼仪

麻山苗族葬礼程序繁琐，耗时较长，传统为三至九天，现在为三天。传统丧葬仪式，老人去世后，孝子要跟东郎牵马给亲人报丧，亲人得知消息后，煮糯米饭做成糯米粑装入马驮的竹箩里，这实际上是模拟出战时准备出征干粮，保证在征战途中能够有充足的饭食。出殡前一天，亲友前来吊孝，称为“做客”。邻近村寨一般以寨为单位，相约组队入寨吊唁，传统为盛装，现在不论。妇女掩面哭于前[①]，唢呐匠吹奏唢呐走中间，后面为年老者和背礼物的人。吊唁亲友在寨中食宿，丧家不做安排。待客来齐，便举行砍马仪式。

砍马仪式肃穆悲壮，仪式前有若干准备。东郎牵无鞍马前行，后跟扛标枪的孝子和手拿糯谷的妇女为马送行，唢呐队亦吹奏唢呐跟随进入砍马场地。将马拴于准备好的砍马桩上，妇女逐一喂食马匹。砍马场旁设有祭桌，桌上摆放糯米粑，在装有米的碗里插上香烛，拴马的马桩挂谷种、红稗种等。东郎会在仪式前择一处平地摆上桌子，站在桌上，手持大刀，唱诵《解冤经》宣告亡者与生前世间的恩怨通通了结。孝子手举一碗酒跪于砍马场地边进行祭奠。后东郎唱诵《砍马经》，告诉马砍杀它的理由，是因马祖先啃吃亚鲁的菜和竹，为避免被砍杀，马祖许下愿，“哪家老人去，哪家人身亡。他们要找祖，他们要寻爷。路程太遥远，路途太艰难。骑它去见祖，它背去见爷”[②]，唱毕东郎围绕砍马场走三圈。孝子跪请砍马师，砍马师以同样的方式祭奠，祭毕，唢呐队吹奏唢呐围绕砍马场转三圈，后砍马师正式上场，点燃鞭炮惊吓马匹，开始仪式。

---

① 受汉族丧葬仪式的影响衍生出的哭丧礼仪。

② 陈兴华唱诵记录，吴晓东仪式记录：《亚鲁王（五言体）》，重庆出版社 2018 年版，第 61 页。

砍马师围着马匹站一圈，喝下丧家敬的酒，每人拿着一把大刀轮流在马匹面前比画，而后开始仪式。仪式中有着诸多规定，如规定砍马师一次只能砍一刀，至于需要多少刀结束则由丧家与砍马师商定，仪式结束后，马头须面向东方，且丧家及亲人不能分食马肉，必须分给与亡者无血缘关系的人，才能子孙兴旺。

从整个砍马仪式来看，东郎、妇女和唢呐队为马送行的场面，与将士出征的场面极为相似，且东郎唱诵时身穿盛装、头戴斗笠、脚踩铁鞋、手持大刀的行为装扮，与史诗中亚鲁出征形象相同，“亚鲁率兵将，亚鲁领族群。亚鲁携家人，亚鲁带儿女。头上戴钢盔，身穿铁壳衣。下穿黑色裤，脚穿黑铁鞋。宝剑背上身，挎上弓箭镖。干粮带身上，包起糯米饭”[①]，可以说是对亚鲁时代战争场景的一种模仿。东郎站在方桌上唱诵经词亦与出征前的点兵仪式相关，唢呐匠的表演、鞭炮的轰鸣、尘土的翻滚、砍马的血腥更像是模拟战争时的厮杀场面。种种仪式场面，都在回忆古代王侯将相出征的程序环节。

砍马后，亡者的布鞋将被换成草鞋，东郎则继续着盛装为亡者唱诵史诗。草鞋是亚鲁部族的重要衣着，史诗中亚鲁在血染大江的战役中，倒穿草鞋迷惑赛婴、赛庙，才为部族迁走争取了时间。因此，为亡者换上草鞋，是为了让亡者顺利归返。待东郎唱诵完毕，亡者出殡。出殡时，须一位孝子头戴斗笠持弓箭做射箭状开路，另一位孝子肩挑亡者物品。射箭者则是模仿亚鲁征战时的打杀场景，表示亡者正沿迁徙来路回归，亦是为亡者扫清障碍。

亡者女儿奔丧带来的一队唢呐匠，在砍马当晚吹奏唢呐，唢呐匠们会趁着这个机会与其他队伍比赛竞技，争夺唢呐领域的最高荣誉。前来吊唁的唢呐匠以及亲友并不集中在丧家住宿，而是分散在寨中的其他人家食宿，有的则借住在亲戚家中。所以他们带来的唢呐队在寨子中呈分散状，但吹奏一曲挨一曲，形成紧张的竞赛形式。几乎整个葬礼，寨中人户都会倾力相助，这种分散而宿的形式，不仅分担了丧家的住宿压力，

---

① 陈兴华唱诵记录，吴晓东仪式记录：《亚鲁王（五言体）》，重庆出版社 2018 年版，第 203 页。

亦促进了人际交往。

小结　文化寻根：记忆生产与生产技艺

“文化记忆是繁复的、多元的和错综复杂的，它包含了大量时间、地点不同的黏结记忆和群体身份认同，并从这些张力和矛盾中汲取活力。”① 它的范围是延展的，相较于历史记忆、交往记忆等，文化记忆包含了那些“非常规的、被遗弃的、非理性的、颠覆性的东西”。沿着生存文化记忆、生活文化记忆、军事文化记忆和消费文化记忆考察亚鲁王文化，认为这几种记忆在史诗文本中呈交错之势。而丧葬仪式的删减增补通过代际传承，核心标识将得以凸显，并以此作为群体关系维护的关键。

一是以水稻种植记忆与食盐制作记忆共建需求记忆。麻山特殊的地貌不适于种植水稻，玉米是主要种植作物，而丧葬仪式中常用的大米、糯米以及鱼虾与当地农业生产物的强烈反差，成为人们关注的焦点。祖先祭祀仪式上，祭祀物品同样是以糯米为制作原材料的糯米粑与饭团，基于当地人的口述，发现糯米、大米为麻山苗族迁居贵州之前的主要粮食作物，祖先以之为饭食，所以以糯米、大米、鱼虾等祭祀的习俗延续至今，如若换成土豆、玉米，则祖先无法进食，惹怒祖先，生人将得不到庇佑。食用玉米、土豆等作物，缘于贫瘠的土地和水源的缺乏，较之水稻和糯谷，耐旱的玉米成为了当地人民种植的首选。获得盐井后，亚鲁带领士兵熬盐，熬制成功满足部族的生活所需后，亚鲁则不再经商、放债。从东郎的口述中，可知史诗文本中记载的战争起因多为资源的争夺，贵州自古不产盐，食盐多从四川驮运，常有“斗米斤盐”等说法，甚至最高者有45斤大米换1斤盐。《牂牁苗族杂咏》记载：“划马骎骎夜戒严，攒花绣帕里头尖。不须饮啜餐烟火，木叶充粮酽代盐”②，无盐之苦让食盐资源与熬盐工艺成为亚鲁王与兄弟间战争的导火索。不论是史诗文本中的花鼠与井盐，还是古籍文献中的记载，均说明贵州盐为川盐，

---

① ［德］扬·阿斯曼：《宗教与文化记忆》，黄亚平译，商务印书馆2018年版，第35—36页。
② 刘韫良：《牂牁苗族杂咏》1卷本，民国手钞本。

川盐多为井盐，则亚鲁所获盐井当在巴蜀，亚鲁熬盐的技艺也伴随东郎的世代唱诵留存。史诗中的水稻种植记忆和食盐制作记忆，均系亚鲁部族的生存和生产记忆，这些记忆是先民们的实践经验和文化凝练，也是联结传统现代和指导生产生活的生存描写与文化蓄养。

二是以铁器制作记忆与经商贸易记忆共建发展记忆。《亚鲁王》中的铁器制作技艺和经商贸易技艺，亦是亚鲁部族战争和互动的记忆。经商贸易技艺是亚鲁家族的必备技能，亚鲁自小学习经贸知识，跟随母亲开辟集市。在盐井争夺战中，亚鲁依靠自己的经商技能打败赛婴与赛庙，"亚鲁命士兵，摆盐在下方。赛婴与赛庙，摆涮在下方……赛婴与赛庙，一斤卖三分。亚鲁命士兵，一斤卖一分"①。也是因为这场经商技能的较量，使亚鲁部族陷入了与赛婴、赛庙的战争。铁器制作技艺是亚鲁部族借住嘿布刀疆域的重要技能，也是亚鲁部族制作兵器和耕种器具的重要技艺，由于生产力的发展是以人工制铁技术的发展和铁器的使用为标志，因而亚鲁部族的制铁技艺亦标志着其生产力的发展程度。

三是以仪式符号记忆与仪式程序记忆共建族群文化记忆。"卜就"作为麻山苗族的"身份证明"承载了该族群的宇宙观、自然观、社会观，是麻山苗族文化的集中体现，亦是维系群体关系，强化群体认同的重要标志。丧葬仪式程序中，东郎的装束、马匹的装扮、砍马时的鞭炮硝烟，均是对传统出征仪式的模拟，这些技艺与地域内的重要社会文化事项和重大历史活动事件紧密相关，是麻山苗族人数千年如一日坚持"差序格局"的"家庭本位主义"的重要解释。文化记忆强调群体借助文本、符号、仪式活动重构过去。文化记忆通过内在层面、社会层面、文化层面由内而外获得文化身份，人的这种认同的需求，被称为身份欲望，也正是这一欲望使记忆带有感情色彩而有别于知识。可以说，文化记忆成为群体延续和稳定的重要形式，且人们通过文化记忆，对当下的生产生活进行阐释和指导②。

---

① 陈兴华唱诵记录，吴晓东仪式记录：《亚鲁王（五言体）》，重庆出版社 2018 年版，第 178 页。

② 金寿福：《评述扬·阿斯曼的文化记忆理论》，载陈新、彭刚主编《文化记忆与历史主义》，浙江大学出版社 2014 年版，第 34—62 页。

文化记忆与历史记忆有着明显的差别，历史记忆更强调过去发生的事以及对这件事的描写，而文化记忆则与族群回忆的处境和需求相关。文化记忆不重视记忆的内容是否为真实的历史，而是将事实的历史转化为回忆中的历史。这里的记忆或历史并非客观的，在记忆过程中都有意或无意受人们的选择和解释的影响，而这样的选择和解释亦受社会影响。文化记忆最原始的表现形式在于献祭仪式，通过这些记忆形式与来世建立联系。于麻山苗族而言，这种记忆形式更多的是与过去建立联系，过去亚鲁部族生活在水源丰富、土壤肥沃的地方，与当前的生活环境形成反差，所以麻山苗族特别重视丧葬仪式，期望能通过仪式，回归祖地。

亚鲁王文化的稳定性与包容性源于多元文化的碰撞和交流，在吸收他文化的同时，保持自身文化的稳定，而他文化的本土化为地域文化的发展提供了经验，事实上这与中国传统文化中“兼收并蓄”的观念有着相通之处，是当下构建中华民族共同体的价值依据。

第六章　知识派生：道德教化功能

黑格尔在《精神现象学》里讲，教化是个体通过异化而使自身成为普遍化的本质存在。英国当代哲学家理查·罗蒂强调了“教化”的另一种含义，他认为“教化的哲学”所关注的是人的内在精神生活的转变。在中国，传统的儒家哲学可以说是一种“教化哲学”，其内涵则是黑格尔和罗蒂两种教化观念的结合。《礼记·经解》：“故礼之教化也微，其止邪也于未形。”其教化的形式在于细微的浸润，旨在为人的存在寻求真实，在日常活动中潜移默化，使人们于不知不觉中达事明理，由此达到德化天下、天人合一。许慎将“教”解释为上所行而下所效，即指在上者之感化力，受教化者的个人主体是被动的。“化”含有改变的意义，教要通过教育感化，晓之以理，动之以情，实现人的内在转化。从根本上说，教化是以理性来处理事，教之表现于外，化之活动于内。

亚鲁王文化在强调“道德感动”的同时，亦重视硬性规范，是一种情感与理性并重的教化哲学。孔子的“心安”之为仁的理念，就把儒家的最高德行与一种心灵的感觉、情感联系起来。孟子的“四端”之说则更突出地反映了将人的道德情感作为道德的发端。表面上看，似乎情与理相反，其实，它们都弥漫着思想的活动，蕴藏着理智的成分。情与理是相互依存、相互统一的，一方面，情要向自觉化、理性化靠拢；另一方面，理又必须依靠情转化成力量，离开情，则理必将陷于空疏枯燥，永不会成为现实的力量。教化不只是一种逻辑推论，还是一种情绪状态。也就是说，道德教化是一个非逻辑、非对象化的过程，是一种感应、感染和传递的过程。教化过程，牵涉到自我和他者之间、我与你之间的一个对应性的或对话性的行为交往过程。此外，教化还具有一种“亲身性”的体验。教化一定要身临其境，才会有感化。这种亲身介入，虽然并不必然要求自我主体的当下事实在场，但至少要求人们设想自己当下在场，要有自身的觉悟和自得。张载说：“道以德者，运于物外使自化也。”中国传统哲学讲“自化”“独化”，就是强调启其自得。①

第一节 源流与内涵：道德教化的人化与化人

道德教化是指通过一定的方式将社会的道德规范和伦理原则教给民众，使之形成统一的认知，以培养道德主体的道德选择能力和优良的道德品质。中国传统文化，重视德行和教化，在一定意义上，具有教育性质。

在古代哲学中，“道”用以指征事物的意义或本源。《易经》中的“形而上”便是“道”，与之相对的则为“形而下”的“器”，道与器处于不同的思维层次，要体悟道的精神就必须有超越理性的思维方式，道并非可感知的事物，而是可感物的意义场。“德”亦可为“得”，是为“得道”，即对道的参悟，凝练成为对人生态度的塑造和对人生意义的感悟。作为社会人，言行必然对周围环境产生影响，为使人类社会处于有序的范围，则需以各种规范来约束行为，道德则属其中一种。

道德以其存在论为基础，对生活与生命意义进行反思，在反思过程中，对具体存在物的理解和认识有了进一步的发展，进而扩大了道德的意义领域，于是获得了更丰富的生存经验，随之而来的便是人类智慧的生存问题遭到了挑战。“道”作为一种形而上，常隐遁于社会生活之中，却伴随人类的思考而得以显现，所以思考成为人类与道德触碰的媒介。道德与教化在特定的场域属同一概念，道德的本质是通过教化形成美好的品格与德行，具有教育感化之意，正如荀子在《尧问》中所言，“礼仪不行，教化不成”。显然这种教育并不着重关注理论知识，而是“志于

① 杨生枝：《走进哲学世界（上）》，陕西人民出版社2015年版，第36页。

道，据于德，依于仁，游于艺”[①]。以道德仁义为其本，在涵括知识技能等内容时，更在于德行的教养与化民之功。则道德教育与教化处于自由转换的平台，是以教育为形式，将理论知识转化为德行，将外在的他律转化为内在的自律。

道德教化最初是作为国家治理和统治维护的重要方式。道德是人类精神价值的源泉，也是人类精神价值的归宿，道德价值的建立以人类情感为基础，参悟天地而形成，非人类理性所决定。作为体现人类智慧的道德，具有将自有与必然统一的能力，其中包括了关于真理的知识。因而要在道德范围内行事和做人，必然要知“道”，明“道”，以道为体，以德为用。中国古代的思想家们认为人的理性并不自足，只有从天地之道中获得人道价值的关怀，以教修德，才使德可配天地。如王符所言：“教者，所以知之也，化者，所致之也。”也因此，知天地、明人性，成为思想家们的修养之路。个体心灵受到道德规范和价值理念的引导和熏陶，个体在潜移默化中逐渐形成了良好的心性与品性。“善先人者谓之教”，对个体而言，“教”是在“善”的引导和启发下，通过自发模仿和内在实践获得。从道德的意义出发，“化”指的是个体内心状态的变化，在“善”的指引下，个体的意志和情感都被塑造成了一种超越本能的，以“善”为目标的精神品德。作为一种政治措施，早期的教化主要指以维护社会秩序稳定为目标的各种政教伦理行为，个体在效仿的过程中，接受伦理与精神指导，个体内部逐渐产生变化，从而使精神产生实质性的转变。从这个意义上说，教化就是要将个体的目标置于社会发展的大目标中，这与“行不言之教”的提法相吻合，个体的教化是使人们的情感和愿望与所教的事相融合，让个体能认识到善与好的真正价值，并能将它整合为个体的本质，从而促使个体心灵的转变与提升，达到“从心所欲不逾矩”的境界。社会教化则更加注重心灵的感化和精神上的关怀，以此形成地域内具有强凝聚力的软性力量，将人们的道德、伦理、情感、义理等融合共生，以此规范各领域的行为，维护社会的和谐与稳定。基于现实生活，教化通常是以感性形象和人类情感为普遍形式，使人类的

---

① 常谦和：《论语诠释》，复旦大学出版社2016年版，第132页。

行为目的与抽象的概念相结合，达到一种心行合一的状态。基于此，可以认为任何一种形式的教化都必须遵循“人化”与“化人”的统一，同化与异化的统一，情感与理性的统一三项原则。

一 “人化”与“化人”统一原理

人化指自然的人性化。一方面，人化是以自然物和宇宙作为人类的精神依托，将自然和宇宙视作与人类共命运的实体，杂糅了人类丰富的想象，美化与圣化了自然和宇宙，人们在此过程中得到了情感和意志的疏导和吸引。“动笼他造出，千株狼鸡草。动笼他造得，白株青蒿枝。草木当衣穿，枝叶做围裙。山来高高站，坡来高高立。山无腰带捆，坡无围腰拴。动笼他造得，千株葛根草。动笼他造出，白株葛藤苗。葛藤牵满山，葛藤窜满坡。葛根当腰带，葛藤做围腰。山来高高站，坡来高高立。山无围腰带，坡无头帕顶。动笼他造出，千株刺蓬枝。动笼他造得，百株刺梨苗。刺蓬做围巾，刺梨当帕顶”[①]。另一方面，人类根据自身目的对自然物进行改造和塑造，将其理性能力化为自然实物，产品成为人类本质力量的凝聚。前者属于传统，后者属于现代，两者间形成一种对立关系，通常前者强后者就弱，随着后者功能的日渐强大，前者的生存空间遭受挤压。正如维科所言，“推理能力越弱，相应的想象力就越强”。如果想象力和情感在文明的早期占主导地位，那么在技术时代，人类的理性力量就成为主导地位的占领者。

事实上，人化在较长一段时间里被认为是一件非常重要且严肃的事情，以为意义世界的形成让人类的精神获得了某种间接性的寄托，而这种意义世界的形成仅在人类世界存在，动物世界与自然的关系则是比较纯粹的获取关系。人类世界因其丰富的情感和想象，而拥有大量的意指符号，这些感知和动态符号、隐喻和象征可以轻易进入人类的内心世界，人类也通过各种仪式去了解日常生活中的意义世界，并以此建构自己的精神世界。人化实际上就是对人的一种控制，主要体现在对人的思想方面所发挥的作用，即便是人成为意义系统的一员，或者说人成为人，其

---

① 陈兴华唱诵记录，吴晓东仪式记录：《亚鲁王（五言体）》，重庆出版社 2018 年版，第 24—25 页。动笼，即“董动笼”，该处采用东郎陈兴华版本。中华书局版本译为“董冬穹”。

作用仍然存在。人之所以成为人，是建立在其劳动基础之上的，劳动的本质在于改变系统的价值总量，将人与欲望对象之间的这种直接性关系转化为间接性关系，延迟满足人的欲望。人在劳动的过程中，不断完善对世界的认知。早期人类从自然中获取生产生活资料，并在这一过程中制作简单粗糙的工具，人类未从自然中脱离出来，工具的独立性以及人的独立性都还未得到发展，人类仍然对自然充满依赖感。人类在依赖自然的同时，也对自然怀有恐惧感，伴随工具的出现，这种感情得到了充分的发展，但是人类还没有足够的能力与自然形成对立。

伴随工业时代的来临，前工业时代虽然物质力量较弱，但至近代，机器生产的大规模出现，工具得到了前所未有的重视，它是对人类本质力量的客观化。人类有能力借助工具的力量使自然完全不同，将人类意志强加于自然而不心存感激。这种人性化的直接结果是人的主体性得到确立，从而创造了一个强大的人的物质世界。马克斯·韦伯从文化层面出发，认为社会正在逐渐走向合理，那些作为人的想象力和情感外化产物的人化，在逐渐消除其想象性，功利性逐渐占据主导地位；从认识层面来说，人与自然逐渐分离。

在教化的背景之下，既要肯定工具理性逐渐发展和强大的必要性，也要对其所带来的生活的片面性进行客观的认识，因为这种人化强调的是对人类力量的物质性的肯定，虽然人的理性的发展对社会产生了极大的改变作用，但是这种人化的发展却造成了另一种现象，即异化。机器替代人类成为生产者，人从主体地位让步，成为机器的一部分。人类物化力量双面性中的消极一面凸显出来，成为伤害人类的一种力量，鉴于此种困境，人类当在异化的前提下回归自我，这将是一个相当长的历史过程。如今，人们无法预知这种异化会发生在什么情况之下，所以必须为合理处置这种异化做好准备。而这一准备就是回归自我，所谓“回归自我”，就是人的本质力量的物化产物，不会对人本身产生消极的作用，反而会促进社会的人性化，这样的人化才能帮助人类获得更好的教育和发展。这种回归是完整的和有意识的，并非将过去所创造的财富都抛弃，而是能够保存过去所创造的所有财富。人类文明的发展应当顺应人性，而不是让自己的创造反过来伤害自己。经历了回归自我阶段的人，会用理性思维规范自身与自然的物质交换，将人类与自然的关系置于控制之内，避免了自身的被动处境；并以最有利于人类自身发展的条件进行物质交换，以符合人类需求。这种人化原则是在当下最好的一种标准，能有效地限制技术任性所带来的不利影响。只有这样，人类才能在这一过程中实现本性的获得，才能在真正意义上实现化人的目的。

二　对异在物的同化与排斥互成原理

"礼仪者，教之所存也；习尚者，化之所效也。非所存则其教不至也，非所效则其化不正也。"[①] 教化是建立在主客体关系上的一种引导和塑造品格的行为，个体在社会中会感受到一些具有伦理意味的道德规范和价值理念上的引导，并在潜移默化中，获得某种深刻的精神转变。人类在生存活动中所创造的成果是人类自然存在外化的结果，以此构成人类社会中经济、社会、文化等领域中的重要部分，并对全社会开放，这种创造过程具有理性价值。理性与感性不同，理性强调尊重客观规律，追求事物真、善、美的本质；感性则关注内在情感，追求个体情感体验。而教化的根本内涵实际就是借助外化的一种理性实现。从个体而言，教化的过程就是对异在的一种同化，使异在能回归自我，促进精神品格的提升。"精神的一切普遍的决定性都个体化到我之中并为我所经验，这些构成了我的规定性。所以，它们不是遗留给我的自然素质，而是控制我生活的力量。它们属于我的现实存在，就如同我的头脑和心智之于我的有机存在，我就是这种普遍的决定性的整体"[②]。这种同化强调的是精神的外在表现与现实相一致，这种教化的实现，需要将社会现实建立在不断同化自己异在的过程上，这种同化的过程是十分复杂且多样的，因为在同化的过程中，异在会不断出现，因为它们不能被完全同化和吸收，因此同化这一过程会不断重复，且其同化的方式和同化的程度也会有所不同。所以异在事实上是一种永恒的存在，它与人自身保持一定的距离，

---

① （宋）藤县、释契嵩：《镡津文集校注》，林仲湘、邱小毛校注，巴蜀书社 2014 年版，第 89—90 页。

② 詹世友：《道德教化与经济技术时代》，江西人民出版社 2002 年版，第 23 页。

所以不会被完全吸收和同化，所以同化异在是一项永无止境的任务，其同化的时间越长，其价值就越能被体现。

对史诗《亚鲁王》的传承和研究，实际就是获得教化的一种途径。作为传统的史诗，它于个体而言存在着距离感，在研究过程中，个体作为研究主体或传承主体，史诗是其对象化的客体；作为自身的异在物，个体在熟悉史诗的过程中，通过了解它来发现自己，这就是个体与史诗间的精神互动。个体可从史诗中找寻人类的原初状态，探寻人类精神自我教化的原始情况，因而史诗与个体间存在着极为深刻的精神联系。尽可能地去理解这种联系，是个体对史诗熟悉的过程，虽然在一定程度上，史诗与个体间存在着疏离感，但是通过消解这种疏离感而获得化育的过程是长期的，于是就构成了一种同化与疏离相依存的关系，也是实现史诗意义和教化的重要方式。

三　精神塑造中的情理互渗原理

教化与精神塑造之间联系紧密，是个体心灵情感受到了某些道德规范和价值引导，潜移默化获得精神的引领。与未受教化的状态相比较，个体获得教化之后其精神层面发生了转变，即为“状变而实无别而为异者，谓之化”①。基于教化的精神塑造特征，对个体理性思维的训练尤显重要，没有相应程度的理性思维的训练，很难将普遍的理性形式带入人类的精神和品格。我们需要充分重视人类思维能力的发展，形成高度抽象的思维能力，但是这种思维方式仍然充满生命的情感体验。他们对生命的内在情感有着敏锐的感觉，并且具有很高的想象力，但是他们条理清晰，不再被非理性的情感所困惑。为了实现这一目标，单方面的理性思维的训练，或者说尽可能多地进行文学和艺术的研究，几乎是无效的。事实上，这是心灵间的一种互通和相融式的成长结果。从社会的发展趋势来看，理性思维的培训是必要的，个体抽象思维与逻辑思维的能力，决定了个体的知识体系和概括能力。鉴于对自然物的认知须建立在科学理性的基础上，认知主体则必须站在客观的立场，摒弃先入为主和有失偏颇的主观臆断，以严格的试验为认知的依据，认知结果呈现可重复性、

① 《荀子》，万卷出版公司2009年版，第340页。

客观性和可普遍传达性。理性认知的目的是推动个体在社会中的能动作用，对自然进行正确认知并加以改造和利用，以创造更多的价值，并对生产方式、消费方式以及分配方式均产生影响，同时对个体的精神世界亦产生深刻的影响。

理性思维的开发和训练需要与当下的社会发展相适应，也需要与当下的技术体系和经济运转规则相适应。随着资本在人类社会生活中的普遍化，人们更加重视世俗与物质，传统的一些道德观念与伦理文化也逐渐受到消解，情感道德在资本的影响下从主位退让到客位，甚至有消逝的危险。经济学家们就这些社会现象提出了人是利己的和人是理性的两种观点。在经济社会，人的能力是衡量一切的基础，知识与理性则是人能力的重要体现，在对知识和理性的不断追求中，情感、意志和气质的标准将不同程度地被忽视。在经济社会，人的理性得到了高度的重视和发展，但是其他的非理性因素可能得不到发展或者说发展缓慢。在社会生活的物化趋势下，人类的情感异化和衰退将影响人类的生存，缺失了精神的支撑，心灵的失衡将成为这个时代的普遍现象。强大的物质技术使人类产生了强烈的依赖感，因此心灵的物化成为必然，技术取代了人类的精神驱动，缺乏情感触碰人类将会丧失情感欲望和行动的内驱力。

与思想塑造的整体性相反，理性教化的使命是理解比自身更伟大的事物，寻求知识是人的本性，而科学则来自好奇，好奇心促进人类对知识的探寻，没有对万物的好奇，也就不会产生真正的求知欲望。即便科学对情感没有直接的影响，但仍需保持理性，不能将主观的意志和情绪混为一谈。任何一种职业都有其职业心理，科学研究者亦是如此，也会产生相关的职业心理。鉴于这些特殊的心理感受，科学研究者们的思想获得了更新，在真理的鼓舞下，成为具有科学精神的人。一方面，科学精神促进了理性思维的逐步成熟；另一方面，在科学精神的指引下，个体突破原有的情感界限，从狭隘的个性发展到开放的普遍状态，更加关注大众而非自身。

教化的另一种表达是情感对理性的渗透，理性只有在想象力的推动下才能够进行创造性的工作。单一的、机械的、缺乏想象力的个体即便拥有理性思维，也难有大的成就。理性思维的发展需要情感的滋养，单纯的理性思维必然是枯燥无味的，缺乏了情感作为血肉，理性思维就只是一身骨架，毫无美感可言。想象并非一种无端的情绪发泄，也不是纯粹的非理性的力量，而是将理性与美融为一体的能力。可以说，想象是人类借助以进行求知的工具，其主要手段是以艺术的象征结构来解释经验。

符号和概念的相互作用增强了人们对自己所生活的世界的理解，符号和概念两者可以而且应该相互渗透，唯有如此才能把人的精神和品格塑造成有机的统一体。即使现代社会存在着许多概念可供使用，如何将这种抽象的理性概念注入生命情感中成为当下教化的关键问题，这在于提高理性能力的同时也关注自己的生命情感，通过创作文艺作品和欣赏作品来获得情感的共鸣，进而产生欲望，增强人与人之间的情感交流，以培养想象能力和情感能力。如此，抽象的理论概括可以用感性的意象来表现，并以此进入自身的生命体验。形式化地描述情感与理性在精神形态上的相互渗透很重要，但必须指出的是，情感与理性相互渗透的本质是注重价值。从道德的角度看，人必须通过理性与情感的相互渗透，来展示和体验特定行为和情感的道德价值。不论是何种教化，都必须遵循以上所讲的几个原理，如道德教育首先是以人性化的成果来培育和塑造人的精神，比如道德价值观、社会伦理关系结构、社会经济结构等。个体想要获得教化，就必须将这些东西视作自己的异在物，使之消化吸收，成为个体精神的营养补给。但是这种消化吸收的过程永无止境。在这个过程中，不仅要重视自身理性能力的培养，更要注重运用具有感性形象和普世情感的材料来陶冶自己，实现情感与理性的相互渗透，从而塑造自己，提升自己。

先民们对神奇事物的感知能力，源于对古老史诗中神秘现象的思考和探求，在神秘性质褪去的现代社会，理解史诗的内涵会产生较多信息的不对称。一方面，东郎从史诗中感知的事物通过自己的理解再传递给民众时，历经了二次理解的过程；另一方面，在感知史诗内容时应当重视创世部分的神秘性，而非仅以理性思维去看待，因为史诗的内涵并非依靠理性思维所能全部涵括的。

第二节 《亚鲁王》道德教化的四种形式

一 对亡者的评价权

尽管亡者直系亲属讲述的亡者生平贡献往往是史诗增补内容的重要参考，但东郎们事前务必反复求证，秉承客观真实的态度将亡者生平事迹纳入史诗。这是由于一旦评价进入仪式阶段，史诗增补文本便创作完成，难以逆转，且伴随麻山苗族人代代传承。在东郎翻译整理的文本中，有对亡者评价的简要内容："我讲不讲你知道，我说不说你知晓。不讲你也很清楚，不说你也很明白。这是你的亲生女，这是你的亲女婿。事情回到五年前，早年以前的早晨。你有一副好身板，夜夜好梦睡得香。攀岩走壁稳当当，走壁攀岩稳笃笃。你踩石岩岩不垮，你踩土墙墙不塌。你将钢拐手中拿，你把铁棍握手中。你从房间到大门，你从大门到朝门。你和众人走地方，你与众人去疆域。你和众人走亲戚，你与众人去访友。你和众人去赶场，你与众人去赶集。你和众人去生产，你与众人去做活。白天你能看太阳，晚上你又见月亮。那是你的命运好，那是你的命运顺……庄稼种来养你身，粮食种来育你体。庄稼种来养你爹，粮食种来育你娘。庄稼种来养你妻，粮食种来育你室。庄稼种来养你儿，粮食种来育你女。庄稼种来养孙儿，粮食种来育孙女。"[①] 在传统的评价系统中，人的德行是由外在力量赋予的，这种德行的外在决定论观点，将评价的权力交给人的德行决定者。在这样的评价中，评价者与被评价者扮演的基本上就是管理者与被管理者的角色，被评价者大多处于被评价地位，评价者与被评价者缺少必要的互动。而在史诗展演仪式上，东郎作为评价者在行使评价权力的时候，与被评价者之间的互动是建立在被评价者亲属的口述之上的。一旦东郎完成对亡者的评价唱诵，亡者一生的影响也就以此盖棺定论。所以，地域内民众为了在亡故之后得到东郎的较好评价，一般都会在生前尽力行好事，做善事。

① 陈兴华唱诵记录，吴晓东仪式记录：《亚鲁王（五言体）》，重庆出版社2018年版，第36—37页。

二　对生者的教育权

对生者的教育权衍生于对亡者的评价权，但又汇聚为截然不同的影响力。东郎与族人在演唱场域中共享记忆并建构记忆，对亡者的评价权是族群个体未来必将面对的话题，这就塑造了生者务必遵守亚鲁王文化框架的行动逻辑，反之，则会遭到族群内部的排斥和惩罚。东郎在唱诵史诗的同时，史诗的内容亦对生者产生教育作用。亚鲁重视学习各项技能，强调学习过程中须不畏艰苦，“读书三年整，学文三年落。千般他知晓，百样他认识”“亚鲁跟母亲，市场做买卖。亚鲁随妈妈，集市去交易。他虽年纪小，经商样样会。他虽年纪轻，挑抬样样能……天天去经商，日日做生意。经商是高手，买卖是能人”“亚鲁哩亚鲁，学艺有三年。天寒不怕冷，酷暑汗涟涟。弓术你学会，还会梭镖剑”“学武三年整，习艺三年落。亚鲁艰苦练，亚鲁认真学。武术样样会，武艺确高强”。麻山苗族在生产实践中知晓了教育对知识和技能的形成与积累发挥着决定性作用，强调通过学习提高自我修养，才能够学习到真正的本领；同时，还提倡依靠自己的能力劳动，获得长足发展，而非依靠抢夺他人财物增加自己的财富值。“亚鲁得涮井，亚鲁得盐井。不再去赶场，不再去赶集。不再去经商，不去做生意。不再去收租，不再去放债……我们要熬涮，我们要熬盐……亚鲁熬啊熬，亚鲁煮啊煮。一天熬七锅，七锅都熬成。一夜煮七罐，七罐都煮好。亚鲁熬得涮，堆满七仓房。亚鲁煮得盐，堆满七仓库。亚鲁兵强大，亚鲁将富足。亚鲁族繁荣，亚鲁群昌盛”①。亚鲁通过熬盐将自己的部族发展壮大后，并没有与两位兄长展开回征之战，而是强调和谐共生，希望通过恪守本分、积德行善，使部族和儿女们得以长久兴盛、踏实生活，“你俩是哥哥，你俩是兄长。说话不中听，语言不顺耳。胡作又非为，天理不由人。你俩已成家，你俩已立业。你俩已养儿，你俩已育女。怎不多积德，积德为子孙。怎不多积善，积善为儿女。天天想争霸，夜夜欺压人。你俩这样做，世人不得利。你俩这样干，家人不得益。我身为小弟，我在我地方。我身是小弟，我

① 陈兴华唱诵记录，吴晓东仪式记录：《亚鲁王（五言体）》，重庆出版社2018年版，第173—174页。

住我疆域。没抢你田产，没占你家产。没抢你柴烧，没占你水源。没抢你饭吃，没占你菜肴”①。

亚鲁的十二个王子中的小王子习狄因生性贪婪狡诈，最后自食恶果，被毒蛇咬死。于是，东郎在唱诵过程中，对习狄生平的总结为“世间有善恶，到时终有报”“习狄阴险又狡诈，作恶多端是祸根。贪婪成为他本性，偷生成了他本能。雀鸟来吃门下果，小鸟来用门下食。他想贪吃雀鸟肉，他想贪啃雀鸟骨。急拿亚鲁弓射鸟，忙拿亚鲁箭射雀。三尾蛇把他命害，三丫蛇害命归阴。习弄行善得好报，习弄善良报好恩。娶得习狄妻贤女，接得习狄贤惠妻”②。史诗唱诵习狄为了一己之私，最终将自己害死，明确表达了与人为善、善恶有报、劳动为美的价值观，对后世具有教育意义。

三　对谱系的书写权

东郎对谱系的书写权是《亚鲁王》传承谱系功能的核心价值。从族群内部而言，谱系的口头书写是麻山苗族寻根溯源的核心手段，尽管与文字承载的家族谱系相比，口头传承变异性与不稳定的特征更加突出，但文字记录也具有精准但不丰富的弊端。从族际交往而言，东郎掌握家族谱系的过程，也是成长为族群文化精英的过程，极强的记忆力、丰富的知识储备、参与公共事务的积极性和对族群的高度影响力往往促使东郎兼任寨老或族老，他们也因此成为基层社会治理的重要力量。

史诗记载了亚鲁一族的族谱，从耶冬开始，耶冬用计谋娶得耶丹的妻子，繁衍了媬俐笼—波妮娄—冉哈嗦—巴哈沙—董哈荣—卜媬校—卜耶左—卜耶该—卜耶欣—卜耶仲；卜耶仲育三子，分别为金斤勒、小羊梭、翰习务；翰习务娶媬娘布③生六子，分别为赛泸、赛斐、赛婴、赛

① 陈兴华唱诵记录，吴晓东仪式记录：《亚鲁王（五言体）》，重庆出版社 2018 年版，第 179 页。

② 陈兴华唱诵记录，吴晓东仪式记录：《亚鲁王（五言体）》，重庆出版社 2018 年版，第 293—294 页。

③ 翰习务、媬娘布：音译，人名。该处采用东郎陈兴华版本。中华书局版本译为“翰玺鹜”“博布的荡赛姑”。下同。

庙、亚鹊、亚鲁。以赛泸支系的谱系为例，“赛泸生个儿，取名叫娘勇。赛泸育个女，取名媬泥月。坐在关锦参，住在关锦藏。他来招千兵，他领七百将。跟人去远方，随人去远处。开垦荒土地，荒地变良田。开辟新市场，建造大集市。他率七千兵，他领七百将。走到海岸边，航行大海上。途经高海浪，冲到急浪洋。遭遇猛水怪，遭逢凶水兽……我们地方好，我们疆域强。战胜凶猛兽，攻垮恶豺狼。惜我亲生女，因此丢性命。预兆不吉利，预兆不吉祥。我们要迁出，我们得离去。迁出到远方，迁徙到远处。另找新疆域，另寻新领地”① 。史诗随即讲述了亚鲁王的一生，包括从小习武学文，长大后经商贸易，以及射杀怪兽、称王征战等内容，亚鲁定居嘿布刀疆域后命其十二王子各管一疆域，“我若不英勇，地方得不到。我若不智慧，疆域得不到。因为我英勇，地方是我地。由于我智慧，疆域全归我。但我地方宽，但我疆域大。管理不便利，耕耘不方便。树大要分丫，人大要分家。鸟大就分窝，人多就分伙”②，并根据十二个王子的经历进行简要唱诵，并一直延续到今天的亚鲁后代。东郎对每一代人的经历进行简要唱诵，将各支系的历史排布串联，形成了一幅庞大的历史信息图，不仅保留了麻山苗族的历史渊源，也是麻山苗族寻根问祖的重要依据和维系族群关系、增强族群凝聚力的黏合剂。

四　对文化的传承权

史诗文化通过传承得以延续，从个体而言，东郎通过传承获得史诗内容和展演能力，并在此基础上增补创新，传承文化不仅是义务，也是权力；从群体而言，亚鲁王文化的权威性确保麻山苗族认可东郎传承和传播的文化，并参与其间进行集体再创造。史诗的传承是约定俗成的，并不需要做过多的解释，因为生存在其中的每位成员均认为这种传承本就如此，自先祖开始就已经存在这种文化传承的习俗，因而继续传承也就不需要任何其他的解释，因为祖传就是史诗保留和传承的根本原因，

---

① 陈兴华唱诵记录，吴晓东仪式记录：《亚鲁王（五言体）》，重庆出版社2018年版，第114—115页。

② 陈兴华唱诵记录，吴晓东仪式记录：《亚鲁王（五言体）》，重庆出版社2018年版，第270页。

也是最重要的传承动力。同时，史诗会因不同场合和不同的人形成不同的解释——故事，并因为这些故事的存在和重复讲述而具有了地方话语的权威性，成为史诗存续的心理动力。譬如流传在安顺普定平东乡等水西苗族中关于 jiang zlu 的故事，内容如下：先有肉后有毛，先有六郎后有杨芳。六郎对杨芳说，我想要出兵你是否赞成？杨芳回答可以。于是，杨芳带领他的部属做“母猪鬼”祭祀天地，宰杀了一头母猪，将猪心置于锅底煮汤请六郎吃饭。水西苗族不食动物心脏，六郎发现锅中只有猪心并无其他，沉默不言。不久后，六郎杀死杨芳的弟弟，将其心置于锅中煮，邀请杨芳吃饭，六郎告诉杨芳说以美食款待他，于是猪心和人心从锅中出。杨芳说：“此猪心，故有良心，盖猪心皆有二心也。”于是六郎与杨芳爆发了战争，而六郎有龙心常胜不败，将心置于水、土中，敌不能入。杨芳派人密探，才知道六郎有龙心，于是派部属一人伪装成针线布帛商人前往六郎寨中一探虚实。此人进寨中，以针线赠予六郎女，得见宝物；又见棕果与宝物形似，遂生一计，又以针线换六郎女示其父宝物，趁此以棕果换取宝物。杨芳得龙心，约六郎一战，六郎战败，以作“母猪鬼”为由把鞋倒穿趁机逃跑，至贵阳，又往安平，在安平打“母猪鬼”，不久客家又至，遂往安顺稍作停息，于桃花跳场，吹六笙风俗，故今称 jang zlu tao。不久，六郎至普定后又至三岔河，因一日去打鱼，被大鱼吞去，至今无坟①。

杨六故事在苗族各支系中几乎都有存在，尤其以水西苗、安顺青苗、箐苗和坝苗的传说最多，其中安顺青苗的讲述最为详细，大体内容为，杨六与客家作战，因杨六有宝物，客家战败，反复几次，客家不敢与杨六再战，于是派人扮作商贾打探，得知杨六有宝物，于是以针线哄骗杨六女儿将杨六宝物拿出，趁机换走宝物，自此杨六每战必败②。威宁、赫章等地的苗族地区也流传有诸多杨亚射日、月的故事，这些对史诗内容的解释具有非常重要的意义和价值，是人们在理解和想象的基础上创造的一种具有浓厚地方文化特色和民族特色的文化。史诗的承袭是上一代

① 杨万选：《贵州苗族考》，贵州大学出版社 2014 年版，第 87—88 页。
② 杨万选：《贵州苗族考》，贵州大学出版社 2014 年版，第 156 页。

与下一代之间的知识交接，事实上这种传承亦可被称为传播，这种传播受到族群的限制，一般在家族内部，个体通过仪式的确认成为传承主体，进而获得传承的权力。较于严肃的传承，史诗也在东郎的吟诵下进行传播，在族群外，因文化的交流交往向周边扩散，有的会被其他族群吸收融合。文化的传播并非只使其在传播过程中常处于变异状态，而是使它更具生命力。史诗仪式是史诗文化赖以生存的模式化表达，民众从仪式与史诗内容中获得认同，这些仪式由许多民俗内容组成，民众可通过具体的民俗内容来串联完成，形成祭祀、婚丧、驱病禳灾等民俗文化，并因仪式的神圣和崇高使民俗本身所具有的地方文化的权威性得以确立，进而建立起民俗文化认同的价值取向。同时，这些文化的解释还能让人们对民俗本身产生信任，使民俗的存在更加符合民众的心理期待和文化传统。

第三节　《亚鲁王》道德教化的两组特征

史诗文化中的道德教化，是指民众在个体化和文化化的过程中受到史诗的教育和塑造。史诗文化不仅涵括文本内容的教化，亦涵括了史诗仪式的教化。以此，将史诗文化称为民俗文化。民俗文化在族群社会生活中，不仅统一本族群的行为，还维系着族群的心理。族群中的每位成员在相同的民俗文化环境中得到教化，并形成相似的思维模式、审美情趣、价值观念等。这种共同的民俗心理，也是凝聚力和向心力形成的重要基础。民俗文化实质上就是一种塑造道德和社会风尚的活动，各族群在其民俗文化的发展过程中，形成了自身鲜明的特点，这些特点除了具有一般文化所具有的功能外，还具有教化的功能。

一　模式性与规范性

民俗文化是同一地域内，民众在长期的生产生活过程中形成的思想观念和行为模式，这种模式一经形成，就成为该地域内民众共同遵守的行为规范。因此，模式化和规范性非常明显。民俗文化形成后，具有相对的稳定性，在长期稳定发展过程中，自然而然地形成一定的模式，其模式性与其他重视个性和独创性的文化不同，民俗文化由民众创造，又在民众生活的空间使用和传播，因而缺乏个性，具有模式化特征。毋庸讳言，民俗文化的道德规范功能特征也极为明显。这里的规范指的是一种对社会中每一个成员都有很强的控制力的行为模式，是最广泛、最受约束的社会行为模式。东郎的唱诵文本中，记录了伍俊支系立族规不砍马的缘由，因亚鲁规定后人在去世时必须砍杀一匹马驮亡人回归祖地，但因马在危难时救下伍俊性命，于是伍俊为报答马的恩情，立誓不砍杀马，“伍俊飞越上，九朵花马背。伍俊跨越在，九点黑马身。天天朝前走，夜夜往前奔。战马嘶鸣声，旷野来回响。兵将呼喊声，天摇地动荡。他要寻地方，他要找疆域。他要去结伙，他亲自结伴。他要去问亲，他亲自访友。要去寻地方，亲自找疆域。来到半路上，走到路途中。遇到敌官兵，碰到敌将领。在前设陷阱，在后来追击。砍杀声震地，箭如蜂朝王。伍俊不知事，快马往前奔。伍俊不知情，加鞭朝前行。马突停脚步，跪下不动身。伍俊来观察，伍俊细查看。是口深龙洞，是个深龙坑。洞口假糊面，确是大陷阱。若误从中过，无疑要落坑。马急绕道出，伍俊险脱身。前兵打血战，后将来血拼。一场肉搏战，尸首倒成堆。敌将集兵退，敌领集将回。伍俊跳下马，跪起来发誓。我马救我命，向你来承诺。我今来迁徙，路途遇敌兵。路前设陷阱，路后敌追击。砍杀声震地，箭如蜂朝王。我却不知事，快马往前奔。我却不知情，加鞭朝前行。是你来发现，绕道急走出。是你来察觉，避险我脱身。我今来发誓，表我肺腑心。明天二早上，明日二早晨。伍俊我房族，伍俊我后裔。哪家有人老，谁家有人亡。只把你打扮，只把你化妆。拿鞍放你身，拿帽放你背。拿你背刀枪，要你驮弓箭。拿你背饭包，要你驮饭箩。你背绣花包，你驮火草镰。拿你去迎亲，将你去接客。赶你前头走，其后众人跟。绝不砍你颈，绝不割你喉。伍俊那时定，众兴至如今。伍俊那时兴，众跟至今日”①。民俗文化的行为规范从根本上说，具有积极的作用，这些行为规范大多支持普遍的社会伦理，有利于社会的整合和发展。当地民众根据这些行为规范或风俗习惯来约束和规范自己的言行，并以此作为

① 陈兴华唱诵记录，吴晓东仪式记录：《亚鲁王（五言体）》，重庆出版社 2018 年版，第 400—401 页。

行为准则。因此，我们必须承认民俗文化的道德教育功能能够影响地域内民众的生活生产方式，并以此维护社会秩序。

二　集体性与认同性

人性的教化具有自然特性，人在接受教化的过程中，本性发生了转变。但最重要的转变应当是心灵的转变，心灵的转变所依靠的必然是道德的教化作用。民俗的教化作用体现在对族群中的每位成员潜移默化的影响上，民俗由民众创造，并非个人行为，因而受到社会普遍传承。正如钟敬文先生所言，“不管怎样，只要习染成风，就是要为某些社会集团所享用和传承，成为一种公共的文化财产，而不再是个别人或少数人的东西，这一点是很明确的”①。这种集体性也使得民俗活动具有相对的稳定性，特别是在生产力落后的时代，集体性是民俗活动稳定持久的重要保证，个人的力量无法组织，也无法传承。民俗的集体性因此主要表现为两个方面。一是民俗事项由集体创造产生，或者先有个人创造，而后依靠集体响应和实行。正如民俗的“民”，是指民众而非个人一般，民俗文化是集体的行为、语言以及心理，个人行为不能作为民俗。二是民俗并非一成不变，而是在传承过程中不断地吸收新内容，这些新内容也是集体加工的结果。加工行为由集体实行，而其传播和接受的主体同样也是集体成员。民俗的认同性特征，主要是指民俗文化承担了维系族群成员关系的作用，是族群认同的载体。且民俗文化较为集中地反映了地域内族群的生产生活方式，是该族群文化的核心，因而族群成员能从心理到生理上产生对集体的认同感。这不仅是人类与生俱来的集体归属性质，也是接受教化而产生的结果。民俗文化的集体性与认同性，都是依托各种精神感受来实现的，例如伴随一生的人生礼仪、日常交往中的交际礼仪、知识获得中的神话传说、陶冶心灵时的各种艺术等，这些活动延续了传统民俗的生命，也使族群成员在共同的活动中延续对族群的认同感，接受族群文化的教化，实现心灵的超越。

---

①　陈才：《祈春大典：衢州梧桐祖殿立春祭祀》，商务印书馆2016年版，第193页。

第四节 《亚鲁王》道德教化的三项价值

自人诞生起，民俗文化的教化功能就开始发挥作用，作为族群成员的行为准则，它具有规范和约束行为的作用。作为一种世代传承的文化，它具有保持族群成员向心力和凝聚力的作用。它通过各种形式的民俗活动，对民众进行传统的道德教育，在生活中实现其价值。

一 亚鲁王文化蕴藏道德教育目的价值

各族群所创造的民俗文化，其目的是提升地域内民众的生活品质。在过去，成文法产生前民俗是作为一种行为准则而存在的，它是约束一个族群成员的最广泛的行为准则之一。包括道德、价值观在内，所有成员都受民俗文化的影响和制约。但是民俗文化最初的目的并非教化，而是受制于当时低下的社会生产力水平、落后的生产方式以及原始信仰。事实上，主要是与信仰相关联，民俗在流传过程中，不断完善和发展，其目的性也会逐渐丰富。当然，作为信仰，对其传承和维护是直截了当的，没有任何深刻的思考，虽然缺乏理性的元素，但不缺乏坚持不懈的精神。民俗文化作为传统文化的重要组成部分，作为中国风俗习惯的历史积淀，不仅是人们的生活文化，而且存在于人们的感性世界。这也反映了族群的认知方式和价值取向。民俗文化的道德潜质之一是其对个体的价值导向功能，即引导人们形成自己的民族精神人格和情趣。一个族群中成员的某些行为和群体特征，既是该族群的行为和群体特征，也是族群几千年来形成的不可磨灭的族群印记。这些涉及民族性格的塑造、生活情感态度的形成、人们的心理情绪倾向、族群崇拜的图腾对象，以及人们的饮食偏好等，具体的外在表现是人们对工作和生活的肯定和赞美，对人生价值的判断和追求，对善与恶、美与丑的评价。这些潜在的特征与共同经历代代相传，在传统文化中积累了大量有益于人类交流的知识和信息，且蕴含大量的人类智慧，已经被提取并反馈给人类，经过自然和实践的检验和长期的发展，最终对后人产生影响。这些民俗文化所蕴含的道德规范，影响个人价值观的选择，引导个人道德行为的实践，磨炼个人道德意志，培养个人道德情感，发挥个人道德价值观的引导作用。

二　亚鲁王文化蕴藏道德教育内容价值

民俗在一定地域范围内，具有协调社会关系，维护社会、生产、生活等方面秩序的功能。因地域的差异，文化条件的不同，也会造成民俗文化内容的多样性。作为族群历史发展的产物，民俗文化广泛渗透于族群社会生活和生产的各个领域，涵括了民众的思想观念、道德伦理、心理因素、审美价值等内容，体现了族群的心理素质和习惯，蕴藏着丰富的道德教育内容。民俗文化总是隐匿在民众的生活中，却又无时无刻不在传递着道德信息。在东郎唱诵文本的开篇，就讲到了丧葬仪式的由来，“亚鲁亲生娘，媬娘布老去。亚鲁亲生娘，媬娘布身亡。亚鲁不忍心，来把你祖砍。亚鲁不忍意，来将你爷杀。斋事不办理，未请做客亲。匆匆抬上山，就忙把母埋。事后不多久，过后不久长。亚母一身蛆，鲁娘一身虫。一身臭烂味，一身腐水滴。转回来到家，转回来到屋……我是已老去，我确已身亡。你抬上山葬，你扛上坡埋。没有千样装，不得百样物。我没金房坐，我没银屋歇。没有花被盖，没得花垫单。上身无新衣，下身没好裤。头帕腰带无，袜子布鞋没。草鞋麻鞋无，盖口布袜没。装粑没饭箩，盛饭没饭包。装菜无竹筒，灌水没葫芦。绣针荷包无，装火草镰没。无鸡来开道，无猪来开路。没狗来护卫，没备马和牛。办斋没唢呐，做客没铜鼓。我没米粮仓，我没米粮库。没鸡打扫影，无鸡除我形。没扫唢呐声，未清铜鼓鸣。没扫尸水臭，未除腐烂疾。开道没东郎，引路无歌师。我走不到祖，我上不到爷。祖不开大门，爷不准进屋。我回要千样，我转要百物。亚鲁制千样，亚鲁制百物。制盒大棺材，给她做老家。备齐好花被，美丽花垫单。备好新衣服，备好新衣裤。头腰围脚帕，袜子和布鞋。备齐草麻鞋，盖口和布袜。饭箩来装粑，饭包来盛饭。竹筒来装菜，葫芦来灌水。绣针花荷包，装火石草镰。要鸡来开道，要猪来开路。狗来护卫走，备上马和牛。通知千亲戚，告诉百朋友。唢呐吹震天，锣鼓响动地。办斋吹唢呐，做客打锣鼓。做客像赶场，办斋似赶集。筹备米粮仓，筹备米粮库。开道请东郎，引路求歌师。用鸡打扫影，拿鸡扫除形。打扫唢呐声，清除铜鼓鸣。扫除尸水臭，清除腐烂疾。亚鲁老母亲，才走到祖地。亚鲁亲妈妈，才上到爷门。祖才开大门，爷才引进屋。亚鲁才富贵，亚鲁才繁荣”①。麻山苗族认为如果不为亡者准备好与生前一样的装备，没有用鸡举行仪式为亡者清除在人类世界的影子，没有用东郎主持仪式，亡者无法返回祖地被祖先接纳，就会来骚扰生者的正常生活。于是自亚鲁后，麻山苗族便开始兴起丧葬仪式，以求亡者保佑生者富贵平安等。

东郎的吟诵文本中蕴含丰富的道德教化思想。非常深刻地说明孝在我国人伦道德中的首要地位，以亚鲁王作为重要例证，从而引导践行孝道，如不践行孝道，亡者会因无法返回祖地而来骚扰家人。虽然唱词中的内容以非常直白和形象的词语来严格要求民众遵从其内容所规定的行为，但其主要是要求民众习得和传承尊老爱幼的行为，形成尊老爱幼的习惯。民俗活动成为人们祭祀祖先、交流互动、维系人际关系的重要纽带，还可以从中真切地体会到一种血浓于水的骨肉亲情，从而产生一种强烈的认同感、亲和力，这也反映了我国自古以来是一个贵人伦、重亲情的社会。

三　亚鲁王文化蕴藏道德教育方法价值

民俗文化的教化形式具有多样性，除官方强制外，多为民众自发的传递，也就是说，社会的实践活动让民众在生活中逐渐养成特定的各种礼仪规矩。正如露丝·本尼迪克特所强调的，“个体生活的历史首先是适应由他的社区代代相传下来的生活模式和标准，从他出生之时起，他生于其中的风俗就在塑造着他的经验与行为，到他能说话时，他就成了自己文化的小小的创造物，而当他长大成人并能参与这种文化活动时，其文化的习惯就是他的习惯，其文化的信仰就是他的信仰，其文化的不可能性亦是他的不可能性”②。个体在成长历程中受到的教育主要就是民俗文化。因人类生活的持续性，民俗文化始终存在于其中，发生的教化作用也始终在持续，成为与学校教育互补的一种教育活动。而民俗的德育更加自然，受教育者往往在不自觉的状态下接受教育。

---

① 陈兴华唱诵记录，吴晓东仪式记录：《亚鲁王（五言体）》，重庆出版社 2018 年版，第 29—30 页。“娘娘布”为东郎陈兴华版本。中华书局版本译为“博布的荡赛姑”。

② ［美］露丝·本尼迪克特：《文化模式》，何锡章、黄欢译，华夏出版社 1987 年版，第 2 页。

民俗德育以前人的价值和批判反思为基础，潜移默化地进行自我建构。例如，提倡集体主义、团结互助，是我国边远地区民众的风俗习惯。由于条件艰苦，人们必须依靠集体力量战胜自然。因此，集体互助已经成为道德教育的重要内容，孩子从小就在父母集体互助的精神中成长。这种集体观念已经下意识地注入孩子们的心中，引导着孩子们的道德行为，孩子们在这种影响下已然完成了自我建构。民俗文化在培养人的身心方面，时刻提醒着人们的生命意识。民俗文化不仅向人们展示了纯净广阔的原野，更向人们展示了作为精神家园的故土，其背后是原始自然的生命意识。中国人之所以具有非常执着的、强烈的家园情怀，是因为他们有一种顽强不屈的生命意识。民俗文化的朴素与原始，反映了生命的自由、威严与真情。对生命的不屈与执着追求，是生命意识中最令人钦佩、最宝贵的品格。在民俗文化所蕴含的道德教化思想之外，在个人价值导向得到提升之后，个人也在建构着内在的自我。

不管是民俗文化对个人的价值引导还是个体的自我建构，其目的均指向个体道德境界的提升。民俗文化凝结了一定历史条件下的民众共同的社会经验和社会感知，融汇了民众共同的社会需要和社会动机，表达了共同的社会理想和社会态度，这是一种宝贵的精神财富。从这些传统美德中汲取营养是提升道德境界的前提和最终目标。例如，民俗中的人生礼仪就关联了民众的需求和追求，同时也受中国传统儒家思想的支配，几千年来，它一直在调节生活和统一教化中发挥作用。出生仪式不仅是对生命生物学意义的致敬，也是对生命进行的社会认同。成年礼是社会成员进入社会的一种考验活动，旨在赋予年轻人进入社会的能力和资格，并警告即将承担社会责任的人，在面对困难时必须有迎难而上的勇气和毅力。这些仪式有利于个人道德境界的提升，它锻炼一个人的身心意志，阐明一个人的社会责任，并培养一个人的道德情感。因此，提升民俗文化的道德境界是民俗文化教育的终极意义。

小结 化民成俗：情理互渗与文化认同

亚鲁王文化作为传统文化的一部分，是麻山苗族在生产生活中创造的文化，但是长期以来，传统文化将以亚鲁王文化为代表的民俗文化排除在外，认为有史可考的、有书记载的才属传统文化，导致传统文化被认为没有在社会生活中发挥应有的作用。事实上，亚鲁王文化不仅是纵向上麻山苗族生活的历史积淀，还是横向上麻山苗族的生活方式的总和。麻山苗族在纵向上承继传统亚鲁王文化的同时，也对生存环境和生活方式进行了保护和发展，亚鲁王文化构成麻山苗族日常生活，是全面且直接观照麻山苗族生活世界的文化样式。

第一，亚鲁王文化彰显麻山苗族传统文化精神。“文化精神既反映一个群体的行为特征，又是一个群体内部各种价值观念的总结。任何一个社会都有一套由群体成员接受，并影响其行为举止和是非判断的价值体系，文化精神正是用来解释和描述这种价值体系整合性的一般模式和方向，并说明诸如经济、道德、审美等观念之间和群体行为的一致性。因此，文化精神是社会中成员所接受的整合性价值体系，是一个群体不同于其他群体的根本所在。”① 任何时代的文化精神都是文化传统的积淀，它决定了传统文化的观念、意识和心理的整合和吸收，从亚鲁王文化可洞察中国文化的传统思想。民俗文化是文化精神的重要展示载体，对民俗文化的立体传承，就是对传统文化精神的传承。亚鲁王文化不仅蕴含了自强不息、舍生忘死、不惧武力、重视和谐、敢于抗争的文化精神，而且体现了麻山苗族群体观念的精神传统及对和平生活、劳作的态度，麻山苗族积极进取、务实保守的形象体现了中华民族的文化精神。

第二，亚鲁王仪式有利于传承传统文化。保护、传承和发展传统文化，不仅要传承文化精神、文化符号、社会制度，更要传承文化资源和知识体系。从文化层面而言，文化内容是文化精神的物质本质，正如人的身体是人的精神基础一样。在一段时间内，大众创造的文化并未被正史所记载，却涵括了民众的物质文化和精神文化，不仅是生活经验和生产技能的积累，也是历法、礼仪、历史、地理等知识信息的聚集库。亚鲁王仪式中所蕴含的历史文化信息，在麻山苗族社会发

---

① 周大鸣、秦红增：《中国文化精神》，广东人民出版社 2007 年版，第 29 页。

展中所起的作用是不可忽视的，尽管传承群体的受教育程度不高，且该群体对亚鲁王文化的传承活动均在民间进行，但由于仪式场域的严肃性与神圣性，该群体仍然保持着对亚鲁王文化的敬畏与信仰，其生命力仍然生生不息。

第三，亚鲁王文化体现了传统文化的现代精神。中国传统文化是中华民族智慧的结晶，在几千年的历史中，它孕育了优秀的中国人。它已成为培养国民素质的强大精神力量，对中国社会的发展产生了深远的影响。对传统文化的重新审视并非要全面回到过去，也并非简单继承，而是需要以古鉴今，古为今用，为现代社会的建设和运行提供坚实的精神基础，实现传统文化向现代精神转变的突破。亚鲁王文化作为一种传统文化，不仅包含了传统文化的文化精神和内容，更重要的是该文化中蕴含着现代精神，麻山苗族在亚鲁王文化中汲取力量，在现代社会中不断前行。

第四，亚鲁王文化增强了麻山苗族的民族凝聚力和文化认同感。民族凝聚力和文化认同感是民族精神的纽带和基础，是族群中的每一个成员都享有的一种思想。作为民俗文化的亚鲁王文化，以最为直观和物化的方式向世人展示着麻山苗族的文化精髓，麻山苗族并以此获得文化认同。建立在此种文化认同上的民族凝聚力，使麻山苗族文化具有更强的生命力和发展潜力。作为一种文化的因素，亚鲁王文化积淀在麻山苗族的心理结构中，在遭遇紧急事件时，能产生能量，迅速传达到人们的心里，形成共同的意识、情感和态度。在一次对麻山群众的访谈中，了解到杨某在一次载客驾驶途中，因天黑路滑，在差点撞向正面来车的时候，在心里默默祈求亚鲁王的庇佑，同时打偏方向盘，车辆滑入农田，并未造成伤亡。自此，他坚信作为亚鲁王的后人，定受祖先庇佑。中国保留和继承了众多丰富的民俗文化，表现形式多种多样，这些历史悠久、世代相传的传统民俗文化是民族生存和发展的根基，是精神的载体和结晶，是民族凝聚力的重要体现。

黑格尔曾说，民间文化包括史诗，是民族精神的博物馆。任何一种民族文化，无论其表现形式多么丰富多彩，都有其基本精神，即民族精神。民族精神是指一个国家在长期的社会实践中逐渐形成的一种相对稳定、持久的共同心理状态，也是民族文化最深刻、最活跃的核心。因此，民族精神是一个民族的灵魂。国家的命运与风俗习惯休戚相关，缺乏高尚的民族品格和坚定的民族志气，不可能在世界民族之林中立于不败之地。不断增强全民族的精神力量，不断丰富全民族的精神世界，应当成为传统民俗文化的重要任务。除了精英文化和主流文化以外，民族精神还必须从几千年来积累的民间文化中找寻。作为一种特色文化，民俗文化是民族发展的基础，是民族精神的反映，是民族特色的体现，直接关系到国家民族精神的建立和综合素质的提高。

第七章　实践派生：经济导向功能

诺贝尔奖获得者罗伯特·席勒（Robert J. Shiller）在经济研究中强调叙事的重要作用，认为“叙事能够形成社会规范，部分支配我们的活动，其中也包括了经济活动在内”①。作为一种叙事的民间文学，被列入第三批国家级非物质文化遗产名录的史诗《亚鲁王》，在经济社会发展中受到广泛关注，尤其是作为一种文化资源的产业化应用。②

《亚鲁王》是南方史诗的代表性作品，也是中国史诗的重要组成部分，享有丰富的经济叙事，不仅涵括史诗文本隐含的经济事项，也包括史诗文化内蕴的供需效应。一方面，史诗经济叙事的发生学特征源于时空演进下产业多元化发展必须嵌合原生态的地域经济活动，这是因为亚鲁王文化的阐释和亚鲁王文化产品的生产，需要通过以乡土文化产品为点、地域文化景观为轴的点轴效应实现文化意义上的传承、媒介意义上的传播、产业意义上的发展；另一方面，史诗经济叙事的动力学特征源于历史演进中秩序变化导致的经济活动激励和约束的强弱变化，这表明技术变革影响下的亚鲁王文化赓续不仅需要关注文化再生产的范式转换，也需要关注地域社会组织结构的控制性规范。传统认知中，较少关注史诗及其文化的经济驱动力，且多认为史诗及其文化对区域经济发展影响较小，甚至强调史诗及其文化对区域经济发展的反作用，此种观点

① 罗伯特·席勒、陈俊君：《叙事经济学（上）——叙事的传染模型》，《金融市场研究》2017 年第 11 期。

② 刘洋、杨兰：《技艺生产与生产记忆：苗族史诗〈亚鲁王〉的文化记忆》，《贵州民族研究》2020 年第 2 期。

显然忽视了史诗及其文化对区域经济发展的积极作用。此后，文化与经济的互动关系得到更多关注，“一定的文化（当作观念形态的文化）是一定社会的政治和经济的反映，又给予伟大影响和作用于一定的政治和经济”①。直至当下，国家在场的非物质文化遗产保护在建构具有一致性意义的话语体系之余，也带来无限向后端拓展的史诗文化研究和本土遗产产业化的尝试。习近平总书记强调，“发展是解决民族地区各种问题的总钥匙”②，回应建构人类命运共同体的竞合共生和铸牢中华民族共同体意识的时代使命，需要全产业链研究中诸节点的紧密衔接③，如此，无限向前端延伸的史诗文本研究于文化深度拓展而言便极具落地性。仅以《亚鲁王》（以下称“史诗”）文本为例，便有330行文本直接诵唱具体经济事项，占全部文本的2.8%，而关联经济活动的则贯穿文本始终。换言之，关注文化活动与经济活动的互动关系与观照文化与文本的深层次挖掘需要恰如其分的均衡考量④，这需要智能制造和数据思维的语境建构，亦需要生产者和消费者联合产生创意，最终指向传统文化的代际更新难题。

第一节　源流与脉络：史诗经济功能的语境建构与行动逻辑

亚鲁王文化景观，常见于麻山地域文化持有人的婚丧嫁娶、驱病禳灾等民俗活动⑤，由特有的石山、粮仓、干栏式民居等物质因素和传统文化、传统民俗、思想意识、行为习惯等非物质因素共同构成。在仪式程序与仪式行为中，《亚鲁王》是麻山地域文化持有人联结过去与现在的介

---

① 毛泽东：《毛泽东文集》，人民出版社1996年版，第109—110页。

② 习近平：《在中央民族工作会议上的讲话》，中共中央文献研究室《习近平关于社会主义政治建设论述摘编》，中央文献出版社2017年版，第155—156页。

③ 刘洋、杨兰：《技术融合·功能融合·市场融合：文化旅游产业链优化策略——基于“多彩贵州”的典型经验》，《企业经济》2019年第8期。

④ 肖远平、杨兰、刘洋：《苗族史诗〈亚鲁王〉形象与母题研究》，中国社会科学出版社2017年版，第267页。

⑤ 杨兰：《苗族英雄史诗〈亚鲁王〉的社会功能与当代价值》，《中国民族报》2019年1月11日第11版。

质，也是地域文化持有人必须经历的基本社会化过程。钩沉史诗文本与潜文本，廓清史诗以何种方式展开经济叙事，书写经济事项，产生经济效应，是回应“文本—文化—产业”的逻辑起点，亦是史诗经济叙事“溯源—发展—凸显”的语境建构。

一　溯源：史诗经济功能源于地域经济活动

根据田野调查资料和搜集的17部史诗异文，可见世俗世界创造之前，便有“勒咚”（天外世界）。第一代祖先哈珈至第十六代祖先觥斗曦生活在“勒咚”，并创造了集市、货币等；第十七代祖先董冬穹来到世俗世界始创世间万物；第十八代祖先乌利方才成功造人；至亚鲁时期已是第三十一代。换言之，麻山地域文化持有人的宇宙观中，世俗世界并非化生而成，而是先祖辛勤创造的，但这种创造是对“勒咚”世界的模仿。

史诗经济叙事贯穿史诗文本始终，围绕经济事项建构的交易场所是重要公共空间。世俗世界尚未建立之时，生活在仲寞、达寞的先祖开始创造万事万物，其中牛、马作为基本生产生活资料由第八代祖先火布冷创造，同一时间，生产生活资料交换所需要的一般等价物也被火布冷创造出来，“火布冷造十二种钱币，火布冷造十二种钍”①，这反映出生产生活资料及其交换活动被置于族群发展的首要地位，优先于火布冷之子火布碟创造太阳和火布冷之孙火布当创造集市、星星、月亮。火布当创造十二集市的同时，让父亲火布碟创造的十二太阳围绕十二集市运转，凸显了集市作为公共空间的重要性。

史诗经济叙事是情节发展的黏合剂，反映出麻山地域文化持有人布设集市的优先诉求。亚鲁时期，经商贸易已经非常普遍。亚鲁自小就是经商好手，在母亲博布能荡赛姑的指导下，6岁开辟集市“会做生意”②，“龙回到龙，亚鲁母亲带亚鲁开辟嵩当龙集市。蛇回到蛇，亚鲁母亲领亚鲁建造腻玛蛇集市”③“亚鲁卖黄驹得到十二两钱，亚鲁卖驹牛得了十二

① 中国民间文艺家协会：《苗族英雄史诗〈亚鲁王〉》，中华书局2011年版，第30页。
② 中国民间文艺家协会：《苗族英雄史诗〈亚鲁王〉》，中华书局2011年版，第67页。
③ 中国民间文艺家协会：《苗族英雄史诗〈亚鲁王〉》，中华书局2011年版，第66页。

两银"[①]。经历挫折返回故土后，首要事件便是开辟集市，"龙轮回到龙，亚鲁骑马去开辟龙集市嵩当。蛇回到蛇，亚鲁骑马来建造蛇集市赋珰"[②]。

史诗以"争夺盐井大战"完整呈现了亚鲁时期的经济活动。从熬盐、制盐、卖盐的系列过程来看，亚鲁经商的初衷是满足部族所需，而后才考虑作为商品销售。亚鲁迁徙到岜炯阴，意外获得生盐井，在集市上贩卖生盐，触动了赛阳、赛霸的利益，"赛阳赛霸说，我们是长兄，我们没得生盐井。赛阳赛霸说，我们是长子，为啥得不到盐井？亚鲁是兄弟，亚鲁哪来生盐井？亚鲁是幺弟，亚鲁咋能有盐井？我们得去夺盐井，我们要发动战事"[③]"我们要抢占亚鲁生盐井，我们要夺过亚鲁的盐井。得生盐井我们坐大，占住盐井我们生财"[④]。亚鲁与赛阳、赛霸由经济冲突导致的战争受限于传统农业经济下生产生活资料的缺乏，但重视产品生产、流通和消费的自主性并未因经济模式的变化而变化。

史诗经济叙事影响地域经济活动，并贯穿地域文化持有人日常生产生活。诸如史诗文本中火布当、亚鲁所建造的十二集市，正对应了麻山地域内的十二个集市地名。又如过去东郎主持仪式是分内之事，收取钱财是不义之举，但丧家一般给予少量生活必需品；而现在，有的家族或村寨没有东郎的情况下，会从外寨请东郎主持仪式，这种情况下东郎会收取些许报酬，但以丧家意愿为准，东郎并不作要求。显然，包括文本本身在内的社会文化因素成为经济活动的行动逻辑，文化通过社会化的经济行为主体影响经济过程和经济活动，经济活动的自然秩序受物质因素和社会文化因素制约。

二　发展：史诗经济功能影响地域经济活动

"文之为德也大矣，与天地并生者。"[⑤] 文学作为人类重要的精神活动内容与生命存在方式，毫无疑问会受到自然环境的影响。[⑥] 古今中外均认

---

① 中国民间文艺家协会：《苗族英雄史诗〈亚鲁王〉》，中华书局 2011 年版，第 79 页。
② 中国民间文艺家协会：《苗族英雄史诗〈亚鲁王〉》，中华书局 2011 年版，第 80 页。
③ 中国民间文艺家协会：《苗族英雄史诗〈亚鲁王〉》，中华书局 2011 年版，第 193 页。
④ 中国民间文艺家协会：《苗族英雄史诗〈亚鲁王〉》，中华书局 2011 年版，第 200 页。
⑤ （南朝梁）刘勰：《文心雕龙·原道》，上海古籍出版社 2015 年版，第 3 页。
⑥ 曾大兴：《文学地理学概论》，商务印书馆 2017 年版，第 37—70 页。

可自然环境（气候、物候）、人文环境（国家、地域、家庭等）会影响文学及其作品，导致文学内部景观的差异。农耕社会中，农民与土地难以割离，创造出基于小规模农业的地域文化，“亚鲁王造田种谷环绕疆域，亚鲁王圈池养鱼遍布田园。造田有吃糯米，圈池得吃鱼虾”①，这些民间文学作品必然受地域环境影响，以此发展出来的地域经济模式也必然受地域文化影响。

史诗经济叙事不仅显现于地域生产生活方式，亦实现于地域传统文化的耦合。一般来说，这种经济活动均将地域文化资源作为超级 IP，并尝试 IP 矩阵的打造。但在实践中，以知识产权为政策杠杆，形成了不同的发展模式。诸如引入多元化的社会资本进行不同形式的开发，建成经济联合体来推动文化经济发展。但实践证明，一旦多元主体利益失衡，经济联合体极易消解。因而，亚鲁王文化产业有限公司便尝试设计若干层级的知识产权授权（共享）机制，以“文化 + 产品”“公司 + 农民合作社”的模式构筑产业链和价值链，应对不同利益主体可能产生的投入多和回报少的反馈排挤。

史诗经济功能不仅嵌合麻山苗族精神观念和行为模式，亦以此转化为可用于交换的实物产品或商业服务。上刀山绝技（大河苗寨）、芦笙舞、蓝靛蜡染、乌糯米种植技艺、服饰制作技艺等，无论是表演形式，抑或制作记忆，均以文化内涵为其附加值。市场环境中，消费者不仅在购买文化产品的使用价值，还在购买情感体验，获取精神满足和愉悦。诸如“你带兵杀回故土栽糯谷，你率将回征故国种小米”②，小米和糯米是亚鲁部族保证温饱和发展的粮食基础，从文本记载内容来看，小米和糯米极受重视。日常生活的呈现亦是如此，麻山特产乌糯米种植难度极大且产量较小，生产者大多自给自足，极少向市场供应，产品尤显珍贵，消费者购买此种商品不仅可以获得其使用价值，亦可感受其制作技艺及文化价值，“我们现在很少种乌糯米了，本来土地少，这种米产量很低还

---

① 中国民间文艺家协会：《苗族英雄史诗〈亚鲁王〉》，中华书局 2011 年版，第 115—116 页。

② ［美］劳伦斯·格罗斯伯格：《文化研究的未来》，庄鹏涛、王林生、刘林德译，中国人民大学出版社 2017 年版，第 374 页。

需要像照顾小娃娃一样悉心照料，十分麻烦，拿到市场上卖是几乎不可能的”①。显然，尽管市场经济中，地域文化产品被赋予了价格，但其内蕴的精神价值则难以用价格来衡量。

三　嵌合：史诗经济功能凸显地域经济活动

经济既根植于社会又与其相脱离，且其嵌入性亦决定了其脱嵌性。②史诗经济叙事凸显地域经济活动，但难以脱离社会诸要素独立存在，也不可能不受社会诸要素制约，它需要社会诸要素的协同发展。一方面，无论个体劳动者，抑或经济组织，维持有序经济活动关系切身利益；另一方面，劳动力、土地和货币作为商品，不受市场调控至供需平衡，国家话语的介入至关重要。也因此，主动嵌合国家顶层设计的史诗经济叙事，内化为麻山地域文化持有人经济事项的行为模式，内合为麻山地域文化的吸聚力，内构为麻山社会组织结构的控制性规范。

史诗经济叙事内化为麻山地域文化持有人经济事项的行为模式。地域文化是劳动人民在长期的生产生活中累积形成的。变动时空下，或史诗文本的持续生产，或迁徙争战，或外出务工时的思乡，文化持有人均不忘祈求祖先亚鲁的庇佑。③史诗文本中亚鲁部族在生产发展上依靠自给自足，“亚鲁王带领七十个王后，亚鲁王带领七十个王妃，到岜炯阴上方，刀耕火种撒小米，到岜炯阴下方，火种刀耕育小米”④，亚鲁依靠自身学习和实践获得制盐和炼铁技艺，并以此交换基本生活资料供应部族。传统的生产生活方式至今依然存在于麻山，尽管乡村振兴战略极大改善了生产生活条件，但手工染制粗布制作服饰、传统技艺种植稻米等仍有存在，且演变为极具地域特色的非物质文化遗产资源，有的甚至已被列入非遗代表性名录。

史诗经济叙事内合为麻山地域文化的吸聚力。地域文化可以通过自

---

① 访谈人：KTZ001、KTZ002；访谈对象：XTZ001；访谈时间：2018年7月11日；访谈地点：贵州省安顺市紫云县亚鲁王文化研究中心。

② ［美］劳伦斯·格罗斯伯格：《文化研究的未来》，庄鹏涛、王林生、刘林德译，中国人民大学出版社2017年版，第145页。

③ 杨兰、刘洋：《记忆与认同：苗族史诗〈亚鲁王〉历史记忆功能研究》，《贵州大学学报》（社会科学版）2018年第4期。

④ 中国民间文艺家协会：《苗族英雄史诗〈亚鲁王〉》，中华书局2011年版，第165页。

然与人文的复合作用组建成一种有别于物质和非物质因素的人文景观，这种景观是抽象和无形的，却具有特定经济吸聚力，吸聚力的大小决定着地域文化作为旅游资源所带来的经济价值的大小。许多具有较强吸聚力的地域人文景观以节日庆典为载体，在特定时空耦合而成，例如水族端节、苗族鼓藏节等。端节和鼓藏节是非常典型的民族节日，具有强吸聚力，节日期间慕名而来的游客极多。地方政府维持节日秩序的同时也意识到节日的经济效应，开始有组织地举办此种节日，并加大宣传，以吸引更多游客，增加经济效益。沿着此种工具性选择逻辑，史诗经济叙事内化为麻山地域文化持有人经济意识的观念逻辑，促成文化意义的“闭合”和经济事项的“开放”，这种“闭合”并非“封闭”，而是地域文化成为他者视阈中的整套完整符号系统，具有独特性和稀缺性，“符号所指示的内容之总体就是文化，而这内容总是联结人们的主观意义和社会的客观意义”① “在以消费为本的社会中，符号成了商品，超越了原来的附加地位，成了商品的一部分，对于某些商品来说，符号的价值甚至超过了商品原本的使用价值”②，史诗因此内合为麻山地域文化的吸聚力。

史诗经济叙事内构为麻山社会组织结构的控制性规范。如前文所述，史诗经济叙事的嵌入性决定了其脱嵌性，在具体实践中，史诗经济叙事蕴含的经济观念内嵌于社会组织，并通过影响社会组织结构对其运作施加影响。在文化协同的框架下，地域文化内的正式组织和非正式组织，其成员的行为逻辑不仅严格遵从组织目标、组织原则和组织规则，组织目标的确定、组织原则的框定和组织规则的制定也受地域文化影响。③ 日常实践中，紫云县政府依靠亚鲁王文化研究中心协调建设亚鲁王城，以归返仪式为价值理性，以经济补偿为工具理性，以史诗文化为正式组织和非正式组织的联结点，以麻山社会组织结构的控制性规范为权威来源，顺利完成建设工作。作为事业单位的亚鲁王文化研究中心代表公共话语体系，在亚鲁王城建设中不仅代表政府职能部门，也代表了亚鲁王城建

---

① 吕红周：《符号·语言·人：语言符号学引论》，南开大学出版社 2016 年版，第 31 页。

② 叶舒宪：《文化与符号经济》，广东人民出版社 2012 年版，第 215 页。

③ 刘洋：《苗族理词：苗族地区基层社会治理的调适规范》，《贵州社会科学》2018 年第 9 期。

设范围内的文化持有人；不仅维护了地域文化，也贯彻了经济发展方略。

第二节　激励与约束：史诗经济驱动力与文化驱动力的二重性

数字战略的实践、智能制造的发展、智慧生活的诉求建构了“新”的语境，推动史诗文化赓续在技术变革下的范式转换，成为文本解释和解释文本的新动能，解释者们超越传统认知进行解释的同时，亦可能产生脱离文本的解释或过度解释。“文化的驱动力来自人类对文化本质的认识，到自由而全面发展的必要性，接受自觉的理性认识的指导和对创造性的追求”①，经济驱动力是经济社会赖以运动、发展、变化的推动力量，经济活动侧重强调文化作为生产要素与非生产要素的“黏合剂”，赋予产品意义的同时提升价值，以此而言，文化本身不产生价值，但文化与经济的互动贯穿经济活动始终，起催化剂作用，提升附加值。

一　文化驱动力

史诗对麻山地区经济活动发挥作用，源于史诗文化的驱动力，而文化驱动力的根源在于人们对文化的接受程度，一般体现为认同文化的核心观念，但从个体来说体现着不同程度、不同方式的排异和创新。在实践中，文化驱动力发挥作用体现为文化本身的驱动能力与外界阻力之间形成极强的内在张力。从这方面来说，文化驱动力主要涵括了史诗文化对人们在经济活动领域内的思想观念、活动方式、战略决策等的影响。从狭义来说，经济活动的文化驱动力是以经济价值观为指导的社会意识形态。从广义而言，经济活动的文化驱动是人生存发展的方式，亦包含此种方式所创造的精神财富和物质财富。

由此而言，文化驱动力包含三个方面的内容，即精神、制度和物质。

从精神层面的驱动力来说，史诗中蕴含的经济信息，以和谐共生为基本价值原则。史诗鼓励经济活动，但并未提倡创新，从文本上表现为两个方面：一是熬制生盐。亚鲁部族获得盐井后，反复熬制生盐掌握熬

① 江华：《文化哲学与文化建设》，国家行政学院出版社 2015 年版，第 21 页。

制技艺，成功后便不再更新熬制技艺，仅依靠此技艺维持部族生活所需。二是炼铁技艺。打铁技艺亦是如此，在荷布朵[1]疆域，亚鲁因为精湛的打铁技艺被荷布朵国王“挽留”，即便如此，史诗文本中也并未有亚鲁创新打铁技艺的描述。

从制度层面的驱动力来说，史诗是围绕和谐共生的价值原则形成的一系列制度规范。制度驱动的牵引驱动主要是通过明确族群的期望和要求，引导个体从自身出发做出正确的选择，形成群体力量，提升核心能力。马林诺夫斯基认为，“在环境要素、随机性适应和经验而成的混沌整体中，原始人必须以他们的科学方法将相关因素剥离出来，并将其纳入关系和决定要素的体系之中。这里的最终动机或动力，主要还是生物性的生存”。[2] 因而他提出了“任何文化理论必须从人的机体需求开始，而且如果它再能成功地联系更复杂、间接、我们称之为精神的或经济的或社会的强制需求类型的话，它就能为我们提供一套普遍法则”[3]。面对人的各种需求，文化总会以各种方式作出回应，在这之间的“每个关键序列内的冲动都要由文化影响来重塑或共同决定”[4]，此种重塑或决定实质上便是制度层面的驱动。

从物质层面的驱动力来说，史诗是基于地域内自然环境与生存所需的。史诗文化所强调的经济活动主要围绕生产生活的必需物资展开，无论是亚鲁年幼时卖黄驹牛换成银两，还是成年后建造集市供族人进行物资交易；无论是亚鲁部族熬制生盐售卖，还是锻造生铁技艺，无不围绕农耕生活展开。抛开文本，限于喀斯特地貌，日常生活中的麻山苗族依靠耕种仅能满足饮食温饱，难以应对现代生活的其他消费，家庭中青壮年多外出务工，其他成员则延续传统生产生活方式，诸如耕种品质较高但产量较低的玉米喂养牲畜，饲养猪增加收入，饲养牛耕种土地，自产

---

① 该处采用中华书局版本。东郎陈兴华版译为“嘿布刀”。下同。

② ［英］马林诺夫斯基：《科学的文化理论》，黄剑波译，中央民族大学出版社 1999 年版，第 33 页。

③ ［英］马林诺夫斯基：《科学的文化理论》，黄剑波译，中央民族大学出版社 1999 年版，第 78 页。

④ ［英］马林诺夫斯基：《科学的文化理论》，黄剑波译，中央民族大学出版社 1999 年版，第 93 页。

自销米酒、辣椒、竹编等换取肥料、衣物和生活用品。

从精神层面的驱动力来说，史诗文化在麻山地区现代经济活动中呈现二元对立的状态，即，外出务工是常态，但归返亦是常态；积极开展文化旅游是常态，但不脱离地域文化亦是常态，这实质上是活态史诗与经济事项的相互规束现象。史诗告知文化持有人迁徙的苦难和定居的不易，亦告知死亡后必须回归祖先故地，葬礼的诸种仪式和全部吟唱均带有强烈的“归返意识”①。这在部分在外购置了房产的文化持有人中有极为明显的体现，即使成本很高，也依然执着于将麻山祖屋重新修缮，诸如 YZX 虽然在县城工作，其妻在乡镇经商，他们还是将自家的老屋拆掉重建，表示年老以后回到老家也有安身之所，这也是麻山腹地楼房较多的原因②。

法国作家安德烈·马尔罗曾指出，“21 世纪的发展，要么是文化的发展，要么什么也不是”③，文化在区域社会发展进程中的价值日益凸显，其对经济发展的效能也不可忽视。伴随各界对史诗文化的关注，旅游在地域内兴起，虽然之前的旅游依靠奇山异水和独特的攀爬技术，但当地依然希望为之注入文化内涵，于 2018 年正式开放的亚鲁王城便是基于史诗文化打造的旅游景点。本着旅游发展的考量，亚鲁王城可修建在交通便利的县城周边，但在坝寨修建无疑是为了依托地域文化。文化旅游强调的是以文化为内容的旅游，其文化的范围则包括了人文旅游资源和自然旅游资源中的人文元素，所以史诗文化旅游必然不能脱离地域文化范围。

二 经济驱动力

生产者和消费者联合产生创意破解传统文化代际更新难题，不仅在于生产者和消费者的双向互动，更在于生产者和消费者的范围扩大，这是由于时空距离的缩短为文化持有人实现跨越时空的文化再生产提供了

① 刘洋、杨兰：《苗族史诗〈亚鲁王〉仪式视域下的归根情结研究》，肖远平《中国少数民族非物质文化遗产发展报告（2015）》，社会科学文献出版社 2015 年版，第 131—144 页。

② 访谈人：KTZ001、KTZ002；访谈对象：YZX；访谈时间：2017 年 7 月 16 日；访谈地点：贵州省紫云县亚鲁王研究中心。

③ 陈丽娟：《试论安德烈·马尔罗的文化政策》，《内蒙古农业大学学报》2009 年第 3 期。

必要条件，文化系统沿时空边缘扩散并产生新的空间秩序，并以此凸显文本本身的经济效能。格兰诺维特的关系网络学说把人的行为动机归结到他的关系网络中，认为人的经济行动往往被社会性、文化性因素所限定①，这一观点得到了实践检验。经济自产生以来就不是一个独立的个体，而是处于社会各种关系网络的包围之中，受社会文化的影响。文化通过已经社会化的经济行为主体，去影响经济过程和经济活动，经济活动的自然秩序是由物质因素和社会文化因素所决定的各种约束条件共同作用的结果。

以现代视角来看，史诗文化势必只能成为经济活动的附加产物，且一般据此爬梳出自给自足的供给模式，安贫乐道的思想观念，无法刺激经济活动良好运行，等等，并以此认可地理决定论的某些观点；但回归传统视域，合理规范的经济行为在千年传承中不断演进，在史诗辐射范围内，形成了如同习近平总书记所论述的“同舟共济、权责共担”的命运共同体意识，并以此形成完善的地域社会治理体系。以此而论，文化不仅是经济行为的催化剂，其本身便享有经济属性，诸如紫云县宗地乡湾塘村原村支书杨金华，为发展经济，率村民筑路，不幸坠崖身亡，其行为是自发而非强制的，其目的是集体而非个人的，其诉求是经济而非文化的，但此种经济利益显然超越了个体，是以史诗文化为基质的经济行为。曼昆认为，“激励是引起一个人做出某种行为的某种东西。由于理性人通过比较成本与收益作出决策，所以，他们会对激励作出反应”②。史诗文化中的集体意识促使人们在谋求发展的过程中依然以集体为主，导致了区域社会发展缓慢却均衡。

东郎作为史诗文化的传承者，在地域内世代重复史诗吟唱。基于对众多东郎的采访，发现东郎主持仪式均为族人邻里之间的相互帮助，仅象征性地收取礼物，并不依靠此举换取经济利益，这是基于互惠利他性的选择。而当这种平衡对称关系被外来文化打破，东郎们则在此间摇摆

---

① ［美］马克·格兰诺维特：《经济行动与社会结构：嵌入性问题》，［美］马克·格兰诺维特、［瑞典］斯威德伯格《经济生活中的社会学》，瞿铁鹏、姜志辉译，上海人民出版社 2014 年版，第 56—77 页。

② ［美］曼昆：《经济学原理》，梁小民、梁砺译，北京大学出版社 2015 年版，第 7 页。

不定。在苗汉或苗布依缔结的婚姻中，双方老人如有去世，会请东郎与道士一起主持仪式，在此过程中，道士的酬劳是东郎的百倍之多，而东郎在拜师时受到师父训诫，学成之后只能用于帮助需要的人，不能依靠这项技艺赚钱谋生，所以道士收取高额报酬无疑对东郎的选择造成了刺激，当然文化持有人也意识到了这样的问题，丧家会在仪式后给东郎回敬红包，并给较多的肉食表示感谢。

社会舆论、行为规范、经济意识、思想观念等都是文化导向的内容，地域文化通过引导当地民众的行为，来推动社会经济的发展。其传播的快速性，使区域内的群体在较短时间内受到影响，并通过群体行为表现出来，甚至对区域的经济活动产生影响。群体的行为是地域文化的反映，当个体作为经济行为的主体时，地域文化所产生的作用仅对个体经济活动产生影响；当群体作为经济主体时，则对整个区域的经济活动产生影响。麻山资源的稀缺是经济活动的动因，从史诗中对经济活动的描述可知，亚鲁部族在经济活动中倡导的是自足与和谐，而在资源匮乏的麻山生存，他们必须进行交换来满足生存需要。在区域内部，受当时习惯和地理条件的影响，他们曾通过以物换物的方式来进行经济活动，这种经济方式在麻山维持了相当长的一段时间。随着外界文化的涌入，亚鲁王文化显得与当前的文化主体格格不入，在经济活动中，其文化产品、营销方式、生产技术处于滞后状态，在这样的代际矛盾中实现更迭升级，显然已成为当前亚鲁王文化经济活动的核心驱动力。

第三节　裂变与集成：技术变革与范式转化的史诗元素

一　符号层累：时空变动中史诗的文化再生产

地域文化影响着人们的价值观、道德观，“操纵”着他们的消费习惯、消费方式和消费频率。在麻山，传统礼仪在长期的重复中影响着人们的消费行为，由于行为的惯性，当地对现代化产品的消费依旧处于较低水平。受经济条件限制，即使是归属于文化群体的东郎受教育程度也比较低，在这个封闭的环境中，教育的优势得不到体现，人们对教育的不重视制约着消费思想和消费行为的转变，麻山腹地几乎没有商品销售处，购置生活必需品需到乡镇，这充分体现了传统观念在麻山苗族群体中根深蒂固。价值观的形成除了受物质因素的影响，还受精神因素的影响，价值观的变化则影响到整个区域市场经济的秩序。影响价值观形成的精神因素包括人们在长期的生产生活中形成的习俗，习俗是一种自发的社会秩序，不仅影响甚至在很大程度上约束着人们的经济行为。除去正式的制度之外，对资源配置占据主导权的还是习俗，在麻山亦是如此。

一是传统视域下的经济交易行为。在经济活动的过程中，交易行为有两种方式，一种是瞬间的交易行为；另一种是反复进行的交易行为，反复的交易行为通过多次的交易流程形成稳定的交易模式。形成交易的前提是交易双方达成共识，且交易过程中双方都会选择曾有的交易模式，因为重复的模式是在一次次交易中实践和验证过的，具有可靠性，所以惯例是人们在选择时的倾向性结果。因此，市场的稳定必须依靠惯例和思想观念来进行引导，交易双方达成共识，才能将交易市场上的风险化为最小，实现利益最大化。一种固定的规范的交易模式，必然对市场经济秩序的稳定起着不可替代的作用。史诗文本中，亚鲁部族主要依靠制盐和炼铁技术发展生产，亚鲁熬制的生盐销量大于赛阳、赛霸，得到族人的认可，技艺在当时处于领先地位，亚鲁王的炼铁技术更是得到了荷布朵国王的赏识。即使拥有当时领先的技术，亚鲁王也没有像赛阳、赛霸一样萌发垄断贸易的想法，而是依靠技术保证族人生活富足安定。由此，稳定、和谐、有序是传统经济活动模式的核心精神。

二是现代冲击的经济活动模式。在市场中，信息是市场选择的重要依据，能够快速正确地掌握信息，是市场参与者在判断行情和做出选择时的重要依据。但是市场信息的不确定性，又导致选择的优劣只是相对意义上的，基于这样的相对性，有规则的和可预期的市场行为轨迹便可以作为判断的重要依据。惯例是人们在做出决策时的依据，对市场上的交易双方有着约束功能，如果违反市场惯例，就会受到相应的制裁，惯例作为一种稳定的预期，有利于市场信息的传递。在惯例和现代化冲击的矛盾环境下，传统的经济活动模式发生了摇摆。诸如蜂蜜酒、滚豆鸡等麻山特色农副产品，深受当地人喜爱，但生产程序繁琐，少有农户生产，市场利益驱使商人大规模收购，却难以得偿所愿，能收购的仅是农户满足自身所需之余的小部分，即使高价利诱，亦因条件限制难以足额供给。

三是再生产下的经济发展趋势。任何组织的活动都需要利用一定的资源，但是资源的稀缺性决定了人类可利用资源的有限，为了促进和保证对有限资源的充分利用，人类创造并发明了用商品生产和交换的方式来组织经济活动的模式。[①] 经济活动中的惯例是交易行为人反复多次的经验总结，对人们的经济行为具有导向作用。随着亚鲁王文化创意产业化的发展，传统产业的技术、产品、交易模式、产品功能等都会发生转变。生产和服务群体从单一的农业活动转变为零售和批发贸易、个人和专业服务活动，提供服务的行为不变，但是提供方式的变化、商品的变化、技术的变化，都要求生产和服务群体经过专门的培训获得相应的知识和技能。

二　技术变革：史诗驱动经济发展的范式转换

由于史诗文化带来的影响，麻山地区的经济发展方向正在发生改变。就现有情况而言，当地文化事业部门试图将文化创意产业剥离出来，但因两者之间的“母子”关系，文化事业部门仍然继续帮助扶持文化企业进行产业化开发，甚至以“两个班子，一套人马”的方式推动麻山文化产业的发展。文化创意产业是新兴的产业形态，它将经济活动的客体范围扩大到了非物质板块（与物质对应），并归属于文化经济的范畴。文化经济以文化产品的生产和消费为主，因文化产品的多元性，文化创意产业在经济发展的进程中日显重要。文化产品的生产更重要的是文化与经济的巧妙结合，在生产过程中，创意成为文化产业发展的核心要素。麻山传统经济结构在产业化的进程中发生裂变和转型，技术变革成为史诗驱动经济发展范式转换的关键点。

第一，“文化＋创意”是实现产业结构更迭的突破口。文化创意，是经济、技术和文化交叉碰撞产生的结果，是文化创意产业发展的永续动力，在亚鲁王文化走向文化创意产业的关键时期，对提高当地经济发展水平和改善经济运行质量有着独特的意义。在亚鲁王文化创意产业开发

---

① 陈传明、周小虎：《管理学原理》，机械工业出版社 2012 年版，第 80 页。

的初期，主要从王城修建、文创产品开发、舞台展演三大块着手。从传统产业转入文化创意产业，实质上还是依靠农业文化资源来推动经济的发展。亚鲁王文化创意产业的建设，打破了麻山地区原有的传统生产结构，加快了产业结构调整的步伐，以文化创意产业作为当地经济收入的主要来源，在国庆期间让村民尝到了结构调整的甜头。文化创意产业对从业人员的文化水平、技术水平都有着很高的要求，同时该产业的高整合性和高附加值，也决定了其对产业结构的优化和对经济发展方式的转变有着重要作用。于消费者而言，亚鲁王文化的产业化发展通过满足他们感受麻山苗族传统文化的需求产生经济效益，在精神获得的同时也有物质上的满足，是绿色环保的产业。于麻山而言，亚鲁王文化的产业化发展，能带动当地农民的就业，促进当地企业的联动合作，实现区域经济发展的目标，并位于产业价值链的高端。然而需要警惕的是，在传统产业直接跨向文化产业的阶段，作为指导方的文化部门和作为生产方的农民群体必然任重道远，难以一蹴而就①。

第二，“文化 + 科技”是增强产业关联程度的助推器。文化创意产业因其知识密集型，涉及的产业、企业众多，从产品的设计企业到产品的生产企业都有涵盖。文化创意产业因其精神属性，必须以成熟的产业作为基础，整合带动其他产业发展的新动力。其他相关产业的发展，也不断向文化创意产业提出创意成果的需求，进而加速创意产业对相关产业的影响，并以不断渗透的方式对其进行改造，促进创意产业的不断创新和发展。事实上，文化创意产业与传统产业之间也有着千丝万缕的联系。亚鲁王文化创意产业的发展是基于紫云格凸河旅游产业的带动，两者虽然主题不同，但是在区域内相互扶持。尽管文化创意产业与传统产业相互带动，但是传统产业对创意产业的意义要小于创意产业对传统产业的意义，创意产业以创意为核心，以技术为辅助，把文化理念融入产品的设计、生产、销售环节，改变传统的价值链，实现新的价值分配，为当地的农产品业带来了快速的发展，进一步加深了产业之间的关联效应，

① 刘洋、肖远平：《乡村文化建设的四维建构与振兴策略——基于贵州的典型经验》，《湖北民族大学学报》2019 年第 2 期。

从而促使整个产业系统的发展形成良性互动。

毋庸置疑，“新”的语境下，族群行动逻辑与族群传统在螺旋互动中交织并进，地域经济结构与文化系统一般，沿时空边缘扩散而发生范式转换和更迭升级，史诗经济叙事愈发凸显，诸如紫云县斥资 5 亿元在坝寨村毛龚组修建亚鲁王城，与格凸河景区、帐篷酒店建构文化旅游点，最终融入天龙黄格旅游带，形成黔中文化旅游圈，无疑是《亚鲁王》文本的再阐释以及在新语境下文化产品更迭升级的新尝试。但值得注意的是，科技发展必然分化和科技应用要求集成的二元对立已然成为文化资源、文化资本与文化股本创造性转化的实践困境①，符号层累与技术变革亦成为本土遗产产业化裂变与融合的重要理论参照。

小结　百斛之鼎：结构转型与文化驱动

苗族史诗《亚鲁王》是多元复杂统一体。一方面，宇宙观与世界观、价值观与人生观、仪礼观与信仰观、社会观与经济观统一于此，且嵌合地域的活形态仍在持续改变，指涉生产生活诸环节；另一方面，地域文化持有人文化权益的均等化和观念形态的物质化，不仅聚合为地域共性文化积淀，亦成为理解地域文化的重要线索。沿时空序列理解史诗文本内蕴的经济事项和史诗文化隐含的供需效应，追寻时空变动下文化异变和实现内外冲击下的文化调适，无疑是符号层累与技术变革下文化驱动经济发展的重要理论概括。

第一，智能制造和数据思维建构的“新”语境实现了史诗文化赓续在技术变革下的范式转换，同时也成为文本解释和解释文本的新动能。随着数字媒介的广泛运用，大数据为亚鲁王文化提供了新的阐释平台，但是也会因阐释群体的不同而产生不同的阐释，甚至会产生脱离文本和语境的过度阐释现象。亚鲁王文化作为地域经济的驱动力，源于地域内群体对文化本质的理解和认识，以及内化为理性指导和创造性追求的工

① 刘洋、肖远平：《文化价值与整合策略：苗族史诗〈亚鲁王〉的文化调适》，《文化遗产》2020 年第 4 期。

具理性与价值理性的统一。现代生产力包括了物质生产力和文化生产力，文化生产力指的不仅是黏着在物质生产上的文化因素，也指具有相对独立形态的精神生产力，这种独立的精神因素蕴含着人类对自然的认知。一般意义上，经济活动中文化只做赋予产品价值和意义的作用，其本身并不产生价值。从史诗中亚鲁王与兄弟赛阳、赛霸进行资源争夺的叙述以及亚鲁的经济活动中的行为来看，强调的并非利益最大化，对经济活动并不产生刺激作用。但回归传统视域，此种经济行为仍在传承演进，影响着史诗辐射范围内的群体，形成了“同担当、共进退”的命运共同体意识。由此，文化不再仅为经济的附加值，而是本身就涵括了经济属性。不论是带领村民修路致富的湾塘村原村支书杨金华，还是极力借助新媒体平台售卖特产帮助村民打通销售之路的亚鲁王文化研究中心，其行为是自发而非强制的，其目的是集体而非个人的，其诉求是经济而非文化的，但此种经济利益显然超越了个体，是以史诗文化为主导的经济行为。

第二，生产者和消费者联合产生创意破解传统文化代际更新难题，不仅在于生产者和消费者的双向互动，更在于生产者和消费者的范围扩大。这是由于时空距离的缩短为文化持有人实现跨越时空的文化再生产提供了必要条件，文化系统沿时空边缘扩散并产生新的空间秩序，并以此凸显文本本身的经济效能。“经济驱动力是社会经济赖以运动、发展、变化的推动力量”，格兰诺维特的关系网络学说“把人的行为动机归结到他的关系网络中，认为人的经济行动往往被社会性、文化性因素所限定”，这一观点得到了实践检验。亚鲁王文化对地域经济活动的导向作用十分明显，从史诗的开端便可发现，经济活动的影子从开天辟地时期就已存在，在火布冷时期，集市的形态已出现，并且造出了“钍”这类用于交换的等价物。

第三，地域文化影响文化群体的价值观，也对他们的消费行为产生主导作用。地域文化是人们在实践中共同创造的，也因此会反过来对人们的生产生活产生影响。在消费活动中，文化影响的是人们的消费心理，并由此来约束消费行为。在麻山，因传统礼仪的稳定传承导致人们对现代化产品需求不高，且受地理环境与经济条件的限制，即便是文化精英的东郎群体，受教育程度也偏低，教育因素也制约着人们消费理念和消费行为的转变。从麻山腹地的社会交往模式来看，日常的互动均是采取互赠农产品的形式，遇婚丧建房等大事，也是以互换劳力为主，商品销售几乎没有，传统自给自足的观念仍根深蒂固。价值观的形成除了物质因素的影响，精神因素的影响也十分巨大，一旦价值观发生变化，区域内的经济秩序也会受到影响。精神因素涉及的范围较广，其中人们习以为常的习俗，就是人们自发的一种社会秩序，司马迁曾提出过“因俗变迁”的经济观点，习俗由人类的经验生成，并成为人们长期行事的规范，在很大程度上影响着人们的经济行为，除正式制度之外，习俗为人们的经济活动提供了博弈规则，占据了资源配置的主导权。

第八章　实践派生：文化生态功能

文化生态不局限于文本研究，更关注文本之外的表演活动以及文本生存的环境，是一种动态的研究。将文本置于活态过程中去考察，可以让我们更加科学地去认识影响民间文学生成和演变的生态因素，了解它存在的价值和意义。文化生态研究事实上是一种动态研究，关注的是民间文学与民间文化之间的互动关系，以揭示民间文学演变的动态规律。同时，该研究也是一种多层次、多角度的研究，从不同角度、不同层次去考察影响民间文学演变的因素，可得到更为全面客观的结果。从宏观层面来说，文化生态研究适用于任何一种文化，不会因为文化的样态不同而受到影响，反而会在具体问题上，发挥出其研究优势。

文化与自然是相对而言的，但两者又是紧密联系的，人通过劳动与自然对话，进而在一定的环境中形成自己的文化，即文化生态是人类文化对生态环境的适应结果。文化生态的概念是由美国学者 J. H. 斯图尔德（Julian H. Steward）于 1955 年提出的，他在《文化变迁理论》一书中，认为自然环境与文化和社会结构之间存在一定关系，因而提出了生态适应决定论和多线演化论，“文化生态”（cultural ecology）一词就此诞生。首先将文化生态理论引介到国内的是王庆仁，他于 1983 年将 J. H. 斯图尔德的《文化生态学的概念和方法》在《民族译丛》上发表，将文化生态学定义为“在寻求解释特殊文化面貌和模式中不同于使用地区特征化而不是得出适用于任何文化环境之一般原则的人类和社会生态学”①。1985 年中央民族学院民族研究所陈为便将文化生态理论运用到对海南黎族的考察之中，探讨文化与生态关系，对生态—文化这一动态平衡系统进行说明②。斯图尔德以环境适应的概念构成了文化生态学的基础，又认为即便如此还是要考虑文化的复杂性，因为即使在发达社会，文化核心的性质仍然是由历史的复杂性与生产技术所决定的。即便是在同一环境下，文化也会产生差异，这是缘于文化的惯性所致，即使是在不利于发展的环境下它仍会继续存活，而有时候又在有利的环境下得不到发展，因此我们不能用环境去定义和阐释文化③。正如麻山苗族对大米、糯米和鱼虾的强烈渴望与当地生存环境的剧烈反差那样，并非用环境可解释。

第一节　文化生态与史诗

征战迁徙对麻山苗族文化的影响甚深，在地理环境、农耕生活与亚鲁王文化的交织影响下，麻山苗族形成了独特的村寨聚落文化，体现了该民族的生存智慧。《亚鲁王》史诗活态传承于麻山苗族社会，反映了麻山苗族顽强不屈的精神，所蕴含的各种文化事象都是我们了解苗族先民社会生活的钥匙，而史诗中所体现的生态文化则更显其价值。生态文化所研究的是人与自然的关系，它是一种观念体系，既是指思想、意识和观念的总合，又是指在这种观念的指导下，人类与自然和谐相处的规则与制度。生态文化是人类物质文明与精神文明作用在自然与社会关系上的具体体现，也是人类社会生态建设的内驱动力。因而对史诗《亚鲁王》生态文化的解读，不仅是对麻山苗族文化的挖掘，更是对人类生态文化的探索。自然的人化即是文化，文化是人类的价值观念在实践过程中逐渐形成的，自然环境本身并不会形成文化，却是文化生发的基础。文化

---

① ［美］J. H. 斯图尔德：《文化生态学的概念和方法》，王庆仁译，《民族译丛》1983 年第 6 期。

② 陈为：《文化生态学与海南黎族》，《未来与发展》1985 年第 5 期。

③ ［美］R. McC. 内亭：《文化生态学与生态人类学》，冯利、覃光广《当代国外文化学研究：译文集》，中央民族学院出版社 1986 年版，第 128 页。

的创造过程就是人类通过劳动或者其他实践行为与自然环境发生相互作用的过程，也是人的主观能动性发挥的过程。地理环境是文化创造的自然基础，也是民族伦理文化形成的自然基础。处于外层的自然环境是文化生态的基础；处于内层的人的价值体系是文化生态的核心，主要包括人们的世界观、审美意识、道德教育、民族性格等，这些也是在文化变迁过程中较为"顽固"的部分；处于中间层的是人与自然的媒介，例如语言、文字、风俗等，是将人与自然连接起来构成文化生态部分的重要载体。文化生态是具有生命力的有机体，其构成要素并非机械地、被动地组成，而是在产生后就具有能动性，能伴随文化的发展而不断调整、不断变化。文化生态的各构成部分相互影响相互作用，其中一项发生变化，就会使整个文化生态产生变化。受文化要素的影响，文化生态具有鲜明的地域性和民族性。以草原文化生态和高原文化生态做对比，就会发现其地域性差异明显。以各族群文化生态做对比，亦会发现其民族性差异明显。

传统的文学研究通常以文本为主，对文学的发展和文学的产生等问题缺乏关注。从文化生态的视角重新审视文学，就其发展演变等问题进行讨论，有利于拓展文学研究的空间。民间文学作为文学的一种，因其民间特性，与文化生态之间有着更为密切的联系。也可以将民间文学视作民间文化生态的活态文本，史诗作为民间文学的体裁之一，因其涵盖了传说、故事、神话等内容，囊括了一个民族社会生活的各个方面，所以，从文化生态的视角出发研究史诗具有重要意义。

一　史诗创作的文化空间

民间文学是"广大群众参加的，集中了历代众多的歌手、艺人和人民群众创造的集体创作，民间文学是集体创作，集体流传并由集体保存的一种文学"①。史诗《亚鲁王》中不管是历史的还是幻想的叙述，都是麻山苗族生产生活的体现。苗族先民因没有文字，所以口头传承成为历史文化生成和流传的主要方式，而史诗就在麻山苗族的生活中不断发展

① 段宝林：《史诗〈格萨尔〉的描写研究问题》，中国社会科学院少数民族文学研究所《格萨尔研究集刊》（第1集），中国民间文艺出版社1985年版，第148—163页。

与变动。《亚鲁王》涵盖了创世、婚姻、生产、征战、迁徙等内容，在东郎 CXH034 的版本中甚至还记录了民俗由来以及家族谱系的内容。无论是对自然景观还是社会生活甚至是精神世界的描写，实质上都是来自人民的生产生活实践，可以说人民的生产生活就是《亚鲁王》史诗的内容，离开了这个文化空间，史诗《亚鲁王》亦无法生存。史诗是一个演述活动，它的每一次演述都是一次再创作，丧家举办仪式的时长，观众对东郎唱诵的态度，都对东郎的演述心态和演述质量产生极大影响。同时，文化生态的变化对史诗的演变具有一定作用，东郎 CXH034 唱诵的《亚鲁祖源　先王伟绩》一节中，赛杜和乌利赶山平地的功绩均在麻山境内完成，“黄土撒下面，黑土表面层。赛杜来赶山，乌利来平地。赶德召宗地，水枯成干田。平四河中寨，引水造水田。赶打摊剋座，造成好水田。平猴场孬银，水好山秀美”①。其中德召、宗地、打摊、剋座均为麻山地名。杨再华所唱诵的《亚鲁王祖源》一节中，造天造地的是赛杜和卓诺，“赛杜抬头望上方，看见卓诺拿花斑竹做直线，看到卓诺用花斑竹织横线，编织的蓝天延展远去。赛杜急忙挥一拳头成一片平地，赛杜赶紧敲一锤子成一个山垭，赛杜接着打一巴掌成一匹山崖。赛杜撒着肥熟的黑土黄土，铺满大地越走越远，赛杜抛着肥厚的黄土黑土，铺撒大地无限延展”②，且所在地域并未显示是在麻山区域，由此在苗族先民定居麻山后，东郎们在唱诵史诗时，不由得将史诗中所描述的各种自然环境与自己生活的地域内的自然环境相联系，进而导致史诗的内容发生了一定的变化。

二　史诗传承与传播土壤

自由宽松的生产生活环境为史诗的传承提供了良好的文化生态空间，在这个特定的空间内，东郎是史诗的传承主体。传统的史诗唱诵，是东郎的职责，一旦有丧家请求前去主持丧葬仪式，东郎一般不能拒绝，不管家中是否有很重要的活，都必须放下，为亡人唱诵完《亚鲁

---

① 陈兴华唱诵记录，吴晓东仪式记录：《亚鲁王（五言体）》，重庆出版社 2018 年版，第 90 页。

② 陈兴华唱诵记录，吴晓东仪式记录：《亚鲁王（五言体）》，重庆出版社 2018 年版，第 18 页。

王》史诗，主持完仪式，才能回来继续将手中的活完成，“当东郎的要求也很严格，如果有人来请你去开路，你就算手里面有天大的活要做，都要停下来，去开路完了，才能回来做，就是有庄稼要收，都不能收，开路回来了才能收，那时候去几天，庄稼都烂在地里面了，都是没有人帮忙的。没有办法，老人去世都要唱，唱这个什么都得不到，但是学了就是要唱，年轻人想到这个事情不学，就算是学了的，学了一遍又会搞忘记”[①]。伴随青年群体外出务工，部分东郎为了生计也外出打工，一般都是过年才会回家来一次，这样村寨里面要是还有东郎，外出打工的东郎一般就不会回来主持仪式；如果村寨中已经没有在家的东郎了，外出打工的东郎接到请求，还是要回来帮助主持仪式，“我虽然在紫云当环卫工人，但是家里面有人去世，请我回去开路，我都会回来的，都是家族中的人，不忍心拒绝。人家都有人过世了，都难过得很，我是忍不下心来拒绝，以后如果我有事求他，我都难得开这个口。所以，我们这个就是做好事，给自己积德”[②]。在《亚鲁王》还未被列入国家级非物质文化遗产名录的一段时间内，它曾被认为是封建迷信，生存空间一度受到挤压。部分东郎暂停了史诗的唱诵，为了留住史诗，也有东郎的传承仍在秘密进行。被列入名录之后，麻山苗族群体认识到《亚鲁王》的重要性，史诗的传承和唱诵逐渐复兴，年轻一辈的加入充实了史诗传承群体。

在传统的农业生产中，麻山苗族以种植玉米、烤烟、辣椒、土豆等作物为主，秋收后时间较为充裕，因而史诗的传承多在农闲时节进行。在年节前后，走村串户是百姓沟通交流的重要方式，且秋冬季天气寒冷，人们多在家围炉烤火，有充裕的时间进行教唱活动。“我们去师父家，带点苞谷，提点酒，在火塘边学唱。师父教一句我们学一句，饿了就把苞谷丢在火塘里炸苞谷花吃，口渴就喝点酒。我们要学到很晚，半夜要是大家都觉得累了，就拉点苞谷秆垫在地上睡觉。那个时候不觉得苦，反

① 访谈人：KTZ001、XTZ003；访谈对象：WLW024；访谈时间：2017 年 7 月 25 日；访谈地点：贵州省紫云县宗地乡歪寨村。

② 访谈人：KTZ001、XTZ002；访谈对象：CWX029；访谈时间：2017 年 7 月 17 日；访谈地点：贵州省紫云县大营镇星进村。

而还觉得很满足，可以学到好多东西，大家也难得有时间坐在一起摆龙门阵”①。史诗的传承活动既活跃了麻山苗族的生活，也使传统文化得以保留下来。当然，科学技术的发展也让这种传统的传承方式发生了变化，借用传播媒介，将口头语言转变成录音语言，实现了语言留存时间长的技术突破，打破了近距离传播的局限，实现了史诗的远距离教授，极大地拓展了传承的时空界限，扩大了传播空间。社会的发展、科技的发展，一方面促进了史诗的传承和传播方式的转变；另一方面也带来了新的问题，口头传承和传播的方式，其传播主体和受众主要是东郎群体，而当史诗内容以录音或者文本的形式记录下来后，打破了传统的传承方式，大部分人不再延续围炉而坐的习听，缺少了师父耳提面命的教导，只依靠学习者自己反复听录音来记忆，不太可能实现对史诗全貌的掌握，加之学唱史诗并非只是对内容的记忆，师父唱诵时的体态，对史诗的理解，以及如何在仪式中加深史诗的记忆都是单纯的录音内容无法承载的。

三　史诗内蕴的情感价值

《亚鲁王》涉及面广，包括了宇宙创生、天地起源、人类诞生、伦理道德等内容，反映了人们对世界的认知，是麻山苗族对世界的一种阐释，被赋予了情感价值。从史诗的开篇《亚鲁族源》的内容来看，天上人的生活与地上人的生活并无太大的差异，“布冷他长大，他身称大王。布冷长成人，他来为大官。统领仲寞地，管理达寞方。来领仲寞族，来管达寞群。山中草木生，平地禾苗长。布冷来喂牛，布冷饲养马。来喂十二牲，来养十二畜。制钱十二种，造币十二样”②。麻山苗族以自身的经历来想象天上人的生活，天上的人也建造集市，生养子女，进行农业生产，饲养牲畜，经商贸易，就是按照人类的生产生活方式构建了一个与之相同的祖先的空间。除了对祖先生活空间的想象带有自身的文化色彩外，史诗随社会发展还在一定程度上反映了特定的历

① 访谈人：KTZ001、XTZ003；访谈对象：YCL018；访谈时间：2017 年 7 月 18 日；访谈地点：贵州省紫云县宗地乡火石关村。

② 陈兴华唱诵记录，吴晓东仪式记录：《亚鲁王（五言体）》，重庆出版社 2018 年版，第 77 页。

史。史诗叙述了苗族先祖董动笼[①]造人不得，向神灵耶诺和耶宛询问缘由，于是耶诺和耶宛告诉董动笼需要迎娶女人为妻才能繁衍人口，“你现单身汉，你现独身人。何事都能做，造人万不能。另去找一女，娶回做夫妻。来给你当家，来为你当屋。给你料家务，为你理家财。造人才兴旺，人烟才繁盛。董动笼转回家，他转来到屋。拼足七十金，凑齐七十银。七十黑蹄马，七十白角牛。娶得美佳妇，接回美佳人”[②]。在造人的最早叙述中，就讲述了麻山苗族先祖的婚姻为男娶女嫁的形式，婚姻缔结时的彩礼——七十金、七十银、七十黑蹄马、七十白角牛，是典型的父系氏族社会的婚姻形式在史诗中的映射。在苗族的《婚姻礼词》[③] 中有这样的内容：

Zhot qub dud bloud meb ghob xot　　成礼主家摆竹席
Zit yangd boub lies best jid tab　　钱物必须依次数
Max eib jid chat dand max nend　　自古礼节需跟随
Panx deb soud giead jid gub kut　　养儿育女真辛苦
Nongx hliet ghob ted lies heut zhab　　幼时吃饭需喂养
Liox deb rut yangs tob job gind　　成人对镜贴黄花
Liox lol lies bix minl nangl nius　　需赔母亲养育苦
Teat deat sead lol gangs nghat mab　　今早才给奶水钱
Renx qenx doub nis ad bob nend　　人情正是由此出

这段内容叙述了彩礼钱的由来，认为彩礼钱是为了答谢女方母亲的辛劳付出和养育之恩，男方家必须按照规定给女方家一定数额的礼金，以表示感谢，因为嫁到男方家后，女方就会较少回娘家，在男方家要负责家务，且生儿育女，“不许是龙家女，许了是石家婆。身前要她待人

① 该处使用东郎陈兴华版本。中华书局版本译为“董冬穹”。下同。

② 陈兴华唱诵记录，吴晓东仪式记录：《亚鲁王（五言体）》，重庆出版社 2018 年版，第 82 页。

③ 龙仙艳：《苗族古歌功能研究——以代稿村〈婚姻礼词〉民族志为例》，纳日碧力戈、张晓《苗学论丛 1：苗学研究回顾与展望》，知识产权出版社 2017 年版，第 105 页。

接物，身后要她继承香火”[1]，史诗中亦有相似的叙述，“结得美佳人，娤楠习映到。娶回当家人，接回当家女。找来理家事，迎娶当家人。扯叶放三处，拔草放三堂。来得三年整，坐得三年落。养儿来育女，繁殖后代人”[2]，记录了麻山苗族传统婚礼习俗中的规矩和礼节，也充分体现了麻山苗族人民对婚姻的认知。史诗还记录了麻山苗族先民因躲避战祸而不断迁徙的整个过程，这些都是这个群体的记忆，这些记忆中充满了他们的各种情感。文化生态还赋予了史诗《亚鲁王》以地域色彩，史诗所使用的语言是麻山次方言，这是《亚鲁王》最突出的民族性和地域性特征。《亚鲁王》作为一种文学样式，有对自然环境的描写，这些环境必然是麻山苗族先民所生活的空间，因而其地域色彩和民族色彩都融汇在史诗的描述当中。

民俗作为一种群体性文化镶嵌在人民群体的日常生活中，因地域的不同、族群的不同使得民俗活动既存共性又存个性，《亚鲁王》史诗嵌合于麻山苗族的祈福祭祀、婚丧嫁娶、驱病禳灾等仪式中，且不同仪式场域唱诵不同内容。以丧葬仪式来说，因地域不同，仪式呈现的形态也不尽相同，例如仪式中最隆重的砍马，“在四大寨乡，凡遇丧事都要砍马。在宗地乡则遇凶死才砍马，其他情况不砍。猴场镇猴场村有砍马习俗，但其他村寨不砍马。砍马的目的，主要有四种，一种认为砍马可以为亡者化解俗事，一种认为将马送给亡者，一种认为通过此种行为可将亡者驮回祖地，最后一种是因为马的祖先啃吃了亚鲁王的‘生命树’，承诺亚鲁的后世子孙去世就砍杀一匹马，只有遵从马祖的承诺，亚鲁的后人才能吉祥”[3]。因此，有砍马仪式的葬礼会唱诵《马经》，没有的则不唱诵。柯汉琳认为，“一个民族的文学的母题、价值取向、情感特征、存在形态、表现方式和方法、审美风格及其演变发展都直接由民族

---

① 龙仙艳：《苗族古歌功能研究——以代稿村〈婚姻礼词〉民族志为例》，纳日碧力戈、张晓《苗学论丛1：苗学研究回顾与展望》，知识产权出版社2017年版，第104页。

② 陈兴华唱诵记录，吴晓东仪式记录：《亚鲁王（五言体）》，重庆出版社2018年版，第87页。

③ 陈兴华唱诵记录，吴晓东仪式记录：《亚鲁王（五言体）》，重庆出版社2018年版，第53页。

的文化生态所决定，中西文学概莫能外”①。可以说，民间文学与其文化生态之间的确有着非常密切的关系，《亚鲁王》史诗亦是如此。

第二节　史诗生态的意义

一　有利于生态人文精神的形成

部分学者认为生态环境决定文化，有什么样的自然生态环境就会有相应的文化，生态环境决定着文化的类型和民族的性格；有的学者则持反对观点，认为历史决定文化，生态环境只是选择或限制的因素，并非肇端因素。统观生态和文化的发展历程，两者实则有着密切的互动关系，生态影响文化，文化同样影响着生态。

一是生态影响文化。在人类文化形成和发展的初始阶段，居住在不同地区、不同村落的人们很少有联系和交流，大家几乎都生活在各自的狭小空间中，是一个相对封闭的生活圈。但巧合的是，一些没有或少有联系和交流的地区，他们的文化却有着极大的相似性，他们的生活方式、生活习俗即物质文化基本相同。究其原因，是由于生态环境决定了他们的生活，也决定了其生活方式和习俗的相似性。因此，在人类文化形成的早期，文化的传播和相互影响是有限的，生态环境对不同地区、不同族群的文化形成产生了很大的影响，生态环境的相似性决定着文化的相似性。此外，生态环境对族群性格的影响也是巨大的。生活在南北方的人们，因地域的差异和生态环境的不同，其性格形成了强烈的反差。北方人性格果敢、粗犷、外向、张扬、豪迈。南方人性格则温柔、细腻、谨慎、内向，不喜张扬个性，易于控制情绪。而麻山苗族在多石少土的山区，形成了顽强坚韧、善于变通又坚守自我的性格。

二是文化影响生态。当族群文化发展趋于成熟、稳定并自成体系时，其原始信仰和观念对生态的影响最大。麻山苗族以原始崇拜为主要信仰，

① 柯汉琳：《文化生态与20世纪中国文学理论批评的发展演变》，中国社会科学出版社2012年版，第14页。

地域内限于本身较为贫瘠的土地条件，其生态环境控制在稳定状态依然是因麻山苗族的原始崇拜主张不破坏环境，不伤害动植物生命，主张与自然和谐相处，追求天人合一，认为天人相通，人为自然界的组成部分，倡导“万物一体”说，不破坏人类赖以生存的自然环境。而强调以人为中心的文化，人是主体，自然是客体，宣扬人是自然的主宰，相信人定能征服自然，不断地向自然索取，表现出与天抗争的精神和意境。文化与生态相互影响，但不同的文化对生态的影响是不一样的。发达国家人少地多，但在工业化进程中，尤其是自工业大革命以来，虽然发达国家社会经济在高速发展，但生态环境破坏也日益严重。因此在20世纪二三十年代，生态学的思想开始萌发；到60年代末，环境保护运动兴起，表明了西方对人类生存环境日益恶化的担忧。

二　有利于中华生态文化的建构

一是观念层面的建构。苗族群体将事物的起源与枫树紧密联系在一起，认为万物都为自然的产物。《苗族史诗》中，“砍倒了枫树，变成千万物。锯末变鱼子，木屑变蜜蜂，树心孕蝴蝶，树丫变飞蛾，树疙瘩变成猫头鹰，半夜里‘高鸣高鸣’叫，树叶变燕子，变成高飞的鹰，还剩下一对长树梢，风吹闪闪摇，变成继尾鸟，它来抱蝴蝶的蛋”①。后来，蝴蝶妈妈生下十二个蛋，孵化出了龙、蛇、雷公、人的始祖姜央等。从史诗中可以看出苗族群体对自然的崇敬和尊重，其生态观仍是强调人类活动与生态系统的关系。所以，从观念层面来讲，苗族的传统生态文化主要体现为对人与自然关系的思考。在先民们的观念中，人与其他生物一样，都是自然界的重要组成部分，并无地位高低之分。正如史诗中讲述的人为植物所生一般，枫树不仅是人类的起源地，也是人类去世之后的归属地，所以现在许多苗族村寨仍保留着对枫树的崇敬。苗族先民视人与自然为同一生命体的观念蕴含着生命平等、和谐的思想，体现了先民们自然观与道德观在某种程度上的契合。人们将自然界的规律直观反

① 马学良、今旦译注：《金银歌：苗族史诗》，中国国际广播出版社2016年版，第214—215页。

映到人类社会，表明了自然是社会的基础，人类社会的生存和发展必须以自然为前提的生态理念。

二是制度层面的建构。苗族先民们在生产实践中明白了“封河才有鱼，封坳才生草，封山才生树”的道理，因此在村规民约以及理词中，明确了烧山砍树会受到相应惩罚的规定，“议榔育林，议榔不烧山。大家不要伐树，人人不要烧山。哪个起歪心，存坏意，放火烧山岭，乱砍伐山林，地方不能造屋，寨子没有木料，我们就罚他十二两银子”①。之所以苗族先民对山林树木有着如此特殊的感情，是源于其居住地的选择，他们多居住在高山坡林之地，日常的衣食住行都需要借助周边的自然资源来完成，所以经过长期的实践，他们形成了一系列带有生态保护意识的村规民约，要求村民们爱护山林，保护环境，一旦有损害行为就会依据规定进行处罚。这种生态观念不仅通过制度的形式来维护和展现，还通过人们的信仰文化来展现，信仰的核心是观念和意识，因而它所展现的形式同样具有约束性，我们也可将其看作一种制度文化。比如较为古老的一些规矩，不能砍伐村寨中年龄最大的树木，不能砍伐枫木、杉树等，均是苗族先民对树神的一种崇拜。苗族群体居住的地方，其生态环境良好的决定性因素就是他们自身创制的一套村规民约，且为村民们共同遵守。

三是物质层面的建构。不论是观念层面还是制度层面的生态文化，都是对物质层面生态文化的一种概括和总结。因为，不论是观念层面还是制度层面，其载体和对象都必然是物质层面的。从苗族的生产来看，多种植水稻和玉米，是以农耕为主的群体，因而其传统的生态文化类型必然属于农耕型生态文化，在农业生产上，形成了适合当地气候、土壤等自然条件的农业技术，积累了丰富的生态农业经验。相关经验主要体现在种植经验和土地资源利用经验两个方面。从种植经验来说，自然条件对作物的影响是直接且巨大的，传统的农耕讲究的是“看天吃饭”，也

① 中国作家协会贵阳分会筹委会、贵州省民族语文指导委员会苗族文学史编写组编：《民间文学资料第14集》，中国民间文艺研究会贵州分会1986年翻印，第164页。

就是尊重自然规律，“凡田细作，至少三犁三耙，多达五犁五耙。多犁耙，泥才烂，田坐水，经旱魔”①，在种植时间的把握上也有许多农时谚语，“布谷鸟开叫，播种季节到”“正月栽竹，二月栽木”“五月栽苕用箩挑，二月栽苕装荷包”，这是耕种者根据日常栽种总结出来的经验，具有一定的科学性。而就栽种的选址来说，他们会根据气候和地理条件，选择适合的苗木，如“杉木栽在沟沟里，桐子栽在田坎上；果子栽在寨子边，枞树山顶也能栽”。《苗族古歌》的《枫木歌》则这样唱道：“榜香栽树秧，松树栽哪里？杉树栽哪里？枫树栽哪里？松树厚衣裳，不怕冰和霜，栽满大高山，四季亮苍苍。杉树翠又绿，树干直又长，栽在大山中，长大做栋梁。枫树枝丫多，枫树枝丫长，栽在山坳上，苗家来歇气，汉家来乘凉。”②

从土地资源的利用方面来说，苗族先民擅长就地取材，比如传统的稻田生态循环养殖模式，在贵州、湖南、湖北的苗族地区十分普遍，在《苗族史诗》中也有记载，“开荒要留沟，留沟让水流，把水引到田里，好在田里养鱼”“于水田中，用竹篱拦住田水出口，使鱼不得流出，田中多畜草鱼”③“姜央开的田，田里边插秧，田坎上栽麻，麻长三庹高。姜央开的田，田里边插秧；田坎脚种竹，竹笋就有三庹长”④。不论是在田里进行的稻鱼共生还是在旱地里进行的套种，均做到了地尽其用，将土地资源的优势充分发挥利用。

第三节　史诗的生态特征

一　文化生态的地域特征

传统生态文化是麻山苗族先民在不断适应环境的过程中总结和提炼

① 石朝江：《中国苗学》，贵州大学出版社2014年版，第65页。

② 田兵：《苗族古歌》，贵州人民出版社1979年版，第163—164页。

③ 马学良、今旦译注：《金银歌：苗族史诗》，中国国际广播出版社2016年版，第259页。

④ 马学良、今旦译注：《金银歌：苗族史诗》，中国国际广播出版社2016年版，第279—280页。

出来的，与自然和谐共处的经验与智慧，具有极为丰富的内涵和鲜明的地域特征。

一是内驱性与零散性。文化是人类在自然环境中不断适应和积累而成的，民俗文化属文化范畴，它与自然环境一直处于互动之中。人类的形成、文化的产生、民族的形成、民俗的产生等均与所处的生态环境有着密切的联系，自然环境在民俗与文化的形成和演化过程中具有明显的制约和影响作用，同时民俗与文化的形成和演化亦对自然环境产生影响，两者相互作用。禁忌是由先民对陌生事物的恐惧心理和在生产劳作中形成的相关愿望而产生的对神灵的信仰崇拜行为，各地的信仰民俗中所体现的生态意识，均反映了先民朴素的“以人为本”“万物有灵”的生态观念，这些观念在世代层累中构成了人类和谐的生态思想。先民们对人与人以及人与自然间道德关系的把握往往仅从外在的感性层面出发，以此世代传承，形成族内生产生活的行为准则，种种观念和行为是先民们出于对心理的满足和追求而形成的，所以这种原生的生态意识具有明显的内驱性。虽然在传统文化中，麻山苗族先民们有着大量的生态保护实践行为，但这些行为总是镶嵌在各种仪式活动中，以一种直观的形式表现出来，较少有人去反思这些行为的内在意蕴，缺少对这些零散行为的理性反思，未能形成一个系统的生态理论体系，即便如此，这些零散的文化行为仍体现了麻山苗族人民的传统生态文化意识。

二是普遍性与权威性。生态文化的普遍性是指，在特定区域内，贯穿于社会生产活动中的任何层面，也是该区域群体普遍具有的一种意识和行为。为了维护族群共同利益，规范族群行为，在长期的发展进程中，麻山苗族先民以其独特的形式创造了生态文化模式，因早期的无文字历史，这些内容蕴藏在其发达的口头传统中，如史诗、歌谣、谚语等，这些活跃在麻山苗族生活中的口头形式，在社会生活中扮演着重要角色，其普遍性显而易见。麻山苗族生态文化依据自身的文化逻辑形成相应的文化取向，其生活习俗是基于地域内族群共同的生活需求和共同利益而形成的，目的是解决生活中的各种矛盾，维护社会生活的良好秩序，由此产生的各种道德规范，存在于社会领域中的不同层面。违反了这些规定的人，则须受到相应的惩罚，这些规定的约束效力并不逊于法律，“原始法律的性质——原始的法律不过是由舆论所裁定的风俗而已，故可以释为任何社会规则，犯之者由习惯加以刑罚。但这种不成文的法律其标准化与拘束力并不比创法者所立的法为差”①，麻山苗族所创立的关于石山和树林的保护规定，以及社会成员们必须遵守的行为准则，实质上是族群内部的法律，具有较强的约束和规范作用，显示了麻山苗族生态文化强烈的权威性。

三是原生性与实用性。社会发展滞后是麻山苗族社会长期处于原始信仰氛围的原因，甚至有学者认为，在整个西部地区，传统文化中的宗教性质占据了主要地位②，这与西部各族群中的原始自然崇拜有着极大的关系。一方面，是基于人类在自然面前的无力和恐惧；另一方面，是在违背自然规律遭到自然报复后，想要求得自然的宽恕，达成人与自然和解的一种主观意愿。人对自然的崇拜实际上是一种对自然的依赖以及对自然力的期望，希望能借助自然神力获得某种庇佑，同时也忌于神力的威力，而反观自身言行，这对麻山苗族的人际交往和文明习惯的养成都有良好的促进作用。麻山地区禁止过度开垦和砍伐的习俗，看似愚昧，限制了人们的生产，实则是为处于石漠化地区的族群建立了一套朴素实用的生态机制。因地形特殊，当地机耕种地几乎没有，仍是传统的牛耕或人挖，每户生产的粮食仅够解决该户人口的温饱问题，处于自给自足的传统生产阶段，正如东郎 YCL018 所言，“像我们这里，好的土地很少，一个家庭分下来的土地，勉强够吃，但是如果没有人去种土地，那就是要饿肚子的。所以基本上我辍学后，就成了家里的主要劳动力，妈妈拖着几个弟弟在家喂猪、煮饭，有时候还会跟着我和父亲去地里干活，特别辛苦。我和父亲是男人，所以好多重体力活儿都是我们做。一年的收成除了自己吃，还要养牲口，基本没有剩余。但是不做活路，又没有其

① 林惠祥：《文化人类学》，商务印书馆 1991 年版，第 206 页。

② 肖万源、张克武：《中国少数民族哲学・宗教・儒学》，当代中国出版社 1995 年版，第 303 页。

他的收入来源"①。同时，麻山苗族认为牛与人一样具有灵性，规定在每年的六月初六杀鸡、包粽子，将煮好的粽子喂给耕牛吃，以慰劳它在春耕时的辛勤耕种，所以这天也被称为"劳累节"，万物平等的观念事实上起到了教育人们要爱护动物、珍惜粮食的作用。原生性与实用性在麻山苗族的生态文化中的统一，不仅满足了人们的现实需求，也实现了人与自然和谐相处的精神关怀，更加促进了社会生态平衡的教育。

四是创造性与淳朴性。麻山苗族的传统生态文化是在特定地域内的自然和人文系统中形成的，具有很强的适应性，无论是物质层面还是精神层面都契合了麻山苗族的生存和生活需要，是他们为适应所处的自然环境和人文环境而形成的具有制度性质的系列观念和行为。物质层面上，麻山苗族在适应特定环境过程中逐渐形成了相应的生产生活方式，并从中获得了发展，这是一种具有主动性的人与自然和谐相处的方式。从精神层面上，史诗文化、原始崇拜、信仰禁忌是麻山苗族处理人与自然关系的表现形式，体现了对自然的认识。在制度形态层面，禁忌活动与节日礼俗是人们在适应自然过程中产生的意识和行为的制度化的规范形式，具有较强的控制性。正是麻山苗族生态文化的适应性，才能使处于石漠化区域的人与自然在良性的生态循环过程中缓渐发展，使得生态环境得到了保护。"撒秧节"是每年春耕前过的节日，节日当天家家户户都要煮糯米饭、打粑粑、做豆腐，以最丰盛的饭菜招待客人。客人到家之后与主人共食，交流秧苗栽种经验，帮助分析指导土地性质与适合种植的作物，"畅谈哪种田适合哪种粮，哪寨田适合采用两段育秧"。"撒秧节"实质上是在栽种前夕，村民之间的一种生产经验的交流活动，大家共享经验，互帮互助，为将要进行的耕种做好准备，实现集体丰收的目的，体现了麻山苗族传统的生态种植模式。因交通不便，麻山苗族的传统生态文化并未遭受太多外来文化的影响，仍保留着先民思想的原始印记，对山川、树木、雷电、日月的崇拜和祭祀在世代传承中留存下来，并形成

① 访谈人：KTZ001、XTZ002；访谈对象：YCL018；访谈时间：2017 年 7 月 18 日；访谈地点：紫云县宗地镇打屯组。

稳定的习俗和禁忌，成为维系社会生活中各种关系的规范与准则，体现了其内容和形式上的淳朴特质。

二　文化生态的审美特征

一是生态审美的自然性。传统意义上的审美通常建立在人类中心主义的基础之上，将人类的旨趣作为审美范畴和伦理的范畴。例如原始人在猎杀动物后，常以其牙齿或骨肉作为饰物悬挂于颈项以为美，此种美象征着人类对力量的崇拜。而在生态范畴内，审美强调的是非人类中心主义，关注的是“自然审美对象”而非“审美者”。当代的审美将自然与人类社会纳入生态审美的范围，“超越了时空的局限、审美距离的局限、审美疲劳的局限，是真善美益宜统一的生态美场，获得了全时空的存在，这使真善美益宜得以共生统一而不需排除审美功利性以及保持审美距离”①。即是说生态审美的对象并非某一客观事物，而是人与人、人与自然、人与社会之间的关系，这些关系之间具有相互影响、相互渗透的关系，在相互协作下完成系统的运转、再生和发展。

自然是具有独立属性的存在，审美是人类的高级行为，“总是在社会中看自然，将社会的很多东西加于自然身上，而不完全取决于对象自身。人总是以人的社会性去理会自然，因而自然美是人和自然的统一，自然同社会的统一，就是在月亮的感受上，也是把人的存在加到月亮身上的结果，这使月亮变成了人的存在”②。《亚鲁王》处处体现着对自然的尊重和理解，亚鲁王收留了马的祖先，马祖不改坏习，“天天闯钢圈，夜夜碰铁笼。钢圈被闯坏，铁笼被碰翻。跑到菜园里，窜到菜地头。吃完亚鲁菜，踏坏亚鲁园。跑到竹林边，窜到竹园里。吃完亚鲁笋，啃坏亚鲁竹”③，惹恼了亚鲁王，亚鲁王意欲砍杀马祖，马祖跪求亚鲁王，许诺后世子孙帮扶亚鲁后代，“我怀第一胎，我生第一个。生它是官马，生它是马王。押它你走亲，骑它你访友。押它你进城，骑它你入市……我怀第

---

① 隋丽：《现代性与生态审美》，学林出版社2009年版，第35页。

② 王向峰：《〈手稿〉的美学解读》，辽宁大学出版社2003年版，第115—116页。

③ 陈兴华唱诵记录，吴晓东仪式记录：《亚鲁王（五言体）》，重庆出版社2018年版，第60页。

二胎，我生第二个。它是匹送马，它是匹别马。女儿要出姓，闺女要出嫁。你拿它送行，你将它送别”[①]，于是亚鲁王心软放过马祖，以好草喂养它，以好料给它吃，马祖跟随亚鲁王继续生活。史诗所展现的与动物和谐相处的生态文化，是人的情感性与想象性的结合，人以主观情感映射到动物身上，体现了人在认识自然的过程中，将自己与自然融为一体的和谐生态观，将人作为生态世界的一个组成部分。史诗中日月的再现、集市的命名、历法中的日期等均与动物有关，甚至动物成为亚鲁王开疆拓土的帮手，亚鲁王也在获得动物的帮助后回报动物，以此形成与动物间平等互惠的良性互动。麻山苗族对自然的质朴认知形成了以平静的语调表达自然、以欣赏的眼光看待万物的自发的审美心态。

二是生态审美的整体性。审美的整体性要求我们不能将审美对象作为一个单一的、孤立的个体来进行欣赏，而是需要置于整体中去观照其不同侧面，以及审美对象在整体中所产生的功用，一般来说能否促进生态系统的和谐与稳定是审美的最终旨趣。史诗《亚鲁王》中，审美的整体性体现在将人的审美对象置于人类实践活动的大背景下加以考察，在把审美活动与人类的其他活动相联系的过程中把握其美学特征。《亚鲁王》中，万物是依据秩序运行的，相互之间具有一定的情感联系，这一切都是由创建宇宙万物的神所建立的，人与一切都在这个系统中，遵循秩序和谐运行。在生态系统中，唯有自然的整体和谐才能形成生命审美价值。史诗讲述，亚鲁带领部族迁徙寻找新疆域的过程中，非常重视周边的环境，如在迁都哈冉两绵和哈榕两呢时，“这里太阳大，气候太炎热。在家要顶锅，出门要顶盆。庄稼长不熟，粮食不结实。……我们另寻找，种粮新地方。我们另选择，栽麻新疆域”[②]。迁都鸦语和仗沃时，因疆域内无动物生存，认为不适宜部族定居，“这里不宜居，这里不宜

① 陈兴华唱诵记录，吴晓东仪式记录：《亚鲁王（五言体）》，重庆出版社 2018 年版，第 61 页。

② 陈兴华唱诵记录，吴晓东仪式记录：《亚鲁王（五言体）》，重庆出版社 2018 年版，第 203 页。

住。没有喜鹊叫，又无鸡雀声”①。文本所体现出的，是人与自然的同一性，没有动物居住的地方必然不适宜人类居住。同时，在迁徙的过程中，跟随亚鲁王一道迁徙的还有各种动植物以及粮食种子，且对这些动植物名称的描述在史诗中所占的比例非常大，重复的次数也非常多。这强调的是人与自然之间关系的不可分割性，体现着对生态整体性的尊重。因为只有生态的整体性得到保护，部族才能得到持续长久的发展，所以说生态的整体性不仅是苗族群体对自然物的一种保护，更是人类对和谐社会的一种努力。

三是生态审美的交融性。“交融性”在史诗中体现为“人—物”“物—物”身份的自由转换，人在认识活动中，处于“物”“我”的二元对立状态，人要置身于物外方能客观认识事物，而涉及审美，则常表现为忘“我”的状态，主客之间由认识状态下的二元对立，演变为审美状态下的互相交融。史诗《亚鲁王》中，神人化生万物以及物种间的自由变换是生态审美中交融性的体现，“糯米饭馊臭，猪牛肉生虫。纷纷掉下方，全部掉下层。卜赛从它来，卜且由它变。若桑是它变，若毕由它来”②，糯米饭和猪牛肉腐烂生虫变成了各种鬼神。借助葫芦逃生的兄妹成亲后生下了没有手脚的怪人，于是“割块丢院坝，变成瑞让容。接着割一坨，丢在门角角。变成另一种，瑞魃的让牲。再割下一块，丢在隔壁间。变成了若桑，瑞特的让憋。……变成十二鬼，守在十二地”③，人与鬼神间，物与鬼神间的相互转化，是麻山苗族万物同源观念在史诗中的体现。我们将生态世界看作一个可相融的整体时，人与自然的融合成为生态审美的极乐境界，也会成为生态文学的终极理想。

---

① 陈兴华唱诵记录，吴晓东仪式记录：《亚鲁王（五言体）》，重庆出版社2018年版，第210页。

② 陈兴华唱诵记录，吴晓东仪式记录：《亚鲁王（五言体）》，重庆出版社2018年版，第85页。

③ 陈兴华唱诵记录，吴晓东仪式记录：《亚鲁王（五言体）》，重庆出版社2018年版，第102—103页。

第四节　史诗的生态德育

《亚鲁王》的主要生存场域石漠化程度严重，多是因山体坍塌，碎石覆盖沉积所致，乱石堆积厚薄不一，且表面无土壤覆盖，进而形成了特有的喀斯特峰丛洼地地貌，该地貌土壤并未流失，而是被碎石掩埋，未被掩埋的土壤仍可孕育植被或农作物。自然生态环境有其运转规律，内部各要素间相互作用，相互影响，并借此力量运行，维系生态系统的稳定运行。

一　以人为本的生态文化伦理

农耕民族都讲求与自然和谐相处，强调在尊重自然规律的前提下利用自然规律，以谋求可持续的生态环境。农业生产须遵循季节的变化、土壤的性质来进行，而不是根据自身需要，想发展什么生产就发展什么生产，这样盲目蛮干不仅不能有所收获，还会扰乱自然规律，造成不可逆的生态破坏。贵州各族群在长期的适应和改造中，深刻认识了自己所处的生命系统，形成了各具特色的民族生态系统，包括与环保相关的习俗、禁忌，与自然形成一种和谐共处的关系，并通过传统文化加以表现，保证了地域内生态系统的稳定。以自然作为崇拜物的思想观念，让麻山苗族将自己与自然混为一体，建立了人与自然间的伦理关系，人与自然之间应当和人与人的交往一样，具有平等性，形成朴素的生命伦理意识。史诗中老鹰和蝴蝶在答应帮助人类取火种、找水源、找粮源的同时，要求获得相应报酬，人类尊重老鹰和蝴蝶的要求，应允了相应条件，“老鹰取火种，老鹰探水源。为谢老鹰情，为感老鹰恩。乌利来许愿，乌利来承诺。春暖花开时，老鹰随逮鸡。秋风落叶时，逮鸭它随意”① “蝴蝶祖来讲讲，蝴蝶爷来说。派我取粮种，叫我找粮源。酬谢我何物，可给脚步钱？我才好去取，我才好去寻。乌利出来讲，乌利出来说。蝴蝶哩蝴

① 陈兴华唱诵记录，吴晓东仪式记录：《亚鲁王（五言体）》，重庆出版社 2018 年版，第 105 页。

蝶，我要说分明。现我太穷困，现我太贫寒。酬谢拿不出，也无脚步钱。你去取粮种，要得粮种来。明日二几天，明后二早晨。你若要产卵，你若要生蛋。产在谷叶上，生在红稗叶”①，麻山苗族长期以来形成的生态文化，体现出了人与自然的和谐及自然对麻山苗族文化的影响，反映了人与自然相适应的生态伦理思想。

自然是人类赖以生存的必要条件，人类的生存和生活所需均从自然中获取，这种客观存在的关系贯穿人类社会始终。在对自然物未知的情况下，人类保持着紧张和敬畏的心态，认为自然物拥有无比的力量，带有摧毁一切的性质，例如雷电、火、洪水、冰雪等，当雷电击中某一物体、火势不可控制、洪水泛滥，都被认为是因人类行为的不恰当而惹怒对方引发的灾祸，“老鹰去二次，老鹰去二回。老鹰到洞底，直飞洞里头。取回火种来，找到饮水源。来到砂石关，飞到砂石坳。老鹰不小心，火种落下地。烧去七百坡，烧去七十岭。烧去千样树，烧掉百样林。烧到耶偌宫，烧到耶宛殿。烧去不少房，烧掉不少屋。耶偌与耶宛，出门来发话。耶偌出来讲，不能再燃烧。耶宛出来说，赶紧把火灭。从那变火星，自那变水神。缠着村寨人，养身讨鸡肉。找到村寨户，育体要狗肉。遇到村寨老，养身要酒饭。找到年轻人，养神要猪肉。若你不肯送，村寨惹火灾。若你不肯给，村寨惹水神”②。史诗认为火灾、水灾的根源在于对火种保护的粗心，因而在耶偌和耶宛灭火后，火和水变成了需要祭物供养的神灵，如若不供奉，火灾、水灾会再次发生。

从史诗中人与动物间的关系来看，动物与人能获得平等对话的地位必然是建立在能与人类相互依存的关系上，不仅强调了人与自然不可分割的关系，更强调在协调人与自然关系时要以人为本的目标。因为人与自然物的关系中，人处于主动的一方，和与不和主要取决于人

---

① 陈兴华唱诵记录，吴晓东仪式记录：《亚鲁王（五言体）》，重庆出版社 2018 年版，第 105 页。

② 陈兴华唱诵记录，吴晓东仪式记录：《亚鲁王（五言体）》，重庆出版社 2018 年版，第 104 页。

的态度，同时这种人本思想也注重顺应自然规律，是一种不违背天和自然的传统生态文化观。天地万物是一个有序的整体，要保证这个整体持久运行，就必须保护自然和利用自然，万物各取所需是和谐发展的沃土，也是世界整体运行的前提，这种对自然规律的认识形成最初的生态思想——唯有万物处于良性的循环中，才能保证万物的持续发展。以亚鲁王与鸡的例子来说，鸡的祖先因受鹞子和老鹰的袭击，生命堪忧，寻求亚鲁保护，亚鲁在能力范围内帮助了鸡的祖先，“下蛋在草篷，生崽在贯众。下蛋在壁岩，生崽在陡坎。鹞子随意抓，老鹰随意逮……今天来请你，保护我身体。今日来求你，护佑我性命。带我到你家，带我到你屋。去当你养牲，去当你养畜。去捡你碎米，去捡你碎谷”①。而当亚鲁战败迁徙，鸡渡江不成，请求亚鲁继续收留它，于是鸡提出了互惠互利的交换条件，获得了与亚鲁生活的机会，“噫……王哩王。我蛋二十个，生崽二十只。赶场你拿去，拿到场坝卖。想金就得金，想银就得银。想九得到九，想十得到十。你家有客来，你家有客到。待客你杀它，杀它你做菜。从前跟耶宛，学堂去读书。过去跟耶偌，学堂去学文。占卜在大腿，占卦在大骨。是网它现网，是若它现若。你家要买田，你家要买地。你家要修房，你家要造屋。你家接媳妇，你家打发女。杀它你看卦，杀它你看舌……你家有人丧，你家有人亡。他们要找祖，他们要找爷。路程太遥远，要经毛虫地。路程太艰难，要过毛虫坡。你拿它开道，你拿它引路。它能刨毛虫，它能扫虫害”②。

麻山苗族万物有灵的观念长期存在，逐步形成热爱自然、怜惜天物的行为准则。因此，人们在向自然索取的同时，也必须考虑到自然物持续发展的问题，促使人们形成一种开发尺度，防止无限制和蓄意的破坏，这在一定意义上保持了生态的平衡。传统的道德原则与自然原则的统一，

---

① 陈兴华唱诵记录，吴晓东仪式记录：《亚鲁王（五言体）》，重庆出版社 2018 年版，第 424 页。

② 陈兴华唱诵记录，吴晓东仪式记录：《亚鲁王（五言体）》，重庆出版社 2018 年版，第 431 页。

使人与自然的关系保持和谐状态，这种万物有灵观念蕴含了最为原始的生态平衡思想，是麻山苗族文化精神的体现，也是麻山苗族在适应自然，与自然协调发展过程中逐渐积累形成的。

二 禁忌规制的生态文化伦理

禁忌作为人类的一种精神民俗，是在不同社会环境和自然环境中，逐渐形成的复杂的、特殊的信仰民俗文化。面对未知的恐惧，人们在本能的驱使下，制定了许多规矩，进而形成禁忌。禁忌属舶来词，来自南太平洋波利尼西亚汤加岛，由英国航海家柯克船长带到欧洲，被学者称为“塔布”，意为避免招致灾祸或惩罚的禁忌与限制。禁忌与法律禁令有着明显的区别，禁忌主要是基于心理因素，对一些神秘事物导致的恐惧和害怕所采取的预防措施，并无任何先验性的经历，是一种非理性思维。在长期的生产生活中，逐渐形成了丰富的禁忌习俗，其中关于自然崇拜的禁忌习俗体现了麻山苗族人民生产生活环境中蕴含的生态意识。

一是自然物的禁忌。在麻山存在着对“嘿”这类人的禁忌，据说麻山深处的山洞里埋葬着“嘿”，任何人不能进入这座山，否则会受到“嘿”的惩罚。“嘿”在当地被认为是矮小人时代的人类，这个被称为“嘿”的部族身高为常人一半，却拥有神力，非常神秘，且在史诗中存在着对“嘿”的叙述，认为“嘿”是人类中最早的一种，“乌利经鹰察，得知疆域宽。乌利经鹰看，得知地方大。决定来造人，安排住下方。决定要造嘿，安排坐下层”①。麻山苗族对“嘿”非常敬畏，同时也想知道这个古老的“嘿”具体为何物，于是2010年考古专家李飞请寨中青年带路前往探实，发现棺木中的“嘿”其实是明清时期的儿童遗体。虽然考古专家的鉴定解开了人们心中的疑惑，但是半年之后带路青年突发疾病身亡，让当地民众更加笃信是亵渎了神灵遭到惩罚，从此再也无人敢进入山林。禁忌的神圣威力得到了现实的认证，即便具有科学依据的事实，

---

① 陈兴华唱诵记录，吴晓东仪式记录：《亚鲁王（五言体）》，重庆出版社2018年版，第108页。

也无法消解禁忌对当地民众的威慑。正是这种禁忌的承继，使得麻山的植被生态得到了有效保护。

紫云境内地貌类型的不同，导致了土壤发育程度的差异，且土壤形成过程中受到各种因素的影响，其分布规律伴随地貌差异而呈现不同形态。在板当镇、松山镇和羊场等地，土壤多由破碎岩石的风化物形成，土壤中多伴有泥沙，是黄泥沙土、黄泥沙田、黄泥土以及黄壤等的土壤组合形式，属低中山丘陵盆谷土壤。在狗场、白石岩、坝寨、红岩、打郎、大营、百花一带，多为喀斯特地貌，土壤中多为碳酸盐风化物，表现为石灰土，属岩溶峰丛槽谷盆地土壤。四大寨与火烘的大部分地区，因处于山沟，土壤成分虽为破碎岩类，但经过河流的冲刷，土质并不肥沃，多呈沙土性质，属低中山沟谷土壤。麻山苗族民居多依山而建，房屋建造于斜坡上，充分利用山体优势，少占土地。且独有的粮仓形式，不仅可以安放粮食，还能防潮防火，粮仓底部可存放农具。因土壤性质，植被覆盖面小，土壤利用率低，因而在该区域的相关禁忌，在一定程度上也体现了人们的生态观念。

万物有灵的思想让麻山苗族社会中的神灵体系扩展得十分庞大，不仅是祖先的身体化为各种神灵，“赛杜命归阴，乌利今死亡。赛杜被安葬，乌利被安埋。葬也葬不下，埋也埋不完。全身变成鬼，各部变各神。肝脏变然弄，肠子布瑞弄。肚子望都弄，脾脏变脾弄。脑壳都根弄，眼睛变瞪弄。手指和脚趾，哈庙和哈多。手指脚指甲，送土和送金。皮毛变地腮、地虫，变三、五、七、九、十一、十三片。骨变嘎熬腮，又变嘎熬战。油变贡儿腮，血变贡儿战。气变邦让嘎，舌头变洛凶。死水变洛乃，又变成洛搭。变鬼自那起，变神从那来”[①]；而且生活中的青蛙、牛、鸡、鹰等都具有人的语言和思维。这种人与自然的相融，是先民们对人与自然关系的早期认识，尽管这种认识充满了人类的神奇幻想，但是这种质朴的认识将人与自然相互依存的关系表现得非常直观，是先民

① 陈兴华唱诵记录，吴晓东仪式记录：《亚鲁王（五言体）》，重庆出版社 2018 年版，第 91 页。

们最古朴的生态意识。

在麻山王姓家族的传说中，狗为该家族的恩人，“王姓祖先走到沙坪时，已是人困力乏。小孩又饿又没水喝，个个哭着不休，都喊着口干得很。暑气又熏着使人喘不过气来，愁着不知怎么走出芭茅林。才停下来歇气，随行的一只狗从草丛中湿淋淋地走到主人身边，摇头摆尾一阵，咬着主人的衣襟直往来路上拖。主人感到奇怪，只得扒开草，跟在狗的后面走去。走了一会儿，突然发现一个深潭——沙坪水塘。找到水了，因没有水喝即将死的人得救了。狗对王姓的祖宗有救命之恩。王姓祖宗下山后，看见槽子头有河流，可以开田种植，便在纳都定居下来，为了永远记住狗的恩德，从此教育子孙后代忌吃狗肉”①。在丧葬仪式中砍马、杀鸡都要唱诵《马经》《鸡经》，告诉它们砍杀缘由，是它们的祖先与亚鲁王的约定，如不按照此约定进行仪式，则会带来灾祸。通过经词的唱诵，人们相信马匹和公鸡的灵魂将不会来骚扰丧家。在群山绵延的麻山腹地，生长着无数动植物，它们的使用价值与神秘力量给人们以无法替代的深远影响，这些约定俗成的对自然与生命崇拜保护的禁忌习俗，成为规范麻山苗族行为的隐性力量，其表征是对自然崇拜的活动，却隐藏着早期人类的生态观和自然观念——不管是有生命的草木还是无生命的石头、雷电、日月都具有灵魂，能致人吉凶，同时相信只要诚心祭祀就能得到庇护或者消除灾祸。人们对大树、巨石、高山、水井进行祭祀，认为这些物体体型庞大或者生长奇特，一定具有非常的能力，所以常以小木、小龙、小石等为孩子命名，均是对此类自然物崇拜的体现。同时土地神也十分普遍，近山远山到处都是，一般无明显标志。肥沃土地上多生有粗壮藤蔓，人们通常不在这些区域栽种庄稼，如有违反则必以鸡、猪肉、银子（以碎碗片代替）祭祀，用白纸做成小三角形旗帜，给土地神插界并移除界限内庄稼。他们崇拜自然，以鬼神的外壳武装它，让人们以敬畏之心去保护它，并期盼获得自然的神秘力量的庇护，以获求人

① 班由科：《紫云民族风情文史资料第2辑》，中国人民政治协商会议紫云苗族布依族自治县民族宗教文史海外联谊委员会1999年版，第1页。

与自然的和谐。这在客观上对保护生态环境起到了积极的控制作用，有利于人们适应、利用和保护自然环境，使之能更好地为人服务。

麻山苗族对火的崇拜至今仍有遗迹，每年的正月、二月、三月间各村寨都要进行一次“扫火星”的活动，主要源于对取火英雄索乃索蒿的纪念。相传很早以前人们没有火，吃的全是生东西。一日大家聚在一起晒太阳，就讨论太阳和火的关系，认为天上一定有火，否则太阳怎么会被烧得如此火热？于是就想请人去天上取来火种。索乃索蒿是传说中的巨人，他主动站出来接受这个任务。因火种高热，索乃索蒿担忧自己会被烧焦。乡亲们则告诉他，只要他取来火种，待他亡故后遵照正月、二月、三月串寨的习惯，每年在这个时候人们就聚集起来以公鸡和狗为祭祀物纪念他，如违背誓言则家中房屋被烧①。扫火星的活动是每户都必须参与的，巫师每到一家就念经词，将家中的火子夹几颗装入葫芦中，念完经词用主人家备好的水淋熄火坑中的火，然后用公鸡扫过火坑，出门将门关好。按照此程序将寨中每户都扫一遍，并于寨外聚餐，餐毕洗净后方能回寨，以此祈求索乃索蒿保佑寨中避免火灾，村民平安。

二是人生礼仪与节庆禁忌。麻山苗族在繁衍发展的过程中，非常重视后代的传承，因而也衍生出了种种相关禁忌，以此来保证后代的顺利出生和健康成长。在客观的部分禁忌事项上蕴含了朴素的生态意识。搭花桥，是麻山求子和祈求子女健康的一种仪式活动，由宝目主持。孩子夭折的，搭桥就意味着给孩子搭“接生桥”；祈求怀孕的，则搭的是“保身桥”。宝目用舅家送来的两根整齐的竹子作为桥杆，在上面挂上红线、红蛋、红布等物品，贴上一些红绿彩纸做的花朵和人形以祭祀。一般在三岔路口或者水沟上举行，每逢节日时须用香蜡纸烛进行祭祀。也有说搭花桥是为孩子积福做好事，以这种仪式替代修桥修路。从仪式的过程与目的来看，虽是为孩子祈福，但其仪式中蕴含的“善有善报”的观念

---

① 班由科：《紫云民族风情文史资料第 2 辑》，中国人民政治协商会议紫云苗族布依族自治县民族宗教文史海外联谊委员会 1999 年版，第 122 页。

认为万物的好坏与人类有着密切的联系，人类善行，必然会得到相应的回报，如若作恶，同样会得到相应的惩罚。如果女性怀孕，则丈夫不能捕杀动物，否则会为腹中婴孩招来祸事。麻山苗族的生育禁忌习俗在客观上维持了周边环境的生态平衡，也为部族的可持续发展准备了必要条件。

在麻山苗族的传统观念里，事物之间存在因果循环，且在自然规律中运行并相互更替，所以他们在行事时须遵循时令节气，趋利避害，以求万事顺遂，由此在人生礼仪和节庆中产生诸多禁忌，亦在客观上发挥良好的生态功能。尤其在“扫火星”活动中，规定活动三天之内，不允许将水与火拿出村寨，同时于路边插满草标，禁止外人进寨，这种习俗实际上具有预防火灾的教育警示意义。婚礼过程中，有一个特别的仪式叫作“嘎哈批”，意为打草标。用稻草打草标表示夫妻二人心心相印，同时也寓意五谷丰登。草标被赋予了巨大的威力，不仅具有预示五谷丰登的力量，还可降灾赐福，驱除鬼疫。人们在外出走亲、做活、路经神树、遭遇病虫害时，以草标插入可保佑平安以及丰收。遇到意外危险时，也可以草标消灾除祸。打草标在麻山苗族心中不仅有消灾除祸的作用，还有辟邪驱鬼、警示教育、记载信息等作用，婚礼中以稻草标为主，其余场合使用芭茅草。因芭茅草叶边锋利，形似刀剑，被赋予了驱鬼功效，在驱病禳灾仪式上通常使用芭茅草。芭茅草被赋予了特殊的神力，当地人民对自然物充满了敬畏之心，这在一定程度上维护了麻山地区的草植生态系统。观照史诗，亚鲁部族每迁徙一地，就会携同千百种动植物，“子时鼠自来，到时鼠自到。成群鼠王来，渡江跟随来。结队鼠崽来，浮水尾随到。丑时牛自来，到时牛自到。成群牛王来，渡江跟随来。结队牛崽来，浮水尾随到。寅时猫自来，到时猫自到。成群猫王来，渡江跟随来。结队猫崽来，浮水尾随到。卯时兔自来，到时兔自到。成群兔王来，渡江跟随来。结队兔崽来，浮水尾随到。辰时龙自来，到时龙自到。成群龙王来，渡江跟随来。结队龙崽来，浮水尾随到。巳时蛇自来，到时蛇自到。成群蛇王来，渡江跟随来……稻谷跟随来，糯谷尾随到。红稗跟随来，毛稗尾随到。小米跟随来，细米尾随到。川谷跟随来，高粱尾随到。麻种跟随来，棉花尾随到。构树跟随来，棘木尾随到。青冈跟随来，岩梢尾随到。柏芝跟随来，桓槚尾随到。五棓跟随来，泡木尾随到。椿树跟随来，杉木尾随到。枫香跟随来，椤木尾随到。千样跟随来，百样尾随到”①。这一段描述在亚鲁部族的迁徙活动中频繁出现，反复强调亚鲁部族对生存环境的要求，为当下麻山的生态环境提供了样本。正如对祖先食物的向往，让麻山苗族在自足玉米、土豆等食物的同时，也会创造条件进行水稻、糯稻种植，而伴随祖先迁徙的动植物也在史诗的反复吟唱中成为麻山苗族在生产生活中对周围环境的基本要求。

在麻山有这样一个传说：

这里的苗族祖先是从东面打猎到贵州后，在这里安居的。那时这里是个荒山野岭，非常凄凉，苗族祖先在这里开田种地，生活过得还蛮好。

后来，不知从什么地方来了以亨乃吓戌为首的部落，一个个满脸横肉，怒气冲冲，杀气腾腾，眼珠一转，把人吓得后退三步。他们人数不多，但耍的标枪很利落，苗族祖先不能抵挡，因此，被他们强占了大片土地，苗族祖先又被逼到深山打猎营生了。

一天，有个苗族青年王修，带着弟弟修贤和一群青年猎手回到家里，只见猎狗拖着长长的尾巴汪汪直叫，突然用嘴扯着王修的衣角，见王修不理睬它，又跑去舔舔修贤的手。王修和修贤知道猎狗这样扯是有事的，于是就跟着猎狗往外走。走到一块水田埂上，猎狗翘着尾巴，直跑到田里，用那锋利的前爪狠刨，“嗷呜嗷呜”地嗥吠。他俩忙脱下鞋，追到田里，只见泥浆里有一具死尸。兄弟俩大吃一惊，立刻把尸体拖了出来，用水洗净，现出原貌。“哟爹呐，呀……呜……呜”，他们伤心地大哭，眼泪扑漱扑漱地掉进水田里。

① 陈兴华唱诵记录，吴晓东仪式记录：《亚鲁王（五言体）》，重庆出版社2018年版，第240—241页。

原来，王修和修贤的父亲砍羊公打得了一只野羊，被亨乃吓戌部落的人抢走，并将砍羊公杀死，踩下水田里。

砍羊公的死，激起了苗族人民的愤恨，他们决心报这个仇，和亨乃吓戌部落拼到底。可是，只凭手中的梭镖和弩，怎么能拼得过？只能智取。

他们用稻草扎成一排排高大的茅人，一天给茅人换上红、绿、蓝、黑、白、紫等几种服装，用竹竿撑着，经常出没在离对方不远的地方，使对方见了害怕；用稻草芯编一尺多长的很多双草鞋，然后敷上泥巴，锤烂后分别甩在路边，对方见了，以为是哪里来的巨人，都胆战心惊。晚上，他们又在各个山头燃起簇簇篝火，对方十分害怕，慌忙地弃寨而逃。

一天、两天、三天过去了，不见亨乃吓戌部落出入，也不见炊烟，但又时不时听到舂碓声、铜鼓声，还有牛羊的叫声。于是派韦送前往侦察，原来是这一部落抢到的牛、羊拴在石碓边、铜鼓旁，来不及宰杀，就开溜了。牛饿了要找吃，时不时走踩着而把碓舂响；羊角也时不时碰撞着铜鼓而发音。亨部落逃走了，被亨部落强占的土地重新回到了苗族人手中，大家平安地在这里劳动生活。为了纪念祖先用智慧赶走了亨部落，人们便选定这个山坡，三年杀羊祭祀一次，五年砍牛敬供一回，称之为赶坡节。①

传说中稻草扎成的茅人成为麻山苗族击败敌人的利器，是捍卫家园领土的重要防御武器，稻草替代了武器，成为不战而胜的法宝，同时也避免了流血与伤亡，实质上是先民们对和平安定的思想趋同。

禁忌作为一种强内聚力，沉淀着浓厚的民族历史文化。节庆仪式为麻山苗族提供了集中交流的机会，人们通过这种形式获得知识，强化人与人、人与自然、人与集体间的整体意识，重视生存生产环境。尽管禁

① 班由科：《紫云民族风情文史资料第2辑》，中国人民政治协商会议紫云苗族布依族自治县民族宗教文史海外联谊委员会1999年版，第76—77页。

忌习俗存在诸多不科学的内容，但实际上其产生是以满足人们生存、发展需求为主要目的，对人类情感发挥慰藉作用，以巩固和发展民族的群体联系，强化民族凝聚力。禁忌习俗曾以其独特的方式在一定阶段内阻止了危及社会的事件发生，也在一定程度上帮助人们在劳作上获得丰收，避免天灾，也在加强群体疾病防治和情感愉悦上发挥了一定功效。禁忌习俗借助神灵的超自然力量规定人们必须爱护和尊重自然，对人的行为和心灵进行了绝对控制，同时也因为禁忌对象对人类具有指导和帮助作用。因此，人必须在尊重和适应的前提下进行利用，这是一种朴素的生态和谐的观念。正如山神、火神的禁忌，让人们与周边的自然物形成了互利共生的关系，人们尊重山神，在保护山林的前提下，从山林中获取生存资料；同时也敬重火神，在明白火的利害关系基础上，谨慎对待，小心利用，既保持了当地生态系统的良性循环，也为人类的可持续发展提供了条件。延续禁忌中具有生态功能的习俗，有利于实现生态、经济和社会的良性循环。

小结　文化演替：万物有灵与生态意识

斯图尔德以环境适应的概念构成了文化生态学的基础，又认为即便如此还是要考虑文化的复杂性，因为即使在发达社会，文化核心的性质仍然是由历史的复杂性与生产技术所决定的。即便是在同一环境下，文化也会产生差异，这是由文化的惯性所致，即使是在不利于发展的环境下它仍会继续存活，而有时候在有利的环境下却得不到发展，因此我们不能用环境去定义和阐释文化①。

第一，万物有灵的观念逐步演化为麻山苗族热爱自然、怜惜天物的行为准则。史诗文本中人与各类动物之间的交流对话、人类死亡后演化的“惑”“眉”群体最后成为自然的一部分，体现了先民视自然

① ［美］R. McC. 内亭：《文化生态学与生态人类学》，冯利、覃光广《当代国外文化学研究：译文集》，中央民族学院出版社 1986 年版，第 128 页。

与人为生命共同体的平等意识，也是先民们自然观和道德观的契合。人们将自然世界中的万物更替秩序延伸至人类社会，用世俗眼光去审视自然，表明了自然的存在决定人类社会的存在，社会的形成和发展基于自然。所以，在向自然索取生存资源时，须遵循自然法则，重视自然的可持续发展问题，防止对自然的过度开发和破坏，对维持生态平衡发挥了重要作用。传统的认知与自然法则在特定时空中达成了统一，和谐统领了人与自然的关系，将最原始的生态思想内嵌于麻山苗族先民们的日常，这是先民与自然之间的对话，也是长期的实践经验凝结而成的精神文化。

第二，禁忌是人类的一种精神民俗，是在特定的环境中形成的。“原始人在一系列无法抵御的自然现象和事物面前，本能地产生恐惧心理和逃避行为，并因此产生记忆，经过多次记忆和印象重复而形成观念”①。人类在童年时代，对自然存在诸多未知，又由未知引发诸多恐惧，于是出于本能的驱使，制定了许多不可违犯的禁忌，要求人们无条件遵守，并希望通过这种约束自我行为的方式，获得自然的异己力量转化为利己力量，从而获得庇佑，这是一种非理性思维，是人们的消极避祸心理与积极求吉心理的统一，禁忌习俗使人们的心理获得了平衡，进而传承不止。诸如，麻山腹地的禁忌事项中，有一项是禁止进入某一座山林，这座山林里埋葬了“嘿”人，有人闯入就会受到责罚。究其本质是对自然生态的敬畏，此类自然禁忌习俗体现了麻山苗族先民早期的生态意识，有着调整人与自然关系的作用，利于自然生态和人类的可持续发展。

第三，生态观念通过信仰文化形式展现。因存在约束性特征，信仰的外在体现可以被认为是制度文化，比如一些习惯性的约定，不能砍伐大树，不能砍伐枫树，枫树被苗族先民认为是始祖姜央的起源，在《云笈七签·轩辕本纪》中又有“黄帝杀蚩尤于黎山之丘，掷械于大荒之中、

① 宋全编：《中国少数民族民间禁忌》，中央民族大学出版社2000年版，第14页。

宋山之上，后化为枫木之林”[1]。这里枫木被视为蚩尤的精气化生。以此，不能砍伐枫木的规定就有迹可循。史诗中也有许多关于自然的叙述，所以，定居贵州后，东郎们唱诵史诗时会不由得将史诗中所描述的各种自然环境中的物象与所处地域内的自然物相联系，进而导致对史诗内容的理解发生了一定的偏差。

文化生态研究适用于任何一种文化，文化类型的变化对文化生态研究的影响不大，反而可具体问题具体对待，发挥研究的最大优势。文化与自然是相对的，但两者又是紧密联系的，人通过劳动与自然对话，进而在一定的环境中形成了自己的文化，可以说文化生态是人类文化对生态环境的适应结果。传统的文学研究聚焦于文本，而传统的生态研究又以社会环境为主，两者的割裂，使得研究缺乏对文学产生和发展的关注以及文学与环境之间的关系的关注，而史诗是生长于民间的口头文学，与自然环境和社会环境有着千丝万缕的联系，因此从文化生态的视角去重新审视，有利于拓展研究空间，更有利于本质的挖掘。

① 李新吾、李志勇、新民：《梅山蚩尤 南楚根脉 湖湘精魂》，湖南文艺出版社 2012 年版，第 10 页。

第九章　实践派生：价值整合功能

亚鲁王文化根植于麻山，是历史演进中经济社会发展的沉淀与聚合，其承继逻辑对民族心理、价值观念、性格品质和审美意识发挥重要作用。依托互嵌性逻辑，沿着差异性逻辑、调适性逻辑和稳定性逻辑，亚鲁王文化在社会实践过程中必然回归理性化逻辑。以价值整合论廓清理性化逻辑，爬梳价值整合论的西方视域和中国观点，厘清文化的价值化和价值的文化化。亚鲁王文化在社会实践过程中应遵循文化的选择、文化的创新和文化的公平三种价值准则，追寻历时性、共时性和现时性三重价值整合。

第一节　价值整合论的理论溯源

从马克思主义价值论出发，沿着马克斯·韦伯、尤尔根·哈贝马斯（Jürgen Habermas）、鲁思·本尼迪克特（Ruth Benedict）等的西方视域和杜汝楫、何祚榕等的中国观点，厘清价值整合论的理论轨辙。

一　价值整合论的西方视域

1. 马克思主义价值论

马克思主义价值论以唯物辩证法为立场，讨论价值论与生产力决定论、反映论、客观真理论的源流脉络，其中，唯物辩证法至关重要，一旦失去这个立场，价值论的推理演绎将截然不同。西方话语中，价值论战可分为两派，一派认为个体的差异性导致价值评价的差异，因而否认价值的客观存在；另一派则承认价值的客观事实，但分裂为两种不同态度，一是认为价值是一种纯粹的超理想的存在，二是认为价值是一种由人的主观意志所赋予的相对客观的存在，两派观点均认可价值的主观存在，但否认其客观性。

围绕两派的论战，马克思从中发现问题，总结问题，提出了关于价值的三方面思考。一是价值是客观存在的具有主体性的现象。价值联结主客体使其产生关系，它是客观存在的事实，但只有与主客体发生联系时才被人们发现和认识。客体是客观存在的，主体对客体的需要也是客观的，因而两者之间的关系即价值也应是客观的。二是价值存在和发展于人的实践活动之中。尽管承认价值的客观性，但是马克思从辩证唯物主义的角度出发，并不单一地看待问题，他将视野从主客体转向人的社会实践活动，认为价值的根源在于人的“感性活动”，在于人在社会实践活动中所产生的具有情感性的感性行为，它是使人之所以为人的重要实践。三是价值具有社会历史属性。人的实践活动具有社会和历史属性，因而其主体人也就成为社会的人和历史的人，人置身于不同社会或不同时期，需要也会发生改变，即是说人的需要同样处于社会历史环境之下，具有社会历史属性。客观性、实践性和社会历史性是马克思价值论的基本观点。

2. 马克斯·韦伯的价值整合论

价值整合是围绕一个人们易于接受的具有合理性的结果而展开的行动过程，而这个合理性是指依靠理性判断和分析，在恰当范围内选择适合的方式去实现目的。韦伯将合理性划分为工具理性与价值理性，价值理性注重的是目的的合理性，表现的是群体的共同价值目标，在采取行动时着眼于道德伦理和政治上的义务责任。工具理性则仅是形式上的合理性，因保持价值中立，不意味着一定能形成某种结果，但是这种合理性对结果的价值判断具有实质性意义。工具理性关注的是如何使用有效的手段达成目的，换言之，工具理性的合理性注重的是行动方案的可行性和有效性，至于所达到的目的能否满足人们的终极价值目标则不在考量之中。

在韦伯看来，西方的现代化进程表现为从传统控制转向理性征服，价值理性在科学技术的发展过程中逐渐衰退，工具理性则大张旗鼓地扩展开来。在科技的支撑下，不管是政治活动、社会活动还是经济活动，都表现出了冲破传统的坚定。科技理性因其前所未有的征服力量获得了人们的无上崇拜，成为一种新兴的理性权威。当然，在选择理性的同时，必定面临着情感的压抑和信仰的空洞。在科技理性的主导下，个性沦为利益和金钱的"阶下囚"，工具理性陷入了纯粹的理性形式。

韦伯提出的工具理性为资本主义制度提供了合理性的证据，但哈贝马斯不认同韦伯的观点，并认为韦伯所提出的这种合理性是科学的或者是技术的。韦伯的工具理性因其有效性，必然会加速经济的发展，加速社会的进步，但是随着工具理性的无限扩张，价值理性被推挤到坠落的边缘，即使他后来意识到了其合理性的不合理问题，看到了资本主义精神本质的不合理，并基于这样的讨论，提出要限制工具理性，将价值理性重新引入科学技术领域，调整其角色定位，却仍未扭转局面，解决问题。

3. 哈贝马斯的价值整合论

哈贝马斯肯定韦伯引入合理性概念，但不赞同他过分突出目的合理的行为，认为他的合理性忽略了社会关系，将技术合理性置于社会领域，会使社会成为以目的为合理性的单一行为社会。这种行为实际上是以科技理性为糖衣的政治统治，是资产阶级为了让民众以更易接受的方式向自己妥协而采取的措施。他揭示了工具理性的扩张所带来的问题并不是科技理性，而是科技理性的普遍化所带来的个性缺失和文化覆灭。他从理性的复杂多元特性出发，将理性区分为工具理性和交往理性，强调理性不应仅关注达到目的的方案的协调，还应关注结果的预见和权衡。

随后，哈贝马斯将合理性的概念引入交往理论中，丰富和完善合理性模式的内容，这意味着哈贝马斯反对支配与控制，主张互为主体的对话模式。他提出“交往实践是所有人类实践的基础，交往理性是人类理性的核心”①。哈贝马斯从实践出发，尝试突破韦伯工具理性与价值理性的双重困境，建立具有合理性的交往行为，克服科技理性的强力渗透，将交往合理性作为合理性模式的基础，以实现互动过程中的人性自由，达到社会的合理化。

4. 本尼迪克特的文化整合模式

文化模式是社会学和人类学的重要研究领域之一，文化模式与人一样存在着个性与共性的特征，个性的文化模式由不同民族不同国家的不同文化体系构成，而具有共性的文化模式是从人类诸要素出发，建构的一种普适性的文化，适用于所有民族和国家。美国人类学家克拉克·威斯勒（Clark Wissler）便将共性的文化模式的主要内容分解为语言、物质、美术、神话与科学知识、风俗习惯、家庭与社会体制、财产、政府、战争九个要素②，囊括了所有文化内容。格式塔心理学主张以整体视角研究人的心理，认同本尼迪克特的文化整合观点，强调“把知觉分割成为客观的片段是不充分的”，从人类“最简单的感知”中均可认识到任何片段式的分析都不能够对整体经验做出解释，过去的经验才是发挥重大作用的财富，认为文化研究不应从部分认识整体，而是应当从整体着眼，自上而下地进行分析③。格式塔心理学的研究虽然只能通过实验的方式获得数据证据，但是它所产生的意义不只是证明那么简单，而是人们从整体性的研究和把握整体趋势的研究中获得重要支撑。

美国文化人类学家鲁思·本尼迪克特吸收了她的老师博厄斯“整合是文化背后的主要创造力量”的文化整合思想，并进行拓展，认为

① 朱士群、李远行、任暟等：《阶级意识、交往行动与社会合理性：西方马克思主义社会政治理论的现代性话语》，中国科学技术大学出版社2005年版，第251页。

② ［美］克拉克·威斯勒：《人与文化》，钱岗南、傅志强译，商务印书馆2004年版，第69页。

③ 庄孔韶：《人类学通论》，中国人民大学出版社2015年版，第34页。

“文化发展是一个整合的过程”①，强调文化发展选择和吸收一些当下较为合理的文化特质，并逐渐产生影响，形成人们的心理和行为特征，而另一些文化特质则会被抑制和摒弃，逐渐丧失其价值意义，这实则是文化在发展过程中的一种内在选择机制，也是文化的整合过程。文化模式因群体不同而存在差异性，因此每一种文化模式都有其独特的价值和意义。本尼迪克特所提出的文化模式带有整体性的价值和意义，受到当时美国一些社会学家和人类学家的批评，认为她的文化模式是心理学上的概念，却又因文化的“超有机体”特性，不可能适用于心理学的解释②。克罗伯（A. L. Kroeber）早在本尼迪克特之前就曾提出文化模式是各种文化特质在功能上相互依存、关联而构成的文化整体③，它虽然含有心理学的意义，但更具有可观察、验证的客观性。事实上，庄孔韶先生的观点可能更为妥帖，“产生于博厄斯内部的文化整合论（模式论、形貌论）则是年轻学者出于对学科状况的不满而从相邻学科吸收灵感的产物”④。

通过对西方价值理论的脉络梳理，不难发现对价值的研究从单一的经济学学科发展到了学科联动，包含文化人类学、社会学、心理学等的态势，价值的内涵和外延均得到了极大的扩展和延伸。本尼迪克特基于博厄斯提出的文化整合概念，为文化和价值的研究提供了新的视野，也为中国少数民族优秀传统文化与基层社会治理的互动研究提供了有益的借鉴。

二　价值整合论的中国观点

20 世纪初，国内学者将价值视为功能之意义予以研究，至 20 世纪晚期，才初涉价值之文化研究，随后多元化的价值研究蓬勃兴起，为中华

---

① ［美］鲁思·本尼迪克特：《文化模式》，何锡章、黄欢译，中国社会出版社 1999 年版，第 35 页。

② 黄淑娉、龚佩华：《文化人类学理论方法研究》，广东高等教育出版社 2013 年版，第 182 页。

③ ［美］哈奇：《人与文化的理论》，黄应贵、郑美能译，黑龙江教育出版社 1988 年版，第 96 页。

④ 庄孔韶：《人类学通论》，中国人民大学出版社 2015 年版，第 34 页。

文化价值体系建构奠定了基础。价值整合是一个线性的动态过程，它通过传播引起个人与个人、个人与群体、群体与群体之间的互动，获取共识。梳理已有文献，认为价值整合论的中国观点涉及面较广，围绕本书核心议题和研究逻辑，将价值研究成果按照时间顺序划分为五个阶段①进行论述。

一是研究萌芽阶段（1980—1982 年）。学者杜汝楫从实践角度出发对马克思的价值理论进行深入论述②，随后在《光明日报》上宣传其观点，引起了学界的广泛关注③。后亦有学者认为杜汝楫指出了价值判断在认识中的作用及对其检验的问题，为当时正在讨论的实践问题提供了钥匙。④同年，刘奔和李连科提出主客观矛盾是导致真理与价值问题的主要原因⑤，在随后两年的讨论中，研究成果逐步递增。

二是兴起阶段（1985—1989 年）。价值真理的论争始于 1985 年 5 月的"全国真理问题研讨会"，相关文章分别在国内哲学专刊或综合性期刊登载⑥，影响深远。至 10 月，国内第一部价值研究系统性成果《世界的意义——价值论》⑦一书问世，拉开了研究热潮的序幕。这一时期的研究主要围绕价值本身和价值的真理性问题展开，形成了以价值主体性、马克思价值论和价值客体性三大板块为主的研究态势。1987 年，李德顺以

---

① 参考王玉梁 1999 年在《中国社会科学》发表的《20 年来中国价值哲学的研究》中价值哲学研究的三阶段划分。王玉梁：《20 年来中国价值哲学的研究》，《中国社会科学》1999 年第 4 期。

② 杜汝楫：《马克思主义论事实认识和价值认识及其联系》，《学术月刊》1980 年第 10 期。

③ 何祚榕：《一个值得研究的问题》，《光明日报》1981 年 8 月 8 日。

④ 陈新汉：《当代中国价值论研究和哲学的价值论转向》，《复旦大学学报》2003 年第 5 期。

⑤ 刘奔、李连科：《略论真理观和价值观的统一》，《光明日报》1982 年 9 月 18 日。

⑥ 马俊峰：《价值真理、真理价值与真理阶级性》，《国内哲学动态》1985 年第 4 期；袁贵仁：《价值概念的认识论意义初探》，《国内哲学动态》1985 年第 6 期；张浩：《全国真理问题讨论会概述》，《国内哲学动态》1985 年第 8 期；何中华：《"价值真理"说质疑》，《国内哲学动态》1985 年第 9 期；袁贵仁：《论价值真理概念的科学性》，《哲学研究》1985 年第 9 期；薛克诚：《客观真理刍议——兼评价值真理》，《哲学研究》1985 年第 9 期；张浩：《全国真理问题讨论会在安徽屯溪市召开》，《哲学研究》1985 年第 9 期；鲍宗豪：《"真理的价值有阶级性"说之管见》，《上海师范大学学报》1985 年第 4 期；何云峰：《两种真理的区分与真理和价值的关系问题》，《上海师范大学学报》1985 年第 4 期；李进：《真理在事实确认和价值评价的互相趋近中发展》，《上海师范大学学报》1985 年第 4 期。

⑦ 李连科：《世界的意义——价值论》，人民出版社 1985 年版。

马克思主义价值论为研究方向的著作面世①，随后，又从国际视野出发，将欧美、苏联和日本的价值研究著作引入国内，为国内研究者拓宽了研究视域，提供了重要的国际研究材料②。当研究者们集中关注价值的真理性问题与认识论问题的探讨时，王玉梁与王克千均从文化视野入手，分别以中西方文化为基点，前者围绕文化结构、文化功能、文化建构论述了价值与价值观念在社会生活中的作用，认为作为精神文化的价值观念处于文化价值系统的最深层③，后者则从哲学视角研究西方哲学文化价值观④。同年，王玉梁就价值哲学问题出版专著⑤，系统性研究获得突破。

三是发展阶段（1991—1995 年）。在这一阶段，有关价值论和价值思想史的研究成果陆续出版，主要划分为整体性、专题性、思想研究三种类型。整体性研究的论著主要体现在李德顺⑥、李连科⑦、袁贵仁⑧、门忠民⑨等的成果中。从评价视角进行价值研究的专题性论著，在 20 世纪末呈现增长之势，多数研究基于评价活动本身⑩，认为评价是人类发现价值、揭示价值的有效方法⑪，也有较多学者从评价论出发探讨评价活动与价值之间的关系⑫，他们试图突破传统哲学认识论中心主义的局限，确立价值论研究的独特视角。对中西方价值哲学进行研究的论著⑬，极为深刻

---

① 李德顺：《价值论——一种主体性的研究》，中国人民大学出版社 1987 年版。

② 李德顺：《价值论译丛》，中国人民大学出版社 1989 年版。

③ 王玉梁：《价值与文化》，《中州学刊》1989 年第 3 期。

④ 王克千：《价值之探求——现代西方哲学文化价值观》，黑龙江教育出版社 1989 年版。

⑤ 王玉梁：《价值哲学》，陕西人民出版社 1989 年版。

⑥ 李德顺：《价值新论》，中国青年出版社 1993 年版。

⑦ 李连科：《哲学价值论》，中国人民大学出版社 1991 年版。

⑧ 袁贵仁：《价值学引论》，北京师范大学出版社 1991 年版。

⑨ 门忠民：《价值学概论》，陕西师范大学出版社 1993 年版。

⑩ 马俊峰：《评价活动论》，中国人民大学出版社 1994 年版。

⑪ 冯平：《评价论》，东方出版社 1995 年版。

⑫ 陈汉新：《评价论导论——认识论的一个新领域》，上海社会科学院出版社 1995 年版；陈汉新：《社会评价论——社会群体为主体的评价活动思考》，上海社会科学院出版社 1997 年版；何萍：《生存与评价》，东方出版社 1998 年版；张理海：《社会评价论》，武汉大学出版社 1999 年版。

⑬ 赵馥洁：《中国传统哲学价值论》，陕西人民出版社 1991 年版；江畅：《现代西方价值理论研究》，陕西师范大学出版社 1992 年版；张书琛：《西方价值哲学思想简史》，当代中国出版社 1998 年版；江畅、戴茂堂：《西方价值观念与当代中国》，湖北人民出版社 1997 年版。

地剖析了西方价值观念对中国产生的影响，提出了关于怎样对待西方价值观念的原则性意见，为中国未来的价值观念体系的建构进行了有益探索。

四是多元研究阶段（1995 年至今）。价值研究是众多学科关注的重点领域，社会学、文学、文化人类学学科均以多视角多维度进行了深入研讨，不管是从价值本身出发研究其差异性与统一性，还是将价值置于审美或是文化上的多方位研究，都呈现出体量大、研究深的特点。

基于认识论哲学基础上的文艺学危机，有学者对传统艺术本质论进行反思，认为文学上的“情感认识论”不能成立，试图以价值论作为文艺学新的哲学基础，重启艺术大门①。与艺术相关的审美当然也受到学者关注，从审美角度出发，围绕前文化审美价值系统、文化审美价值系统、社会审美价值系统建构属于人类共同的审美价值系统②。司马云杰三卷专著③构成了系统的文化价值哲学理论，提出了人的价值意识建构的三种学说，“关于文化建构价值意识的学说”“关于文化价值悖谬及其超越的理论研究”“关于人的文化主体性及其价值实现的研究”，分别从价值的本质、人的价值、价值评价、价值观念及其变革、价值观教育等方面，对当代中国价值哲学研究中许多重大争论提出了诸多有价值的思考。

从人的价值而言，“人化”的过程事实上是文化价值在人的实践过程中所导致的结果④。从社会视角而言，不同民族、不同群体之间的文化差异与社会和谐有着密切的联系⑤，从文化差异角度研究社会和谐问题为社会研究提供了一种宏阔而独到的视角。文化的差异化发展与价值体系的互动，是价值体系建构与社会发展的推进动力⑥。从文化价值的宏观研究转向具体研究，必然关注在社会发展中所产生的作用与影响。乡村问题

---

① 黄海澄：《艺术价值论》，人民文学出版社 1993 年版。

② 杨曾宪：《审美价值系统》，人民文学出版社 1998 年版。

③ 司马云杰：《文化悖论：关于文化价值悖谬及其超越的理论研究》，安徽教育出版社 2011 年版；司马云杰：《文化价值论：关于文化建构价值意识的学说》，安徽教育出版社 2011 年版；司马云杰：《文化主体论：一种价值实现的精神科学》，山东人民出版社 1992 年版。

④ 孙美堂：《文化价值论》，云南人民出版社 2005 年版。

⑤ 易小明：《文化差异与社会和谐》，湖南师范大学出版社 2008 年版。

⑥ 易小明：《文化差异与价值体系》，湘潭大学出版社 2008 年版。

是社会发展的重点关注对象，乡村的文化价值建设则关乎乡村发展，文化价值的实现从根本上取决于人们的文化认同，而教育是实现文化价值的“生命机制”，乡村文化价值重建必须联动社会各要素，加强社会各方面力量优化建构①。一旦文化价值落后于乡村或城镇的发展，城乡的价值冲突便会加剧，这也制约着乡村或城镇的发展②。

从乡村观照城市，承继陆学艺先生关于社会价值观和社会整合研究的研究方法，认为价值观是社会规范的内核，角色和关系是社会规范的载体，社会规范担负着社会建设的整合功能，与社会目标的形成、利益协调与权益保障、个人选择与主观感受紧密相关③。

文化整合不是将几种异质文化进行简单拼凑，而是有可能将几种异质文化整合为一种新的文化。建立符合时代要求的现代文化应本着开放的视角和宽容的态度④，传统文化与其他文化的互补整合已然成为文化发展的必然趋势⑤。中西方文化的冲突中，本土化的西方文化强调抑恶机制，现代化的传统文化强调扬善机制，在这种新的环境下，文化传统主义、文化折中主义、文化虚无主义可以成为中国整合西方文化、建构中国新文化的尝试⑥。

客观世界的多样性源于一切事物的动态发展过程⑦，面对冲突，文化整合的目标应当是坚持平等性思想，追求文化的互益和多赢⑧，实现中国文化的和谐发展。少数民族优秀传统文化蕴含丰富的文化价值元素，对

---

① 赵霞：《乡村文化的秩序转型与价值重建》，河北人民出版社 2013 年版，第 180—181 页。

② 高乐田、黄涌瀚：《城镇化背景下城乡价值文化的冲突与整合》，《文化发展论丛》2013 年第 1 期。

③ 陆学艺主编：《当代中国社会结构研究报告Ⅳ：当代中国社会建设》，社会科学文献出版社 2018 年版，第 203—204 页。

④ 李国霖、李子彪：《珠江三角洲教育现代化过程中民族文化与外来文化价值整合及对策》，《广州教育》1992 年第 11 期。

⑤ 陈茹荪：《文化整合的现实价值》，《思想战线》1998 年第 S1 期。

⑥ 王继平：《论近代中西文化冲突与整合过程中的价值选择模式》，《湘潭大学学报》2001 年第 5 期。

⑦ 李永胜：《多元化背景下的价值冲突与价值整合》，《宁夏社会科学》2006 年第 4 期。

⑧ 高永晨：《跨文化交际中的文化整合：价值、方法与趋势》，《苏州大学学报》2002 年第 2 期。

区域文化有着较强的凝聚功能①。在全球化境遇下，少数民族优秀传统文化应肩负重任，通过观念整合的方式，使自身的文化理念建构在新的高度上，并由此触发对本体价值的重新审视和构造②，以文化认同促进价值认同，以文化整合促进价值整合，构建中国社会主义新型核心价值观③。

鉴于此，以理性化逻辑应对社会急剧转型时期快速更替的社会矛盾，遮蔽文化变异和稳定二位一体的经验事实，需理性看待少数民族优秀传统文化的消逝与重生，以文化价值化与价值文化化实现多维度价值整合。

第二节　文化的价值化与价值化的文化

从文化与价值的关系出发，围绕文化化的价值与价值化的文化，和价值的文化化与价值化的文化进行探讨，厘清文化价值化的逻辑关系，及文化与价值的互动关系。

一　文化化的价值与价值化的文化

价值是主客体之间的一种特定关系，它可存在于主体中，亦可存在于客体中，也可游离于主客体之外。价值既可存在于主体，亦可存在于客体，主要体现在价值需要以载体的形式展现出来，需要与主体发生关系。而只有主体没有客体，价值不能体现；主体和客体不发生关联时，价值没有依托的载体。只有主客体间产生相互作用，价值才能在这个动态过程中体现出来，事实上这个动态过程就是价值存在的基础条件。价值因与人产生密切联系而具有文化价值的特征。

一是从其文化属性而言，价值的存在意味着主客体的生存发展需要进行尺度的调节，从而达到内在和外在的统一。人的内在需求是一种文

① 石婉红、陈远航：《苗族鼓舞在湘西民族文化旅游中的价值与整合》，《民族论坛》2010年第3期。

② 纵瑞彬：《全球化境遇下藏族传统文化的观念整合与价值重构》，《西藏民族学院学报》2008年第5期。

③ 黄渊基：《文化差异与价值整合：多元文化冲突下的社会主义核心价值观建构》，《湖南社会科学》2014年第4期。

化现象，人们按照自己的构想在不断改变自己的同时也对世界产生作用，人通过工具的使用将自己的内在观念表达或建造出来，这种内在需要的发展和深化，实际上也是根据人们调整世界的需要而不断变化发展的。价值在创造的过程中，与人的活动紧密联系，人在生活实践中发现和创造价值。人在创造价值的同时，自身的价值也被创造。主体将这种需要与发展统一起来，为任何一种价值都赋予了文化含义。

二是从其人性属性来讨论，人无意识地将文化和人的理念放进对价值的理解中，所以价值在一般情况下，具有人性属性。价值依附于人存在，伴随人的生活实践被发现和被创造。人在追求价值和创造价值的时候，往往以满足自身的需求为主要目的，这也是价值人性属性的重要原因。当然，人在看待任何事物的时候，必然会代入自己的观念和目的，所以，人对价值的追求必然贯穿人的理想和目标，价值在一定程度上具有文化的意义。从商品交换的角度而言，商品的价值与人的需求存在着互动关系，即价值规律。一般来说，当人的需求受价值支配时，这里的价值只有自然属性；当人赋予商品新的内涵，对商品的价值产生了影响，则价值具有了人性属性和文化属性。

综上，一切价值都与人发生关联，既具有人性属性，也具有文化属性，此种角度的价值可称为文化价值，它不单独指某一种价值，而是涵括审美价值、社会价值、功利价值等在内的综合的富有人文性质的价值。

二　价值的文化化与价值化的文化

不同国家、不同地域的文化，均涵括地域内群体的一整套意义系统，包含着文化价值的内核。人们的行为言谈、价值观念以此为依据，在遵循这一套文化系统的同时，也代表着接受了这一套价值系统，并形成相应的价值观念。价值内核的差异是文化差异的重要衡量指标，因而文化价值于人类社会规范和生命存在而言具有一定的优化功能和意义。

文化价值作为一种功能，于人而言能产生优化功效，传统文化中的德育训诫使人更加美善和文明。以亚鲁王文化而言，少数民族优秀传统文化有利于人们思想意识的形成和培育社会主义核心价值观，提高文化自信，实现乡村振兴，促进发展，推动基层社会治理的进步。

文化价值作为一种意义，富有理想与超越的内涵，为人的美好生活和较高的品位提供了优于世俗的价值意义。例如，参与彝族火把节活动，从火把节的形式把握内在意蕴，理解节日的意义在于增强民族凝聚力，在于先民们与自然抗争获取胜利后的一种庆贺。火把节的舞蹈形式和内容给予人的只是一种身体的参与，而价值的赋予超脱了外在的羁绊，使体验进入更高一层的意境。

文化价值作为一种意向，它表现为引导人往文化的方向前进的张力。它以更为隐秘的方式影响和催促着人不断进行创造，以一种无形的力量促使人不断往理想的目标发展，使人在这种吸引力下，不断调整自己，进入更为理想的状态。

文化价值在使人"人化"的过程中，发挥了巨大作用。文化价值为人描绘了一幅优美图景，让人循着这个图景不断前进，在前进过程中，不断优化，不断完善，不断提高。不沉溺于世俗，不满足于平庸，不甘心于现状，不断为更进一步而规划设计，创造和进步。可以这样来比喻，文化价值如同海上的灯塔，船只如同人，灯塔指引船只往目标方向靠近，而文化价值指引人进入更高层级和更文明的状态。需要说明的一点是，这里认为文化价值具有功能、意义和意向三重含义，但是并不意味着这三重含义是单一指向的，而是认为文化价值兼具这三重含义，并发挥着三重功能。

英国吉尔大学教授沃纳·罗赫（Werner Loeh）创造了"文化化"理论，他认为文化化伴随个体始终。不管是对知识和技能的学习，还是对文化和习俗的传承，都是一种长久的习得过程，人在这个过程中逐渐形成价值观。[①] 同时，价值观基于认知和理解的取向导致了个体价值观的差异化，这种差异化实质上就是文化化的演进逻辑。利特克（M. Liedtke）以达尔文进化论展开论述，认为进化不只存在于生命群体中，在无生命

① 庄孔韶：《教育人类学》，黑龙江教育出版社1989年版，第59页。

群体文化方面也存在进化。[①] 他所论述的文化进化其实就是人类学习的过程。必须清醒地认识到，事物都是具有两面性的，文化亦是如此，有消极和积极之分，文化化的主体和客体在社会互动的过程中双向影响，互相牵制，最终实现两者矛盾间的统一。

因文化与人类互为主体，所以决定了人类拥有自主思维的能力，并且对于客观世界有着基本的认知能力和判断能力，正因如此，客观世界对于人类便有了重要意义，人的价值观也因此而形成。人类对于物质和精神有着不同程度的需求，特别是对于尊严的需求和自我实现的需求等，这些都是人类在自主地构建精神文化系统的一个重要部分，这不仅是人类行为活动的逻辑起点，亦是最基本的价值尺度。鉴于此，文化与价值的关系得到论证，文化是人类一切文化价值观念的总和，价值观念是精炼的文化，可以认为文化的核心在于价值观，道德伦理的核心也在于价值观，以此演绎，价值观本质上就是文化模式中的价值意识。毋庸置疑，不同的文化群体，他们的价值意识也是不同的，在相互交流，相互交往，甚至是交融过程中，不同的价值意识必然会产生误会和矛盾，其实这是属于外源性的一种价值冲突。当同一文化群体的内部存在矛盾时，一般此类矛盾他们都会通过自我化解、修复和自我完善的方式进行解决，这是属于内源性的价值冲突。需注意的是，文化冲突绝不仅是一元的内源或外源冲突，而是两者交叉的复杂整合过程。

从文化与价值之间的关系来看，价值的冲突和整合，实质上是文化发展必经的阶段。文化的多样化是造成价值多样化的原因，因而不同文化之间的价值观的矛盾与冲突是一种常态，处理矛盾冲突的过程实际上也就是价值的整合过程。从中华民族共同体内部两种以上的差异化价值观来看，其冲突和整合的过程显然类似于刘易斯·科塞（Lewis Coser）所讲的社会冲突的安全阀，以此而言，价值文化化成为矛盾化解的安全阀。

三　文化价值的三重维度与层级

一是终极维度。文化价值是包含在文化系统中，指向人的终极意义

① 冯增俊主编，万明钢副主编：《教育人类学教程》，人民教育出版社2005年版，第78页。

的价值。文化在人的生存意义上负责解惑，比如：人在这世界上存在的意义是什么？人为什么成为人？文化为何能为人提供众多的意义解释？文化自身的基础又是什么？文化的最后归属是什么？而这些内容所依据的就是文化价值。

二是规范维度。一般来说，文化总是以规范人的形式出现，在无形之中提出了自己的标准，这些标准并不是空洞和抽象的，而是通过具体的生活规范表现出来。例如评价什么是善良什么是邪恶，都需要置于具体情境之下，特定时空下所表现的善良并非真正的善良，邪恶也并非真正的邪恶，具体的单一的评价标准不能满足评判需求。正如日常生活中的行为，人知道自己怎么做是正确的，是正义的，依靠的是自己的感觉而不是任何强硬的标准和制度，这就是内蕴的文化价值产生的规范作用。

三是理想维度。因其动态特征，文化总是在不断超越已有历史，向着更高更好的方向努力。也正是源于文化的这种特性，它必然有驱使人往更理想的目标前进的动力和价值，这种价值就是文化价值。文化价值是人成为人、变成更好的人、变成更理想的人的内驱动力，它不断帮助人完善人格，提升价值。

文化价值即使是作为一种规范维度，也不能一概而论，需要具体问题具体对待。任何一个民族、任何一个群体都有不同的文化，基于不同的文化产生不同的体悟，生发不同的价值观念。在比较发达和比较成熟的文化中，都内嵌一套独特的价值体系。中国传统文化中，仁义礼智信，道德伦理等价值，孕育于中国特有的各群体文化之中。道家、法家、儒家都具有和而不同的价值观念。每一种文化正是因为价值的存在，才有其价值取向和文化个性。价值虽然看似无形，却又贯穿文化始终，成为文化内核，指示着文化的方向、目标和意义。

人的需求分不同层级，因而价值同样存在不同层级。从满足人类生存需求的物质层级，发展到满足人类发展需求的精神层级，也是由于不同时期人的需求差异导致其偏好差异和目标差异。需要的层次不同，外显出的意义也不同，所显示的文化价值也就不同。从低到高进行划分，可分为社会化价值、和谐价值、终极价值。

一是社会化价值。社会化价值是指人在社会生活中创造产生的一切价值。人在社会中与人交往时，有特定的方式，这种方式所依据的原则、评价的标准、行为的目标所体现的便是文化价值。文化价值具有规范人行为的作用，体现为规范人的社会生存方式，不断完善人的社会交往方式，促进人的社会化。社会化价值贯穿于人们的道德、风俗、政治、法律、婚姻等一切社会生活中。社会通过教育和教化的方式向社会人灌输文化价值，人在文化价值的不断驱使下，逐步完成人之为人的过程，并在这个过程中，由野蛮的、未开化的人变成文明人。

二是和谐价值。和谐价值是使人与自然、人与人、人与自身、人与社会达到协调、平和、稳定的价值。人通过解释和调控促使自己和世界更趋向于“人化”，以这种方式消除对世界的陌生、混沌甚至异化之感，使自身与世界融合，让世界变得更适合人的需要。人类通过理论和实践，不断实现自身与外部世界的平衡与和谐，以获得安全感。和谐不是一个固定的状态，它是历经一次次的突破与重构，一个由和谐到不和谐再到和谐的动态过程。因而，人类在不断发展的过程中，始终追求和谐，科学的、社会的、伦理的、艺术的，贯穿着强烈和持久的和谐信念。要实现和谐，就要求人能够解释、调控和把握，以此建立起一套解释系统、意义系统和运作系统，帮助人与其对象在矛盾和冲突中不断达到和谐。

三是终极价值。终极价值关乎人最为崇高的、最为理想的、最为伟大的、最为神圣的生存目标，是人一切活动的最终意义。当然，人在最初阶段并不会给自己设定无法企及的终极目标，而是在某一阶段内要求自己达到什么样的状态，并在这种状态中不断反思和总结，继续下一阶段的目标追寻。在不断反思和不断总结的过程中，人总是在不断优化自己，促使自己实现自我价值和社会价值的高度融合，文化也在这种状态下得到升华。终极价值是一种“完美”境界，这种“完美”所体现的是物质文明与精神文明的完美融合，是至善与崇高的，是文化价值其他内容的根据和依托。

四　文化价值化的意义

生动与鲜活的特性是文化的着力点，深刻与共鸣的特性是价值的发力点，要打造有文化的价值和有价值的文化，就需要从一个国家或者一个民族的核心精神去挖掘，这种核心精神一定是最为深刻和最具价值的精神财富，是文化价值化的直接体现。如果一个国家或民族，无法记住属于自己的核心精神，这个国家或民族的核心价值就无从体现，换言之，核心精神缺乏直接导致文化价值缺失。文化自信是价值文化产生的基础条件，也是价值文化发展的必要条件，只有坚实的文化自信基础，文化价值才能转化为价值文化。2012 年，“文化自信”这个词在党的十八大报告中被提出，习近平总书记在多个场合反复强调文化自信的重要意义，“文化自信是一个国家、一个民族、一个政党对自身文化价值的充分肯定”[①]，中国文化自信的坚实基础就是中国优秀的传统文化。

劳伦斯·哈里森（Lawrence E. Harrison）与塞缪尔·亨廷顿（Samuel P. Huntington）认为价值观体现文化核心内涵，其本质就是文化，但同时强调文化无法涵括一切人类活动的总和，以主观主义廓清文化，文化即人们的价值观、信仰及态度。[②] 很明显，在哈里森等人的观念中，物质是排除在文化之外的，与价值相关的价值观、价值理念、价值取向才是文化的核心。

在传统观念里，价值仅存于经济领域，而政治领域和文化领域是不涉猎的，政治领域与文化领域只是为经济活动中的价值提供必要的社会环境。事实上，经济领域的价值体现的是一种结果，即财富，是物化的价值；政治领域和文化领域的价值体现的是孕育财富的过程，可以说是一种环境。从广一点的方面看，价值存在于广义上的生产领域，其领域功能表现不一样，经济领域、政治领域和文化领域三者是互补关系，通过各自的行动逻辑性来规划配置，以此来创造财富。

具体而言，经济是价值资源的配置，政治是价值资源配置的规则，

① 王天义：《十八大以来领导干部关注的治国理政热词解读》，中共中央党校出版社 2016 年版，第 182 页。

② ［美］塞缪尔·亨廷顿、劳伦斯·哈里森：《文化的重要作用：价值观如何影响人类进步》，程克雄译，新华出版社 2002 年版，第 33—43 页。

文化是价值资源配置规则的规则①。于财富生产而言，文化起间接增值作用，实质上它实现了新增社会财富的二次分配。如詹小美、王仕民认为的，“无论是针对人类整体，还是针对特定的人群，文化都充当了生存维系、慰藉获取、凝聚人心的策略系统和精神担当”②，文化通过对各种生产要素配置规则的调控，集中全社会智慧和力量，实现人们在情感观念上和行动逻辑上的和谐统一，达到价值增值的目的。需要注意的是，文化事物的价值由政治导向和政治活动来实现，文化与政治之间更像是一种依附关系。

表现在两个方面，一是不论是文化与政治的规律还是文化与政治的价值规律都是通过不同的途径来达到同一个目的，也就是常说的殊途同归，政治事物的价值率对文化事物的价值率有影响，文化事物的价值率会随着政治事物的价值率上下波动，两者相互牵制，相互影响；二是文化事物的价值率高于所影响的政治事物的价值率，对政治事物的提升和发展有所帮助，反之就会阻碍政治事物的提升和发展。值得关注的是，人赋予了文化价值意义，一方面是有需求就会有价值，文化价值也是如此，有需求的文化才会有价值意义；另一方面是文化价值是社会生产的产物，文化价值由人来承担，需求由人来供应，因人而产生文化价值，文化价值由人所创造，正因为人类对于文化价值的需求是不一样的，所以文化价值只有满足人的需要才能得到体现，同时，文化需要也会因生产的文化产品而存在，文化产品的文化价值并不只是存在于文化产品生产的过程中，不限于文化产品进入文化活动的这个时空之列。实际上，任何一种社会形态都有其特定的文化需求，不同人的需求也不同，况且文化是在创造的过程中产生价值的，创造的过程越长，其价值就越大，多元的文化就会创造多元的文化价值。

鉴于此，文化价值化的重中之重是要廓清文化与价值的边界。生动与活力是文化的中心，深切与共识是文化的焦点，文化价值化对于社会

① 刘洋：《人类命运共同体建构视域下民俗学教学改革研究》，《品牌研究》2019年第2期。

② 詹小美、王仕民：《文化认同视域下的政治认同》，《中国社会科学》2013年第9期。

治理而言有着深远的影响，有着重要的作用。在文化事物的价值实现增值的同时，民众便会从更为直观的现实社会角度出发，产生价值认同，坚定文化自信，提升文化自觉。

第三节　亚鲁王文化价值更新的双重选择

一　共商的文化选择

文化选择“通过社会习得、模仿或其他类似的过程，将决定行为的因素从个体到个体，因之也就从一代人到另一代人地传播”①。文化选择是一种进化机制，通过行为体的认知、理性和意图进行运作。

1. 亚鲁王文化的选择机制

在文化选择过程中，当行为主体认可某一种文化，并认为此种文化能够为之获得相应利益，便会产生模仿行为，这种模仿实质上就是进行选择。虽然文化选择并非绝对自由，但是通过对文化的模仿达到文化扩散的目的，对于原本的文化来说可以加速繁衍同质文化，这种现象对于传播文化具有重要意义。社会习得相对于模仿来说，实际是从表象深入到本质，它重点讨论从另外一种文化中所获得的某些新的东西如何使行为主体更加有效地获得自己的利益。它可分为简单习得和复杂习得，简单习得有时仅仅停留在影响行为的作用上面；复杂习得强调的是对身份和利益产生建构作用，是更深层次的。于亚鲁王文化而言，可以通过社会习得获得再建构，在互动中使文化在保持自己特质的同时，吸取异质文化的精华，共同进步。例如在对仪式的选择上，东郎韦老王认为人类同源，只是分支不同，因而对仪式的选择不会有限制，所以在苗、汉通婚，苗、布依通婚的情况下，两种仪式交杂使用实际是麻山苗族的一种文化选择机制，“现在，我还看见有的人家用道士也用东郎，这种比较少见。嫁去了汉族家的女儿，可能会在父亲或者母亲的葬礼上请来道士先生。但是我觉得汉族的道士先生与我们东郎唱诵的是一样的，他们就是

① ［美］温特：《国际政治的社会理论》，秦亚青译，上海人民出版社2014年版，第238页。

拿书来念，我们却要自己背下来唱，还有就是多了敲锣打鼓这一样。其他的我觉得没有什么不同的，都是一家的嘛，祖先都一样，用哪种都可以”①。

2. 文化选择规范

文化的选择性问题，其实是人与文化之间的关系问题，人具有选择文化的权利，可以说是人选择了文化，也可以说是文化选择了人。19世纪末20世纪初，美国人类学家博厄斯作为主要倡导者提出了文化决定论，认为“文化具有通过教育和环境塑造人格的力量，人类的行为由文化传统的特点规定，因此，文化是社会生存最重要和最广大的基础”②。而地理决定论者则认为人受所在环境的影响，行为必然受该环境约束。从一定程度来说，双方都过于强调行为文化或者地理环境的作用，忽视了行为主体的能动性。在文化选择过程中，行为主体通常选择接纳同质部分，排斥异质部分，而这样的选择既是自由的也是受约束的，是在一定条件下行为主体的自由选择③。“在麻山，男的老人去世和女的老人去世唱的都是一样的，因为祖籍都是一样的嘛，只是女性嫁人了之后，唱的就是男方这边的家谱。不管你是布依族也好，汉族也好，你嫁过来以后，还是按照男方这边来办的”④。即便是有着仪式选择的自由，也因为出嫁随夫的习俗，而按照夫家规矩举办。从受访者所在村落看，文化选择是受地理环境和文化环境约束的自由选择，社会的和谐，行动的自由，均是基于一定的条件，并非绝对的自由。

3. 价值重构与文化选择

随着中国现代化进程的加快，中华文化从传统向现代转型的过程中，传统文化不断被进行价值评估和文化选择，传统价值和文化观念均发生

---

① 访谈人：KTZ001、XTZ003；访谈对象：WLW082；访谈时间：2017年7月28日；访谈地点：贵州省紫云县宗地乡坝绒村。

② 《教育大辞典》编纂委员会编：《教育大辞典·第6卷》，上海教育出版社1992年版，第389页。

③ 郭齐勇：《文化学概论》，武汉大学出版社2014年版，第198页。

④ 访谈人：KTZ001、XTZ003；访谈对象：WLW082；访谈时间：2017年7月28日；访谈地点：贵州省紫云县宗地乡坝绒村。

了极大危机。在文化选择过程中，须依据中国的现实发展情况，为建设一种新型的文化品格而努力。

一是注重从政治意识形态的角度参与价值重构和文化选择。这一角度注重政治与社会，在不脱离优秀传统文化的前提下进行改革，实现价值重构。当然仍有部分人易遭受不健康思想的蛊惑，这就要求从政治上引导，同时用优秀传统文化资源构建良好的文化环境。文化环境的建构基于社会秩序的稳定，社会秩序的稳定源于对法律法规的遵守程度。

二是从行为主体的角度参与价值重构和文化选择。从政治层面和文化意识层面着眼，尤其关注行为主体的个性，强调把对人的主体性的发掘以及国民性的改造、民族文化心理结构的探讨放在突出位置。亚鲁王文化在融入社会实践的过程中，凸显行为主体的功用，不仅可以促进社会和谐，亦可使地域内文化更加丰富多彩。

二　主动的文化创新

文化创新是创新者在一定价值观指导下，有意识、有目的地对文化进行创新，从而创造出新的文化。[①] 文化创新存在重新创造新文化、原有文化的发展、基于原有文化的创新三种模式。文化不是固定的，其演化历程也随着所处环境中各种条件的变化而发生复杂的变异，这一过程还可能存在文化退化的现象，也就是说两者之间是矛盾统一的。这种矛盾统一使文化进化表现为不同的方式，一种是快速的变化方式，另一种是渐进的变化方式。快速的变化体现的是质变的飞跃，以极快的速度方式进行结构重组，更换风格与模式。渐进的变化体现的是量变的过程，是以一种缓慢的、易于接受的、很难察觉的方式进行文化发展。[②]

1. 文化创新的本质

事物的本质是指事物本身所固有的根本属性，也是事物本质的规定属性。通过对文化本质的审视，可以加深对文化创新的认识。

第一，文化创新是文化生产者面对激烈竞争的必然选择。从国家层

---

① 杨吉华：《文化的创新》，人民日报出版社 2013 年版，第 4 页。

② 林坚：《文化学研究引论》，中国文史出版社 2014 年版，第 193—194 页。

面而言，文化软实力在综合国力中的地位日渐凸显，文化已经成为国家核心竞争力的重要因素；就个人层面来说，文化越来越成为人们谋生的行为。所以，文化生产者为了获得竞争优势，就必须不断进行创新。亚鲁王文化如何现代化就是地域内文化创新所要研究的关键问题。

第二，文化创新是人类表达内心感受的本能活动。“本能—压抑—表达”是人持续不断进行表达的内驱力，这种内驱力促使人类进行文化创新活动。面对新的发现、新的观察及与之相伴的新的感受、新的思想时，需要表达、交流和传播。一方面，需要对表达内容进行重新思考，代入自己的所思、所感，强调自我的主体意识；另一方面，要不断完善表达形式，找到与新的表达内容相适应的形式。当原有的形式不能更好地表达内容或限制了内容表达的时候，会影响新的内容的传播，所以必须对原有的形式进行变革，甚至是另外寻求新的形式，这就是文化创新活动的原动力。所以，需要在既有的传统中寻求新的突破。

第三，文化创新是人类群体性自我观照的活动。文化的创新是一种寻找精神家园的活动，是人们在短促的生命中的自我观照。文化创新的本质就处于这种延绵不断的自我探寻活动之中。人类的这种自我探寻永远与人类共存，那些与社会时代相适应的创新产品的消费，正是人类群体自我观照的一个有效途径。

第四，社会需要是创新的不竭动力。事物的发展源于内部旧矛盾的不断消除和新矛盾的不断产生。在人类社会发展进程中，会不断地出现一系列矛盾，以新旧矛盾的交替出现，推动社会向前发展，推动文化创新，只有不断创新思路才会解决社会发展中出现的各种问题和矛盾。

2. 文化创新的内驱动力

创新是一个民族进步的灵魂，是一个国家兴旺发达的不竭动力。文化作为一种“软实力”，为国家、民族的兴旺发达提供了强大的精神支撑。创新是文化发展的重要途径，文化发展过程中的冲突、悖论、差异以及对这些的克服，成了文化创新的内在驱动力。

从文化内部来看，不同形态的文化在接触、传播的过程中，因为价值观念、价值取向的不同，难免发生碰撞、冲突。在碰撞、冲突过程中，双方通过变化一方或双方的文化特质、文化内容或文化结构，来达成一定的共识，在求同存异中互相进步。这就是所谓的文化变迁，指文化的内容、结构、意义、特质在一定的历史阶段，发生的增减或变动的过程，① 如客观的文化不断变迁以适应不断变化的自然与社会，主观的文化不断变迁以适应不断变化的客观的文化。

从群体文化层面来说，群体一般要求个体利益服从于群体利益，但有时候会存在个体的需求、观念与群体背离进而产生冲突，也有可能群体追求的利益与个体追求的利益不同而发生矛盾。从群体间文化来看，那些占主流、正统地位的文化与非主流、非正统的文化也会常常产生悖论。通常情况下，主流文化因为自身优势指导着非主流文化，两者之间不会产生明显的冲突。但是在特殊情况下，矛盾和冲突仍难避免。

不管是何种形式的文化冲突，群体和个体，或是主流与非主流，或是新与旧，它们的存在都是对立统一的，既相互矛盾相互抑制，又相互影响共同发展。这些矛盾与冲突在不同时期构成不同的文化怪圈，成为文化创新的内在驱动力。以亚鲁王文化而言，它历经了国家政策的不重视、非主流文化的边缘化，仍在持续传承和生长，主要源于亚鲁王文化中的群体意识和麻山苗族的家国意识，“那个时候他们都正年轻，个个都能唱，我们还小，就没有想着要我们学唱。大概到了 24 岁（1973 年）左右，他们年纪大了些，记忆也不如以前了，身体也吃不消，就对我们说，要让我们学，不学以后家族中就没有人会了，于是我就开始学唱史诗”②。家族使命是东郎 YCL018 传承亚鲁王文化的主要原因，也是麻山全体东郎传承文化的原因，正是这种使命感，与集体意识的驱使，亚鲁王文化才能在多元文化的冲击下继续传承。

3. 文化创新的路径

文化创新需要内部的突破与外部的引导，内部的突破需要立足实际，即“吸收传统，推陈出新”，外部的引导需要借助异质优质文化，即“学

---

① 林坚：《文化学研究引论》，中国文史出版社 2014 年版，第 184 页。

② 访谈人：KTZ001、XTZ003；访谈对象：YCL018；访谈时间：2017 年 7 月 18 日；访谈地点：贵州省紫云县宗地乡火石关村。

习异己，合理扬弃”，两者有机整合，才是实现创新的最优路径。亚鲁王文化在麻山传承，至2009年之前却一直未被发现。而同样是在丧葬仪式上唱诵的史诗，如彝族的《勒俄特依》、土家族的《撒呀儿嗬》等却较早就被发现，即使没有得到国家的承认，没有得到社会的认可，其传承仍具活力，究其原因是文化的一种自我调适机制。亚鲁王文化中“天下一家”“万物有灵”“阴阳相生”的思想主动契合了社会主义核心价值观，“万事日日新，族人天天好。日子流水去，万物变不停。推陈又出新，相辅又相成”。史诗中这种变化更新的思想，不知不觉地推动了亚鲁王文化主动融入社会主义核心价值观的潮流。

麻山苗族丧葬仪式从传统的悬棺葬到土葬，从土葬到火葬，历经几次更迭，均是围绕国家政策进行的主动调适而产生的文化创新，以在竞争中获得生存的权利。CXH034 自 2012 年获评为国家级传承人后，夜以继日，将自己所掌握的史诗内容和按照仪式程序唱诵的片段记录、整理、翻译出版，耗时三年多，形成了 51 万字的五言体版本。CXH034 的行为完全出于对本族群文化的自觉，“一直以来，《亚鲁王》史诗都是靠民间口头传习流传下来。但当今已是现代社会，情况已完全改变，仅靠口头传习方式已不现实，要想使《亚鲁王》史诗不失传，必须开拓创新。在我看来，必须用与时俱进的观点来适应新的形势，要用新的科学方法来解决新的问题，将无形变为有形，将口传心授变为文字记载。用这样的方式来进行传承和保护，才是解决问题的有效办法”①。肩负民族使命以及作为传承人的责任，他主动创新传承方式，确保史诗传承发展。鉴于亚鲁王文化创新的案例，将其创新路径归为以下几点。

一是吸收传统，推陈出新。传统文化是民族历史与精神的积淀，是在特定时空和特定历史条件下产生的特定文化。尊重传统，汲取优秀传统文化，是增知明理，延续精神命脉，推陈出新的生命基点，也为人类的文化发展提供了源泉与重组动力。亚鲁王文化包含着诸多激励创新的

① 陈兴华唱诵记录，吴晓东仪式记录：《亚鲁王（五言体）》，重庆出版社 2018 年版，第 9 页。

内容，自强不息的文化精神与创新发展的民族追求有着一致性，在现代社会发展过程中的作用日益重大。继承是发展的前提，发展是创新的助力，作为原生态的传统文化，对于新文化的创建具有不可替代的作用。

二是学习异己，合理扬弃。社会是一个开放的系统，不同文化之间的交流和发展都在这个系统中得以完成，亚鲁王文化也正是在这种不同文化之间的对话与交融中发展起来的。文化的发展不应排斥异己，而要理解、吸收、借鉴、整合、内化，以包容的眼光、宽容的胸怀对待每一种文化，允许思想的多样性，更要促进文化的多样性，着眼发展前沿，以新眼光、新观念学习异己，吸收精华。

三是有机整合，实践创新。创新不应只停留在形式上的吸收、整合和发展，更应该强调在理论之上注重实践，在实践之中检验修正创新。实践前，文化的整合是最重要的过程，要求对新的文化既不全盘接受，也不全盘否定，而是通过审视的眼光选择吸收、合理改造、整合内化，这实质上也是一种创新，这种创新具有历史的继承性，需要基于原有的元素，重视历史的累积。文化创新的动力与人的需求有着密切关联，当人的需求面对现实阻碍时，文化创新的内在冲力与文化发展速度之间的差距，促使文化突破阻隔，寻求创新。

第四节　亚鲁王文化价值更新的三维准则

亚鲁王文化的价值属性决定了其在社会实践中的三重价值整合，即历时性价值整合、共时性价值整合、现时性价值整合，同时也决定了文化发展的三重矛盾。具体来讲，在历时性上体现为传承与转换的矛盾，在共时性上体现为民族化与国际化的矛盾，在现时性上体现为现实与理想的矛盾。应对三组矛盾已然在事实上成为文化价值整合的重要突破口，也成为避免理论偏颇和实践顾此失彼的现实考量。

一　历时性的价值整合

以历史脉络爬梳，价值整合围绕“借鉴价值—历史价值—永恒价值”

的逻辑动态循环。借鉴价值阶段，价值整合历经“接收—受阻—整合—吸收”的经验阶段；历史价值阶段，价值整合实现连续性与阶段性的统一；永恒价值阶段，价值整合成为联结“过去—现在—未来”的连续记忆点。

1. 价值整合中的政府引导

在现代，政府已然成为整合社会结构的一个重要组成部分，帕森斯和涂尔干分别从不同的角度论述了这个问题。一方面政府是政治资源和社会整合的机制，能够对多种主体和政治资源进行融合。同时，作为近现代社会意识形态问题突出的结果，政府有自己的意识形态基础，正因如此才迫使政府在一定程度上鼓励社会成员按照相应的规范行动，维持社会基本秩序，避免文化冲突。另一方面是政府的整合形式有其独特性。政府既可以利用各种意识形态理论去造就一种文化氛围，将人们的思想和行动纳入某一个体系，又可以建立或者让自己融入某一系统，这样以便于不同阶层的利益能在政治上联结起来。

在亚鲁王文化价值整合的过程中，民众的共同利益以及对人们发挥制约作用的文化制度、价值观念和各种社会规范成为整合的重要方面。自史诗面世以来，紫云苗族布依族自治县举全县之力在县城中心区域修建亚鲁王文化广场，在史诗流传核心区域修建亚鲁王城，积极找寻发展新思路，成立亚鲁王文化旅游产业发展有限公司，尝试将亚鲁王文化资源转化为文化资本，带领麻山苗族在传承亚鲁王文化的同时获取丰富的生存发展资料。

2. 传统与现代转换的矛盾问题

在诺思（Douglass C. North）看来，传统是解释非正规约束出现与持续的普通而简单的答案。协作问题可以用传统来解释，“这些规则尽管从来没有被涉及过，但保留它对每个人都有益”。和其他的一些非正规约束相比较而言，诸多问题可以通过传统更好地得到解决。20 世纪 90 年代，因受萨金（Robert Sugden）等学者的影响，诺思提出了制度变迁路径是一种渐进性路径，通过不断进行创造和更新，实现民俗文化和习俗制度等若干传统的不断演进和转型。正如他所认为的，“非正式约束的变迁是一个那些为人们所接受的规范和社会惯例逐渐枯萎的非常缓慢的过程，或者说是人们随着新的政治的、社会的和经济交换的渐进变迁而逐渐接受新的约束的过程"①。

诺思的观点反映了内生秩序的自发性，也反映了对社会变革的渐变式主张。在人类社会不断发展的进程中，人类的社会制度可以经过由自由生发的路径生产和发展而来，也可以通过人们的设计或者建构而来。在现实社会中，就像自发性社会制度和人造社会制度，它们是犬牙交错，互相补充而又共存的，对于渐进和内生这两种力量而言，也是难舍难分，互相依赖的。

社会制度根深蒂固的原因就是社会制度本身是根植于或者说内嵌于一定社会时期的文化传统、道德伦理、原始信仰、意识形态的大环境之中。历史的自觉与不自觉，都作用于现实，对制度变迁的发生产生影响。面对这种制度的变迁，亚鲁王文化重视和谐和万物同源的思想成为顺应变迁、维护社会秩序稳定的思想根源。《亚鲁王》史诗将人类与万物归结为始祖"哈珈"所创造，史诗中任何动物都具有与人对话的能力，动物们在为人解决困难的同时，获得了相应的酬劳，这是人与动物具有平等权利的体现。在现代化进程中，传统问题既是一个理论问题，也是一个实际问题。传统是现代的基础、起点和永恒的资源②。

3. 实现传统的现代化转换路径

在西方发达国家的历史进程中，现代化问题是由自身制度和文化传统导致的，并不是来自人为的计划和构建。列维（Claude Lévi - Strauss）曾认为，现代化的先行者是从一个很小的规模开始自身的现代化进程，并逐渐扩大的。这种现代的启动力和推动力主要来自内部，外部影响都是次要的。与发达国家的内发型现代化相反，中国的现代化开始时就具有被动选择和进程中人为推动和引导的性质，这种发展模式并不是由内部因素促成的自然发生的过程，而是源于外部动力。

① 韦森：《经济理论与市场秩序》，格致出版社 2009 年版，第 223 页。

② 宓文湛、王晖主编：《马克思主义哲学与现时代》，上海财经大学出版社 2007 年版，第 307 页。

传统作为一个历史的概念，在历史的延续中沉淀下来，又随着历史的发展而发生变迁。传统是过去的事物在时空中的一个延续，对于当下而言，过去的事物是有局限性的，也是落后的。传统的意义并不是沉溺于过去，而是要更好地看向现在和未来。传统的存在，在一定程度上依赖于人类对过去的认识，靠人类去解释，在解释的过程中加入新的认知，传统的理解会因为解释获得延续，在延续的过程中又不停沉淀，这样循环往复的过程让传统在变化发展中得到延续。把对旧传统的理解与新生文化因素的认知，与社会环境相结合并且承继下来，使之发展成为新的传统，正如伽达默尔（Hans - Georg Gadamer）所说，“同样的过去，永远被不同的现在和将来理解成不同的过去”，“历史的存在意味着人关于自我的知识永远不能够是完全的”。因而，在现代化的道路上，当传统与现代有所冲突时，其实就是其表现形式存在差异。要实现历史传统的现代化转换，必须以传统为出发点，立足现实，根据实际情况，学习、借鉴别人的经验。

中国农耕社会，经历了无数天灾人祸的考验，始终未曾有难以克服的困难，而复苏和进步则周而复始，使得农业自然经济得以延续。农耕经济的持续造就了中国文化的持续性，传统农业的持续发展保证了中华文明的延续不断，使其具有极大的承受力、愈合力和凝聚力。麻山苗族是传统的农耕民族，因农耕经济的持续性造就了亚鲁王文化的持续性。作为决定人类同时也被人类所决定的传统，亚鲁王文化一方面要根据时代主题不断丰富内容；另一方面要不断地吸纳外来的优秀文化，不断充实传统。对传统文化而言，它既是现代化进程的起点，也是现代化进程的一种资源、一种推动力量。①

二　共时性的价值整合

1. 共时性的文化整合

不同的文化系统在相互接触过程中其结果和形式也是多样化的，比

① 宓文湛、王晖主编：《马克思主义哲学与现时代》，上海财经大学出版社 2007 年版，第 315 页。

尔斯（Ralph L. Beals）将其分为三种，即文化抗拒、文化同化、文化整合。文化整合相对于文化抗拒与文化同化，更关注的是不同文化在接触互动的过程中所产生的积极作用，文化整合对于推动文化和社会发展具有实践性的意义。在共时性的文化整合上，亚鲁王文化更强调的是作为过程的文化整合，是不同文化在互动交流中，选择性地吸纳和重组。亚鲁王文化价值的整合，是以亚鲁王文化作为主体文化，以其文化价值为核心，参照其内在结构，吸收其他文化特质的过程。对亚鲁王文化的共时性文化整合的研究，就必须考虑地域内，布依族文化、汉文化与之产生交流互动的过程；同时也要考虑到伴随《亚鲁王》史诗的面世，外来文化的不断涌入，给当地文化注入了新的活力，也给亚鲁王文化的传承带来了新的方式。现代电子媒介快速发展，瞬间易逝的东西可以借助高科技手段做到长时间留存，电子设备录音已经成为当下基本生活方式，年轻人学习《亚鲁王》多是返乡之际，在传习所或家中录下师父唱诵的内容，此后通过录音学习。此种学习形式相较于传统传唱形式，无疑是一种颠覆。

由于地理环境、生产方式和社会条件的不同，导致了文化的差异。但基于文化为人所创造，不同文化之间仍能超越地域存在文化共性。此种文化共性，不仅是文化的价值共性，亦可称为人类的生命共性。事实上，任何文化均是差异性和共同性的辩证统一，这是文化整合的前提和基础，文化整合的过程不过是世界文化整体中的不同文化相互吸纳共存、相互补充完善的过程。将文化价值整合置于国家背景下来看，其整合同样是以自身文化价值为主体，参考和吸收其他文化特质，进行建构的过程。整合沿着物质—制度—精神的方向进行，这其实就是一个由浅到深、由表到里的文化整合的发展过程。所以，在文化建设过程中，更应当注重群众的文化自觉。唯有文化自觉，在价值整合的过程中才能突出文化的主体性。

2. 民族化与国际化整合的现实路径

一是结构的整合。根据庞朴的文化结构层次理论，认为文化结构可从三个层次进行理解，一是物质层，二是心物层，三是心理层。文化发展的前提是物质层，物质层的文化是一种表层文化，通过物质或者物化的形式表现出来，诸如俗谚、古歌和小戏等源于心理层的外在物化形式。文化发展的结果是心物层，心物层属于中层文化，通过人的行为规范或制度方式展现，对物质文化和精神文化发展产生重要影响。文化发展的源泉是心理层，心理层属深层文化，以观念和意识等形态表现出来。站在文化和谐的角度而言，内部结构间的协调需要在文化发展过程中来实现，文化的发展本身就是一个缓慢的整合过程，当不同文化发生碰撞或遭遇变革时，外部文化的渗入可能导致文化内部发生结构性的变化，使文化丧失原有协调性，进而促进内部结构的重新调整，以适应新的文化环境。

二是功能的整合。文化为满足人的需要而存在，因此文化结构的整合一定要在现实功能方面得以表现。在当下，亚鲁王文化与外来文化的共处过程中，必然会出现冲突和矛盾，因此整合与创新必然成为发展的首要路径。文化整合促使文化迫力形成，而这种文化迫力是满足一切社会团结和一切文化延续所必需的条件。较为不同的是，亚鲁王文化价值在整合过程中坚守自我的同时主动进行自我调整，而非在文化迫力下的被迫调整。这些调整涉及知识、信仰和习俗等，实质上是文化功能的整合。所以，马斯洛需求层次理论中的需要与功能，是富有层次的整体，文化的整合在功能整合上体现意义。

三　现时性的价值整合

一般来说，要实现整合社会文化体系的总目标，自我、群体的价值选择目标要与社会文化价值体系相符合，而这更需要特殊的、具体的文化情境。在特殊的文化情境中，不管是个人的选择还是群体的选择，都会受到当时文化环境的影响，进而表现出差异和变动。即使存在着各种差异和矛盾，其活动仍是围绕文化价值体系进行的。不同之处在于，社会文化价值体系是社会各类文化系统的价值集合，是不同历史时期社会成员参与的结果。

1. 文化选择的现实性与理想性

文化价值的现时性强调生活实践中，个体自我实现、群体目标实现和多元价值达成的系列过程中建构的价值力量，并非统一和谐的，它可能与理想的目标相一致，也可能与理想的目标相矛盾，这就要求必须思考如何将文化选择的现实性与理想性相结合的问题。①

首先，文化选择的现实性要求文化价值的选择必须围绕文化价值体系开展。无论是个人的选择，还是群体的选择，其选择动机和目的都无意识地受到所处文化环境的影响，因而具有差异性。但是，生活于同一社会空间的人们必然在某些方面具有共识性，否则差异性会分散群体力量，无法形成有效的社会力量。所以文化价值的选择要围绕社会文化价值体系展开，以包容的心态和开放的视野求同存异，换言之，文化价值的选择存在客观性和必然性。值得注意的是，人们的具体价值选择必然与社会文化价值体系保持一致，在较为特殊的具体文化情境中，两者可能出现背道而驰的现象。然而，在这种特殊的具体文化情境下，更容易实现整合社会文化体系的总目标。

其次，文化选择的理想性要求文化价值的体系必须围绕共同理想目标展开。文化价值体系是社会各类文化系统的价值集合，是不同时期、不同文化背景下的全体社会成员所参与的结果。在面对同一问题时，由于思维模式的相似，决定了处理问题的行为方法的相似。基于文化共性，优秀传统文化的宣传必然会增强文化自信，增强民族自信。因而，这种价值思维方式决定着中华民族的共同理想和未来目标。

2. 价值整合方法及其运用

文化价值整合受到主客观因素的影响和制约，一方面体现为，人作为主体在进行文化选择时，具有主观能动性；另一方面体现为，因人的社会属性，在进行文化选择时，必然受客观因素的制约。所以在探求价值整合的方法时，应当以客观规律为基础，以唯物辩证法中的否定之否定为整合过程，选择和吸收异质文化，并进行创新整合。

首先，文化吸取的价值整合。文化在内容和体系上有自己独特的范式，尤其是文化的内核，通常具有稳定性。一旦文化内核有所改变，这

---

① 王征国：《论文化价值的三维整合》，《吉首大学学报》（社会科学版）2013 年第 5 期。

种文化原有的特质也就发生了根本性的变化。如此，就需要把不同文化的各个方面融会贯通起来，形成一个既定的文化模式和文化系统。所以，文化选择是在保持内核稳定不变的情况下，吸收和接纳新文化的优秀部分。

其次，文化变革的价值整合。文化的价值整合，目的在于依据时代要求对文化进行改革，使文化经过改革、演变后具有更强的适应性，既能适应时代背景又能指导人们的价值目标和取向，推动社会不断进步和发展。

3. 价值整合的辩证运用

辩证唯物主义认为，事物之间、事物内部诸要素之间都存在矛盾，矛盾双方既对立又统一，以此推动事物的发展，这是辩证唯物主义的对立统一规律。这条规律同样适用于文化的价值整合，价值整合可以促进多种文化之间的调适和协作①。

首先，遵循对立统一规律，促进文化整合。在文化发展的初期，不同文化群体处于一种封闭的生活状态，文化价值观则存在着明显的差异。伴随社会交往的频繁，因文化价值观的差异彼此之间产生排斥，甚至激发矛盾。所以，各主体为维护和谐秩序，提出解决办法，所以，文化整合须辩证地看待矛盾，遵循矛盾规律，促进文化整合。

其次，遵循否定之否定规律，在不断的否定与被否定中发展。辩证的否定是扬弃，而这种扬弃是变革和继承相统一的扬弃，也就是既否定又肯定、既克服又保留，批判性地继承，促使事物完善自己、发展自己。

4. 社会整合方法及其运用

美国心理学家亚伯拉罕·哈洛德·马斯洛（Abraham Harold Maslow）于1943年在《人类激励的一种理论》中提出了人的需求层次理论，随后在《动机与人格》一书中进一步阐述该理论。他将人的需

---

① 王征国：《三维文化观：中国社会主义新文化观研究》，中国言实出版社2014年版，第225页。

求分为生理需求、安全需求、社会交往需求、尊重需求和自我实现需求五个层次[①]，当人的基本需要得到满足，安全需求就成为主要问题。满足人类的安全需求，要建立良好的社会秩序。良好社会秩序的建立，需要文化发挥引导作用，并运用社会均衡、社会选择、社会追求等综合方法。

第一，从社会均衡角度来看，遵循自然和谐状态。社会学家帕森斯提出："均衡和整合是社会的基本状态和社会运行的终极目标，而社会系统内部的矛盾和冲突是局部和暂时的"[②]，平衡只是社会比较基本的状态，但并不代表它会成为社会的长久状态，变迁虽然常发生，却是一种暂时的状态。变迁的目的是达到平衡，平衡也会因内部或外部因素再度变迁，这是一个不断交替的运动过程。所以，文化价值的整合要遵循既定的客观条件。但既定的客观条件并不是绝对的，可在一定条件下进行转化。

第二，从社会选择角度来看，遵循主体能动状态。社会发展是通过人有目的的活动实现的，社会发展也是人按照自身需要的层次由低到高进行选择的过程，人的这种主动性其目的在于满足自身的需求，换言之，人是根据自身需求进行选择和活动的，社会的发展实质是人的发展，社会的选择实质是人的选择。[③] 文化价值的社会整合，就是依靠价值主体的这种自觉、能动状态完成的。认识主体在实践过程中，通过对客观世界的认识获得信息，在符合自己需要的形式上，经过大脑进行筛选、加工、改造，对客体进行选择。

第三，从社会追求角度来看，以自由为价值目标。认识主体具有主观能动性，可以采取主动拓展和重组社会关系的方式，满足自身需求，其目的是实现人的自由度的提升。自由是人类社会一直追求的价值目标，人类社会的发展过程，就是对客观世界不断改造的过程；对文化价值的整合，就是要达到以自由为价值的目标。

---

① ［美］亚伯拉罕·哈洛德·马斯洛：《动机与人格》，许金声译，中国人民大学出版社2007年版。

② 张晓丽、赵杨、杨林主编：《社会学》，航空工业出版社2015年版，第252页。

③ 王君：《〈社会选择论〉论点摘编》，《哲学动态》1987年第2期。

小结　生生谓易：价值更新与文化精神

自 1980 年国内开始进行价值研究以来，无论是价值思想史和价值主体的研究，还是整体视角的价值研究，都在学界得到了极大的关注和热烈的讨论。价值体系的建构是社会发展的重大问题，社会转型期，弘扬社会主义核心价值观是应对多元价值观念与文化碰撞的有效途径。

社会核心价值观念体现时代人文精神，也赢得了社会认同。社会主义核心价值体系的建构必须尊重社会主义核心价值观、尊重社会历史现实、尊重社会利益意识与主体意识的变化。在不同阶段，社会主义核心价值观，都必须从思想观念、民族精神、集体荣辱观等方面发挥积极引导作用，完成价值观的重塑。价值观的重塑需要经历一系列复杂的过程，文化的差异性要求价值主体自觉地以公平的态度去交流，在传统文化价值与西方理性价值的基础上，重塑价值观念。将传统文化中的合理性元素融入社会主义核心价值体系，构建新的价值体系，理应成为必然。

第一，价值整合的核心是价值主体的追求。价值冲突与价值认同的核心问题在于价值主体的追求，主体的差异性导致冲突，但是共同的追求目标则是价值认同的关键。在关注到价值的差异与冲突的同时，也应当注意不同价值之间的认同与吸引。摸清规律，掌握规律，更好地促进社会发展，从差异化的文化中提炼整合出具有普世意义的价值体系，是传统文化在社会实践中的重要体现。在社会转型时期，传统文化是进行价值整合，形成新的文化传统的切入点。

第二，价值整合的内容是传统文化中的“善治”。传统文化中蕴藏着丰富的善治内容，在亚鲁王文化中，“对方非外敌，原是两兄长。对方非外姓，确是两哥哥。不便用武力，只好来退让”① “黄牛懂规矩，不食水

① 陈兴华唱诵记录，吴晓东仪式记录：《亚鲁王（五言体）》，重庆出版社 2018 年版，第 248 页。

牛盐……黄牛懂规矩，不食水牛草……黄牛从不让，水牛来配对。”[①]。这些均是麻山苗族的生活经验与情感体验，与社会主义核心价值观有着惊人的同质性，作为少数民族的精神成果，在历史的演进过程中，相互构成了中华文化的大传统，以人为本、互助团结、勤俭节约、刚健有为的积极力量促进了文化认同，增强了民族凝聚力，是一种可跨越种族和地域的民族共性，又在自身的地域范围内保留着自己的特性，并不断丰满，逐渐形成新的文化传统。

第三，价值整合功能是中华文化的基本精神因素。价值整合功能生发于中国古代哲学之辩，古之“大同”是以“和”为基础，“和实生物，同则不继”，“和”成了创新和发展的源泉，是万物生长的基础，因此“和”不是相同和一致，而是统一体中相互对立方面整合的结果。即使是在高速发展的今天，中华文化的精神依然有着一以贯之的善治价值要求，不论是理论层面、实践层面，还是心理层面，都有着任何其他因素都不可取代的地位，随着历史的发展，实践的深入，这些价值观念逐步内化为人们的共同心理，甚至达到集体无意识，因而整合多元文化，构建中华文化的新风貌，是时代的必然要求。

社会发展不仅依靠经济的腾飞，传统文化精神的巨大推力亦是核心作用。传统文化作为民族精神，世代传承于民族血脉之中，使中华民族在思维方式、价值观念、审美情趣等方面具有共性也存个性，传统文化精神作为民族精神之根，作为民族智慧的源泉，作为民族文化的载体，是历史发展的内在动力，是民族向心力与凝聚力形成的助力，是中国特色社会主义核心价值观的活力。胡适先生在其《中国哲学史大纲》中说“科学家与哲学家却需要能够超出眼前的速效小利，方才能够从根本上着力”[②]。

---

① 陈兴华唱诵记录，吴晓东仪式记录：《亚鲁王（五言体）》，重庆出版社 2018 年版，第 414 页。

② 胡适：《中国哲学史大纲》，中州古籍出版社 2016 年版，第 297 页。

余　论

本书沿两条线索展开论证，一条线索沿史诗的核心功能、知识派生功能和实践派生功能进行块状研究，旨在以“中心—边缘”的脉络廓清《亚鲁王》史诗社会功能如何影响社会运转；另一条线索沿着绑定和维系真实的功能、拓展和实现跨界的功能、建构和表达认同的功能进行条状研究，旨在以功能的类型化回应《亚鲁王》史诗在传统与现代的博弈中如何落地。两条线索共同指向《亚鲁王》史诗的四种状态，即历史真实与史诗“过去”的状态，文化传统与史诗“不是过去的过去”的状态，地域文化与史诗“不是过去的现在”的状态，内层结构与史诗“过去还是过去”的状态。

具体来讲，以条块视域阐释围绕“知识派生功能、核心功能和实践派生功能”与“绑定和维系真实的功能、建构和表达认同的功能、拓宽和实现跨界的功能”建构的九种社会功能，以及作为底层支撑的四种过去。

一是块状研究。

史诗功能的第一层级是知识派生功能，其来源是史诗建构的客观存在的知识体系，也就是指史诗本身的功能。史诗的历史记忆功能强调《亚鲁王》中集体记忆与个体记忆是共生关系，其承载的绝不仅是展演场域中的仪式和文本，亦是文化持有人对历史的共同建构。史诗的文化认知功能强调文化记忆是一种与族群回忆处境和需求相关的记忆，关注的是记忆如何承载历史，而非关注记忆如何俘获历史。事实上，历史记忆功能与文化认知功能共同影响教化功能，民众在史诗所蕴含的历史记忆和文化记忆中获得文化认知。在事实层面的认知与价值层面的评价双重力量的推动下，完成了《亚鲁王》史诗对民众的教化。

史诗的第二层级是核心功能。史诗的传承创新功能强调文化的自觉，就是说不管有没有史诗的概念，有没有非物质文化遗产的定义，它都在这个地域里生长，尽管其赓续方式与内容会随时代的变化不断调适，但其内生动力不绝。史诗的文化治理功能强调亚鲁王文化重视多元调和，兼顾多元利益，注重多元互动的治理逻辑和价值整合，所蕴含的治理内容对地域内族群生产生活方式产生重要影响。事实上，史诗的传承创新功能与文化治理功能共同影响族群认同功能。史诗通过赓续得以生长，通过多元互动的调适实现族群自治，正是在不断地生长和调适的过程中，强化了族群认同。

史诗的第三层级是实践派生功能。史诗蕴含的经济事项作为一种指导性知识在地域内对人们的生产生活持续发生影响。而在当下，史诗作为一种文化资源，具有产业发展的可能性，因此可以认为经济和文化的双重驱动力是史诗实现文化再生产的核心驱动力。史诗经济的发展必然依靠其良好的生态环境，史诗内蕴的情感价值和生态伦理是构建史诗生态人文精神的重要内容，亦对史诗经济具有导向作用。事实上，史诗的经济导向功能与文化生态功能共同影响史诗的价值更新功能。基于文化与经济的驱动，史诗在不断调适中，从以文化活动促进价值整合，到以新的文化活动完整融入价值整合的体系，再到文化体系对文化活动的吸收与排斥，完成完整的整合程序。

价值更新完成后并不停止，如陈寅恪所言，文化不是“既成”之物，而是活在当代人的不断重新诠释中的“正在形成”的东西。也就是说，文化更新与文化赓续协同促进文化发展，形成一个闭合的动态运行系统。

二是条状研究。

沿着绑定和维系真实的功能，史诗通过不断赓续实现对以往历史和文化的记忆，以生活方式、生产方式、原始信仰、伦理道德、节日活动等传承途径，将族群的历史史实浓缩在《亚鲁王》的唱诵之中。《亚鲁王》嵌合地域的活形态仍在持续改变，指涉生产生活诸环节。同时，地域文化持有人文化权益的均等化和观念形态的物质化，不仅聚合为地域共性文化积淀，亦成为理解地域文化及其衍生文化的重要线索，并在此过程中将史诗与其蕴含的经济事象不断传承，以此促进史诗经济功能在当下的范式转换。

沿着拓展和实现跨界的功能，基于史诗记忆的文本层面、史诗内蕴的生态层面探索史诗的文化治理，例如史诗中，亚鲁王救树，迁徙过程中仍携带千种植物、百种动物等，将世间万物视作一个生命整体。人们有这样的情感共识，形成共同的生态认知，指导现实行为，反思人与自然的关系。亚鲁王文化作为麻山苗族传统社会治理的主要内容和形式，在国家治理体系的历时调适中不断演进，不仅成为苗族人民的共识规则、文化通则及调解原则，亦成为基层社会治理效度的重要参考和理论概括。

沿着建构和表达认同的功能，基于史诗蕴含的道德伦理观念对人们行为的规范，认为一个有序的社会需要长期维护，且亚鲁王文化在强调“道德感动”的同时，亦重视硬性规范，是一种情感与理性并重的教化哲学。以对亡者的评价权、生者的教育权、谱系的书写权、文化的传承权构建亚鲁王文化的四种教化形式。在横向族际交往和纵向自上而下的国家政策的影响下，史诗文化在互动中不断调适，实现价值整合，维护社会稳定，增强族群认同。亚鲁王文化作为麻山苗族民族精神之根、智慧之源、文化载体，是历史发展的内在动力，是民族向心力与凝聚力形成的助力，亦是中国特色社会主义核心价值观的活力。

亚鲁王文化中不仅包含了对历史的追忆、对谱系的把脉和对生活的向往，更影响着人们的思想观念和行为模式，其活形态决定了史诗的多重要素均以立体形态展现。史诗展演不仅是祖先生活轨迹的反映，亦是连接传统与现代的媒介。其复杂串联的社会功能实质上是建构和表达认同。不管是族群认同还是国家认同，共同的民族历史、民族文化、民族品格，是认同的基础，史诗承担起了建构认同的职责。社会是不断变化发展的，史诗功能也因此在不断变化发展的过程中建构成以三条主线（即绑定和维系真实、拓宽和实现跨界、建构和表达认同）贯穿三个面向

（即核心功能、知识派生功能、实践派生功能）的动态功能系统。

停笔回望，与《亚鲁王》从陌生到初识，从初识到熟悉，从熟悉到亲切，已然走过了十年的漫长路程，往事历历就在眼前，未曾模糊。这十年，我伴随着史诗的发展从一个稚嫩的学生成长为一个妻子、一个母亲，看待史诗也从初始的好奇变成了满眼泪光，阅历的不断丰富、心态的逐渐成熟，以及对麻山和麻山苗族的他者眼光转为自我审视的思维变化，让我对史诗的理解更增添了几分独有的情怀。

第一次进入麻山见到的东郎便是 YZZ001，称他为东郎是源于他为搜集整理《亚鲁王》拜师学艺，掌握史诗内容，为后续史诗的翻译整理奠定了扎实的基础。虽然他并没有真正主持过丧葬仪式，但是他将《亚鲁王》史诗推出麻山，便是其东郎身份的有力证明。随后辗转到宗地乡德昭村的 CXM002 家，见到了作为亚鲁部族身份证明的“卜就”，“卜就”在这里是 CXM002 家用以交易的商品，它的功能是满足寨中丧葬仪式的使用需求。次日，在大河苗寨采访了东郎 WFY003，从访谈的内容来看，CXM002 与 WFY003 均为家族传承，虽然这次采访所涉及的东郎不多，但大致可知的是，家族传承为史诗传承的主要形式，且亚鲁王文化融于地域内族群的生产生活中，这大概就是对麻山的第一印象了。

第二次进入麻山，时间较长，算是带着工作任务去的，因答应 YZZ001 整理多年的档案资料，在 7 月还未结束，便再一次回到紫云，这一回便是一个多月。相较于之前的浏览，这次算是精读。我成了亚鲁王研究中心的一员，吃住都在中心租用的邮局宿舍里，工作日在中心整理档案，一有机会就跟随他们去东郎家里进行访谈。借这次档案整理的机会，我有幸了解了史诗从被发现到面世的完整历程，在分类归档的时候，面对一张张穿梭于麻山腹地的照片，一段段葬礼视频，一份份工作手记，这无异于将一块块硬盘充塞进大脑，先是震惊，而后是感动。到 8 月中旬，完成了三个硬盘的档案归类，共计 3072GB。

亚鲁王研究中心于 2013 年在毛龚举办“亚鲁王祭祀典礼”，我加入了典礼志愿者团队，成为这场仪式的主要参与者，因整场仪式完全遵照传统举行，来吊唁的人不限于本族群内部人员，包括了罗甸、长顺、望谟、贵阳等地民众，规模庞大，仪式程序丰富，也是我观瞻传统丧葬仪式最全面的一次。

对《亚鲁王》的把握，主要依靠对东郎的全面了解。作为史诗的传承载体，东郎具有极为重要的研究价值。于是决定从 1778 名东郎中选取百名东郎做长时间的跟踪调查，从 2015 年做准备工作，到 2017 年大致完成，再至 2019 年的四次回访（事实上，穿梭于麻山次数频繁，仅以驻扎时长为一个月的田野调查算作一次），以从个体到集体的方式去感受东郎的生存境地以及传承历程，去了解在经济社会快速发展的今天，东郎们在遭受经济冲击下是否产生了思想的变化，等等。通过东郎们的自述，发现他们进行史诗传承的核心动力是家族需求，正如文化是为满足人们的需求一样，亚鲁王文化亦是如此。东郎 YCL018 说："传承家族的使命是我学唱《亚鲁王》的一个原因，另一个原因则是希望自己成为有用的人。可能现在你们都不能理解，唱个《亚鲁王》去帮别人开个路就能成为有用的人了，简直就是笑话。但你把时间倒回我们那个年代，就会发现，能唱《亚鲁王》的人都是寨子中的优秀青年。至少有三个方面是值得肯定的。一个是能够坚持。学唱《亚鲁王》不是一天两天就能学成的事情，学习的过程很枯燥，很无聊，时间短的都要学一年，时间长的学十多年的都有，所以能够唱《亚鲁王》的人，一定是很能坚持的人。另一个是记忆力够好。你想一下，《亚鲁王》我们唱要唱十几个小时，它的内容是非常丰富的，一篇课文有几百字，你背都要背一天，我们唱《亚鲁王》要背这么多，还要长期这样唱诵不能忘记，所以能唱《亚鲁王》的人记忆力很好。再一个就是有文化，受人尊敬。以前的时候我们这些地方能读书的人不多，基本小学没有读完就辍学了，那时也不兴打工，就在家中种地。寨子里面有老人去世后，人们就会去请东郎来料理亡者的后事，丧事完成后，东郎会得到糯米饭，会得到肉。那个年代能吃上糯米饭和肉，简直就是很高的待遇了。东郎在寨子上的地位是很高的，所以能唱《亚鲁王》就能够得到人们的尊重，也能够偶尔改善一下伙食。"

对既是东郎又是宝目的 CZY058 采访时，他打趣说"我们宝目帮人家做仪式，有一句话‘茅草掐一掐，不吃鸡就吃鸭’”，充分说明了当地宝目的社会地位和社会职责。这次的调查最有意思的就是和 LCY 到毛龚参加葬礼时，因夜晚要返回山下 YZY 家，就提前下了山，准备自己做晚饭，哪知翻遍了家中没有存菜，我和 YZY 跑到宗地也只能买到几个鸡蛋，于是就想去哪个老乡家“借”点菜吃，无奈寻遍了周边的庄稼地，也没发现一兜白菜、一个玉米。返回山上成为我们唯一的选择，在爬山与下山中，其实吃饱与挨饿好像已经没有区别了。

虽然东郎们肩负着家族使命，但因史诗被列入国家级非物质文化遗产名录后，认定了 1 名国家级传承人和 1 名省级传承人，传承人身份得以确立，经济和社会地位得到了改善；而部分东郎认为自己的传承人身份没有得到国家和社会的认可，于是开始消极怠工，出现了“和稀泥”的现象，再加上东郎的生存需要，传承的积极性遭遇挑战。“我现在也想收徒弟的，但是这段时间都不得空，因为做东郎没有收入，我们也是人，也要吃饭也要生活。平常我们都在做农活，有点零散事的时候我们也挣点外快”①。事实上，传承人制度在某种形式上对原有的文化生态构成了挑战，政府主导或社区自我保护的度目前无法把握，探索新的社区自我保护的形式任重道远。

作为口头传统，《亚鲁王》是在特殊仪式上唱诵的史诗，与歌谣、传说、故事等不同，如何进行文化资源的挖掘，是亚鲁王文化进行文化资源转化所面临的困境。针对保护传承与开发利用的问题，安顺市人大决定立法保护，机缘巧合下在 2017 年有幸参与了《安顺市亚鲁王非物质文化遗产保护条例》的起草工作。同年，由紫云县承办的安顺市第五届旅游产业发展大会项目亚鲁王城建设开工，投入 5.6 亿元。王城的修建得到了专家学者的指导，在遵循麻山苗族传统建筑的基础上进行改良，是《亚鲁王》非物质文化遗产产业化的初步尝试，然而王城的修建迁出了当地苗族村民，王城成为空荡的冰冷建筑，且由于距县城较远，其他的游

① 访谈人：KTZ001、XTZ003；访谈对象：YCL018；访谈时间：2017 年 7 月 18 日；访谈地点：贵州省紫云县宗地乡火石关村。

艺设施并未完备，单纯的建筑并未发挥其吸引力，游客数量并未实现较大的增长，旅游发展势头暂未显露。事实上，面临文化资源超前消费的发展困境，亚鲁王文化旅游产业发展有限公司于 2015 年开始就从农产品和手工艺产品出发探索产业发展道路，尝试进行视觉传达设计，设计亚鲁王文化品牌外观，在网络开设店铺进行销售，但效果不尽如人意。

2018 年公司重组人员，开启了向先进学习的模式，吸取发展势头好的产业模式，尝试创新手工艺产品。在产业发展的需要下，关注史诗在经济发展时代命题下所面临的资源转化问题，思考如何以文化带动产业发展成为我们所面临的问题，2018—2019 年间，多次参与亚鲁王文化产业发展讨论，参加亚鲁王非物质文化遗产展示推介活动，助力亚鲁王文创产品的推广与宣传。同时，积极寻求对外合作，借助紫云县与山东省青岛市即墨区结成中西协作城市之机，亚鲁王文化旅游产业发展公司将麻山特色文化产品推向了青岛市场，扩大了亚鲁王文化的知名度和影响力。随着对亚鲁王文化的不断传播，以亚鲁王为核心的文化旅游产业逐渐发展起来，形成了以“亚鲁王”旅游为主的产业发展格局，解决了村民就近就业的问题，带动了当地经济的发展。

附　　录

附录 1　“亚鲁王”相关资料一览表

相关资料名称	演唱者	搜集者	翻译整理者	流传地	出处	出版社	出版年份
迁徙的传说	—	周青明	周青明	安顺	《苗族习俗风情与口头文学》	贵州民族事务委员会、中国作家协会贵州分会民族文学委员会编印	1987 年
亚鲁传说	韦正荣	王金元	王金元	安顺市紫云县四大寨乡	《〈亚鲁王〉文论集》	中国文史出版社	2011 年
古博阳娄	张成富	杨兴斋	杨兴斋、杨华献	贵州省安顺一带	《西部民间文学作品选 1》	贵州民族出版社	2003 年
直米利地战火起	杨大林、李文学	李重崇	李重崇、朱文德、王正义	贵州省赫章、威宁等县一带	《西部民间文学作品选 2》	贵州民族出版社	1998 年
战争与迁徙	项文礼	项兴荣、杨文兴	李道、李义军、项兴荣、王永福、杨仲荣、陶玉芬、李登高、李维金	贵州省大方县	《西部民间文学作品选 1》	贵州民族出版社	2003 年

续 表

相关资料名称	演唱者	搜集者	翻译整理者	流传地	出处	出版社	出版年份
龙心歌	潘德明	朱宪荣	朱宪荣	云南省武定、禄丰、禄劝等地	《西部民间文学作品选2》	贵州民族出版社	1998年
杨亚射日月	朱顺清	杨文金、熊国勋	杨文金、熊国勋	贵州省镇宁黄果树一带	《贵州苗族民间故事选》	西南交通大学出版社	1994年
阳寅阳岈射日月	王启风	杨兴斋、杨华献	杨兴斋、杨华献	贵州省普定、织金等地	《西部民间文学作品选1》	贵州民族出版社	2003年
射日月歌	王正方	韩绍纲	李璧生、韩绍纲、王建国	贵州省威宁县	《苗族古歌》	贵州人民出版社	1997年
苗族传说之Jiang zlu	—	杨汉先	杨汉先	贵州省黔西县	《贵州苗族考》	贵州大学出版社	2009年
杨鲁(老)的传说	—	杨润仪	杨润仪	贵州省安顺市西秀区、普定县	《民族志资料汇编》	贵州省志民族志编委会(现存于安顺市西秀区民族宗教事务局档案室)	1987年
日月造反	朱天义	朱天义	朱天义	贵州省镇宁自治县革利乡	《夜郎故地上的苗族》	政协镇宁自治县第七届文史资料委员会,镇宁布依族苗族自治县民族事务委员会,贵州省苗学研究会镇宁自治县工作委员会编	1995年

续　表

相关资料名称	演唱者	搜集者	翻译整理者	流传地	出处	出版社	出版年份
迁徙的传说	杨兴顺、杨开国	杨明忠	杨明忠	贵州省赫章县苗族地区	《中国民间文学三套集成 贵州毕节地区 赫章县卷 苗族》	赫章县民间文学集成编委会	1987 年
杨鲁祭祀辞	—	杨斌	杨斌	贵州省黔西县	《黔西苗族杨鲁祭祀辞及其对苗族文化的影响》	贵州省苗学会	2011 年
猪心和龙心	王世春	王瑞尧	王瑞尧	贵州省纳雍一带	《(中国民间文学集成资料)贵州省毕节地区纳雍民间故事》	纳雍民间文学集成编委会	1988 年
少年亚鲁王	黄元勋、黄凤、黄龙	黄元勋、黄凤、黄龙	黄元勋、黄凤、黄龙	贵州省紫云县	《黔南苗族民间传说故事》	贵州省非物质文化遗产保护中心,黔南布依族苗族自治州苗学会	2015 年
亚鲁王五言体	CXH034	CXH034	CXH034	贵州省紫云县	《亚鲁王(五言体)》	重庆出版社	2018 年

附录 2　田野调研日志

编号	调查对象	年龄	调查地点	调查内容
001	YZJ	37	贵州省紫云县文广局	史诗《亚鲁王》的发掘历程
002	CXM	—	贵州省紫云县德昭村	个人基本情况及对史诗的传承情况、成为宝目的经历、宝目的工作内容

续 表

编号	调查对象	年龄	调查地点	调查内容
003	WFY	77	贵州省紫云县格凸村大河组	个人基本情况、对史诗的传承情况
004	亚鲁王研究中心		贵州省紫云县文广局	史诗《亚鲁王》团队工作全貌、资料的搜集
005	CZP	68	贵州省紫云县水塘乡坝寨村	个人基本情况、对史诗的传承情况
006	CSL	—	贵州省紫云县	个人基本情况、对史诗的传承情况
007	—		贵州省紫云县坝寨村毛龚组	丧葬仪式
008	CXB	53	贵州省紫云县大营镇芭茅村	个人基本情况、对史诗的传承情况
009	CXX	45	贵州省紫云县大营镇芭茅村	个人基本情况、对史诗的传承情况
010	CYB	45	贵州省紫云县大营镇芭茅村	个人基本情况、对史诗的传承情况
011	HLH	77	贵州省紫云县大营镇芭茅村	个人基本情况、对史诗的传承情况
012	HLN	78	贵州省紫云县大营镇芭茅村	个人基本情况、对史诗的传承情况
013	LXH	45	贵州省紫云县大营镇芭茅村	个人基本情况、对史诗的传承情况
014	WFS	77	贵州省紫云县格崩村	个人基本情况、对史诗的传承情况
015	WFC	57	贵州省紫云县格崩村	个人基本情况、对史诗的传承情况

续　表

编号	调查对象	年龄	调查地点	调查内容
016	CTL	56	贵州省紫云县大地坝村	个人基本情况、对史诗的传承情况
017	YCX	65	贵州省紫云县火石关村	个人基本情况、对史诗的传承情况
018	YCL	60	贵州省紫云县火石关村	个人基本情况、对史诗的传承情况
019	YCR	55	贵州省紫云县火石关村	个人基本情况、对史诗的传承情况
020	YGX	73	贵州省紫云县火石关村	个人基本情况、对史诗的传承情况
021	YXE	70	贵州省紫云县宗地乡歪寨村	个人基本情况、对史诗的传承情况
022	YXD	38	贵州省紫云县宗地乡歪寨村	个人基本情况、对史诗的传承情况
023	YZM	63	贵州省紫云县宗地乡歪寨村	个人基本情况、对史诗的传承情况
024	WLW	62	贵州省紫云县宗地乡歪寨村	个人基本情况、对史诗的传承情况
025	YCH	76	贵州省紫云县宗地乡歪寨村	个人基本情况、对史诗的传承情况
026	YCA	61	贵州省紫云县宗地乡歪寨村	个人基本情况、对史诗的传承情况
027	YXK	67	贵州省紫云县宗地乡久远塘	个人基本情况、对史诗的传承情况
028	YXZ	44	贵州省紫云县宗地乡巴陇	个人基本情况、对史诗的传承情况

续 表

编号	调查对象	年龄	调查地点	调查内容
029	CWX	48	贵州省紫云县大营镇星进村	个人基本情况、对史诗的传承情况
030	YZQ	80	贵州省紫云县大营镇偏岩村	个人基本情况、对史诗的传承情况
031	YZF	62	贵州省紫云县大营镇偏岩村	个人基本情况、对史诗的传承情况
032	YZH	29	贵州省紫云县大营镇偏岩村	个人基本情况、对史诗的传承情况
033	YGF	56	贵州省紫云县大营镇偏岩村	个人基本情况、对史诗的传承情况
034	CXH	75	贵州省紫云县猴场镇打哈村	个人基本情况、对史诗的传承情况
035	WGQ	52	贵州省紫云县猴场镇打哈村	个人基本情况、对史诗的传承情况
036	WXM	54	贵州省紫云县猴场镇打哈村	个人基本情况、对史诗的传承情况
037	WHX	49	贵州省紫云县猴场镇打哈村	个人基本情况、对史诗的传承情况
038	WXW	62	贵州省紫云县猴场镇打哈村	个人基本情况、对史诗的传承情况
039	WSC	70	贵州省紫云县猴场镇打哈村	个人基本情况、对史诗的传承情况
040	WSQ	64	贵州省紫云县猴场镇打哈村	个人基本情况、对史诗的传承情况
041	CSZ	44	贵州省紫云县猴场镇打哈村	个人基本情况、对史诗的传承情况

续 表

编号	调查对象	年龄	调查地点	调查内容
042	CSQ	57	贵州省紫云县猴场镇打哈村	个人基本情况、对史诗的传承情况
043	CSG	37	贵州省紫云县猴场镇打哈村	个人基本情况、对史诗的传承情况
044	WYL	44	贵州省紫云县猴场镇打哈村	个人基本情况、对史诗的传承情况
045	CSG	47	贵州省紫云县猴场镇打哈村	个人基本情况、对史诗的传承情况
046	CXS	56	贵州省紫云县猴场镇打联村	个人基本情况、对史诗的传承情况
047	YGX	71	贵州省紫云县猴场镇打联村	个人基本情况、对史诗的传承情况
048	YGG	65	贵州省紫云县猴场镇四合村	个人基本情况、对史诗的传承情况
049	YSQ	49	贵州省紫云县猴场镇四合村	个人基本情况、对史诗的传承情况
050	LHX	72	贵州省紫云县猴场镇四合村	个人基本情况、对史诗的传承情况
051	LGZ	57	贵州省紫云县猴场镇马寨村	个人基本情况、对史诗的传承情况
052	YGM	39	贵州省紫云县猴场镇马寨村	个人基本情况、对史诗的传承情况
053	YLL	85	贵州省紫云县猴场镇马寨村	个人基本情况、对史诗的传承情况
054	YTW	76	贵州省紫云县猴场镇猴场村	个人基本情况、对史诗的传承情况

续　表

编号	调查对象	年龄	调查地点	调查内容
055	YGF	39	贵州省紫云县猴场镇猴场村	个人基本情况、对史诗的传承情况
056	YTL	81	贵州省紫云县猴场镇猴场村	个人基本情况、对史诗的传承情况
057	CWX	61	贵州省紫云县猴场镇冗瓦村	个人基本情况、对史诗的传承情况
058	CZY	59	贵州省紫云县猴场镇冗瓦村	个人基本情况、对史诗的传承情况
059	CZX	59	贵州省紫云县猴场镇冗瓦村	个人基本情况、对史诗的传承情况
060	CXM	56	贵州省紫云县猴场镇冗瓦村	个人基本情况、对史诗的传承情况
061	WGZ	39	贵州省紫云县四大寨乡牛月组	个人基本情况、对史诗的传承情况
062	CXQ	50	贵州省紫云县四大寨乡牛月组	个人基本情况、对史诗的传承情况
063	WLK	72	贵州省紫云县四大寨乡牛月组	个人基本情况、对史诗的传承情况
064	WYS	40	贵州省紫云县四大寨乡卡坪组	个人基本情况、对史诗的传承情况
065	CTS	43	贵州省紫云县四大寨乡葫芦寨	个人基本情况、对史诗的传承情况
066	CZP	68	贵州省紫云县四大寨乡上六斤组	个人基本情况、对史诗的传承情况

续　表

编号	调查对象	年龄	调查地点	调查内容
067	CZZ	55	贵州省紫云县四大寨乡上六斤组	个人基本情况、对史诗的传承情况
068	CXQ	37	贵州省紫云县四大寨乡下六斤组	个人基本情况、对史诗的传承情况
069	CZR	44	贵州省紫云县四大寨乡下六斤组	个人基本情况、对史诗的传承情况
070	WFY	77	贵州省紫云县格凸河镇格崩村	个人基本情况、对史诗的传承情况
071	YZJ	37	贵州省紫云县格凸河镇坝寨村	个人基本情况、对史诗的传承情况
072	YZC	40	贵州省紫云县格凸河镇坝寨村	个人基本情况、对史诗的传承情况
073	CZX	67	贵州省紫云县宗地镇宗地村	个人基本情况、对史诗的传承情况
074	CXX	58	贵州省紫云县宗地镇宗地村	个人基本情况、对史诗的传承情况
075	CWB	57	贵州省紫云县宗地镇宗地村	个人基本情况、对史诗的传承情况
076	WBD	67	贵州省紫云县宗地镇宗地村	个人基本情况、对史诗的传承情况
077	WBM	62	贵州省紫云县宗地镇宗地村	个人基本情况、对史诗的传承情况
078	WHX	52	贵州省紫云县宗地镇宗地村	个人基本情况、对史诗的传承情况
079	CWY	75	贵州省紫云县宗地镇宗地村	个人基本情况、对史诗的传承情况

续 表

编号	调查对象	年龄	调查地点	调查内容
080	CWM	57	贵州省紫云县宗地镇宗地村	个人基本情况、对史诗的传承情况
081	CWZ	44	贵州省紫云县宗地镇宗地村	个人基本情况、对史诗的传承情况
082	WLW	82	贵州省紫云县宗地镇宗地村	个人基本情况、对史诗的传承情况
083	LZC	79	贵州省紫云县宗地镇宗地村	个人基本情况、对史诗的传承情况
084	YFM	77	贵州省紫云县宗地镇宗地村	个人基本情况、对史诗的传承情况
085	WYJ	85	贵州省紫云县宗地镇湾塘村	个人基本情况、对史诗的传承情况
086	WJF	52	贵州省紫云县宗地镇湾塘村	个人基本情况、对史诗的传承情况
087	YXB	65	贵州省紫云县宗地镇湾塘村	个人基本情况、对史诗的传承情况
088	YXQ	52	贵州省紫云县宗地镇湾塘村	个人基本情况、对史诗的传承情况
089	YTX	72	贵州省紫云县大营镇星进村	个人基本情况、对史诗的传承情况
090	YGM	45	贵州省紫云县大营镇星进村	个人基本情况、对史诗的传承情况
091	YXC	55	贵州省紫云县宗地乡歪寨村	个人基本情况、对史诗的传承情况
092	CWZ	66	贵州省紫云县宗地乡歪寨村	个人基本情况、对史诗的传承情况

附录3 访谈提纲

1. 您的民族、年龄、性别、学历、职业、家庭住址？

2. 您有几个孩子？有几个兄弟姐妹？有几个徒弟？有几个同门师兄弟？（家族谱系，含师徒谱系）

3. 您所在村中有多少户人家？村中东郎有多少？村中主要从事什么生产？村中村民以什么民族为主？村中常过的节庆是哪些？

4. 您父母从事什么工作？父母也是东郎吗？兄弟姐妹中有没有从事东郎的？孩子中有没有从事东郎的？亲戚中是否还有从事东郎的？

5. 您什么时候出师的？您学唱《亚鲁王》学了多久？主持了多少场仪式？掌握了《亚鲁王》的哪些内容？主持过砍马仪式吗？

6. 您是跟随一个师父学还是几个师父学？师父是父亲还是亲戚或者是村中的东郎？是什么原因让您想去学《亚鲁王》呢？和您一起拜师的有几个人？有没有拜师仪式，是怎么样的？当时您排行第几？师父最先教您的是哪一部分？

7. 您第一次和师父去主持葬礼是什么时候？您是通过什么方法来学习唱诵的？您是天天跟着师父学，还是有着特定的学习时间？

8. 您学成之后第一次独立主持仪式是什么时候？目前为止主持了几场仪式？主持过砍马的仪式吗，有多少场？砍马的仪式与不砍马的仪式有什么区别？

9. 学唱《亚鲁王》有什么禁忌吗？要成为东郎需要什么条件？成为东郎后需要遵守什么规矩？

10. 您的家里人支持您成为东郎吗？您觉得当东郎后您的地位有没有提升？您觉得当东郎后责任有没有更重？

11. 主持仪式收费用吗？成为东郎比较清苦，有没有想过放弃？不放弃的原因是什么？

12. 您在学唱《亚鲁王》的过程中有没有突然中断，是因为什么中断的？

13. 您在成为东郎后有没有很长一段时间不主持仪式，是什么原因？

14. 您与其他东郎有交流吗？您觉得哪位东郎最厉害？成为东郎后还与师父有联系吗？

15. 您认为东郎与宝目有什么区别？您是只做东郎还是也可以兼做宝目？如果也做宝目，那平时会给村民们做些什么仪式；如果不做宝目，您平时除了主持仪式外，还做些什么工作？

16. 您至今记忆深刻的是哪场仪式，能详细谈谈吗？

17. 您相信神授的说法吗？村中有神授的东郎吗？您每次主持都会有丧家亲自来跪请吗？以前主持仪式几天，现在有几天，什么原因？

18. 您现在有徒弟吗，有几个？现在还举行拜师仪式吗，为什么？您什么时候开始收徒弟的？平时什么时间教授《亚鲁王》？每一位徒弟唱诵的内容都一样吗？现在有徒弟独立主持丧葬仪式了吗？有没有女徒弟？为什么不收女徒弟；为什么收？您最看好哪一位徒弟，为什么？您的徒弟现在主持仪式收钱吗？

19. 您的徒弟们除了东郎的职责外，都在做些什么工作？您的徒弟们多大岁数？您会单独挑一个徒弟来教授全部史诗吗？他们出师后，您还会与他们进行交流吗？

20. 村中有没有女东郎，为什么？您认为有女东郎的原因是什么？

21. 您对您民族的历史了解多少？您认为亚鲁王是什么样的人？

22. 现在村里的人外出务工的多吗？外出务工的是年轻人还是中年人？外出务工回来后，他们还会过民族节庆吗？

23. 在政府重视之前，村中的丧葬仪式是不是越来越简单化？政府对《亚鲁王》的重视有没有引起村民们的支持？你认为亚鲁王仪式有没有必要继续下去？

24. 村中有没有《亚鲁王》传习所？每天学习的人多吗，一般有多少？

附录4　田野日记（摘录）

2017年7月6日

今天想也没想就直奔紫云，第一次上高速，非常紧张。半路因一辆车要超车，从我旁边擦过，未见过世面的我以为他要撞到了我，第一反应就是踩下了急刹车。没想到这一踩也把超车司机吓了一跳，他也立马踩下了刹车。惊魂未定的我，在确定没有任何安全问题后，缓缓踩下油门继续前行。那辆车的司机估计也吓得不轻，在我前行百米远后才开始继续缓行。差不多三小时就到了中心。

回到中心，见到了许久不见的YZJ、YGY、LCY、YZX、YZC等，也见到了新来的YXD、YXH、WB、LY。一见面寒暄了几句，我们就进了会议室，YZJ说："我们知道的你们也都知道，就不用重新讲一遍了吧，你们先看看我们的新办公室。"于是我们参观了中心的新办公室，相较于之前的办公室，确实大了很多。待下班，随便找了个地方，和他们拉上了家常，填了下肚子，大概了解了中心的近况。晚饭后，买了洗漱用品，就在大家的宿舍住下了，还是原来的那套灰色床单，还是原来的双层铁床，一切似乎又回到了以前，在中心旧址邮局宿舍里的日子，和老陈哥CZZ，陈大哥CSZ、LCY还有LYL、YZY合伙做饭，谈天说地，喝蜂蜜酒的那一个夏天。

盛夏的紫云在傍晚依旧伴着暑气，热腾腾的，像难以抑制的激动心情，辗转反侧到很晚依旧难以入眠，不知道为什么，总觉得与这里似乎有着剪也剪不断的缘分，当然或许与这里的美食分不开，滚豆鸡、刨灰辣椒、烧番茄拌辣椒，都召唤我回到这里。

2018年7月11日

7点起床洗漱，9点钟出发去芭茅，路过宗地的时候买了点菜。来了很多次，却没有到集市逛逛，集市很大，里面菜的种类也很多，这个季节的辣椒、瓜尖都很鲜嫩，肉十块一斤，很便宜也很新鲜。逛了一圈儿，手里就提满了，上车继续前行。到芭茅的时候差不多中午了，去的是 YXH 家，也是中心的接待站。XH 妈妈见我们来了，很高兴，连忙招呼我们进屋里坐。我将行李箱放到寝室，就到火塘屋里去和艳姐忙活生火做饭，LCY 找来瓜尖和豆米，将火塘上方的腊肉放火里烧，然后洗净切片，最后一起放锅里炖了一锅香。忙活了一早上，大家肚子都很饿了。吃过午饭，东郎 CXB008 来到了接待站，于是就趁着机会和他在堂屋开始访谈。刚开始他还挺拘谨，就着白酒聊了一会儿后，就打开了话匣子。

一聊就聊到了下午，晚饭时间，我们停止了访谈，开始准备所有人吃的饭菜。接着，寨上的几个东郎似乎听说有人来接待站了，也都一起过来聊天。忙活一阵后，再打上几碗白酒，在火烟气、热菜气的交杂下，微醺的东郎们讲述着大家一起学艺的往事。芭茅寨有十几个东郎，都是一个师父传下来的，所以他们都是很要好的乡邻，也是家族中的亲人。寨上的住户住得很紧密，每户之间相隔也就十几步路远，一团热闹的气氛。有两位东郎就在兴华家旁边帮忙修建房子，看大家都过来，他们也放下了手中的活，过来一起喝酒聊天。那天，讲到很晚，也讲得很开心。

晚饭过后，东郎们都相继回自己家去了，XH 妈妈在门口的平台上洗衣服，我跳了过去。远处的山在夜幕下与天的颜色对比分明，芭蕉叶随微风轻轻晃动着。XH 妈妈笑着说："我们 XH 要结婚了嘞，你明年来我们家喝酒好不好?" XH 妈妈满溢着幸福的笑，让这个沉寂的夜晚一下明媚起来。月亮挂上了芭蕉树，我回到寝室。因为是夏季，寝室里的蚊子乱嗡嗡直叫唤，楼下 XH 家养的猪吃饱后也直哼哼。我躺在床上，看着窗外深蓝色的夜空，静静发呆。

附录 5　访谈记录（摘要）

1.《亚鲁王》搜集整理者杨正江的访谈材料（访谈地点：安顺市紫云县亚鲁王研究中心）

我出生在紫云县麻山的一个小山村，从小对麻山腹地的记忆就是很贫穷。因为父亲工作的原因，我们很早就搬到麻山离公路很近的地方居住。在我的记忆里，麻山深处的亲戚们赶集，都会经过我家，有时候赶得巧就会在一起吃饭。他们离开的时候最希望的就是能够得到一些大米，如果忘记了这件事情，他们一定是不开心的。而我回到那个地方去，睡觉是最难忘的，不过就是一捆玉米秆子垫着。那时候因为年纪小，不懂事，最害怕回老家，但是现在老家却是我最牵挂的地方。我是家中最小的孩子，受苦不多。我记得我初中是在紫云读的，一次省里面来了一位作家，我去听了他的讲座，之后就决心去采访麻山深处那些在丧葬仪式上唱诵的人们。从那个时候开始我就已经与《亚鲁王》断不了联系，我家人不理解我，以为我是发了疯，就把我关了起来。在被关的那几天，我试图逃脱，但都没有用。我记得我还做了很多梦，梦境里面全是东郎唱诵的声音，还梦见了我要带领全族人去做一个什么事情。据我的家人回忆，那时候我差点跳了楼。后来是请杨再华帮我做了仪式，我才得以恢复。于是我就对《亚鲁王》产生了兴趣，我决定去学新闻专业。在2001 年我考上了中国社会科学院研究生院本科部的新闻系，去读了大概半年的时间，我觉得与我的想法有差距，所以我就退学了。回来后第二年考上贵州民族学院的民族文化学院，学习苗语与苗族文化，我边上课，边在麻山调研葬礼。那时候大家都不理解，说一个大学生天天来人家葬礼上做什么，都觉得我不做正事。但是经过了这么多年的努力，我觉得我所受的苦都是值得的。

我来到紫云工作，最初的工作不是做这个，而是在松山镇政府工作，在此期间还做了包村干部。但是在这段时间里面，我没有放弃继续我的田野工作。直到2009 年贵州省进行非物质文化遗产普查，我才被借调到紫云县非物质文化遗产普查办公室工作，真正的“亚鲁王”工作由此展开。从读大学开始，我就关注“亚鲁王”，深感其内容之庞大，一人之力恐不能完成，于是我上报领导，申请组织一个团队来开展此项工作。这一提议得到批准，我就开始寻找愿意为苗族文化付出努力的同胞们。很快我们的团队就建立起来，刚开始有杨光应（杨松）、杨正兴、吴斌、韦聪、吴刚辉，后来陆续进来一些又流失一些，现在确立下来的就是我们这几个，有我、杨正兴、杨正超、杨光应、梁朝艳、吴刚辉、李娅、杨小冬、杨成刚、王彪、杨兴华，还有一个马上来报到的我们今年引进的研究生。

有了团队成员，“亚鲁王”工作就开始进行了，最先开始的就是做歌师普查，这是最艰难的。

2010 年到 2012 年，我们花了两年的时间来做田野调查，团队成员配备了摩托车，每两人一组，去麻山深处随机探访寻找歌师，几乎是每一个乡村都走了，进行地毯式搜索。因为有很多的歌师是你不知道的，然后你问老乡，他们也不太清楚。要亲自到他们的村寨里面去问，进行排查后才知道哪些人是歌师，哪些人不是。当时歌师们是不配合的，他们怕被抓进学习班学习，所以都隐藏自己的身份。为了解开这个结，我们费了不少力气，也做了很多的宣传工作。他们还曾遇到过歌师情绪激动，要引发打斗的情况，但在努力之下都一一解决了。之后去普查的时候，我们都会在摩托车后面插上亚鲁王团队的旗帜。现在这 1700 多个人都还能唱，还在主持仪式。

亚鲁王研究中心成立后，我们团队也曾经开过一个作风整顿大会，“亚鲁王团队作风整顿大会——今天我当家”，规定一人半小时，这半小时之内，你以主人公的身份，把你的想法、你对工作开展的思路全部讲出来，完全不受限制，有什么说什么。开这个作风整顿大会，用了两天的时间。那时候我们是野战团队嘛，没有编制也没有正式工资，只是我们自己给自己一个官当，现在编制是要下文的，不能随意就给一个编制。但是没有编制的工作也有没有编制工作的干法，我们有信仰，我们有民族责任感，尽管工作辛苦，偶尔有怨言，但是以自己为主角的整顿大会起到了很好的效果，就是这样我们才能一直走到今天。我们觉得尽管现在好一些，但这种方式还是可以继续下去。其实就是在某一个阶段、某一个时期我突然感觉团队的纪律太松懈，凝聚力弱了，我就应用这个方法整顿大队。当时我们还制作了一个奖牌，就是设立一个优秀团队的奖牌，用来鼓励大家，让大家知道我们是一个优秀的团队，必须拿出优秀的作风，每人一面旗帜，我们一起当家。在那个时候我就觉得要管理一个团队很不容易，我们还举行不记名投票，选举办公室主任、政治辅导员、生活秘书员、摄影（像）员等，八个人自己投，最后投出杨正兴是政治辅导员，杨正兴五票；杨光应是生活员，他有六票。由于团队的所有人，刚开始的时候就只有我自己会做一些简单的办公软件工作，所以现在我们这个传承的区域图都是我自己做的，是买贵州地图裁剪出来的。我从 2009 年到 2010 年两年的时间不会用文档，关于注释的问题，也询问过周边很多人，他们都不懂，然后就一直用一个很笨的办法在做。我以为我成功了，但是再一次进行排版的时候，这个脚注就不会跟着页面的变动进行变动，还需要我一个一个地进行剪切和粘贴才能将注释与段落或者词语重新附在一页上。不懂办公软件的技术，让我在工作上事倍功半。在 2011 年的时候，冯骥才的学生才教会我怎样使用脚注。说这些的目的，就是想表达一个人在基层要做一件事特别难，要求自己必须面面俱到，包括照相、录音、影视、脚本、编导这些都需要自己来做，比如说我们做的介绍“亚鲁王”的专题影视，其中的脚本都得自己写、取景都需要亲自去跟踪，整个过程特别艰难。做那个谱系表的时候是最难的，我都是一个方块一个方块、一条线一条线慢慢添加做成的，没有人能帮得了我。我们缺少技术人员，比如说我要做一个插图，都不能做。那些复印、打印店也都只能做简单的文档，所以那个时候我们在办公软件这块基本上是处于初级阶段的，很多事情都是自己来做。

翻译工作在 2009 年的时候也遇到了很大的困难，我已经交了三稿，在余未人老师那里总是通不过，老是说不符合要求，不是他们想要的。我之前的翻译，比如说歌师开始唱的时候会有些辅助性的语言，也就是开场白，与宗教有关的一些语言、祷告的内容我都一字不漏地全部翻译进去，每一个环节做了些什么也都一一详细地记录下来，结果弄了三千多行还没有进入正文，然后他们非常生气，要我重新做。后来我就揣摩，干脆把前面砍断，直接从“创世纪”开始就连接到亚鲁王的这段，前面的属于宗教、民俗习俗的内容就全部不要了，结果这个文本拿出去就通过了。国家级非遗的要求也就是这样的，否则就称为宗教类的东西，宗教类的又不列入民间文学的范畴，那么《亚鲁王》是宗教文学还是民间文学就必须有一个明确的界限，后来我才弄懂这个事。也就是说，理论要与田野完好地融合是需要很长很长的时间的。有的时候我感觉自己快要崩溃，没有人能指导，也没有模本可供参考。有人问我读过北方的三大史诗没有，我没有读过，以前是没有条件去读，现在是不敢去读，我想把我的做完再读，怕自己的思路被干扰，然后一直不能出来自己想要的东西。

把《亚鲁王》作为民间文学推出去可以说是当前唯一的办法，之前的仪式那块不能丢。因为那块可能对于他们来说没用，但是对于真正搞学术研究的人来说是很有价值的。后面的这些表述也都是在前面的这个大背景下进行的，是不能丢的。我现在做的就是一个纯记录的工作，我的合作方想要哪个方面的我就把哪个方面的拿出来；对于我的完整的东西，我想要做一个数据库来保存，那么，以后就可以与有关民族学的、人类学的学者合作，他们需要就再把它拿出来。

2.《亚鲁王》国家级非物质文化遗产传承人 CXH034 的访谈材料（访谈地点：紫云县安顺市粮食局宿舍）

我叫 CXH034，今年 73 岁，是紫云县粮食局退休职工，也是东郎，被评为国家级传承人。我们那个地方由于边远，离学校太远，我 13 岁才开始读书，那时候是 1958 年，我懂事了才去读书，从一年级开始。不过读不成书，1958 年搞“大跃进”，搞钢铁卫星，老师是哪个也不认识，教室在哪也不知道，成天背个书包就是去参加劳动，没有学到什么东西。读到几年级，我们也不懂，本来上学就是七月间，但我们是正月间去的，一去就喊读的不是第一册的书，而是第二册的书，还以为错过了年去读书，谁知过了年不是人家招生的时候，就去插班，就得读第二册书，也属于一年级。那时候是 1958 年，读不成；到下半年就得了二年级的书，但也没上课；到 1959 年又得了三年级的课本，也是没上课，成天就是到处跑，到 1959 年就没读，就回家了。1959 年回家后就搞扫盲运动，农村要搞扫盲，我就去参加扫盲班了。因为我们 1958 年、1959 年的时候认识一个老师叫龙光学，就是龙家田坝的，写毛笔字还写得挺好的，我去收人家的纸壳，然后去拿他家的毛笔来写。当时的口号是“鼓足干劲，力争上游，多快好省地建设社会主义”，我就叫他写这几个字。扫盲班的楼上楼下点灯，我又拿纸壳让他帮我写，又是什么“社会主义是天堂，没有文化不能上”，那个扫盲班里面有这些内容的，我就让他写在硬纸壳上，我就一个字一个字地学。我就跟着他学写字，学会之后我就拿去教别个，1959 年我虽然已经十四五岁了，但是那几年不行，身体不行，搞农活还是搞不了，我就采取这种办法，拿着几个卡片去学写字，学会了又教别个。到 1960 年以后我就去当夜校的老师了，也是和之前一样，就采取这种办法，先自己学好，再去教别人，就慢慢地学。我还参加了扫盲运动，就这样慢慢学，慢慢教，也一直搞这个扫盲运动。有一天赶场，扫盲班的就去街上拦住，说不认识字的就不准进去赶场，还拉了一些木棒来拦着，认识字的人就过去，不认识的就不让过去。我因为身体不好，不能去搞农业生产，就借此机会弄成识字卡片，拿个包包背起去跟着搞这个活动，因为弄这个肯定要自己先认识，后来就觉得还挺轻松的。搞农业生产的，我们就在他们休息的时候去教他们，这样子就清闲得多，他们干活的时候我就写字、识字，他们做好了我再去教他们。确实不做体力劳动后，我的身体就逐步好起来，我也照样得工分，也算是没有给家里人拖后腿嘛！

从 1959 年到 1963 年连续搞了五年的扫盲运动，确实我也学到一些东西。到 1964 年，政策又变了，这时候提出搞半耕半读、半农半读的学校，这个意思是半天干活半天读书，于是就在我们这个地方又建立了个学校。学校建起来，就要找老师了，但是喊谁谁都不来，喊老洞沟的人家也住得远，也难得走，人家不来；从猴场喊人来，也没有人来；然后他们就说喊我来当老师，搞半耕半读，我又去当老师了。我想这样也好，半天和娃娃学习，也得半天闲，慢慢地觉得自己也不劳累，还能学到东西。搞半耕半读的课本和全日制的课本是一样的，所以当时我们地方就说怎么都是全日制的课本，我们要学拼音。哎呀，我哪里认识拼音！我就想办法，然后我就跑到猴场去厚着脸皮喊那个老师教我汉语拼音，从我们这儿跑到猴场去请人家教我们汉语拼音，学得点又回来教给学生。后来我们少数民族的这些学生不会汉语，来上这个课不知道是什么东西，别人来听课我也是不知道害羞地用苗话做了个双语教学，应该算是最早的双语教学了吧！我是脸皮厚，那个时候半工半读，有些当官的也来听课，我也不管了，也是说着苗话上课，也管不了这么多，说汉话娃娃们听不懂，说让他们读哪他们也听不懂，所以要用苗话提醒他们，这样竟然还得他们夸奖，说我教得可以。后来做得没多久就说这个效果不错，就做成全日制，1964 年到 1965 年就改成全日制教学了。

做成全日制之后，我觉得努力了对自己还是有好处，从扫盲班到半耕半读，再到全日制，他们就说，我教书好，不要让我教半天了，就教一天了。整天教就更好了，不用去挖地了，这样好多了，还学得到东西。在正式转为全日制的这一年，也就是 1965 年嘛，我就结婚了。转成全日制学校后，我也专心教书，当时上的课和猴场那些中心学校上的课是一样的，课本都是一样的。考试的时候，我们不会出题，也是由他们来出，结果考出来的成绩，平均分还不次于他们。我们就更高兴了，认为这样的教学方法还可以，就应该转为全日制；而且出题考试的时候是中心小学出的题，我们没有作弊，然后考完交上去他们还说及格率不低于中心学校，所以我就趁此机会去学《亚鲁王》史诗，边教书边去学。我 16 岁的那个时候就在全日制学校教书了，学生成绩很好，我们都很高兴，我还趁此机会去找姓韦的那个师傅教我《亚鲁王》史诗。到 1966 年我们的学校停课闹革命，我不能教书了，就去生产队熬硝做瓦。熬硝就是去洞里面挖那个泥巴来熬成硝，做瓦就是拿那个硝来做瓦，自己还是觉得很累，吃不消，不过也是这时候有机会学唱《亚鲁王》。唱《亚鲁王》是不能在家里面唱的，在哪家唱还着骂，但是我在洞里面唱应该不会有人骂我吧！我们住在洞里面。做瓦的时候住在瓦棚里面，熬硝的时候住在洞里面。后来到生产队有个仓库，里面有粮食，那一段特殊时期很混乱，就需要有人去守仓库，我就去守了仓库。一个人在里面还是冷清，也怕小偷来了一个人守不住，所以我就召集了几个人去那儿学唱《亚鲁王》史诗；也有几个人在那儿唱苗歌，所以我又在那儿学苗歌，为了吸引大家，所以就唱苗歌，我学苗歌就是在守仓库的时候学的。我在 1967 年到 1968 年的时候守仓库，熬硝做瓦，唱亚鲁史诗，唱苗歌。为什么要唱苗歌呢？就是在守仓库的时候怕坏人来把你打了，所以就召集大家来唱苗歌，为了吸引大家嘛！后来赢得生产队长的高兴，他说我这样不仅守了仓库还能跟大家唱歌，所以又让我教大家学《毛主席语录》，所以又学《毛主席语录》，每天就背着个《毛主席语录》到处教别人唱毛主席的革命歌曲，就这样混来了。那时候提倡唱革命歌曲，所以我就又教大家唱，那时候就是又守仓库又教大家唱革命歌曲，唱苗歌。

到 1969 年的时候我们弟兄分家了，分家之后我不得不做农业生产，我做农业生产还是不行啊，身体吃不消，但是分家之后就是家庭主心骨了，就有这个责任了，有老人又有小孩，我觉得我自己升级了，不得不挑起这个重担。在我们这个地方生产的粮食全部收到仓库里面了，都不够供余粮，这样一来，我们就挑去，然后又反挑粮食回来，这样来回折腾，身体挨不住啊，太累了；挑回来的粮食，吃呢，又是霉变过的，没有营养，不养人。我们那个村当时成了贵州省的全免村，为什么会全免呢？主要是当年土地改革的时候，工作队来村里面，我们村的那些地主富农就喊了一些人来，为了让别人都成为地主富农，就把土地产量提得很高，那么有的土改老干部就说："你们这个产量还讲什么挑数，什么叫挑数你们明白吗？你们这个产量定得太高了，要改。"当时讲这个话的老干部就是燕世昌，有个叫罗正芳，还有个叫罗朝芬。我们那个农会主席为了叫人家成地主呢，就说："同志啊，不高啊，我们这是崖旮旯，一碗泥巴一碗饭啊！"就把土地产量提得高高的，把产量提高以后，曾家和姚家就成地主户了，但我们其他的全部是贫农，就来分土地，分了土地以后就要按照产量来上粮，这就完蛋了，收来的粮食都不够上余粮就是这个意思了，后来果然我们全部挑来都不够供余粮。到 1969 年我就说这个"家庭主父"不好当啊，就努力奔出去，我就奔出来了。1969 年搞秋征我就出来帮忙收粮，来了以后现学说汉话，字是认识一些，但也不会算，秤也不会认，慢慢学认秤，慢慢学讲汉话，虽然之前会讲一些，但讲得不是很好，所以来参加秋征以后三个月就被喊回去了。我来了以后身体就已经好点了，觉得还可以，比做农业好，所有的背包活、扫地、扫仓库我都干，后来就留下来了。他们留我下来的时候，是这样说的，这个人说话都说不清楚，但是勤快、听话、老实，所以就把我留下来了。我1969年正式进入粮食局工作，开始就帮忙背包、扫地，人也老实，后来又做销售，我做过销售、出纳，还有统计、会计，在猴场的时候又让我当副所长、所长，1979年到1993年就一直待在猴场，1993年情况有些变化就又回到粮食局。我一直都没放弃唱诵《亚鲁王》，到了粮食局都还在偷偷摸摸地去，因为放不下，这个东西确实放不下，所以我在粮食局的二十来年也是偷偷摸摸地去。后来有个同事说我不知道说了多少假话，但我首先是把自己的工作做好，把自己分内的事做好，自己也赢得人家高兴，所以也没被揭穿。真的，这四十多年都想到这个饭碗是会被砸掉的，回到我们的地方连饭都没有吃该怎么办。本来就是没有饭吃才出来的，收完、上完都不够，到1979年贵州省通过全面的调查才把我们那个地方的供余粮全部免去，还要回交，那个面积的亩数都是高高的，但实际上不出产，直到现在我们那个村有一半的人过年都不回家来。因为没有吃的，土地生产不出粮食你吃什么嘛，都去打工了。

我家有六姊妹，有个姐，有个妹，一个兄弟，两个哥。大哥叫陈兴和，今年86岁了，他在家务农，现在看来差不多要去世了，生活都不能自己料理了。我二哥都70岁了，叫陈兴学，他开始算是有工作，后来由于地方落后就把工作甩丢了。他原来是唯一一个和我们去学《亚鲁王》史诗但是没到丧葬仪式上去唱的，因为当时搞钢铁卫星，他身体好，也高大，所以最先进入的是贵钢——贵阳钢铁厂，后来又到宝钢，就是东北的宝钢，所以那个时候县委书记都没去过北京那些地方，他都去过，厉害得很。我们这些地方落后，我二哥说东北冷得很，又离得远，说是中国最北边的地方，有鼻涕的时候要赶紧擦干净，不然会结冰。我妈和我大哥就说不要让他去受这种苦了。那时候没有电话，就发个电报骗他老爹老妈去世了，让他赶紧回来，来了之后就不让他走了，就这样回来了，不然他还是宝钢的工人。回来之后就不争气了，什么都不做，就在家干农活，当过赤脚医生，剩下的一辈子就毁坏了，现在也去世了。我是家里面的老三，我还有个兄弟叫陈兴章，他60岁了，他算是什么都不做，农业也不做，我们那些农业都不做的，做不成，不像宗地的，人家都说宗地的地难种，但我们这更难种，都是石板，地宽但是不出产粮食，所以现在大家都不做了，都出去打工，不去的才有低保。没有粮食养猪也不行，你养鸡、养猪、养鸭、养鹅都要有粮食，没有粮食养什么都不行，就只有打工了。我家第五个是妹，叫陈满妹，今年 70 岁了，小我 3 岁，在家务农。我兄弟陈兴幺是最小的。我还有个姐叫陈艾妹，也是挨边 80 岁了，好像是 78 岁还是多少，她属龙的 78 岁，总共是六姊妹，四弟兄，还有个姐，一个妹。

我有四个小孩，大的叫陈仕兴，挨边 50 岁了，现在在猴场医院当医师；第二个叫 CSG045，挨边 40 岁了，不小了，现在一样都不做，务农；老三叫陈仕学，属鼠的，33 岁了，在给个外国老板打工，他们是一个叫威登的外企吧，当时他的成绩很好，是通过考试进去的，这个企业是在四川的达州，是跟着个新加坡的老板做。陈仕学没有读大学，就只读个初中，因为我们负担太重了，就连高中都没得读。就 CSG045 他读了高中，剩下三个都没读，老大也没读，老三、老四也没读，就剩做不走（发展不好）的这个读了高中。那还有一个叫陈仕龙，在福泉，也是跟他三哥在一个公司，现在各在各的分公司，但都是一个总公司。陈仕龙现在都 30 岁了，不小了。我就是这四个儿子，没有女儿，就因为想要个女儿才生了四个，谁知没有如愿。

因为读书的事情，老大一直都心情不好，因为他当年读小学还是读初中的时候就送到北京去读的，就是当医生那个，但是去北京读要七年，因为还有高中和大学一起读。这个挺好的，能到北京去读书，但是后来负担重，那时候我们又都是无家可归的人，安顺卫校的人又来要，所以我就送他去安顺读了，所以他心里面一直都有想法，他没说出来。当时贵州省就要两个，他就得了一个名额，可惜了，但是我们家庭处于这种情况，没办法，去读卫校三年就出来了，出来就有份工作。但是三年出来以后他不安心，刚开始的几年都不安心，三四年之后才稳下来，但他从来不问我们为什么不让他去北京。他在外科内科都做过，现在是外科的。带着几个娃娃长大，苦得很，现在就差老二了。他们几个就数老四最差，老四假如和老三一样就好了，老四考试成绩不好，调皮捣蛋，就得读技校，安排工作了，厂里又不景气。他三哥就喊他跟着过去了，但是那个单位要求太严了，六年都没进去，是去读书考试，把他自己都读垮了，读了六年，六年没工作，原先的工作都丢了，我又负担不起。他按照那个厂需要的条件去学，去读了本科，但还是没有能够正式进入企业里面。他之前的那个老婆没和他在一起了，丢下女儿一直跟着我们两个老的生活。当时他和他老婆在安顺，两个都是有工作的，但是他放弃他的工作了，又难以就业，我家老四也一直没就业，她就灰心了，就走了。后来还是拼命地读书才得工作，就是在福泉的那个，也是跟着洪福，也是这个威登公司。他才30岁，但是运气不好，大家都在替他焦急，后来他重新组织家庭，但是那个老婆又得了绝症，她是生了一个小孩后才得的病，之前化疗的时候连头发都掉了很多，现在恢复得不错，头发也开始长了，三个月去检查一次，医生说癌细胞不存在了。她这个一检查出来的时候都没说是什么良性恶性，直接宣布是癌症，但是我们想的就是不管怎么样都要尽最大的努力。我的工资、我的卡全部交给他们，就希望让她心情好点。前天打电话来喊去复查，回来说没什么事了，但她这个不得了，半年里挨了三刀。她生这个小女儿也是剖腹，都还没愈合，又检查出阑尾炎，又动了一刀，但是伤口一直不愈合，又去检查说是癌症，接着六个月动了三刀，我们就说不管怎样都要把她救回来，所以所有的钱都给了他们。现在人也恢复，头发也长了，去复查医生也说没事，这个就只有长期看了，三个月去复查一次。她很坚强，也很乐观，去做手术的时候她说，老爹我不会死的，她化疗的时候都说这小点事没事的，都不让我们去照顾。后来她说我们的负担也重，老四请假多了老板也不高兴，所以她说她自己去，所有的事情都是自己去做，她去贵阳化疗都是自己去。她说不要增加单位的负担，单位提出要捐献，我们马上都拒绝了。而且她主动给老四说不要请假，不要让领导为难。这件事情一出，我们就说不要增加单位的负担，我们承担得起的。她去年的体重上升我们都担心得不得了，不过今年恢复了，可能是用那个药有激素，她体重到150斤，原来是125斤，吃激素会长体重，今年又反复到120斤、125

斤，看着不怎么胖了。去年我们还是特别担心的，因为看起来不正常，像是肿的，今年体重降下来了，看起来精神也好，她就给老四说要少请假，化疗都是自己去做。她打电话给我说没事，她不会死，她说她受得了，头发都掉完了还说受得了，去年她就没戴假发了，都在慢慢地长了，恢复以前的样子了，总算是挨过一关，好了就好，除了顺其自然也没有办法。

参考文献

使用的主要文本

陈兴华唱诵记录，吴晓东仪式记录：《亚鲁王（五言体）》，重庆出版社 2018 年版。

贵州民族事务委员会、中国作家协会贵州分会民族文学委员会编印：《苗族习俗风情与口头文学》，1987 年版。

贵州民间文学集成办公室编：《贵州苗族民间故事选》，西南交通大学出版社 1994 年版。

贵州省志民族志编委会编：《民族志资料汇编》，贵州省安顺市西秀区民族宗教事务局档案室 1987 年版。

贵州省苗学会编：《苗学研究 8：苗族文化保护与利用研究》，中国言实出版社 2011 年版。

贵州省非物质文化遗产保护中心、黔南布依族苗族自治州苗学会编：《黔南苗族民间传说故事》，重庆出版社 2015 年版。

赫章县民间文学集成编委会编：《中国民间文学三套集成贵州毕节地区赫章县卷 苗族》，1987 年版。

纳雍民间文学集成编委会编：《贵州省毕节地区纳雍民间故事中国民间文学集成材料》，1988 年版。

潘定智、杨培德、张寒梅编：《苗族古歌》，贵州人民出版社 1997 年版。

杨万选、杨汉先、凌纯声等：《贵州苗族考》，贵州大学出版社 2009 年版。

紫云苗族布依族自治县《亚鲁王》工作室：《苗族英雄史诗〈亚鲁王〉》，

贵州省文化厅、贵州非物质文化遗产保护中心内部资料2011年版。
中国民间文艺家协会：《苗族英雄史诗〈亚鲁王〉》，中华书局2011年版。
中国民间文艺家协会主编：《〈亚鲁王〉文论集：口述史·田野报告·论文》，中国文史出版社2011年版。
《中国苗族文学丛书》编辑委员会编：《西部民间文学作品选1》，贵州民族出版社2003年版。
《中国苗族文学丛书》编辑委员会编：《西部民间文学作品选2》，贵州民族出版社1998年版。
政协镇宁自治县第七届文史资料委员会、镇宁布依族苗族自治县民族事务委员会、贵州省苗学研究会镇宁自治县工作委员会编：《夜郎故地上的苗族》，1995年版。

中文专著类

阿地里·居玛吐尔地：《〈玛纳斯〉史诗歌手研究》，民族出版社2006年版。
阿地里·居玛吐尔地：《口头传统与英雄史诗》，中央民族大学出版社2009年版。
傲东白力格：《史诗演唱与史诗理论：从亚里士多德到洛德的史诗学简史》，甘肃人民美术出版社2012年版。
曹娅丽：《史诗、戏剧与表演〈格萨尔〉口头叙事表演的民族志研究》，上海大学出版社2015年版。
朝戈金：《口传史诗诗学：冉皮勒〈江格尔〉程式句法研究》，广西人民出版社2000年版。
朝戈金：《史诗学论集》，中国社会科学出版社2016年版。
陈来生：《史诗·叙事诗与民族精神》，上海社会科学院出版社1990年版。
单世联：《文化大转型：批判与解释——西方文化产业理论研究》，中国社会科学出版社2017年版。
段宝林：《非物质文化遗产精要》，中国社会出版社2008年版。

冯文开：《中国史诗史论：1840—2010》，中国社会科学出版社 2016 年版。

傅修延：《先秦叙事研究：关于中国叙事传统的形成》，东方出版社 1999 年版。

高丙中：《社会领域的公民互信与组织构成：提升合法性和应责力的过程》，社会科学文献出版社 2016 年版。

高小康：《市民、士人与故事：中国近古社会文化中的叙事》，人民出版社 2001 年版。

高宣扬：《鲁曼社会系统理论与现代性》，中国人民大学出版社 2005 年版。

顾颉刚：《顾颉刚民俗学论集》，上海文艺出版社 1999 年版。

郭齐勇：《文化学概论》，武汉大学出版社 2014 年版。

过竹：《苗族神话研究》，广西人民出版社 1988 年版。

哈布日图娅：《史诗〈祖乐阿拉达尔罕〉研究》，民族出版社 2016 年版。

胡亚敏：《西方文论关键词与当代中国》，中国社会科学出版社 2015 年版。

户晓辉：《民间文学的自由叙事》，社会科学文献出版社 2014 年版。

黄松毅：《仪式与歌诗〈诗经・大雅〉研究》，中国传媒大学出版社 2010 年版。

黄中祥：《哈萨克英雄史诗与草原文化》，中央编译出版社 2007 年版。

季剑青：《重写旧京：民国北京书写中的历史与记忆》，生活・读书・新知三联书店 2017 年版。

季羡林：《印度两大史诗评论汇编》，中国社会科学出版社 1984 年版。

郎樱：《玛纳斯论》，内蒙古大学出版社 1999 年版。

李思屈、李涛：《文化产业概论》，浙江大学出版社 2010 年版。

李泽厚：《美的历程》，生活・读书・新知三联书店 2014 年版。

李子贤：《多元文化与民族文学：中国西南少数民族文学的比较研究》，云南教育出版社 2001 年版。

林继富：《汉藏民间叙事传统比较研究：基于民间故事类型的视角》，人民文学出版社 2016 年版。

刘安武：《印度两大史诗评说》，辽宁大学出版社 2001 年版。

刘守华、黄永林：《民间叙事文学研究》，华中师范大学出版社 2005 年版。

刘亚湖：《原始叙事性艺术的结晶：原始性史诗研究》，内蒙古大学出版社 1991 年版。

刘亚虎：《南方史诗论》，内蒙古大学出版社 1999 年版。

马昌仪：《中国灵魂信仰》，上海文艺出版社 1998 年版。

潜明兹：《史诗探幽》，中国民间文艺出版社 1986 年版。

渠敬东：《缺席与断裂：有关失范的社会学研究》，商务印书馆 2017 年版。

萨仁格日勒：《蒙古史诗生成论》，中央民族大学出版社 2001 年版。

司马云杰：《文化社会学》，华夏出版社 2011 年版。

童辰、汪华、李智萍：《〈诗经〉与〈荷马史诗〉比较研究》，江西人民出版社 2014 年版。

童庆炳：《美学与当代文化讲演录》，广西师范大学出版社 2007 年版。

汪立珍：《满通古斯诸民族民间文学研究》，中央民族大学出版社 2006 年版。

王国明：《土族〈格萨尔〉语言研究》，甘肃民族出版社 2004 年版。

王抒凡：《唐代诗学研究“兴寄”说》，云南大学出版社 2015 年版。

王卫华：《〈江格尔〉与〈荷马史诗〉比较研究》，昆仑出版社 2007 年版。

王宪昭、李鹏：《文学的测量：比较视野中的文学母题研究》，中国社会科学出版社 2015 年版。

王一川：《文学理论讲演录》，广西师范大学出版社 2004 年版。

乌日古木勒：《蒙古突厥史诗人生仪礼原型》，民族出版社 2007 年版。

吴诗池：《中国原始艺术》，紫禁城出版社 1996 年版。

吴毅：《小镇喧嚣：一个乡镇政治运作的演绎与阐释》，生活 · 读书 · 新知三联书店 2018 年版。

肖远平、杨兰、刘洋：《苗族史诗〈亚鲁王〉形象与母题研究》，中国社会科学出版社 2017 年版。

萧家成：《勒包斋娃研究：景颇族创世史诗的综合性文化形态》，社会科学文献出版社 2008 年版。
邢莉：《民间信仰与民俗生活》，中央民族大学出版社 2008 年版。
熊坤新、李建军：《新疆诸民族伦理思想研究》，中央民族大学出版社 2008 年版。
徐国琼：《〈格萨尔〉史诗求索》，云南民族出版社 2007 年版。
阎云翔：《礼物的流动：一个中国村庄中的互惠原则与社会网络》，李放春、刘瑜译，上海人民出版社 2017 年版。
晏绍祥：《荷马社会研究》，上海三联书店 2006 年版。
杨义：《中国叙事学》，人民出版社 2009 年版。
叶春：《典藏民俗学丛书》，黑龙江人民出版社 2003 年版。
叶隽：《史诗气象与自由彷徨：席勒戏剧的思想史意义》，同济大学出版社 2007 年版。
叶舒宪、章米力、柳倩月：《文化符号学：大小传统新视野》，陕西师范大学出版社 2013 年版。
叶舒宪：《英雄与太阳：中国上古史诗的原型重构》，上海社会科学院出版社 1991 年版。
曾大兴：《文学地理学概论》，社会科学文献出版社 2017 年版。
曾静：《云南少数民族史诗歌谣中女性形象的认同构建》，中国社会科学出版社 2014 年版。
张开焱：《文化与叙事》，中国三峡出版社 1994 年版。
张维迎：《博弈与社会》，北京大学出版社 2013 年版。
张晓凌、高天民：《历史记忆与民族史诗——中外重大题材美术创作研究》，安徽美术出版社 2015 年版。
赵世瑜：《狂欢与日常——明清以来的庙会与民间社会》，北京大学出版社 2017 年版。
赵世瑜：《小历史与大历史：区域社会史的理念、方法与实践》，北京大学出版社 2017 年版。
中央民族学院彝文文献编译室：《彝文文献研究》，中央民族学院出版社

1993 年版。
周惠泉：《满族说部口头传统研究》，长春出版社 2016 年版。
周星：《境界与象征：桥和民俗》，上海文艺出版社 1998 年版。

外文译著类

［奥］阿尔弗雷德·许茨：《社会世界的意义建构》，霍桂桓译，北京师范大学出版社 2017 年版。
［德］卡尔·赖希尔：《突厥语民族口头史诗：传统、形式和诗歌结构》，中国社会科学出版社 2011 年版。
［德］赫尔曼·鲍辛格：《技术世界中的民间文化》，户晓辉译，广西师范大学出版社 2014 年版。
［德］亨利希·库诺：《马克思的历史、社会和国家学说：马克思的社会学的基本要点》，袁志英译，上海译文出版社 2017 年版。
［德］乌尔里希·贝克：《风险社会：新的现代性之路》，张文杰、何博闻译，译林出版社 2018 年版。
［俄］E. M. 梅列金斯基：《英雄史诗的起源》，王亚明、张淑明、刘玉琴译，商务印书馆 2007 年版。
［法］布尔迪厄：《区分：判断力的社会批判》，商务印书馆 2015 年版。
［法］高宣扬：《存在主义》，上海交通大学出版社 2016 年版。
［法］霍尔巴赫：《健全的思想——或和超自然观念对立的自然观念》，王荫庭译，商务印书馆 2011 年版。
［法］克洛德·列维－斯特劳斯：《神话学——从蜂蜜到烟灰》，周昌忠译，中国人民大学出版社 2007 年版。
［法］罗兰·巴特：《神话——大众文化诠释》，许蔷蔷、许绮玲译，上海人民出版社 1999 年版。
［法］马克·弗罗芒·沫里斯：《海德格尔诗学》，冯尚译，李峻校，上海世纪出版集团 2005 年版。
［法］马塞尔·莫斯：《礼物》，汲喆译，商务印书馆 2016 年版。
［法］米歇尔·福柯：《不正常的人——法兰西学院演讲系列（1974—

1975)》，钱翰译，上海人民出版社 2003 年版。

［法］米歇尔·福柯：《词与物——人文科学考古学》，莫伟民译，上海三联书店 2001 年版。

［法］米歇尔·福柯：《疯癫与文明——理性时代的疯癫史》，刘北成、杨远婴译，生活·读书·新知三联书店 1999 年版。

［法］米歇尔·福柯：《规训与惩罚——监狱的诞生》，刘北成、杨远婴译，生活·读书·新知三联书店 1999 年版。

［法］米歇尔·维沃尔卡：《社会学前沿九讲》，王鲲、黄君艳、章婵译，中国大百科全书出版社 2017 年版。

［法］莫里斯·迪韦尔热：《政治社会学——政治学要素》，杨祖功、王大东译，华夏出版社 1987 年版。

［法］皮埃尔·布迪厄、华康德：《实践与反思——反思社会学导引》，李猛、李康译，中央编译出版社 2004 年版。

［法］皮埃尔·布迪厄：《实践感》，刘东编，蒋梓骅译，译林出版社 2012 年版。

［法］皮埃尔·布尔迪厄：《文化资本与社会炼金术——布尔迪厄访谈录》，包亚明译，上海人民出版社 1997 年版。

［法］皮埃尔·勒鲁：《论平等》，王允道译，商务印书馆 1988 年版。

［法］乔治·索雷尔：《进步的幻觉》，国英斌、何君玲译，光明日报出版社 2009 年版。

［法］让·波德里亚：《消费社会》，刘成富、全志钢译，南京大学出版社 2001 年版。

［法］让·雅克·卢梭：《社会契约论》，天津出版社 2014 年版。

［法］石泰安：《西藏史诗与说唱艺人的研究》，耿升译，西藏人民出版社 1993 年版。

［法］托克维尔：《旧制度与大革命》，中国友谊出版公司 2013 年版。

［法］威廉·狄德罗：《体验与诗——莱辛·歌德·诺瓦利斯·荷尔德林》，胡其鼎译，生活·读书·新知三联书店 2003 年版。

［法］夏尔·皮埃尔·波德莱尔：《波德莱尔美学论文选》，郭宏安译，人

民文学出版社 1987 年版。
[古希腊] 亚里士多德：《诗学》，罗念生译，上海人民出版社 2006 年版。
[荷] A. F. G. 汉肯：《控制论与社会》，黎鸣译，商务印书馆 1984 年版。
[捷克] 亚罗斯拉夫·普实克：《抒情与史诗：现代中国文学论集》，上海三联书店 2010 年版。
[加] 马歇尔·麦克卢汉：《理解媒介——论人的延伸》，何道宽译，商务印书馆 2000 年版。
[加] 诺斯洛普·弗莱：《批评的剖析》，陈慧、袁宪军、吴伟仁译，百花文艺出版社 1998 年版。
[加] 雅各布斯：《美国大城市的死与生》，金衡山译，译林出版社 2006 年版。
[美] C. E. 布莱克：《现代化的动力：一个比较史的研究》，景跃进、张静译，浙江人民出版社 1989 年版。
[美] J. 希利斯·米勒：《解读叙事》，申丹译，北京大学出版社 2002 年版。
[美] R. M. 基辛：《文化·社会·个人》，甘华鸣、陈芳、甘黎明译，辽宁人民出版社 1988 年版。
[美] 爱德华·萨丕尔：《语言论：言语研究导论》，陆卓元译，商务印书馆 1985 年版。
[美] 保罗·H. 弗莱：《文学理论》，吕黎译，北京联合出版公司 2017 年版。
[美] 保罗·拉比诺：《摩洛哥田野作业反思》，高丙中、康敏译，商务印书馆 2008 年版。
[美] 彼得·布劳：《社会生活中的交换与权力》，孙非、张黎勤译，华夏出版社 1988 年版。
[美] 布龙菲尔德：《语言论》，袁家骅、甘世福译，商务印书馆 1997 年版。
[美] 戴卫·赫尔曼：《新叙事学》，马海良译，北京大学出版社 2002 年版。
[美] 劳伦斯·格罗斯伯格：《文化研究的未来》，中国人民大学出版社

2017 年版。

［美］勒内·韦勒克：《文学理论》，刘象愚等译，浙江人民出版社 2017 年版。

［美］罗伯特·麦基：《故事、材质、结构、风格和银幕剧作的原理》，周铁东译，天津人民出版社 2014 年版。

［美］约翰·R. 霍尔、玛丽·乔·尼兹：《文化：社会学的视野》，周晓虹、徐彬译，商务印书馆 2004 年版。

［美］詹姆斯·费伦：《作为修辞的叙事：技巧、读者、伦理、意识形态》，陈永国译，北京大学出版社 2002 年版。

［日］福田亚细男：《日本民俗学方法序说：柳田国男与民俗学》，於芳、王京、彭伟文译，学苑出版社 2010 年版。

［日］新渡户稻造：《武士道》，周燕宏译，译林出版社 2014 年版。

［苏］谢·尤·涅克留多夫：《蒙古人民的英雄史诗》，徐昌汉等译，内蒙古大学出版社 1991 年版。

［苏］巴赫金：《陀思妥耶夫斯基诗学问题复调小说理论》，白春仁、顾亚铃译，生活·读书·新知三联书店 1988 年版。

［英］马克·柯里：《后现代叙事理论》，宁一中译，北京大学出版社 2003 年版。

［英］马林诺夫斯基：《西太平洋上的航海者》，商务印书馆 2016 年版。

［英］斯宾塞：《论政府》，中央编译出版社 2017 年版。

［英］托尼·本尼特：《文学之外》，人民出版社 2016 年版。

论文类

巴胜超：《心信的养育：以〈亚鲁王〉的传播与传承为例》，《贵州社会科学》2013 年第 11 期。

蔡熙、蒋飞燕：《沉郁悲壮：〈亚鲁王〉史诗迁徙叙事的独特风格》，《原生态民族文化学刊》2017 年第 3 期。

蔡熙：《〈亚鲁王〉研究：构建跨学科的活态史诗观念》，《中国社会科学报》2014 年 5 月 30 日第 B03 版。

蔡熙：《〈亚鲁王〉："英雄史诗"还是"活态史诗"》，《贵州文史丛刊》2014 年第 4 期。

蔡熙：《〈亚鲁王〉的创世神话比较研究初探》，《名作欣赏》2014 年第 14 期。

蔡熙：《〈亚鲁王〉的女性形象初探》，《湖南工业大学学报》（社会科学版）2014 年第 3 期。

蔡熙：《〈亚鲁王〉的日月神话探赜》，《贵州社会科学》2014 年第 6 期。

蔡熙：《从〈亚鲁王〉看苗族文化中的文化超人形象》，《中国文学研究》2014 年第 3 期。

蔡熙：《从〈亚鲁王〉史诗看苗族文化的民族特性》，《广西师范学院学报》（哲学社会科学版）2016 年第 6 期。

蔡熙：《从活态史诗〈亚鲁王〉看苗族的生态伦理思想》，《鄱阳湖学刊》2014 年第 2 期。

蔡熙：《论〈亚鲁王〉史诗迁徙叙事的多维形态》，《东方丛刊》2018 年第 2 期。

蔡熙：《史诗的仪式发生学新探——以苗族活态史诗〈亚鲁王〉为例》，《湖南科技学院学报》2014 年第 4 期。

蔡熙：《文化人类学视域下的〈亚鲁王〉笙鼓文化》，《中华文化论坛》2015 年第 10 期。

曹维琼、张忠兰：《论史诗〈亚鲁王〉·亚鲁文化·亚鲁学——一个基于〈亚鲁王书系〉的假说》，《贵州社会科学》2014 年第 2 期。

朝戈金：《〈亚鲁王〉："复合型史诗"的鲜活案例》，《中国社会科学报》2012 年 3 月 23 日第 A05 版。

陈红梅：《歌剧〈亚鲁王〉的音乐特色》，《大众文艺》2014 年第 5 期。

陈永娥：《苗族乡愁——〈亚鲁王〉的传承研究》，《学术探索》2015 年第 8 期。

程竹：《活态传承是保护的根本》，《中国文化报》2013 年 12 月 16 日第 3 版。

单菲菲、韦凤珍：《苗族英雄史诗〈亚鲁王〉文化的简析——以贵州紫云麻山地区苗族的丧葬仪式为例》,《凯里学院学报》2015 年第 5 期。
丁筑兰:《从〈亚鲁王〉看苗族寻根意识及其生态意义》,《贵州师范学院学报》2014 年第 11 期。
杜再江:《"亚鲁王"现象的启迪与反思》,《贵州民族报》2012 年 3 月 12 日第 B3 版。
杜再江:《用生命守望〈亚鲁王〉》,《贵州民族报》2015 年 4 月 2 日第 A3 版。
冯骥才:《发现〈亚鲁王〉》,《贵州日报》2012 年 2 月 24 日第 13 版。
高森远、杨兰:《论〈亚鲁王〉射日射月母题——基于历史记忆的研究》,《贵州民族研究》2014 年第 8 期。
何茹:《抢救〈亚鲁王〉的另一种提示》,《贵州日报》2012 年 3 月 16 日第 9 版。
何圣伦:《文化生态环境的建构与苗族史诗的当代传承——以〈亚鲁王〉为例》,《贵州社会科学》2015 年第 8 期。
侯仰军:《苗族史诗〈亚鲁王〉的前世今生》,《光明日报》2013 年 12 月 21 日第 12 版。
黄莎莎:《从〈亚鲁王〉看如何繁荣少数民族文化》,《当代贵州》2012 年第 7 期。
蒋飞燕、蔡熙:《〈亚鲁王〉:活在苗族丧葬仪式上的山地史诗》,《广西民族师范学院学报》2018 年第 1 期。
蒋晓昀:《亚鲁王麻山次方言苗族支系族旗研究》,《云南大学学报》(社会科学版)2017 年第 2 期。
乐黛云:《飞越时空、穿透人神的苗族史诗〈亚鲁王传〉》,《中国比较文学》2013 年第 3 期。
李大卫:《浅谈影视艺术在亚鲁王文化传播中的运用》,《大众文艺》2015 年第 2 期。
李敏杰、朱薇:《模因论视域下的苗族史诗〈亚鲁王〉英译策略》,《中南民族大学学报》(人文社会科学版)2017 年第 6 期。
李青:《〈亚鲁王〉中展现的苗疆舞蹈特色分析》,《大众文艺》2014 年第

5 期。

李一如：《口传史诗的历史叙事嬗变及史学价值——以苗族史诗〈亚鲁王〉为例》，《广西师范学院学报》（哲学社会科学版）2017 年第 2 期。

梁勇、吴正彪、陈开颖：《歌师与史诗——以史诗〈亚鲁王〉为个案》，《民族艺术研究》2013 年第 6 期。

梁勇、袁伊玲：《〈亚鲁王〉演唱传统探微》，《广西民族师范学院学报》2014 年第 2 期。

梁勇：《史诗〈亚鲁王〉演唱时空探析》，《三峡论坛（三峡文学·理论版）》2012 年第 4 期。

梁勇：《英雄史诗〈亚鲁王〉的演唱场域》，《大众文艺》2010 年第 14 期。

林贤发：《〈亚鲁王〉的亚鲁王和〈伊利亚特〉的阿基琉斯比较》，《安徽文学（下半月）》2017 年第 5 期。

刘锡诚：《为已有的世界史诗谱系增添了一个新家庭：〈亚鲁王〉——活在口头的英雄史诗》，《中国文化报》2012 年 3 月 5 日第 8 版。

刘锡诚：《〈亚鲁王〉：原始农耕文明时代的英雄史诗》，《西北民族研究》2012 年第 3 期。

刘锡诚：《〈亚鲁王〉——活在口头上的英雄史诗》，《民间文化论坛》2012 年第 2 期。

刘心一、郭英之：《苗族史诗〈亚鲁王〉产生时间及文化生态刍论》，《贵州社会科学》2015 年第 10 期。

刘洋、杨兰：《〈亚鲁王〉英雄征战母题探析》，《遵义师范学院学报》2014 年第 5 期。

刘洋、杨兰：《苗族史诗〈亚鲁王〉心脾禁忌母题探析》，《原生态民族文化学刊》2015 年第 1 期。

刘洋、杨兰：《苗族史诗〈亚鲁王〉英雄对手母题探析》，《凯里学院学报》2014 年第 5 期。

龙立峰：《文化生态视域下〈亚鲁王〉的传承措施》，《安顺学院学报》2013 年第 1 期。

龙仙艳、杨正江：《〈亚鲁王〉研究的回顾、分析与前瞻》，《贵州民族大学学报》（哲学社会科学版）2016 年第 6 期。

龙仙艳：《高校开设文学人类学本科教学的探讨——以〈亚鲁王〉研究的双重话语探索为例》，《百色学院学报》2017 年第 3 期。

龙仙艳：《江山是主人是客——以〈亚鲁王〉为例探讨苗族丧葬古歌的生命观》，《宗教学研究》2015 年第 4 期。

卢惠龙：《不朽的民族华章》，《贵州民族报》2018 年 1 月 19 日第 B3 版。

陆青剑：《以人人读得懂爱读的方式传播苗族英雄史诗》，《贵州日报》2018 年 7 月 13 日第 14 版。

路芳：《生产性保护下的仪式化展演——以国家级非物质文化遗产〈亚鲁王〉为例》，《贵州社会科学》2013 年第 11 期。

罗丹阳：《开发〈亚鲁王〉文化　提升文化软实力》，《西南农业大学学报》（社会科学版）2013 年第 8 期。

Mark Bender、顾新蔚：《苗族英雄史诗〈亚鲁王〉》，《民间文化论坛》2013 年第 4 期。

麻勇斌：《〈亚鲁王〉唱颂仪式蕴含的苗族古代部族国家礼制信息解析》，《贵州社会科学》2014 年第 2 期。

马国君、吴正彪：《金筑土司历史文献典籍梳理概述——兼谈所载的地名人名与〈亚鲁王〉史诗中的名称对应问题》，《三峡论坛（三峡文学·理论版）》2016 年第 3 期。

马静、纳日碧力戈：《创世史诗中苗族社会秩序构建与地域生态文化——以〈亚鲁王〉文本分析为例》，《中南民族大学学报》（人文社会科学版）2016 年第 2 期。

闵英：《编辑的网状思维模式与选题创意——〈亚鲁王书系〉的编辑体会》，《编辑学刊》2015 年第 4 期。

牟娴：《贵州少数民族文学与世界文学杰作的对话——以〈亚鲁王〉和〈贝奥武甫〉的征战母题为例》，《贵州民族研究》2017 年第 5 期。

冉永丽：《苗族史诗〈亚鲁王〉意识特征探析》，《贵州民族研究》2015 年第 10 期。

顺真、刘锋、杨正江：《苗族度亡史诗〈亚鲁王〉文化意蕴的深度阐释》，

《贵州师范大学学报》（社会科学版）2017 年第 6 期。
孙航、梁勇：《麻山苗族史诗〈亚鲁王〉的音乐学分析》，《歌海》2011 年第 2 期。
孙向阳：《数字化技术视野下非物质文化遗产的传承与保护——以苗族史诗〈亚鲁王〉为中心》，《贵州民族研究》2016 年第 3 期。
唐皓、杨茂锐：《“亚鲁王”管理思想中的军事谋略》，《广西民族师范学院学报》2019 年第 1 期。
唐娜、马知遥：《西部苗族史诗〈亚鲁王〉传承人陈兴华口述史》，《民族艺术》2015 年第 3 期。
唐娜、杨正江：《苗族史诗〈亚鲁王〉传承现状研究》，《贵州大学学报》（社会科学版）2018 年第 4 期。
唐娜：《贵州麻山苗族英雄史诗〈亚鲁王〉考察报告》，《民间文化论坛》2010 年第 2 期。
唐娜：《苗族活态史诗〈亚鲁王〉的发现、认知与保护》，《艺苑》2012 年第 6 期。
唐娜：《谈〈亚鲁王〉演述人东郎的传承机制与生态》，《民间文化论坛》2012 年第 4 期。
陶淑琴：《从中华文化的整体视角看苗族史诗〈亚鲁王〉的文化内涵》，《贵州民族研究》2015 年第 6 期。
万雷、王国兴：《〈亚鲁王〉传承生态保护略谈》，《安顺学院学报》2013 年第 2 期。
王炳忠：《亚鲁王城——“格桑”初探》，《贵州文史丛刊》2014 年第 1 期。
王金元：《重现“亚鲁王”：一项社会记忆的他者建构》，《原生态民族文化学刊》2017 年第 3 期。
王宪昭：《神话视域下的苗族史诗〈亚鲁王〉》，《贵州民族大学学报》（哲学社会科学版）2014 年第 2 期。
王小梅：《地方叙事、文化变迁和文本研究——人类学视野下的〈亚鲁王〉搜集整理和保护传承》，《原生态民族文化学刊》2014 年第 2 期。
吴静春：《〈亚鲁王书系〉：多维度释读“亚鲁文化”》，《中国图书商报》

2013 年 6 月 21 日第 8 版。

吴晓东：《〈亚鲁王〉名称与形成时间考》，《民间文化论坛》2012 年第 4 期。

吴晓东：《一个将回到民间的史诗文本——陈兴华〈亚鲁王〉译本与仪式的关系》，《贵州民族大学学报》（哲学社会科学版）2016 年第 6 期。

吴正彪、刘忠培：《试论苗族史诗〈亚鲁王〉的生态文化特点》，《贵州民族研究》2015 年第 1 期。

吴正彪、杨光应：《麻山次方言区苗文方案的设计与使用——兼谈苗族英雄史诗〈亚鲁王〉的记译整理问题》，《民族翻译》2010 年第 3 期。

吴正彪、杨龙娇：《民间口头文学叙事中的“历史真实”——关于苗族英雄史诗〈亚鲁王〉中几个“史事”问题的探讨》，《百色学院学报》2012 年第 5 期。

吴正彪、杨正兴：《〈亚鲁王〉史诗文化的民族关键符号田野考察》，《文化遗产研究》2017 年第 1 期。

吴正彪、杨正兴：《英雄史诗唱诵仪式展演与民间信仰体系的重塑——〈亚鲁王〉史诗田野考察札记》，《中国山地民族研究集刊》2016 年第 2 期。

吴正彪：《论〈亚鲁王〉史诗作为苗族口碑古籍的重要学术价值》，《贵州民族报》2014 年 10 月 23 日第 A3 版。

吴正彪：《苗族口传史诗〈亚鲁王〉中的苗语地名考述》，《中国民族报》2015 年 8 月 14 日第 7 版。

吴正彪：《苗族史诗〈亚鲁王〉的文本研究价值》，《贵州民族报》2014 年 7 月 31 日第 A3 版。

吴正彪：《史诗〈亚鲁王〉研究的多视角展开》，《中国社会科学报》2015 年 11 月 6 日第 6 版。

吴正彪：《〈亚鲁王〉史诗苗语句式类型的口头程式化探讨》，《黔南民族师范学院学报》2018 年第 1 期。

吴正彪：《〈亚鲁王〉史诗民俗事象及文化意蕴》，《创意设计源》2017 年第 3 期。

吴正彪：《〈亚鲁王〉史诗中的生肖类动物名物词考释》，《原生态民族文化学刊》2017 年第 3 期。

吴正彪：《多维视野中的苗族英雄史诗〈亚鲁王〉研究价值探微》，《文化遗产研究》2015 年第 1 期。

吴正彪：《口头传统视野中的“亚鲁王旗”民俗》，《贵州民族大学学报》（哲学社会科学版）2016 年第 6 期。

吴正彪：《论苗族史诗〈亚鲁王〉作为口头传统的文化价值》，《原生态民族文化学刊》2016 年第 3 期。

吴正彪：《苗族英雄史诗〈亚鲁王〉翻译整理问题的思考》，《民族翻译》2012 年第 3 期。

吴正彪：《民族身份认同与文化遗产保护——苗族史诗〈亚鲁王〉田野调查札记》，《黔南民族师范学院学报》2015 年第 2 期。

吴正彪：《田野中的苗学语境：〈亚鲁王〉史诗中的苗语古经研究》，《贵州大学学报》（社会科学版）2015 年第 6 期。

徐新建：《生死两界“送魂歌”——〈亚鲁王〉研究的几个问题》，《民族文学研究》2014 年第 1 期。

徐玉挺：《苗族史诗〈亚鲁王〉的传习方式研究》，《河西学院学报》2015 年第 6 期。

汶华、杨梦龙：《电视连续剧〈亚鲁王〉大纲》，《艺术评鉴》2017 年第 18 期。

杨春艳：《从唱述到仪式：论麻山苗族“亚鲁王”的家园遗产特征》，《百色学院学报》2015 年第 4 期。

杨春艳：《论麻山苗族〈亚鲁王〉遗续的“道—相—技—法”》，《重庆文理学院学报》（社会科学版）2016 年第 1 期。

杨春艳：《文化遗产与族群表述——以麻山苗族“亚鲁王”的遗产化为例》，《重庆文理学院学报》2013 年第 4 期。

杨杰宏：《口头传统文本翻译整理的三个维度——以〈亚鲁王〉为研究个案》，《民族翻译》2015 年第 3 期。

杨杰宏：《苗族史诗〈亚鲁王〉翻译整理述评》，《贵州师范大学学报》

（社会科学版）2015 年第 4 期。
杨兰、刘洋：《记忆与认同：苗族史诗〈亚鲁王〉历史记忆功能研究》，《贵州大学学报》（社会科学版）2018 年第 4 期。
杨兰：《苗族英雄史诗〈亚鲁王〉的社会功能与当代价值》，《中国民族报》2019 年 1 月 11 日第 11 版。
杨兰：《论〈亚鲁王〉中的女性悲剧命运——基于被骗母题的研究》，《贵州民族大学学报》（哲学社会科学版）2014 年第 2 期。
姚远、杨正江：《用生命守望〈亚鲁王〉》，《当代贵州》2012 年第 35 期。
叶舒宪：《〈亚鲁王・砍马经〉与马祭仪式的比较神话学研究》，《民族艺术》2013 年第 2 期。
尹琴：《亚鲁王〉戏剧形态解读》，《齐鲁师范学院学报》2013 年第 6 期。
余未人：《〈亚鲁王〉的传承和唱诵》，《当代贵州》2015 年第 32 期。
余未人：《〈亚鲁王〉的民间信仰特色》，《贵州大学学报》（社会科学版）2014 年第 5 期。
余未人：《〈亚鲁王〉的民间信仰特色》，《民间文化论坛》2012 年第 4 期。
余未人：《〈亚鲁王〉的搜集、翻译和整理》，《当代贵州》2015 年第 40 期。
余未人：《唱诵〈亚鲁王〉的歌师》，《当代贵州》2015 年第 30 期。
余未人：《读品苗族英雄史诗〈亚鲁王〉》，《民间文化论坛》2011 年第 2 期。
余未人：《对亚鲁王崇拜的神圣性》，《当代贵州》2015 年第 44 期。
余未人：《苗族英雄史诗〈亚鲁王〉》，《当代贵州》2015 年第 28 期。
袁伊玲：《史诗〈亚鲁王〉的语言文化价值探微》，《三峡论坛（三峡文学・理论版）》2016 年第 6 期。
袁伊玲：《史诗〈亚鲁王〉中的苗语同源词举隅》，《三峡论坛（三峡文学・理论版）》2013 年第 5 期。
曾丹：《把〈亚鲁王〉打造成贵州特色地域文化品牌》，《贵州政协报》2014 年 6 月 4 日第 A04 版。

曾雪飞、马静、王君：《祭祀音乐中的权力文化与社会秩序——以麻山苗族地区丧葬仪式中〈亚鲁王〉演唱为例》，《贵州大学学报》（艺术版）2012 年第 4 期。

张波：《文化比较与族群研究：以亚鲁王生死观表述为论域》，《中外文化与文论》2016 年第 4 期。

张恒：《亚鲁王："活化石"再现生机》，《当代贵州》2019 年第 2 期。

张玲玲、杨正江：《守望〈亚鲁王〉》，《当代贵州》2018 年第 30 期。

张凌波：《仪式视野中的苗族史诗〈亚鲁王〉》，《民族文学研究》2016 年第 2 期。

张希媛：《苗族史诗〈亚鲁王〉的生态审美意识》，《贵州民族大学学报》（哲学社会科学版）2014 年第 2 期。

张希媛：《苗族史诗〈亚鲁王〉的生态智慧及价值》，《大众文艺》2014 年第 11 期。

张希媛：《苗族史诗〈亚鲁王〉叙事的生态内蕴》，《大众文艺》2014 年第 10 期。

张颖、彭兆荣：《家在"念"中：国家级非物质文化遗产〈亚鲁王〉的认知与阐释》，《贵州社会科学》2013 年第 11 期。

郑迦文：《民间故事与史诗建构——从叙事模式看〈亚鲁王〉的民族、民间构成》，《贵州社会科学》2014 年第 6 期。

郑向春：《奖励制度与非遗传承研究——以苗族〈亚鲁王〉传承为例》，《文化遗产》2014 年第 3 期。

朱伟华、刘心一：《活在传媒时代的苗族史诗〈亚鲁王〉》，《贵州师范大学学报》（社会科学版）2012 年第 6 期。

朱伟华：《苗族史诗〈亚鲁王〉叙事特征及文化内涵初探》，《贵州社会科学》2014 年第 9 期。